「三言二拍」是宋元明三代白話小說的總集，
明末抱甕老人精選其中四十篇動人佳作而為《今古奇觀》；
且看說書人以古論今，娓娓道出一則則世故人情、昭彰天理。

教你看懂

# 今古奇觀（下）

高談文化

*Unusual spectacle of Chinese*

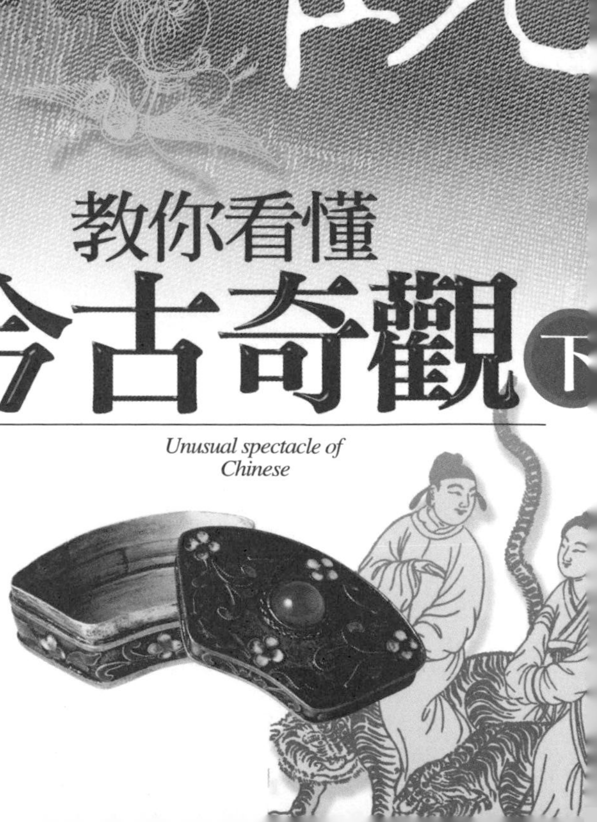

# 目錄

## 卷三・六個靈魂不死的歷史名人

## 卷四・十三個社會秘密檔案

# 卷三・六個靈魂不死的歷史名人

# 李謫仙醉草嚇蠻書

堪羨當年李謫仙，吟詩斗酒有連篇；蟠胸錦繡欺時彥，落筆風雲邁古賢。書草和番威遠塞，
詞歌傾國媚新弦；莫言才子風流盡，明月常懸采石邊。

話說唐玄宗皇帝朝，有個才子，姓李名白，字太白；乃西梁武昭興聖皇帝李暠九世孫，西川錦州人也。其母夢長庚入懷而生，那長庚星又名太白星，所以名字俱用之。那李白生得姿容美秀，骨格清奇，有飄然出世之表。十歲時便精通書史，出口成章，人都誇他錦心繡口；又說他是神仙降生，以此，又呼爲李謫仙。有杜工部贈詩爲證：

昔年有狂客，號爾謫仙人；筆落驚風雨，詩成泣鬼神。聲名從此大，汨沒一朝伸；文采承殊
渥，流傳必絕倫。

李白又自稱青蓮居士。一生好酒，不求仕進。志欲遨遊四海，看盡天下名山，嘗遍天下美酒。先登峨眉，次居雲夢，復隱於徂徠山竹溪，與孔巢父等六人，日夕酣飲，號爲竹溪六逸。有人說湖州烏程酒甚佳，白不遠千里而往，到酒肆中開懷暢飲，旁若無人。時有迦葉司馬經過，聞白狂歌之聲，遣從者問其何人？白隨口答詩四句：

青蓮居士謫仙人，酒肆逃名三十春；湖州司馬何須問，金粟如來是後身。

迦葉司馬大驚，問道：「莫非蜀中李謫仙嗎？聞名久矣。」遂請相見，留飲十日，厚有所贈。臨別問道：「以青蓮高才，取青紫如拾芥，何不遊長安應舉？」李白道：「目今朝政紊亂，公道全無，請託者登高位，納賄者獲科名；非此二者，雖有孔、孟之賢，晁、董之才，無由自達。白所以流連詩酒，免受盲試官氣惱耳！」迦葉司馬道：「雖則如此；足下誰人不知？一到長安，必有人薦拔。」李白從其言，乃遊長安。一日，到紫極宮遊玩，遇了翰林學士賀知章，通姓道名，彼此相慕。知章遂邀李白於酒肆中。解下金貂，當酒同飲；至夜不捨。遂留李白於家中下榻，結爲兄弟。次日，李白將行李搬至賀內翰宅，每日談詩飲酒，賓主甚是相得。時光荏苒，不覺試期已迫，賀內翰道：「今春南省試官，正是楊貴妃兄楊國忠太師；監視官乃太尉高力士；二人都是愛財之人，賢弟如無金銀買囑他，便有沖天學問，見不得天子。所幸二人與下官皆有相識，寫一封劄手去，預先囑託，或者看薄面一二。」李白雖則才大氣高，遇了這等時勢，況且內翰高情，不好違阻。賀內翰寫了柬帖，投與楊太師、高力士。二人拆開看了，冷笑道：「賀內翰受了李白金銀，卻寫對空書，在我這裡討白人情！到那日專記，如有李白名字劵子，不問好歹，即時批落。」時屆三月三日，大開南省。會天下才人，盡呈卷子。李白才力有餘，一筆揮就，第一個交卷。楊國忠見卷子上有李白名字，也不看文字，亂筆塗抹道：「這樣書生，只好與我磨墨。」高力士道：「磨墨也不中，只好與我著襪脫靴。」喝令：「將李白推搶出去！」正是：

不願文章中天下，只願文章中試官。

李白被試官屈批卷子，怨氣沖天，回至內翰宅中發誓道：「久後吾輩得志，定教楊國忠磨墨，高力士與我脫靴，方才滿願。」賀內翰勸曰：「且休煩惱，權在舍下安歇，待三年再開試場，別換試官，必然登第。」終日共李白飲酒賦詩。日月往來，不覺一載。忽一日，有番使齎國書到。朝廷差使命急宣賀內翰陪接番使在館驛安下。次日，閣門舍人，接得番使國書一道；玄宗敕宣翰林學士拆開番書，全然不識一字，拜伏金階啓奏：「此書乃是鳥獸之迹，臣等學識淺短，不識一字。」天子聞奏，將與南省試官楊國忠開讀。楊國忠看了，雙目如盲，亦不曉得。天子宣問滿朝文武，並無一人曉得，不知書上有何吉凶言語。龍顏大怒，喝罵朝臣：「枉有許多文武，竟無一個飽學之士，與朕分憂。此書識不得，將何回答發落番使？豈不被番邦恥笑，欺侮南朝？必動干戈，來侵邊界；如之奈何？敕限三日，若無人識此番書，一概停俸；六日無人，一概停職；九日無人，一概定罪，別選賢長，共扶社稷。」聖旨一出，諸官默默無言，再無一人敢奏，天子轉添煩惱。賀內翰朝散回家，將此事述於李白。白微微冷笑道：「可惜我李某去年不曾及第爲官，不得與天子分憂。」賀內翰大驚道：「想必賢弟博學多能，辨識番書，下官當於駕保前奏。」次日，賀知章入朝，越班奏道：「臣啓奏陛下，臣家有一個秀才。姓李名白，博學多能；要辨番書，非此人不可。」天子准奏，即遣使命，齎詔前去內翰宅中宣取李白。李白告天使道：「臣乃遠方布衣，無才無識。今朝中有許多官僚，都是飽學之儒，何必問及草莽？臣不敢奉詔，恐得罪於朝貴。」說這句得罪於朝貴，隱隱刺著楊、高二人。使命回奏，天子便問賀知章：「李白不肯奉詔，其意何居？」知章奏道：「臣知李白文才蓋世，學問驚人；只爲去年試場中，被試官屈批了卷子，羞搶出門，今日教他白衣入朝，有愧於心；乞陛下賜以恩典，遣一位大臣前往，必然奉詔。」玄宗道：「依卿所奏，欽賜李白進士及第，並紫袍金帶，紗帽象簡見駕。就煩卿自往迎取，卿不可辭。」賀知章領旨回家。請李白開讀，備述天子惓惓求賢之意。李白穿了御賜袍服，望闕拜謝，遂騎馬隨賀知章入朝。玄宗於御座專待李白；李白至金階拜舞，山呼謝恩，躬身而立。天子一見李白，如貧得富，如暗得燈，如飢得食，如旱得雲。開金口，宣玉音道：「今有番國齎書，無人能曉，特宣卿至，爲朕分憂。」白躬身奏道：「臣因學淺，被太師批卷不中，高太尉將臣推搶出去，今有番書，何不令試官回答？卻乃久滯番官在此？臣是被黜秀才，不能稱試官之意，怎能稱皇上之意？」天子道：「朕自知卿，卿其勿辭。」遂命侍臣奉番書賜李白觀看了一遍，微微冷笑。對御座前將唐音譯出，宣讀如流。番書云：

「渤海國大可毒書達唐朝官家：自你占了高麗，與俺國逼近，邊兵屢屢侵吾界；想出自官家之意。俺如今不可耐者，差官來講；可將高麗一百七十六城，讓與俺國。俺有好物事相送。太白山之菟，南海之昆布，柵城之鼓，扶餘之鹿，鄚頡之家，率賓之馬，沃州之綿，湄沱河之鯽，九都之李，樂遊之梨；你官家都有分。若還不肯，俺起兵來廝殺，且看那家勝負？」

衆官聽得讀罷番書，不覺失驚，面面相覷，盡稱難得。天子聽了，自覺龍顏不悅，沈吟良久，方問兩班文武：「今後番國要興兵搶占高麗，有何策可以應敵？」兩班文武如泥塑木雕，無人敢應。賀知章啓奏道：「自太宗皇帝三征高麗，不知殺了多少生靈，不能取勝，府庫爲之虛耗。天幸蓋蘇文死了，其子男生兄弟爭權，爲我鄉導；高宗皇帝遣老將李勣、薛仁貴，統百萬雄兵，大小百戰，方才殄滅。今承平日久，無將無兵，倘干戈復動，難保必勝；兵連禍結，不知何時而止；願我皇聖鑒！」天子道：「似此如何回答他？」知章道：「陛下試問李白，必然善於辭命。」天子仍召白問之。李白奏道：「臣啓陛下：此事不勞聖慮，來日宣番使入朝，臣當面回答番書，與他一般字跡，書中言語，羞辱番國，須要番國可毒，拱手來降。」天子問：「可毒何人也？」李白奏道：「渤海風俗，稱其王曰可毒；猶回紇稱可汗，吐蕃稱普贊，六詔稱詔，訶陵稱悉莫威；各從其俗。」天子見其應對不窮，聖心大悅，即日拜爲翰林學士。遂設宴於金鑾殿，宮商迭奏，琴瑟喧闐，嬪妃進酒，彩女傳杯，御旨傳示：「李卿可開懷暢飲，休拘禮法。」李白盡量而飲，不覺酒濃身軟，天子令內官扶於殿側安寢。次日五鼓，天子升殿。

靜鞭三下響，文武兩邊齊。

李白夙酒猶未醒，內官催促進朝；百官朝見已畢，天子詔李白上殿，見其面尚帶帶酒容，兩眼兀自有朦朧之意。天子分付內侍：「教御廚中造三分醒酒酸魚羹來。」須臾，內侍將金盤捧到魚羹一碗，天子見羹氣太熱，御手取牙箸調之良久，賜與李學士。李白跪而食之，頓覺爽快，是百官見天子恩幸李白，且驚且喜。驚者，怪其破格；喜者，喜其得人。惟楊國忠、高力士愀然有不樂之色。聖旨宣番使入朝。番使山呼見聖已畢，李白紫衣紗帽，飄飄然有神仙淩雲之態，手捧番書，立於左側柱下，朗聲而讀，一字無差。番使大駭。李白道：「小邦失禮，聖上洪度如天，置而不較，有詔批答，汝宜靜聽。」番官戰戰兢兢，跪於階下。天子命設七寶座於御座之傍，取于闐白玉硯，象管兔毫筆；獨草龍香墨，五色金花箋：拼列停當。賜李白近御榻前坐錦墩草詔。李白奏道：「臣靴不淨，有污前席；望皇上寬恩，賜臣脫靴潔襪而登。」天子准奏，命一小內侍與李學士脫靴。李白又奏道：「臣有一言，乞陛下赦臣狂妄，臣方敢奏。」天子道：「任卿失言，朕亦不罪。」李白奏道：「臣前入試春闈，被楊太師批落，高太尉趕逐；今日見二人押班，臣之神氣不旺。乞玉音分付楊國忠與臣捧硯磨墨。高力士與臣脫靴結襪；臣意氣始得自豪，舉筆草詔，口代天言，方可不辱君命。」天子用人之際，恐拂其意，只得傳旨教楊國忠捧硯，高力士脫靴。二人心裡暗暗自揣，前日科場中輕薄了他，這樣書生，只好與我磨墨脫靴，今日恃了天子一時寵幸，就來還話，報復前仇，出於無奈，不敢違背聖旨。正是敢怒而不敢言！常言道：

冤家不可結，結了無休歇；侮人還自侮，說人還自說。

李白此時昂昂得意，著襪登褥，坐於錦墩。楊國忠磨得墨濃，捧硯侍立。論來爵位不同，怎麼李學士坐了，楊太師倒侍立？因太白代天言，天子寵以殊禮；楊太師奉旨磨墨，不曾賜坐，只得侍立。李白用左手將鬚一拂，右手舉起中山兔穎，向五花箋上，手不停揮。須臾，草就嚇蠻書，字畫齊整，並無錯落，獻於龍案之上。天子看了大驚，都是照樣番書，一字不識；傳與百官看了，各各駭然。天子命李白誦之。李白就御座前朗誦一遍道：

「大唐開元皇帝詔諭渤海可毒：自昔石卵不敵，蛇龍不鬥；本朝應運開天，撫有四海，將勇卒精，甲堅兵銳。頡利背盟而被擒，普贊譸張而納誓；新羅奉織錦之頌，天竺致能言之鳥；波斯獻捕鼠之蛇，拂菻進曳馬之狗；白鸚鵡來自訶陵，夜光珠貢於林邑；骨利幹有名馬之納；泥婆羅有良酢之獻：無非畏威懷德，買靜求安。高麗拒命，天討再加，傳世九百，一朝殄滅；豈非逆天之咎徵，叛上之明鑒與？況爾海外小國，高麗附邦；比之中國，不過一郡。士馬芻糧，萬分不及，若螳怒是逞，鵝張不遜，天兵一下，千里流血；君同頡利之俘，國為高麗之續。方今聖度汪洋，恕爾狂悖，急宜悔禍，勤修歲事；毋取誅僇，為四夷笑。爾其三思哉！故諭。」

天子聞之大喜，再命李白對番官面宣一通，然後用寶入函。李白仍叫高太尉著靴，方才下殿，喚番官聽詔。李白重讀一遍，讀得聲韻鏗鏘，番使不敢做聲，面如土色，不免山呼拜舞辭朝。賀內翰送出都門，番官私問道：「適才讀詔者何人？」內翰道：「姓李名白，官拜翰林學士。」番使道：「多大的官？使太師捧硯，太尉脫靴。」內翰道：「太師大臣，太尉親臣，不過人間之極貴；那李學士仍天上神仙下降，贊助天朝，更有何人可及？」番使點頭而別。番使歸至本國，與國王述之。國王看了國書大驚，與國人商議道：「天國有神仙贊助，如何敵得？」只得寫了降表，願年年進貢，歲歲來朝。此是後話。卻說天子深敬李白，欲重加官職。李白啓奏：「臣不願受職，願得逍遙散誕，供奉御前，如漢東方朔故事。」天子道：「卿既不受職，朕所有黃金白璧，奇珍異寶，惟卿所好。」李白奏道：「亦不願受金玉；願得從陛下遊幸，日飲羹酒二千觴足矣。」天子知李白清高，不忍相強；從此時時賜宴，留宿於金鑾殿中，訪以政事，恩幸日隆。一日，李白乘馬遊長安街，忽聽得鑼鼓齊聲，見一簇刀斧手，擁著一輛囚車行來。白停驂問之，仍是並州解到失機將官，今押赴東市處斬。那囚車囚著個美丈夫，生得甚是英偉；叩其姓名，聲如洪鐘；答道：「姓郭，名子儀。」李白相他容貌非凡，他日必爲國家柱石，遂喝住刀斧手道：「待我親往駕前保奏。」衆人知是李謫仙學士，御手調羹的，誰敢不依。李白當時回馬，直叩宮門，求見天子。討了一道赦敕，親往東市開讀；打開囚車，放出子儀，許他帶罪立功。子儀拜謝李白活命之恩，道：「異日銜環結草，不敢忘報。」此事擱起不提。是時宮中最重木芍藥，是揚州貢來的；——如今叫做牡丹花，唐時謂之木芍藥。宮中種得四本，開出四樣顏色。那四樣？大紅，深紫，淺紅，通白。玄宗天子移植於沈香亭前，與楊貴妃娘娘賞玩，詔梨園子弟奏樂。天子道：「對妃子，賞名花，新花安用舊曲？」遽命梨園長李龜年，召李學士入宮，有內侍說道：「李學士往長安市上酒肆中去了。」龜年不往九街，不走三市，一逕尋到長安市去。只聽得一個大酒樓上，有人歌云：

三杯通大道，五斗合自然；但得酒中趣，勿為醒者傳。

李龜年道：「這飲的不是李學士是誰？」大踏步上樓梯來。只見李白獨占一個小小座頭，桌上花瓶內供一枝碧桃花。獨自對花而酌，已喫得酩酊大醉；手執巨觥，兀自不放。龜年上前道：「聖上在沈香亭宣召，學士快去。」衆酒客聞得有聖旨，一時驚駭，都站起來觀看。李白全然不理，張開醉眼，向龜年念一句陶淵明的詩道：「我醉欲眠君且去。」念了這句詩，就瞑然欲睡。李龜年也有三分主意，向樓窗往下一招，七八個從者，一齊上樓，不由分說，手忙腳亂，抬李學士到午門前，上了玉花驄；衆人左扶右持，龜年策馬在後相隨，直跑到五鳳樓前。天子又遣內侍來催促了，敕賜走馬入宮。龜年遂不扶李白下馬，同內侍幫扶，直至後宮，過了興慶池，來到沈香亭。天子見李白在馬上雙眸緊閉，兀自未醒，命內侍鋪氍毹於亭側，扶白下馬少臥，親往省視，見白口垂涎沫。天子親以龍袖拭之。貴妃奏道：「妾聞冷水沃面，可以解醒。」乃命內侍汲興慶池水，使宮女含而噴之；白夢中驚醒，見御駕大驚，俯伏道：「臣該萬死！臣乃酒中之仙，幸陛下恕臣！」天子御手挽起道：「今日同妃子賞名花，不可無新詞，所以召卿，可作清平調三章。」李龜年取金花箋授白，白帶醉一揮，立成三首。其一云：

雲想衣裳花想容，春風拂檻露華濃；若非群玉山頭見，會向瑤臺月下逢！

其二云：

一枝紅豔露凝香，雲雨巫山枉斷腸；借問漢宮誰得似，可憐飛燕倚新妝！

其三云：

名花傾國兩相歡，長得君王帶笑看；解釋東風無限恨，沈香亭北倚闌干。

天子覽詩，稱美不已，道：「似此天才，豈不壓倒翰林院許多學士？」即命龜年按調而歌，梨園眾子弟絲竹並進，天子自吹玉笛以和之。歌畢，貴妃斂繡巾再拜稱謝。天子道：「莫謝朕，可謝學士也。」貴妃持玻璃七寶杯，親酌西涼葡萄酒，命宮女賜李學士飲。天子敕賜李白遍遊內苑，令內侍以美酒隨後，恣其酣飲。自是宮中內宴，李白每被召，連貴妃亦愛而重之。高力士深恨脫靴之事，思欲報復，卻又無計奈何，一日，值貴妃重吟前所製清平調三首，倚欄歎羨。高力士見四下無人，乘間奏道：「奴婢初意娘娘聞李白此詞，怨入骨髓，何反拳拳如是？」貴妃道：「有何可怨？」力士道：「『可憐飛燕倚新妝』，那飛燕姓趙，仍西漢時成帝之后；則今畫圖中畫著一個武士，手托金盤。盤中有一女子，舉袖而舞，那個便是趙飛燕。生得腰肢細軟，行步輕盈，若人手執花枝顫顫然；成帝寵幸無比。誰知飛燕私與燕赤鳳相通，匿於複壁之中；成帝入宮，聞壁衣內有人咳嗽聲，搜得赤鳳殺之。欲廢趙后，賴其妹合德力救而止；遂終身不入正宮。今日李白以飛燕比娘娘，此仍謗訕之語，娘娘何不熟思！」原來貴妃那時以胡人安祿山爲養子，出入宮禁，與之私通，滿宮皆知，只瞞得玄宗一人；高力士說飛燕一事，正刺其心。貴妃於是心下懷恨，每於天子前說李白輕狂使酒，無人臣之禮。天子見他不愛李白，遂不召他內宴，亦不留宿殿中。李白情知被高力士中傷，天子有疏遠之意，屢次告辭求去。天子不允。仍益飲酒自廢，與賀知章、李適之、汝陽王璡、崔宗之、蘇晉、張旭、焦遂爲酒友。時人呼爲「飲中八仙」。卻說玄宗天子心下實是愛重李白，只爲宮中不甚相得所以疏了些兒；李白屢次求歸，無心戀闕，仍向李白道：「卿雅志高蹈，許卿暫還，不日再來相召。但卿有大功於朕，豈可白手還山，卿有所需，朕當一一給與。」李白奏道：「臣一無所需，但得杖頭有錢，日沽一醉足矣。」天子仍賜金牌一面，牌上御書：「敕賜李白爲天下無憂學士，逍遙落拓秀才。逢坊喫酒，遇庫支錢，府給千貫，縣給五百貫。文武官員，軍民人等，有失敬者，以違詔論。」又賜黃金千兩；錦袍玉帶，金鞍龍馬，從者二十人。白叩頭謝恩。天子又賜金花二朵，御酒三杯，駕前上馬出朝。百官俱給假攜酒送行，自長安街直接到十里長亭，樽罍不絕。只有楊太師、高太尉二人懷恨不送。內中惟賀內翰等酒友七人直送至百里之外，流連三日而別。李白集中有「還山別金門知己」詩，云：

恭承丹鳳詔，欻起煙蘿中；一朝去金馬，飄落成飛蓬。閒來東武吟，曲盡情未終；書此謝知己，扁舟尋釣翁。

李白錦衣紗帽，上馬登程，一路只稱錦衣公子，果然逢坊飲酒，遇庫支錢。不一日，還至錦州，與許氏夫人相見。官府聞李學士回家，都來拜賀，無日不醉。日往月來，不覺半載。一日，白對許氏說：「要出外遊玩山水。」便打扮做秀才模樣，身邊藏了御賜金牌，帶了個小僕，騎一健驢，任意而行。府縣酒資，照牌供給。忽一日，行到華陰界上，聽得人言，華陰縣知縣貪財害民，李白生計要去治他。來到縣前，令小僕退去，獨自倒騎著驢子，於縣門首連打三回。那知縣在廳上取問公事，見了大怒道：「可惡！可惡！怎敢調戲父母官！」即令公吏人等，拏至廳前取問。李白微微詐醉，連問不答。知縣便分付獄卒道：「將他押入牢中，待他酒醒，若他好生供狀，來日決斷。」獄卒將李白領入牢中。李白見了獄官，掀髯長笑。獄官道：「想此人是瘋癲的。」李白道：「也不瘋，也不癲。」獄官道：「既不瘋癲，好生供狀：你是何人？爲何到此騎驢，唐突縣主？」李白道：「要我供狀，取紙筆來！」獄卒將紙筆置於案上。李白扯獄官在一邊說道：「讓開一步，待我寫。」獄官笑道：「且看這瘋漢寫出什麼來？」李白寫道：

「供狀錦州人姓李，單名白。弱冠廣文章，揮毫神鬼泣；長安列八仙，竹溪稱六逸。曾草嚇蠻書，聲名播絕域；玉輦每趨陪，金鑾為寢室。啜羹御手調，流涎御袍拭；高太尉脫靴，楊太師磨黑。天子殿前，尚容我乘馬行，華陰縣裡，不許我騎驢入？請驗金牌，便知來歷。」

寫畢，遞與獄官看了。獄官嚇得魂飛魄散，低頭下拜道：「學士老爺，可憐小人蒙官發遣，身不由主，萬望海涵赦罪。」李白道：「不干你事，只要你對知縣說：『我奉金牌聖旨而來，所得何罪，拘我在此？』」獄官拜謝了，即忙將供狀呈與知縣，並述有金牌聖旨。知縣此時如小兒初聞霹靂，無孔可鑽，只得同獄官到獄中參見李學士，磕頭哀告道：「小官有眼不識泰山，一時冒昧乞賜憐憫！」在城諸官聞知此事，咸來拜求；請學士到廳上正面坐下；衆官庭參已畢。李白取出金牌，與衆官看。只見牌上寫道：「學士所到，文武官員，軍民人等，有不敬者，以違詔論。」衆官看罷聖旨，一齊低頭禮拜道：「我等都該萬死！」李白見衆官苦苦哀求，笑道：「你等受國家爵祿，如何又去貪財害民？如若改過前非，方免汝罪。」衆官聽說，人人拱手，個個遵依，不敢再犯。就在廳上大排筵宴，款待學士。飲酒三百方散。自是知縣洗心滌慮，遂爲良牧。此信聞於他郡，都猜道：「朝廷差李學士出外私行觀風者。」故無不化貪爲廉，化殘爲善。李白遍歷趙、魏、燕、晉、齊、梁、吳、楚，無不流連山水，極詩酒之趣。後因安祿山反叛，明皇車駕幸蜀，誅國忠於軍中，縊貴妃於佛寺，自避禍隱於廬山，永王璘時爲東南節度使，陰有乘機自立之志，聞白大才，強逼下山，欲授僞職；李白不從，拘留於幕府。未幾，肅宗即位於靈武，拜郭子儀爲天策神軍大元帥，克復兩京。有人告永王璘謀叛，肅宗即遣子儀移兵討之。永王兵敗，李白方得脫身；逃至潯陽江口，被守江把總鎖拏，把做叛黨，解到郭元帥軍前。子儀見是李學士，即喝退軍士，親解其縛，置於上位，納頭便拜道：「昔日長安東市，若非恩人相救，焉有今日！」即命治酒壓驚。連夜修本，奏上天子，馬李白辨冤，即追述其嚇蠻書之功，薦其才可以大用。此乃施恩而得報也，正是：

兩葉浮萍歸大海，人生何處不相逢？

時楊國忠已誅，高力士亦遠貶他方，玄宗皇帝自蜀迎歸，爲太上皇，亦對肅宗稱李白奇才。肅宗仍徵白爲左拾遺。自歎宦海沈迷，不得逍遙自在，辭而不受。別了郭子儀，遂泛舟遊洞庭，岳陽再過金陵，泊舟於采石江邊。是夜明月如晝，李白在江頭暢飲，忽聞天際樂聲嘹喨，漸近舟次；舟人都不聞，只有李白聽得。忽然江中風浪大作，有鯨魚數丈，奮鬣而起，仙童二人，手持旌節，到李白面前，口稱：「上帝奉迎星主還位。」舟人都驚倒。須臾甦醒，只見李學士坐於鯨背，音樂前導，騰空而去。明日，將此事告於當塗縣令李陽冰，陽冰具表奏聞。天子敕建李謫仙祠於采石山上，春秋二祭。到宋太平興國年間，有書生於月夜渡采石江，見錦帆西來，船頭上有白牌一面，寫「詩伯」二字。書生遂朗吟二句道：——「誰人江上稱詩伯？錦繡文章借一觀。」舟中有人和云：「夜靜不堪題秀句，恐驚星斗落江寒！」書生大驚，正欲傍舟相訪，那船泊於采石之下，舟中人紫衣紗帽。飄然若仙，逕投李謫仙祠中。書生隨後求之，祠中並無人跡，方知和詩者即李白也。至今人稱酒仙詩伯，皆推李白爲第一云。

嚇蠻書草見天才，天子調羹親賜來；一日騎鯨天上去，江流采石有餘哀！

# 沈小霞相會出師表

閒坐書齋閱古今，偶逢奇事感人心；忠臣翻受奸臣制，蓋世英雄淚滿襟！休解組，慢投簪，
從來日月豈常陰？到頭禍福終須應，天道還分貞與淫。

話說國朝嘉靖年間，聖人在位，風調雨順，國泰民安；只爲用錯了一個奸臣，濁亂了朝政，險些兒不得太平。那奸臣是誰？姓嚴名嵩，號介溪，江西分宜人；比以柔媚得幸，交通宦官，先意迎合，精勤齋醮，供奉青詞，緣此驟致貴顯。爲人外妝曲謹，內實猜刻；讒害了大學士夏言，自己代爲首相，權尊勢重，朝野側目。兒子嚴世蕃，繇官生直做到工部侍郎，他爲人更狠；因有些小人之才，博聞強記，能思善算，介溪公最聽他的說話。凡疑難大事，必須與他商量，朝中有「大丞相」、「小丞相」之稱。他父子濟惡，招權納賄，賣官鬻爵。官員求富貴者，以重賂獻之，拜他門下做乾兒子，即得陞遷顯位；由是不肖之人，奔走如市，科道衙門，皆其心腹牙爪；但有與他作對的，立見奇禍：輕則杖謫，重則殺戮，好不利害。除非不要性命的，才敢開口，說他句言話兒；若不是眞正關龍逢，比干，十二分忠君愛國的，寧可誤了朝廷，豈敢得罪宰相？其時有無名氏感慨時事，將神童詩改成四句云：

少小休勤學，錢財可立身；君看嚴宰相，必用有錢人。

又改四句道是：

天子重權豪，開言惹禍苗；萬般皆下品，只有奉承高。

只為嚴嵩父子恃寵貪虐，罪惡如山，引出一個忠臣來，做出一段奇奇怪怪的事蹟，留下一段轟轟烈烈的話柄。一時身死，萬古名揚。正是：

家多孝子親安樂，國有忠臣世太平。

那人姓沈名鍊，別號青霞，浙江紹興人氏。其人有文經武緯之才，濟世安民之志；從幼慕諸葛孔明之為人。孔明文集上有「前出師表」、「後出師表」，沈鍊平日愛誦之，手自抄錄數百篇，室中到處黏壁；每逢酒後，便高聲背誦，念到「鞠躬盡瘁，死而後已」，往往長歎數聲，大哭而罷；以此為常。人都叫他是狂生。嘉靖戊戌年中了進士，除授個知縣之職。他共做了三處知縣。那三處？深陽，茌平，清豐。這三任官做得好。眞個是：

吏肅惟遵法，官清不愛錢；豪強皆斂手，百姓盡安眠。

因他生性抗直，不肯阿奉上官，左遷錦衣衛經歷。一到京師，看見嚴家贓穢狼籍，心中甚怒。忽一日赴公宴，見嚴世蕃倨傲之狀，已是九分不樂；飲至中間，只見嚴世蕃狂呼亂叫，旁若無人，索巨觥飛酒，飲不盡者罰之；這巨觥約容酒十餘兩，坐客懼世蕃威勢，無人敢不喫。只有一個馬給事天性絕飲，世蕃故意將巨觥飛到他面前，馬給事再三告免，世蕃不許；馬給事才沾唇，面便發赤，眉頭打結，愁苦不勝；世蕃自走下席，親手揪了他的耳朵，將巨觥灌之；那給事出於無奈，悶著氣一連幾口喫盡，不喫也罷，才喫了的覺得天在下，地在上，牆壁都團團轉動，頭重腳輕，站立不住；世蕃拍手呵呵大笑。沈鍊一肚不平之氣，忽然揮袖而起，掔那隻巨觥在手，斟得滿滿的，走到世蕃面前說道：「馬司諫承老先生賜酒，已沾醉不能為禮，下官代他酬敬先生一杯。」世蕃愕然，方欲舉手推辭，只見沈鍊聲色俱厲道：「此杯別人喫得，你也喫得，別人怕著你，我沈鍊不怕你！」也揪了世蕃的耳朵灌去。世蕃一飲而盡。沈鍊擲杯於案，一般拍手呵呵大笑，嚇得眾官員面如土色，一個個低著頭不敢作聲。世蕃假醉先辭去了。沈鍊也不送，坐椅上歎道：「咳！『漢賊不兩立！漢賊不兩立！……』」一連念了七八句。這句書也是「出師表」上的說話，竟把嚴家比著曹操父子。眾人只怕世蕃聽見，倒替他捏兩把汗，沈鍊全不為意，又取酒連飲幾杯，盡醉方散。睡到五更醒來，想道：「嚴世蕃這廝，被我使氣逼他飲酒，他必然記恨來暗算我。一不做，二不休，有心只是一怪，不如先下手為強。我想嚴嵩父子之惡，神人怨怒，只因朝廷寵信甚固，我官卑職小，言而無益，欲待覷個機會，方才下手；如今等不及了，只當張子房在博浪沙中椎擊秦始皇，雖然擊他不中，也好與眾人做個榜樣。」就枕上思想疏稿，想到天明已就，起身焚香盥手，寫起奏疏；疏中備說嚴嵩父子招權納賄，窮凶極惡，欺君誤國十大罪，乞誅之以謝天下。疏上，聖旨下道：「沈鍊謗訕大臣，沽名釣譽，著錦衣衛重打一百，發去口外為民。」嚴世蕃差人分付錦衣衛官校，定要將沈鍊打死。虧得堂上官是個有主意的人；那人姓陸名柄，平時極敬重沈鍊氣節，況且又是屬官，相處得合式，此事好周全，好生打個出頭棍兒，不甚利害。戶部注籍保安州為民。沈鍊帶著棍瘡，即日收拾行李，帶領妻子，雇著一輛車兒，出了國門，望保安進發。原來沈鍊夫人徐氏所生四個兒子，長子沈襄，本府廩膳秀才，一向留家；次子沈袞、沈褒，隨任讀書；幼子沈袠，年方周歲；嫡親五口兒上路，滿朝文武懼怕嚴家，沒一個敢來送行。有詩爲證：

一紙封章忤廟廊，蕭然行李入遐荒；但知不敢攀鞍送，恐觸權奸惹禍殃。

且說沈鍊領著家眷，一路辛苦，來到保安地方。——那保安州屬宣衛府，是個邊遠地方，不比內地繁華。——異鄉風景，舉目淒涼；況兼連日陰雨，天昏地黑，倍加慘戚；欲賃間民房居住，又無相識指引，不知何處安身是好？正在徬徨之際，只見一人打著小傘前來，看見路旁行李，又見沈鍊一表非俗，立住了腳，相了一回，問道：「官人尊姓？何處來的？」沈鍊道：「姓沈，從京師來。」那人道：「小人聞得京中有個沈經歷，上本要殺嚴嵩父子，莫非官人就是他嗎？」沈鍊道：「正是。」那人道：「仰慕多時，幸得相會！此非說話之處，寒家離此不遠，便請攜寶眷同行，權到寒家，再作區處。」沈鍊見他十分殷勤，只得從命。行不多路，便到了；看那人家雖不是個大大宅院；卻也精雅。那人揖沈鍊至於中堂，納頭便拜。沈鍊慌忙答禮，問道：「足下是誰？何故如此相愛？」那人道：「小人姓賈名石，是宣府衛一個舍人；哥哥是本衛千戶，先年身故無子，小人應襲，爲嚴賊當權，襲職者要重賂，小人不願爲官，托賴祖蔭，有數畝薄田，務農度日。前日但聞閣下彈劾嚴氏，此乃天下忠臣義士也！又聞編管在此，小人渴欲一見，不意天遣相遇，三生有幸！」說罷，又拜下去，沈鍊再三扶起，便教沈袞沈褒與賈石相見。賈石教老婆迎接沈奶奶到內宅安置，交卸了行李，打發車夫等去了。分付莊客宰豬整酒，款待沈鍊一家。賈石道：「這等雨天，料閣下也無處去，只好在寒家安歇了。請安心多飲幾杯，以寬勞頓。」沈鍊謝道：「萍水相逢，便承厚款，何以當此？」賈石道：「農莊粗糲，休道簡慢！」當日賓主酬酢，無非說些感慨時事的說話，兩邊說得情投意合，只恨相見之晚。過了一宿，次早，沈鍊起身向賈石說道：「我要尋所房子安頓老小，有煩舍人指引。」賈石道：「要什麼樣子的房子？」沈鍊道：「只像宅上這一所，十分足意了；租價但憑尊教。」賈石道：「不妨事。」出去走了一回，轉來道：「賃房儘多，只是齷齪低窪，急切難得中意。閣下不若就在草舍權住幾時；小人領著家小，自到外家去住；等閣下還朝，小人回來，可不穩便？」沈鍊道：「雖承厚愛，豈敢占舍人之宅？此事決不可！」賈石道：「小人雖是村農，頗識好歹；慕閣下忠義之士，想要執鞭隨鐙，尚且不能；今日天幸降臨，權讓這幾間草房與閣下作寓，也表我小人一點敬賢之心，不須推遜！」話畢，慌忙分付著莊客，推個車兒，牽個馬兒，帶個驢兒，一夥子將細軟家私搬去。其餘家常動使傢伙，都留與沈鍊日用。沈鍊見他慨爽，甚不過意，願與他結義爲兄弟。賈石道：「小人一介村農，怎敢僭攀貴宦？」沈鍊道：「大丈夫意氣相投，那有貴賤？」賈石小沈鍊五歲，就拜沈鍊爲兄。沈鍊教兩個兒子拜賈石爲義叔。賈石也喚妻子出來，都相見了，做了一家兒親戚。賈石陪過沈鍊吃飯已畢，即便帶妻子到外舅李家去訖。自此，沈鍊只在賈石宅子內居住。時人有詩歎賈舍人借宅之事。詩曰：

傾蓋相逢意氣真，移家借宅表情親；世間多少親和友，競產分財怪死人。

卻說保安州父老，聞知沈經歷爲上本參嚴閣老，貶斥到此；人人敬仰，都來拜望，爭識其面。也有運柴運米相助的，也有攜酒餚來請沈鍊喫的，又有遣子弟拜於門下聽教的。沈鍊每日間與地方人等，講論忠孝大節，及古來忠臣義士的故事；說到傷心處，有時毛髮倒豎，拍案大叫；有時悲歌長歎，涕淚交流。地方若老若少，無不聳聽歡喜。或時唾罵嚴賊，地方人等，齊聲附和；其中若有不開口的，衆人就罵他是不仁不義。一時高興，以後率以為常。又聞得沈經歷文武全材，都來合他去射箭。沈鍊教把稻草扎成三個偶人，用布包裹，一寫唐奸相李林甫，一寫宋奸相秦檜，一寫明奸相嚴嵩，把那三個偶人做個射鵠。假如射李林甫的，便高聲罵道：「李賊看箭！」秦賊，嚴賊，都是如此。北方人性直，被沈經歷聒得熱鬧，全不慮及嚴家知道。自古道：「若要人不知，除非己不為。」只有權勢之家，報新聞的極多，早有人將此事報知嚴嵩父子。嚴嵩父子深以為恨，商議要找個事頭殺卻沈鍊，方免其患；適値宣、大總督員缺，嚴老奸分付吏部，教把這缺與他門人乾兒子楊順做去。吏部依言，就把那侍郎楊順差往宣、大總督。楊順往嚴府拜辭，嚴世蕃置酒送行，席間屏人而語，就要他查沈鍊過失。楊順領命唯唯而去。正是：

合成毒藥惟需酒，鑄就鋼刀待舉手；可憐忠義沈經歷，還對偶人誇大口。

卻說楊順到任不多時，適遇大同韃虜俺答引衆入寇；應州地方連破了四十餘堡，擄去男婦無算。楊順不敢出兵救援，直待韃虜去後，方才遣兵調將為追襲之計；一般篩鑼擊鼓，揚旗放砲，鬼混一場，那曾看見半個韃子的影兒？楊順情知失機懼罪，密諭將士拏獲避兵的平民，將他剃頭斬首，充做韃虜首級，解兵部報功。在那一時，不知殺死的多少無辜的百姓。沈鍊聞知其事，心中大怒，寫書一封，教中軍官送與楊順。中軍官曉得沈經歷是個惹禍的太歲，書中不知寫什麼說話，那裡肯與送進？沈鍊就穿了青衣小帽，在軍門伺候楊順出來，親自投遞。楊順接來看時，書中大略說道：「一人功名事極小，百姓性命事極大，殺平民以冒功，於心何忍？況且遇韃賊，止於擄掠，遇我兵反加殺戮，是將帥之惡，更甚於韃虜矣！」書後又附詩一首。詩云：

殺生報主意何如？解道功成萬骨枯；試聽沙場風雨夜，冤魂相喚覓頭顱。

楊順見書大怒，扯得粉碎。卻說沈鍊乃做了一篇祭文，率領門下子弟備了祭禮，望空祭奠那些冤死之鬼。又作塞下吟云：

雲中一片虜烽高，出塞將軍已著勞；不斬單于誅百姓，可憐冤血染霜刀！

又詩云：

本為求生來避虜，誰知避虜反戕生？早知虜首將民假，悔不當時隨虜行。

楊總督標下有個心腹指揮，姓羅名鎧，鈔得此詩，並祭文密獻於楊順。楊順看了愈加怨恨，遂將第一首詩改竄數位。詩曰：

雲中一片虜烽高，出塞將軍枉著勞；何似借他除佞賊，不須奏請上方刀。

寫就密書，連改詩封固，就差羅鎧送與嚴世蕃。書中說：「沈鍊恨著相國父子，陰結死士劍客，要乘機報仇；前番韃虜入寇，他吟詩四句，詩中有借虜除佞之語，意在不軌。」世蕃見書大驚，即請心腹御史路楷商議。路楷曰：「不才若往按彼處，當爲相國了當這件大事。」世蕃大喜，即分付都察院便差路楷巡按宣、大。臨行，世蕃治酒款別，說道：「煩寄語楊公，同心協力；若能除卻這心腹之患，當以侯伯世爵相酬，決不失信於二公也。」路楷領諾。不一日提了欽差敕命，來到宣府到任，與楊總督相見了；路楷遂將世蕃所托之語，一一對楊順說知。楊順道：「學生爲此事朝思暮想，廢寢忘餐，恨無良策，以置此人於死地。」路楷道：「彼此留心。一來休負了嚴公父子的付託；二來自家富貴的機會，不可錯過。」楊順道：「說得是。倘有可下手處，彼此相報。」當日相別去了。楊順思想路楷之言，一夜不睡；次早坐堂，只見中軍官報道：「今有蔚州衛拏獲妖賊二名，解到轅門外，伏候鈞旨。」楊順道：「喚進來。」解官磕了頭，將文書呈上。楊順拆開看了，呵呵大笑。這二名妖賊，叫做閻浩、楊胤夔，係妖人蕭芹之黨。原來：蕭芹是白蓮教的頭兒，向來出入虜地，慣以焚香惑衆，哄騙良民；勸令說自家有奇術，能咒人使人立死，喝城使城立頹。虜酋愚甚，被他哄動，尊爲國師。其黨數百人，自爲一營；俺答幾次入寇，都是蕭芹等爲之嚮導，中國屢受其害。先前史侍郎做總督時，遣通事重賂虜中頭目脫脫，對他說道：「天朝情願與你通好，將俺家布粟，換你家馬，名爲『馬市』。兩下息兵罷戰，各享安樂，此是美事！只怕蕭芹等在內作梗，和好不終。那蕭芹原是中國一個無賴小人，全無術法，只是狡僞；哄誘你家搶掠地方，他於中取事。郎主若不信，可要蕭芹試其術法，委的喝得城頹，咒得人死，那時合當重用；若咒人人不死，喝城城不頹，顯是欺誑，何不縛送天朝？天朝感郎主之德，必有重賞；馬市一成，歲歲享無窮之利，煞強如搶掠的勾當。」脫脫點頭稱是，對郎主俺答說了。俺答大喜，約會蕭芹，要將千騎隨之從右衛而入，試其喝城之技。蕭芹自知必敗，改換服色，連夜脫身逃走；被居庸關守將盤詰，並其黨喬源、張攀隆等拏住，解到史侍郎處。招稱妖黨甚眾，山西畿南處處俱有；一向分頭緝捕，今日閻浩，楊胤夔，亦是數內有名妖犯。楊總督看見獲解到來，一者也算他上任一功，二者要借個題目牽害沈鍊，如何不喜？當晚就請路御史來後堂商議道：「別個題目擺佈沈鍊不了，只有個白蓮教通虜一事，聖上所最怒；如今將妖賊閻浩、楊胤夔招中，竄入沈鍊名字，只說『浩等平日師事沈鍊，沈鍊因失職怨望，教浩等煽妖作幻，句虜謀逆，天幸今日被擒，乞賜天誅，以絕後患。』先用密稟，稟知嚴家，教他叮囑刑部作速覆本；料這番沈鍊之命，必無逃矣。」路楷拍手道：「妙哉！妙哉！」兩個當時就商量了本稿，約齊同時發本。嚴嵩先見了本稿及稟帖，便教嚴世蕃傳話刑部。那刑部尚書許倫，是個罷軟沒用的老兒，聽見嚴府分付，不敢怠慢，連忙覆本；一依楊、路二人之議，倒下聖旨：「妖犯著本處巡按御史即時斬決；楊順蔭一子錦衣衛千戶；路楷記功升遷三級，俟京堂缺推用。」話分兩頭，卻說楊順自發本之後，便差人密地裡拏沈鍊下於獄中，慌得徐夫人和沈袞、沈褒沒做理會，急尋義叔賈石商議。賈石道：「此必楊、路二賊為嚴家報仇之意；既然下獄，必然誣陷以重罪。兩位公子及今逃竄遠方，待等嚴家勢敗，方可以出頭；若住此處，楊、路二賊決不幹休。」沈袞道：「未曾看得父親下落，如何好去？」賈石道：「尊大人犯了對頭，決無保全之理；公子以宗祀為重，豈可拘於小孝，自取滅絕之禍？可勸令堂老夫人早為遠害全身之計。尊大人處，賈某自當央人看覷，不煩懸念。」二沈便將賈石之言對徐夫人說知。徐夫人道：「你父親無罪陷獄，何忍棄之而去？賈叔叔雖然相厚，終是個外人；我料楊、路二賊，奉承嚴氏，不過與你爺爺作對，終不然累及妻子；你若畏罪而逃，父親儻然身死，骸骨無收，萬世罵你做不孝之子，何顏在世為人乎？」說罷，大哭不止。沈袞、沈褒齊聲慟哭。賈石聞知徐夫人不允，歎息而去。過了數日，賈石打聽的實，果然扭入白蓮教之黨，問成死罪；沈鍊在獄中大罵不止。楊順自知理虧，只恐臨時處決，怕他在衆人面前毒罵，不好看相；預先問獄官責取病狀，將沈鍊結果了性命。賈石將此話報與徐夫人知道，母子痛哭，自不必說；又虧賈石多有識熟人情，留出屍首，囑付獄卒，若官府要梟示時，把個假的答應，卻瞞著沈袞兄弟，私下備棺盛殮，埋於隙地。事畢，方才同沈袞說道：「尊大遺體已得保全，直待事平之後，方好指點與你知道，今猶未可洩漏。」沈袞兄弟感謝不已。賈石又苦口勸他兄弟二人逃走。沈袞道：「極知久占叔叔高居，心上不安；奈家母之意，欲待是非稍定，搬回靈柩，以此遲延不決。」賈石怒道：「我賈某生平為人謀而盡忠，今日之言，全是為你家門戶，豈因久占住房，說發你們起身之理？既嫂嫂老夫人之意已定，我亦不敢相強；但我有一小事即欲速出，有一年半載不回，你母子自小心安住便了。」覷著壁上貼得有前後「出師表」各一張，乃是沈鍊親筆楷書；賈石道：「這兩幅字可揭來送我，一路上做個記念；他日相逢，以此為信。」沈袞就揭下兩紙，雙手摺疊遞與賈石。賈石藏於袖中，流淚而別。原來賈石算定楊、路二賊，設心不善，雖然殺了沈鍊，未肯干休，自己與沈鍊相厚，必然累及；所以預先逃走，在河南地方宗族家權時居住，不在話下。卻說路楷見刑部覆本有了聖旨，便於獄中取出閻浩、楊胤夔斬訖；並要割沈鍊之首，一同梟示。誰知沈鍊眞屍已被賈石買去了，官府也那裡辨驗得出？不在話下。再說楊順看見止蔭一子，心中不滿，便向路楷說道：「當初嚴東樓許我事成之日，以侯伯爵相酬；今日失信，不知何故？」路楷沈思半晌，答道：「鍊是嚴家緊對頭，今止誅其身，不曾波及其子，『斬草不除根，萌芽復發』；相國不足我們之意，想在於此。」楊順道：「若如此，何難之有？如今再上個本，說『沈鍊雖誅，其子亦宜知情，還該坐罪抄沒家私；庶國法可伸，人心知懼。』再訪他同射之草人，及幾個狂徒，並借屋與他住的，一齊拏來治罪。出了嚴家父子之氣；那時卻將前言取賞，看他有何推託？」路楷道：「此計大妙。——事不宜遲，乘他家屬在此，一網打盡，豈不快哉？只怕他兒子知風逃避，卻又費力。」楊順道：「高見甚明。」一面寫表申奏朝廷，再寫稟帖到嚴府知會，自述楊順之意；一面預先行牌保安州知州，著用心看守犯屬，勿容逃逸。只候旨意批下，便去行事。詩曰：

破巢完卵從來少，削草除根勢或然；可惜忠良遭屈死，又將家屬媚當權。

再過數日，聖旨下了。州官奉著憲牌，差人來拏沈鍊家屬，並查平素往來諸人姓名，一一提拏。只有賈石名字先經出外，只得將在逃開報。此見賈石見機之明也。時人有詩贊云：

義氣能如賈石稀，全身遠避更知機；任他羅網空中布，爭奈仙禽天外飛。

卻說楊順見拏到沈袞、沈褒，親自鞫問，要他招承通虜實跡。二沈高聲叫屈，那裡肯招？被楊總督嚴刑拷打，打得體無完膚，沈袞、沈褒熬煉不過，雙雙死於杖下。可憐少年公子，都入枉死城中！其同時拏到犯人，都坐個同謀之罪，累死者何止數十人。幼子沈袠尚在襁褓，免罪；隨著母徐氏，另徙在雲州極邊，不許在保安居住。路楷又與楊順商議道：「沈鍊長子沈襄，是紹興有名秀才；他時得第，必然銜恨於我輩，不若一併除之，永絕後患；亦要相國知我用心。」楊順依言，便行文書到浙江，把做欽犯嚴提沈襄來問罪。又分付心腹經歷金紹，擇取有才幹的差人齎文前去，囑他中途伺便，便行謀害，就所在地方討個病狀回繳；事成之日，差人重賞，金紹許他薦本超遷。金紹領了臺旨，汲汲而回，著意的選兩名積年幹事的公差，無過是張千、李萬。金紹喚他到私衙，賞了他酒飯，取出私財二十兩相贈。張千，李萬道：「小人安敢無功受賜？」金紹道：「這銀兩不是我送你的，是總督楊公送你的。叫你齎文到紹興去拏沈襄，一路不要放鬆他，須要如此如此，這般這般，回來還有重賞。若是怠慢，總督楊爺衙門不是取笑的，你兩個自去回話。」張千，李萬道：「莫說總督老爺鈞旨，就是老爺分付，小人怎敢有違？」收了銀子，謝了金經歷，在本府領下公文，疾忙上路往南進發。卻說沈襄，號小霞，是紹興府學廩膳秀才。他在家久聞得父親以言事獲罪，發去口外為民，甚是掛懷；欲親到保安州一看，因家中無人主管，行止兩難。忽一日，本府差人到來，不由分說，將沈襄鎖縛解到府堂；知府教把文書與沈襄看了備細，就將回文和犯人交付原差，囑他一路小心。沈襄此時方知父親及二弟，俱已死於非命；母親又遠徙極邊，放聲大哭。哭出府門，只見一家老小，都在那裡攢做一團的啼哭。原來文書上有奉旨抄沒的話，本府已差縣尉封鎖了家私，將人口盡皆逐出。沈小霞聽說，眞是苦上加苦，哭得咽喉無氣。霎時間，親戚都來與小霞話別；明知此去多凶少吉，少不得說幾句勸解的言語；小霞的丈人孟春元，取出一包銀子，送與兩位公差，求他路上看顧女婿；公差嫌少，不受；孟氏娘子又添上金簪子一對，方才收了。沈小霞帶著哭分付孟氏道：「我此去死多生少，你休為我憂念；只當我已死一般，在爺娘家過活。你是書禮之家，諒無再醮之事，我也放心得下。」指著小妻聞淑女說道：「只這女子年紀幼小，又無處著落，合該教他改嫁；奈我三十無子，他卻有兩個半月的身孕，他日倘生得一男，也不絕了沈氏香煙。娘子！你看我平日夫妻面上，一發帶他到丈人家去住幾時；等待十月滿足，生下或男或女，那時憑你發遣他去便了。」話聲未絕，只見聞氏淑女說道：「官人說那裡話？你去數千里之外，沒個親人朝夕看覷，怎生放下？大娘自到孟家去，奴家情願蓬首垢面，一路伏侍官人前行。一來官人免致寂寞；二來也替大娘分得些憂念。」沈小霞道：「得個親人做伴，我非不欲；但此去多分不幸，累你同死他鄉何益？」聞氏道：「老爺在朝為官，官人一向在家，誰人不知？便誣陷老爺有些不是的勾當，家鄉隔絕，豈是同謀共濟？若官人到官申辨，決然罪不至死，就使官人下獄，還留賤妾在外，尚好照管。」孟氏也放丈夫不下，聽得聞氏說得有理，極力攛掇丈夫，帶淑女同去，沈小霞平日素愛淑女有才有智，又見孟氏苦勸，只得依允。當晚眾人齊到孟春元家歇了一夜，次早，張千、李萬催促上路，聞氏換了一身布衣，將青布裹頭，別了孟氏，背著行李，跟著沈小霞便走。那時分別之苦，自不必說。一路行來，聞氏與沈小霞寸步不離，茶湯飯食，都親自搬取，張千、李萬初時還好言好語，過了揚子江到徐州起旱，料得家鄉已遠，就做出嘴臉來，呼么喝六，漸漸難為他夫妻兩個來了。聞氏看在眼裡，私對丈夫說道：「看那兩個差人不懷好意，奴家女流之輩，不識路徑，若前途有荒僻曠野的所在，須是用心提防。」沈小霞雖然點頭，心中還是半疑不信。又行了幾日，看見兩個差人不住的交頭接耳，私下商量說話，又見他包裹中有倭刀一口，其白如霜，忽然心動害怕起來。對聞氏說道：「你說這差人其心不善，我覺得有七八分了；明日是濟寧府界上，過了府去，也便是太行山，梁山泊一路荒野，都是響馬出入之所；儻到彼處，他們行兇起來，你也救不得我，我也救不得你，如何是好？」聞氏道：「既然如此，官人有何脫身之計，請自方便；留奴家在此，不怕他兩個差人生吞了我。」沈小霞道：「濟寧府東門內，有個馮主事丁憂在家，此人最有俠氣，是我父親極相厚的同年，我明日去投奔他，他必然相納；只怕你婦人家，沒志量打發這兩個差人，累你受苦，於心何安？你若有力量把持他，我去也放膽去；不然，與你同生同死，也是天命當然，死而無怨。」聞氏道：「官人有路儘走，奴家自會擺佈，不勞掛念。」這裡夫妻暗地商量。那張千、李萬辛苦了一日，喫了一肚酒，齁齁的熟睡，全然不覺。次日，早起上路，沈小霞問張千道：「前去濟寧還有多少路？」張千道：「只有四十里，半日就到了。」沈小霞道：「濟寧東門內馮主事，是我年伯，他先前在京師時，借過我父親二百兩銀子，有文契在此；他管過北新關正有銀子在家，我若去取討前欠，他見我是落難之人，必然慨付；取得這項銀兩，一路上盤川也得寬裕，免致喫苦。」張千意思有些作難；李萬隨口應承了，向張千耳邊先道：「我看這沈公子是忠厚之人，況愛妾行李都在此處，料無他故，放他去走一遭，取得銀兩，都是你我二人的造化，有何不可？」張千道：「雖然如此，到飯店安歇行李，我守住小娘子在店上，你緊跟著同去，萬無一失。」話休絮煩。看看巳牌時分，早到濟寧城外，揀個潔淨店兒安放了行李。沈小霞便道：「那一位同我進城去走遭？轉來喫飯未遲。」李萬道：「我同你去，或者他家留酒飯，也不見得？」聞氏故意對丈夫道：「常言道：『人面逐高低，世情看冷暖。』馮主事雖然欠下老爺銀兩，見老爺死了，你又在難中，誰肯唾手交還？枉自討個厭賤。不如喫了飯趕路罷。」沈小霞便道：「這裡進城到東門不多路，好歹去走一遭，不折了什麼便宜。」李萬貪了這二百兩銀子，一力攛掇該去。沈小霞分付聞氏道：「耐心坐坐，若轉得快時，便是沒想頭了；他若好意留款，必然有些賞發，明日雇個車兒推你去。這幾日在牲口上坐，看你好生不慣。」聞氏覷個空，向丈夫丟個眼色，又道：「官人早回，休教奴久待則個。」李萬笑道：「去多少時？有許多說話，好不老氣！」聞氏見丈夫去了，故意招李萬轉來囑付道：「若馮家留飯坐得久時，千萬勞你催促一聲。」李萬答應道：「不消分付。」比及李萬下階時，沈小霞已走去一段路了。李萬托著大意，又且濟寧是他慣走的熟路，東門馮主事家，他也認得，全不疑惑。走了幾步，又裡急起來，覷個毛坑上自在方便了，慢慢的望東門而去。卻說沈小霞回頭看時，已不見了李萬，做一口氣急急的跑到馮主事家。也是小霞合當有救，正值馮主事獨自在廳，兩人京中舊時熟識，此時相見，喫了一驚。沈襄也不作揖，扯馮主事衣袂道：「借一步說話。」卻馮主事已會意了，便引到書房東面；沈小霞放聲大哭。馮主事道：「年侄有話快說，休得悲傷，誤其大事。」沈小霞哭訴道：「父親被嚴賊誣陷，已不必說了；兩個舍弟隨任的，都被楊順、路楷殺害；只有小侄在家，又行文本府提去問罪，一家宗祀，眼見滅絕。又兩個差人心懷不善，只怕他受了楊、路二賊之囑，到前邊太行、梁山等處暗算了性命；尋思一計，脫身來投老年伯。老年伯若有計相庇，我亡父在天之靈，必然感激；若老年伯不能庇護，小姪便就此觸階而死，死在老年伯面前，強似死於奸賊之手。」馮主事道：「賢姪不妨，我家臥室之後，有一層複壁，盡可藏身，他人搜檢不到之處；今送你在內，權住數日，我自有道理。」沈襄拜謝道：「老年伯便是重生父母。」馮主事親執沈襄之手，引入臥房之後，揭開地板一塊，有個地道從此而下；約走五六十步，便有亮光，有小小廓屋三間，四面皆樓牆圍裹，果是人跡不到之處。每日茶飯，都是馮主事親自送入。他家法極嚴，誰人敢洩漏半個字？正是：

深山堪隱豹，密柳可藏鴉；不須愁漢吏，自有魯朱家。

且說這一日李萬下了毛坑，望東門馮家而來，到於門首，問老門公道：「你老爺在家嗎？」老門公道：「在家裡。」又問道：「有個穿白的官人來見你老爺，可曾相會？」老門公道：「正在書房裡留飯哩。」李萬聽說，一發放心。看看等到未時，果然廳上走一個穿白的官人出來。李萬急走上前看時，不是沈襄，那官人徑自出門去了。李萬等不耐煩，肚裡又饑，不免問老門公道：「你說老爺留飯的官人，如何只管坐了去，不見出來？」老門公道：「他才出去的不是？」李萬道：「老爺書房中還有客沒有？」老門公道：「這倒不知。」李萬道：「方才穿白的是甚人？」老門公道：「是老爺的小舅，常常來的。」李萬道：「老爺如今在那裡？」老門公道：「老爺每常飯後定要睡一覺；此時正好睡哩。」李萬聽得話不投機，心下早有三分怒氣，便道：「不瞞大爺說，在下是宣、大總督老爺差來的。今有紹興沈公子名喚襄，自號沈小霞，系欽提人犯；小人提押到於貴府，他說與你老爺有同年叔姪之誼，要來拜望。在下同他到宅，他進去了，在下等候多時，不見出來，想必還在書房中；大伯你還不知道？煩你去催促一聲，教他快快出來，要趕路哩！」老門公故意道：「你說的是什麼說話？我一些不懂。」李萬耐了氣，又細細的說了一遍。老門公當面啐道：「見你的鬼！何嘗有什麼沈公子到來？老爺在喪中，一概不接外客；這門上是我的干係，出入都是我通報。你卻說這等鬼話，你莫非是『白日撞』，強妝什麼公差名色，騙摸東西的？快快請退，休纏你爺的帳！」李萬聽說，愈加著急，便發作起來道：「這沈襄是朝廷要緊的人犯，不是當耍的！請你老爺出來，我自有話說。」老門公道：「老爺正瞌睡，沒甚事誰敢去稟？你這獠子不達時務！」說罷，洋洋的自去了。李萬道：「這個門上老兒好不知事，央他傳一句話甚作難；想沈襄定然在內，我奉軍門鈞帖，不是私事，便闖進去怕怎的？」李萬一時粗莽，直撞入廳來；將照壁拍了一拍，大叫道：「沈公子！好走動了！」不見答應，一連叫喚了數聲，只見裡頭走出一個年少的家童，出來問道：「管門的那裡？放誰在廳上喧嚷？」李萬正要叫住他說話，那家童在照壁後張了張兒，向西邊走去了。李萬道：「莫非書房在那西邊？我且自去看看，怕怎的？」從廳後轉西走去。原來是一帶長廊；李萬看見無人，只顧望前而行，只見屋宇深邃，門戶錯雜，頗有婦人走動。李萬不敢縱步。依舊退回廳上。聽得外面亂嚷，李萬到門首看時，卻是張千來尋李萬不見，正和門公在那裡合口。張千一見李萬，不由分說，便怒道：「好夥計！只貪圖酒食，不幹正事！巳牌時分進城，如今申牌將盡，還在此閒蕩，不催趕犯人出城去，待怎麼？」李萬道：「呸！那有什麼酒食？連人也不見個影兒！」張千道：「是你同他進城的。」李萬道：「我只登了坑來，被蠻子上前了幾步，追他不上，一直趕到這裡；門上說有個穿白的官人，在書房中留飯，我說定是他了，等到如今，不見出來，門上人又不肯通報，清水也討不得一杯喫。老哥！煩你在此等候等候，替我到下處醫了肚皮再來。」張千道：「有你這樣不幹事的人，是什麼樣犯人，卻放他獨自行走？就是書房中，少不得也隨他進去。如今知他在裡頭不在裡頭？還虧你放慢線兒講話。這是你的干係，不關我事。」說罷，便走。李萬趕上扯住道：「人自在裡頭，料沒處去，大家在此幫說句話兒，催他出來，也是個道理。你是喫飽的人，如何去得這等要緊？」張千道：「他的小老婆在下處，方才雖然囑付店主人看守，只是放心不下；這是沈襄穿鼻的索兒，有他在，不怕沈襄不來。」李萬道：「老哥說得是。」當下張千先去了。李萬忍著肚饑，守到晚並無消息。看看日沒黃昏，李萬腹中餓的慌，看見間壁有個點心店兒，不免脫下衣衫，押當幾文錢的火燒來喫。去不多時，只聽得大門聲響，急跑來看，馮家大門已閉上了。李萬道：「我做一世的公人，不曾受這般嘔氣；主事是多大的官員，門上直恁作威作勢？也有那沈公子好笑！老婆行李都在下處，既然這裡留宿，你也該寄一個信出來。事已如此，只得在房檐下胡亂過一夜，天明等個曉事的管家出來，與他說話。」此時十月天氣，雖不甚冷，半夜裡起一陣風，微微的下幾點小雨，衣服都沾濕了，好生悽楚。挨到天明，只見張千又來了，卻是聞氏再三再四催逼他來的。張千身邊帶了公文解批，和李萬商議，只等開門一擁而入，在廳上大驚小怪，高聲發話。老門公阻攔不住，一時間家中大小都聚集來，七張八嘴，好不熱鬧！街上聽得宅裡噪鬧，也都聚攏來圍在大門外閒看；於是驚動了馮主事，從裡面走出來。且說那馮主事怎生模樣？頭戴梔子花匾摺孝頭巾，身穿反摺縫稀眼粗麻衫，腰繫麻繩，足著草履。衆家人聽得咳嗽響，道一聲：「老爺來了。」都分付立在兩邊。主事出廳問道：「爲甚事在此喧嚷？」張千，李萬向前施禮道：「馮爺在上，小的是奉宣、大總督公文來的；到紹興拏得欽犯沈襄，經由貴府，他說是馮爺的年姪，要來拜望，小的不敢阻擋，容他進見；自昨日上午到宅，至今不見出來，有誤程限，管家們又不肯代稟；伏乞老爺天恩，快些打發上路。」張千便在胸前取出解批和官文，呈上。馮主事看了，問道：「那沈襄可是沈經歷沈鍊的兒子嗎？」李萬道：「正是。」馮主事掩著兩耳，把舌頭一伸，說道：「你這班配軍！好不知利害！那沈襄是朝廷欽犯，尚猶是可；他是嚴相國的仇人，那個敢容納他在家？他昨日何曾到我家來？你卻亂話！官府聞知傳說到嚴府去，我可當得起他怪的？你兩個配軍自不小心！不知得了多少錢財，買放了要緊人犯，卻來圖賴我。」——叫家童——「與我亂打那配軍出去！把大門閉了！不要惹這閒是非！嚴府知道，不要當耍！」馮主事一頭罵，一頭走進宅去了。大小家人奉了主人的命，推的推，搡的搡，霎時間被衆人推出大門之外。閉了門，兀自聽得嘈嘈的亂罵。張千、李萬面面相覷，開了口合不得，伸了舌縮不進。張千埋怨李萬道：「昨日是你一力攛掇，教放他進城，如今你自去尋他。」李萬道：「且不要埋怨，和你去問他老婆，或者曉得他的路數，再來找尋便了。」張千道：「也說得是。他是恩愛的夫妻，昨夜漢子不回，那婆娘暗地流淚，巴巴的獨坐了兩三個更次，他漢子的行藏，老婆豈有不知？」兩個一頭說話，飛奔出城，復到飯店中來。卻說聞氏在店房裡面，聽得差人聲音，慌忙移步出來問道：「我官人如何不來？」張千指李萬道：「你只問他就是。」李萬將昨日往毛坑出恭，走遲了一步，到馮主事家，起先如此如此，以後這般這般，備細說了。張千，李萬道：「今早空肚皮就喫了這一肚寡氣，你丈夫想是眞個不在他家了，必然還有個去處，難道不對小娘子說的？小娘子趁早說來，我們出去好尋。」說猶未了，只見聞氏噙著眼淚，一雙手扯著兩個公人叫道：「好！好！還我丈夫來！」張千、李萬道：「你丈夫自要去拜什麼年伯，我們好意容他去走走，不知走向那裡去了？連累我倒在此著急，沒處找尋，你倒問我要你丈夫，難道我們藏了他？說得好笑！」將衣袂掣開，氣忿忿的對虎一般坐下。聞氏倒走在外面攔住出路，雙足頓地，放聲大哭，叫起屈來。老店主聽得忙來解勸。聞氏道：「公公有所不知，我丈夫三十無子，娶奴爲妾，奴家跟了他二年了；幸有三個多月身孕，我丈夫割捨不下，因此奴家千里相從。一路上寸步不離，昨日爲盤川缺少，要去見那年伯，是李牌頭同去的；昨晚一夜不回，奴家已有疑心，今早他兩個自回，一定將我丈夫謀害了。你老人家替我做主，還我丈夫便罷休。」老店主道：「小娘子休得性急，那牌頭與你丈夫，平日無怨，往日無仇，著甚來由，要壞他性命？」聞氏哭聲轉哀道：「公公你不知道，我丈夫是嚴閣老的仇人，他兩個必定受了嚴府囑託來的，或是他要去嚴府請功。——公公你詳情，他千鄉萬里帶著奴家到此，豈有沒半句說話，突然去了？就是他要走時，那同去的李牌頭，怎肯放他？你要奉承嚴府，害了我丈夫不打緊，叫奴家婦女孤身，看著何人？公公！這兩個殺人的賊徒，煩公公帶著，奴家同他去官府裡叫冤。」張千、李萬被這婦人一哭一訴，就要分析幾句，沒處插嘴。老店主人聽聞氏說有理，也不免有些疑心，倒可憐那婦人起來。只得勸道：「小娘子，說便是這般說，你丈夫未必死，也不見得？好歹再候他一日。」聞氏道：「依公公等候他一日不打緊，那兩個殺人的凶身，乘機走脫了，這干係卻是誰當？」張千道：「若果然謀害了你丈夫，要走脫時，我弟兄兩個又到這裡則甚？」聞氏道：「你欺負我婦人家沒主張，又要指望奸騙我。——好好的說，我丈夫的屍首在那裡？少不得當官也要還我個明白。」老店官見婦人口嘴利害，再不敢言語。店中閒看的，一時間聚了四五十人，聞說婦人如此苦切，人人惱恨那兩個差人，都道：「小娘子要去叫冤，我們引你到兵備道去。」聞氏向著眾人深深拜福，哭道：「多承列位路見不平，可憐我落難孤身，指引則個。這兩個兇徒，相煩列位替奴家拏他同去，莫放他走了。」眾人道：「不妨事，在我們身上。」張千、李萬欲向眾人分剖時，未說得一言半字。眾人便道：「兩個牌長不消辨得，虛則虛，實則實，若是沒有此情，隨著小娘子到官，怕他則甚？」聞氏一頭哭，一頭走；眾人擁著張千、李萬攬做一陣的都到兵備道前。道裡尚未開門。那一日正是放告日期，聞氏束了一條白布裙，逕搶進柵門。看見大門上架著那大鼓，架上懸著個槌兒，聞氏搶槌在手，向鼓上亂撾，撾得那鼓振天的響。唬得中軍官失了三魂，把門吏喪了七魄，一齊跑來將繩縛住，喝道：「這婦人好大膽！」聞氏哭倒在地，口稱潑天冤枉。只見門內吆喝之聲，開了大門，王兵備坐堂，問：「擊鼓者何人？」中軍官將婦人帶進。聞氏且哭且訴，將：「婦人不幸遭變，一家父子三口，死於非命，只賸得丈夫沈襄，昨日又被公差中途謀害……。」有枝有葉的細說了一遍。王兵備喝張千、李萬上來，問其緣故。張千、李萬說一句，聞氏就翦一句；聞氏說得句句有理，張千、李萬抵搪不過。王兵備思想道：「那嚴府勢大，私謀殺人之事，往往有之，此情難保其無？」便差中軍官押了三人，發去本州勘審。那知州姓賀，奉了這項公事，不敢怠慢，即時扣了店主人到來。聽四人的口詞：聞氏一口咬定二人謀害他丈夫；李萬招稱出恭慢了一步，因而相失；張千，店主人，都據實說了一遍；知州委決不下。想道：「那婦人又十分哀切，像個眞情。……張千、李萬又不肯招認。……」想了一回，將四人閉於空房，打轎去拜馮主事，看他口氣若何？馮主事見知州來拜，急忙迎接歸廳。茶罷，賀知州提起沈襄之事。才說得「沈襄」二字，馮主事便掩著兩耳道：「此乃嚴相公仇家，學生雖有年誼，平素實無交情；老公祖休得下問，恐嚴府知道，有累學生。」說罷，站起身來道：「老祖公既有公事，不敢留坐了。」賀知州一場沒趣，只得作別，在轎上想道：「據馮公如此懼怕嚴府，沈襄必然不在他家；或者被公人所害，也不見得？……或是去投馮公見拒不納，別走個相識人家去了，亦未可知？……」回到州中，又提出四人來。問聞氏道：「你丈夫除了馮主事，州中還認得有何人？」聞氏道：「此地並無相識。」知州道：「你丈夫是什麼時候去的？那張千、李萬幾時來回復你的說話？」聞氏道：「丈夫是昨日未喫午飯前就去的，卻是李萬同出店門。到申牌時分，張千假說催趕上路，也到城中去了，天晚方回來。張千兀自向小婦人說道：『我李家兄弟，跟著你丈夫馮主事家歇了，明日我早去催他出城。』今早張千去一個早，二人雙雙回來，卻單單不見了丈夫。不是他謀害了是誰？若是我丈夫不在馮家，昨日李萬就該追尋了；張千也該著忙，如何把好言語按住小婦人？其情可知。一定張千、李萬兩個，在路上預先約定，卻叫李萬乘夜下手，今早張千進城，兩個乘早將屍首埋藏停當，卻來回復小婦人，望青天爺爺明鑒！」賀知州道：「說得是！」張千、李萬正要分辨，知州相公說道：「你做公差，所幹何事？若非用計謀死，必然得財買放，有何理說？」喝教手下將那張、李重責三十，打得皮開肉綻，鮮血迸流。張千、李萬只是不招。婦人在旁只顧哀哀的痛哭。知州相公不忍，便討夾棍將兩個公差夾起。那公差其實不曾謀死。雖然負痛，怎生招得？一連上了兩夾，只是不招。知州相公再要夾時，張、李受苦不過，再三哀求道：「沈襄實未曾死，乞爺爺立個限期，差人押小的找尋沈襄，還那聞氏便了。」知州也沒有定見，只得勉從其言。聞氏且發尼姑庵住下；差四名兵鎖押張千、李萬二人追尋沈襄，五日比一回；店主釋放回家；將情具由申請兵備道。張千、李萬一條鐵鏈鎖著，四名民壯輪番監押，帶了幾兩盤川，都被民壯搜去爲酒食之費，一把倭刀也當酒喫了。那臨清去處又大，茫茫蕩蕩，張、李兩個那裡去尋沈公子？也不過一時脫身之法。聞氏在尼姑庵住下，剛到五日，准准的又到州裡去啼哭，要生要死。州守相公沒奈何，只苦得比較差人。張千、李萬一連比了十數限，不知打了多少竹批，打得爬走不動，張千得病身死。單單賸得李萬，只得到尼姑庵來拜求聞氏道：「小的情急，不得不說了：其實奉差來時，有經歷金紹口稱楊總督鈞旨，叫我中途害你丈夫，就所在地方討個病狀回報；我等口雖應承，怎肯行此不仁之事？不知你丈夫何故，忽然逃走？與我們實實無干；青天在上，若半字虛情，全家禍滅！如今官府五日一比，兄弟張千已自打死，小的再累死也是冤枉。你丈夫的確未死，小娘子他日夫婦相逢有日，且求小娘子休去州裡啼啼哭哭，寬小的比限，完全狗命，便是陰德。」聞氏道：「據你說不曾謀害我丈夫，也難準信。既然如此說，奴家且不去稟官，容你從容查訪；只是你們自家要上緊用心，休得怠慢。」李萬喏喏連聲而退。有詩爲證：

白金廿兩釀兇謀，誰料中途已失囚？鎖打禁持熬不得，尼庵苦向婦人求。

官府立限緝獲沈小霞，一來爲是總督衙門的要犯，二來爲婦人日日哀求，所以上緊嚴比。今日也是那李萬不該命絕，恰好有個機會。卻說總督楊順御史路楷兩個，日夜商量奉承嚴府，指望旦夕封侯拜爵。誰知朝中有個兵科給事中吳時來，惱恨楊順橫殺平民立功之事，把事情盡劾奏一本，並劾路楷朋奸助惡。那嘉靖爺正當設醮祈禱，見說殺害平民，大傷和氣；龍顏大怒，著錦衣衛扭解來京問罪。嚴嵩見聖怒不測，一時不及救護，到底虧他於中調停得好，削爵爲民。可笑楊順、路楷殺人媚人，至此徒爲人笑，有何益哉！再說賀知州聽楊順總督去任，已自把這公事看得冷了，又聞氏連次不來哭稟，兩個差人又死了一個，只賸得李萬又苦苦哀求不已，賀知州分付打開鐵鏈，與他個廣捕文書，只教他用心緝訪，明是放鬆之意。李萬得了廣捕文書，猶如捧了一道赦書，連連磕了幾個頭，出得府門一道煙走了。身邊又無盤川，只得求乞而歸，不在話下。卻說沈小霞在馮主事家複壁之中，住了數月，外邊消息無有不知，卻是馮主事打聽將來，說與小霞知道。曉得聞氏在尼姑庵寄居，暗暗歡喜，過了年餘，已知張千死了，李萬都逃了，這公事漸漸懶散。馮主事特地收拾內書房三間，安放沈襄在內讀書，只不許出外；外人亦無有知者。馮主事三年孝滿，爲有沈公子在家，也不去起服做官，光陰似箭，一住八年。值嚴嵩一品夫人歐陽氏卒，嚴世蕃奉旨扶柩還鄉，唆父親上本留己侍養，卻於喪中簇擁姬妾，日夜飲酒作樂。嘉靖皇上天性至孝，訪知其事，心中甚是不悅。時有方士藍道行善扶鸞之術，天子召見，叫他請仙問以輔臣賢否？藍道行奏道：「臣所召乃是上界眞仙，正直無阿，萬一筆下判斷有忤聖心，乞恕微臣之罪！」那嘉靖爺道：「朕正願聞天心正論，與卿何涉，豈有罪卿之理？」藍道行書符念咒，其乩自動，寫出十六個字來，道是：

高山番艸，父子閣老；日月無光，天地顚倒。

嘉靖爺爺看了，問藍道行道：「卿可解之？」藍道行奏道：「微臣愚昧未解。」那嘉靖爺道：「朕知其說『高山』者，『山』字連『高』，乃是『嵩』字；『番艸』者，『番』字『艸』頭，乃是『蕃』字；此指嚴嵩、嚴世蕃父子二人也。朕久聞其專權誤國，今仙機示朕，朕當即爲處分。卿不可洩於外人。」藍道行叩頭，口稱：「不敢！」受賜而出。從此，嚴家父子漸漸疏了。有時，有御史鄒應龍，看機會可乘，遂劾奏：「嚴世蕃憑著父勢，賣官鬻爵許多惡跡，宜加顯戮；其父嚴嵩溺愛惡子，植黨害賢，宜亟賜休退，以清政本。」那嘉靖爺見疏大喜，即陞遷應龍爲通政右參議。嚴世蕃下法司擬成充軍之罪；嚴嵩回籍。未幾，又有江西巡按御史林潤復奏：「嚴世蕃不赴軍伍，居家愈加暴橫，強占民間田產，畜養奸人，私通倭虜，謀爲不軌。」得旨三法司提問。問官勘實覆奏，嚴世蕃即時處斬，抄沒家財；嚴嵩發養濟院終老；被害諸臣，盡行昭雪。馮主事得此音信，慌忙報與沈襄知道，放他出來，到尼姑庵訪問那聞淑女。夫婦相見，抱頭而哭。聞氏離家時懷孕三月，今在庵中生下一孩子，已十歲了，聞氏親自教他念書，五經皆已成誦，沈襄歡喜無限。馮主事方上京補官，叫沈襄同去訟理父冤；聞氏暫迎歸本家園內居住。沈襄允其言，到了北京，馮主事先去拜了通政司鄒參議，將沈鍊父子冤情說了，然後將沈襄訟冤本稿送與他看。鄒應龍一力擔當。次日，沈襄將奏本往通政司上號投進。聖旨下：「沈鍊忠而獲罪，准復原官，著進一級以旌其直；妻子召還原籍；所沒入財產，著縣官照數給還。沈襄食廩年久可貢，敕授知縣之職。」沈襄遂上疏謝恩，疏中奏道：「臣父鍊向在保安，因目擊宣、大總督楊順殺戮平民冒功，吟詩感歎；適值御史路楷陰受嚴世蕃之囑，巡按宣、大，與楊順合謀，陷臣父於極刑；並殺臣弟二人，臣亦幾於不免。冤屍未葬，危宗幾絕；受禍之慘，莫如臣家。今嚴世蕃正法，而楊順、路楷安然保首領於鄉，使邊境萬家之怨骨，銜恨無伸；臣家三命之冤魂，含悲莫控；恐非所以肅刑典而慰人心也。」聖旨准奏。復提楊順，路楷到京，皆問成死罪，監禁刑部牢中處決。沈襄來別馮主事，要親到雲州迎接母親和兄弟沈袠到京，依傍馮主事寓所相近居住；然後往保安州訪求父親骸骨，負歸埋葬。馮主事道：「老年嫂處，適才已打聽個消息，在雲州康健無恙，令弟沈袠已在彼遊庠了；下官特遣人迎之。尊公遺體要緊。賢姪速往訪問；到此相會令堂可也。」沈襄領命，逕往保安。一連尋訪兩日，並無蹤跡；第三日困倦，借坐人家門首，有老者從內而出。延進草堂喫茶。見堂中掛一軸子，乃楷書諸葛孔明前後「出師表」也；表後但寫年月，不著姓名。沈小霞看了又看，目不轉睛。老者道：「客官為何看之？」沈襄道：「動問老丈，此字是何人所書？」老者道：「此乃吾亡友沈青霞之筆也。」沈小霞道：「為何留在老丈處？」老者道：「老夫姓賈名石，當初沈青霞編管此地，就在舍下作寓；老夫與他八拜之交，最相契好。不料遭奇禍，老夫懼怕連累，也往河南逃避，帶得這二幅『出師表』裱成一軸，時常展視，如見吾兄之面。楊總督去任後，老夫方敢還鄉。嫂嫂徐夫人和幼子沈袠，徙居雲州，老夫時常去看他；近日聞得嚴家勢敗，吾兄必當昭雪，已曾遣人往雲州報信。恐沈小官人要來移取父親靈柩，老夫將此軸懸在一堂，好叫他認了父親遺筆。」沈小霞聽得，連忙拜倒在地，口稱恩人。賈石慌忙扶起道：「足下果是何人？」沈小霞道：「小姪沈襄。此軸乃亡父之筆也。」賈石道：「聞得楊順這廝，差人到貴府來提賢姪，要行一網打盡之計，老夫只道也遭其毒手，不知賢姪何以得生？」沈小霞將濟寧事情，備細說了一遍。賈石口稱難得，便分付家童治飯款待。沈小霞問道：「父親靈柩，恩叔必知，務求指引一拜。」賈石道：「你父親屈死獄中，是老夫偷屍埋葬，一向不敢對人說知；今日賢姪來此，搬回故土，也不枉老夫一片用心。」說罷，剛欲出門，只見外面一位小官人騎馬而來。賈石指道：「遇巧！遇巧！恰好令弟來也！」那小官便是沈袠，下馬相見。賈石指沈小霞道：「此位乃大令兄名襄的便是。」此日弟兄方才識面，恍如夢中相會，抱頭而哭。賈石領路，三人同到沈青霞墓所，但見亂草迷離，土堆隱起。賈石引二沈拜了，二沈俱哭倒在地。賈石勸了一回道：「正要商議大事，休得過傷！」二沈方才收淚。賈石道：「二哥三哥當時死於非命，也虧了卒獄毛公存仁義之心，可憐他無辜被害，將他屍棺葬於城西三里之外；毛公雖然已故，老夫亦知其處。若扶令先尊靈柩回去，一起帶回，使他父子魂魄相依。二位意下何如？」二沈道：「恩叔所言，正合愚弟兄之意。」當日又同賈石到城西看了，不勝悲感。次日，另備棺木，擇吉破土，重新殯殮。三人面色如生，毫不朽敗，此乃忠義之氣所致也。二沈悲哭，自不必說。當時備下車仗，抬了三個靈柩，別了賈石起身。臨別，沈襄對賈石道：「這一軸『出師表』，小姪欲求恩叔取去供養祠堂，幸勿見拒！」賈石慨然答應，取下掛軸相贈。二沈就草堂拜謝，垂淚而別。沈衮先奉靈柩到張家灣，覓船裝載。沈襄復身又到北京，見了母親徐夫人，回復了說話；拜謝了馮主事，起身。此時京中官員，無不追念沈青霞忠義，憐小霞母親扶柩遠歸；也有送勘合的，也有贈賻金的，也有餽食物的。沈小霞只受勘合一張，餘俱不受。到了張家灣，改換了官座船，驛站起人夫一百名牽纜，走得好不快。不一日來到濟寧，沈襄分付座船暫泊河下，單身入城到馮主事家，投了主事平安書信一封，領了聞氏淑女並十歲兒子，下船先參謁了靈柩，後見了徐夫人。那徐氏見了孫兒如此長大，喜不可言。當初只道滅門絕戶，如今依然有子有孫；昔日冤家，皆惡死見報，天理昭然，可見做惡人的到底喫虧，做好人的到底便宜！——閒話休提。到了浙江紹興府，孟春元領了女兒孟氏，在二十里外迎接；一家骨肉重逢，悲喜交集。將喪船停泊碼頭，府縣官員都往唁弔。舊時家產，已自清查給還。二沈扶柩葬於祖塋。廬墓守三年之制。——二人可稱大孝。撫按又替沈鍊建造表忠祠堂，春秋祀祭，親筆「出師表」一軸，至今供奉祠堂之中。服闋之日，沈襄到京授職，做了知縣；爲官清正，直陞到黃堂知府。聞氏所生之子，少年登科，與叔父沈衮同年進士。子孫世世書香不絕。馮主事爲救沈襄一事，京中重其義氣，累官至吏部尚書。忽一日，夢見沈青霞來拜，說道：「上帝憐其忠直，已授北京城隍之職；以年兄爲南京城隍，明日午時上任。」馮主事覺來甚以爲疑，至明午，忽見轎馬來迎，無疾而逝。二公俱已爲神矣；有詩爲證，詩曰：

生前忠義骨猶香，精氣為神萬古揚；但見奸邪沈獄地，皇天果報自昭彰。

# 盧太學詩酒傲公侯

衛河東岸中浮宅，竹舍雲居隱鳳毛；遂有文章驚董賈，豈無名譽駕劉曹？秋天散步青山郭，春日催詩白兔毫；醉倚湛盧時一嘯，長風萬里破洪濤。

這首詩，乃本朝嘉靖年間一個才子所作。那才子姓盧名枏，字次楩，一字子赤；大名府濬縣人也。生得丰姿俊秀，氣宇軒昂，飄飄有出塵之表。八歲即能屬文，十歲便成詩賦，下筆數千言，倚馬可待。人都道他是李青蓮再世，曹子建後身。一生好酒任俠，放達不羈，有輕財傲物之志。眞個名聞天下，才冠當今。與他往來的，俱是名公巨卿。又且世代簪纓，家資豪富，當日供奉，擬於王侯。所居在城外浮邱山下，第宅華麗，高聳雲漢。後房粉黛，一個個聲色兼妙；又選小奚秀美者十人，教成吹彈歌曲，日以自娛。至於僮僕廝養不計其數。宅後又構一園，大可兩三頃，鑿池引水，疊石爲山，制度極其精巧，名曰「嘯園」。大凡花性喜暖，所以名花俱出南方；那北地天氣嚴寒，花到其地，大半凍死，因此名花甚少；設或到得一花一草，必爲金璫大畹所有，他人亦不易得。這濬縣又是個僻處，比京都更難，故宦家園亭雖有俱不足觀。偏有盧枏立志要勝似他人，不惜重價，差人四處購取名花異卉，怪石奇峰，落成這園，遂爲一邑之勝。眞個景致非常，但見：

樓臺高峻，庭院清幽。山疊岷峨怪石，花臚閬苑奇葩；水閣遙通竹塢，風軒斜透松寮。迴塘曲沼，層層碧浪漾琉璃；疊嶂重嵐，點點蒼苔凝翡翠。牡丹亭畔，孔雀雙棲；芍藥欄邊，仙禽對舞。縈紆石徑，綠陰深處小橋橫；屈曲花陂，紅豔叢中喬木聳。煙迷翠黛，意淡如無；雨洗青螺，色濃似染。木蘭舟，蕩漾芙蓉水際；鞦韆架，搖曳楊柳枝頭。朱檻畫欄相掩映，湘簾繡幕兩交輝。

盧枏日夕吟花課鳥，嘯詠其間，雖南面至尊，亦不是過。凡朋友去相訪，必流連盡醉方止。倘著個聲氣相投，知音知己，便兼旬累日，款留在家，不肯輕放出門。若有人患難相投奔的，一一都有資助，決不令其空過。因此，四方慕名來訪者，絡繹不絕。眞個是：

座上客常滿，杯中酒不空。

盧枏只因才高學廣，以爲掇青紫如拾鍼芥；那知文場不利，任你錦繡般文章，偏偏不中試官之意，一連走上幾科，不能彀飛黃騰達。他道世無識者，遂絕意功名，不圖進取；惟與騷人劍客，羽士高僧，談禪理，論劍術，呼盧浮白，放浪山水，自稱浮邱山人。曾有五言古詩云：

逸翮奮霄漢，高步躡天關；褰衣在椒塗，長風吹海瀾。瓊樹繫遊鑣，瑤華代朝餐；恣情賞靈景，靜嘯諧鳴鸞。浮世信淆濁，焉能濡羽翰？

話分兩頭，卻說濬縣知縣，乃是姓汪名岑；少年登第，意氣揚揚。只是貪婪無比，性復苛刻；又酷好杯中之物，若攀著酒杯，便直飲到天明；自到濬縣，不曾遇著對手。平昔也曉得盧枏是個才子，當今推重，交遊甚廣；又聞得邑中園亭，惟他家爲最；酒量又推他第一；因這三件，有心要結識他做個相知，差人去請來相會。誰知盧秀才卻是與他不同，別個秀才要去結交知縣，還要挨風入絲縫，央人引進，拜在門下，稱爲老師，四時八節，饋送禮物，希圖以小博大。若知縣自來相請，就如朝廷徵聘一般，何等榮耀，還把名帖黏在壁間，誇耀親友。這雖是不肖者所爲，有氣節的未必如此，但是知縣相請，也沒有不肯去的。偏是那盧柟被知縣一連請了五六次，只當做耳邊風，全然不睬，只推自來不入公門。你道因甚如此？他才高天下，眼底無人，天生就一副俠腸傲骨，「視功名如敝屣，等富貴如浮雲」。就是王侯卿相，不曾來拜訪，要請去相見，他也斷然不肯先施；怎肯輕易去見個縣官？眞個是「天子不得臣，諸侯不得友」。絕品的高人。這盧柟是個清奇古怪的主兒；又撞著知縣是個煩惱瑣碎的冤家。請人請到四五次不來，也只得罷了，偏生只管去纏帳。見盧柟定不肯來，卻倒情願自去就教，又恐盧柟他出，先差人將帖子訂期。差人領了言語，一直逕到盧家，把帖子遞與門公，說道：「本縣老爺有緊急話，差我來傳達你相公，相煩引進。」門公不敢怠慢，即引到園內來見家主。差人隨進園門，舉目看時，只見水光繞綠，山色含青；竹木扶疏，交相掩映；林中禽鳥，聲如鼓吹。那差人從不曾見這般景致，今日到此，恍如登了洞天仙府，好生歡喜。想道：「怪道老爺要來遊玩，原來有恁地好景！我也是有些緣分，方得至此。竊玩這番，也不枉爲人一世！」遂四下行走，恣意飽看。彎彎曲曲，穿過幾條花徑，走過數處亭台，來到一個所在，周圍盡是梅花，一望如雪，霏霏馥馥，清香沁入肌骨。中間逗出一座八角亭子，朱簾碧瓦，畫棟雕梁；亭中懸一個匾額，大書「玉照亭」三字。下面坐著三四個賓客，賞花飲酒。傍邊五六個標緻青衣，調絲品竹，按板而歌。有高太史「梅花詩」

爲證：

瓊姿只合在瑤台，誰向江南處處栽？雪滿山中高士臥，月明林下美人來。寒依疏影蕭蕭竹，春掩殘香漠漠苔；自去何郎無好詠，東風愁寂幾迴開。

門公同差人站在門外，候歌完了，先將帖子稟知，然後差人向前說道：「老爺令小人多多拜上相公，說既相公不屑到縣，老爺當來拜訪；但恐相公他出，又不相値，先差小人來期個日子，好來請教。二來聞府上園亭甚好，順便就要遊玩。」大凡事當湊就不起，那盧柟見知縣頻請不去，恬不爲怪，卻又情願來就教，未免轉過念頭，想道：「他雖然貪鄙，終是父母官兒，肯屈己敬賢，亦是可取。若又峻拒不許，外人只道我心胸褊狹，不能容物了。」又想道：「他是個俗吏，文章定然不曉得的；那詩律旨趣深奧，料必也沒相干，若論典籍，他又是個後生小子，僥倖在睡夢中偷得這進士到手，已是心滿意足；諒來此道未曾識面。至於理學禪宗，一發料想所不到了。除此之外，與他談論，有甚意味？還是莫招攬罷。」卻又念其來意惓惓，如拒絕了，似覺不情。正沈吟間，小童斟上酒來。他觸境生情，就想到酒上道：「儻會飲酒，可免俗。」問來人道：「你本官可會飲酒嗎？」答道：「酒是老爺的性命，怎麼不會飲？」盧柟又問：「能飲得多少？」答道：「見他拏著酒杯，整夜喫去，不到酩酊不止，也不知有幾多酒量？」盧柟心中喜道：「道原來這俗物卻會飲酒，單取這節罷。」隨教童子取個帖兒付與來人道：「你本官既要來遊玩，趁此梅花盛時，就是明日罷。我這裡整備酒盒相候。」差人得了言語，原同門公一齊出來。回到縣裡，將帖子回復了知縣。知縣大喜，正要明日到盧柟家去看梅花，不想晚上人來報新按院不發起馬牌，突然止任。汪知縣連夜起身往府，不能如意，差人將個帖兒辭了。到府接著按院，同行香過了回到縣裡時，往還數日。這梅花正是：

紛紛玉瓣堆香砌，片片瓊英繞畫欄。

汪知縣因不曾赴梅花之約，心下怏怏，指望盧柟另來相邀。誰知盧柟出自勉強，見他辭了，即撇過一邊，那肯又來相請？看看已到仲春時候，汪知縣又想要盧柟園上去遊春，差人先去致意。那差人來到盧家園中，只見園林織錦，隄草鋪茵；鶯啼燕語，蝶亂蜂忙；景色十分豔麗。須臾轉到桃谿上，那花渾如萬片丹霞，千重紅錦，好不爛熳！有詩爲證：

桃花開遍上林紅，滿眼繁華色自濃；含笑動人心意切，幾多消息五更風。

盧柟正與賓客在花下擊鼓催花，豪歌狂飲。差人執帖子上前說知。盧柟乘著酒興對來人道：「你快回去與本官說：『若有高興，即刻就來，不必另約。』」衆賓客道：「使不得。我們正好得趣之時，他若來了，就有許多文傷傷，怎能盡興？還是改日罷。」盧柟道：「說得有理，便是明日。」遂取個帖子，打發來人回覆知縣。你道天下有恁樣不巧的事：次日，汪知縣剛剛要去遊春，誰想夫人有五個月身孕，忽然小產起來，暈倒在地，血污浸著身子，嚇得知縣已是六神無主，還有甚心腸去喫酒？只得又差人辭了盧柟。這夫人之病，直至三月下旬方才稍可。那時盧柟園中，牡丹盛開，冠絕一縣，眞是好花！有牡丹詩爲證：

洛陽千古鬥春芳，富貴真誇濃豔妝；一自清平傳唱後，至今人尚說花王。

汪知縣爲夫人這病，亂了半個多月；情緒不佳，終日只把酒來消悶，連政事也懶得去理。以後聞得盧家牡丹茂盛，要想去賞玩，因兩次失約，不好又來相期。差人送三兩書儀，就致看花之意。盧枏日子便期了，卻不肯受這書儀；璧返數次，推辭不脫，只得受了。那日天氣晴爽，汪知縣打帳午衙完了就去，不道剛出私衙，左右來報：「吏科給事中某爺告終養在家，在此經過。」正是要道之人，敢不去奉承嗎？急忙出郭迎接，饋送下程，設宴款待。只道一兩日就行，還可以看得牡丹。那知某給事又是好勝的人，叫知縣陪了遊覽本縣勝景之處，盤桓七八日方行。等到去後，又差人約盧枏時，那牡丹已萎謝無遺，盧枏也向他處遊玩山水，離家兩日矣。不覺春盡夏臨，彈指間又是六月中旬，汪知縣打聽盧枏已是歸家，在園中避暑，又令人去傳信，要賞荷花。那差人逕至盧家，把帖兒叫門公傳進。須臾間門公出來說道：「相公有話，喚你當面去分付。」差人隨著門公直到一個荷花池畔，看那池團團約有十畝多大。綠槐碧柳，濃陰蔽日；池內紅妝翠蓋，花色映人。有詩爲證：

凌波仙子鬥新妝，七竅虛心吐異香；何似神仙多薄倖，故將顏色惱人腸。

原來那池也有個名色，喚做「灩碧池」。池心中有座亭子，名曰「錦雲亭」。此亭四面皆水，不設橋梁，以採蓮舟爲渡，乃盧柟納涼之處。門公與差人下了採蓮舟，盪動畫槳，頃刻到了亭邊；繫舟登岸。差人舉目看那亭子，周圍朱欄畫檻，翠幔紗窗；荷香馥馥，清風徐徐。水中金魚戲藻，梁間紫燕尋巢；鷗鷺爭飛葉底，鴛鴦對浴岸傍。去那亭中看時，只見藤床湘簟，石榻竹几；瓶中供千葉碧蓮，爐內焚百合名香。盧柟科頭跣足，敘據石榻；面前放一帙古書，手中執著酒杯；旁邊冰盤中列著金桃雪藕，沈李浮瓜，又有幾味下酒。一個小廝捧壺，一個小廝打扇。便自看幾行書，飲一杯酒，自取其樂。差人未敢上前，在側邊暗想道：「同是父母生長，他如何有這般受用？就是我本官中過進士，還有許多勞碌，怎及得他的自在？」盧柟抬頭看見，即問道：「你就是縣裡差來的嗎？」差人應道：「小人正是。」盧柟道：「你那本官倒也好笑，屢次訂期定日，卻又不來；如今又說要看荷花。恁樣不爽利，虧他怎地做了官？我也沒有許多閒工夫與他纏帳，任憑他有興便來，不肘煩又約日子。」差人道：「家主多拜上相公，說：『久仰相公高才，如渴思漿，巴不得來請教。連次皆爲不得已事羈住，故此失約。』還求相公期個日子，小人好去回話。」盧柟見來人說話伶俐，卻也聽信了他，乃道：「既如此，竟在後日。」差人得了言語，討個回帖，同門公依舊下船，划到柳陰隄下上岸，自去回復了知縣。那汪知縣至後日，早堂發落了些公事，約莫午牌時候，起身去拜盧柟。誰想正值三伏之時，連日酷熱非常，汪知縣已受了些暑氣。這時卻又在正午，那輪紅日，猶如一團熱火，熱得他眼中火冒，口內煙生。剛剛到半路，覺得天旋地轉，從轎上直衝下來，險些悶死在地。從人急忙救起，抬回縣中，送入私衙，漸漸甦醒。分付差人辭了盧柟，一面請太醫調治。足足的病了一個多月，方才出堂理事。——不在話下。且說盧柟一日在書房查點往來禮物，檢著汪知縣這封書儀，想道：「我與他水米無交，如何白白裡受他的東西？須把來消豁了，方才乾淨。」到八月中，差人來請汪知縣中秋夜賞月。那知縣卻也正有此意，即來相請，好生歡喜，取回帖打發來人說：「多拜上相公，至期准赴。」那知縣乃一縣之主，難道剛剛只有盧枏請他賞月不成？少不得初十邊就有鄉紳同僚中相請，況又是個好飲之徒，可有不赴的理嗎？定然一家家捱次都到。至十四這日，辭了外邊酒席，於衙中整備家宴，與夫人在庭中玩賞。那晚月色分外皎潔，比尋常更是不同。有詩爲證：

玉宇淡悠悠，金波徹夜流；最憐圓缺處，曾照古今愁。風露孤輪影，山河一氣秋；何人吹鐵笛？乘醉倚高樓。

夫妻對酌，直飲到酩酊，方才入寢。那知縣一來是新病起的人，元神未復；二來連日沈酣糟粕，趁著酒興，未免走了酒字下這道兒；三來這晚露坐至夜深，著了些風寒。三合湊，又病起來。眼見得盧枏賞月之約，又虛過了。調攝數日，方能痊可。那知縣在衙中無聊，量道盧枏園中桂花必盛，意欲借此排遣，適值有個江南客來打抽豐，送兩大罈惠泉山酒，汪知縣就把一罈差人轉送與盧枏。盧枏見說是美酒，正中其懷，無限歡喜，乃道：「他的政事文章，我也一概勿論；只這酒中想亦是知味的了。」即寫帖請知縣後日來賞桂花。有詩爲證：

涼影一簾分夜月，天宮萬斛動秋風；淮南何用歌招隱？自可淹留桂樹叢。

自古道：「一飲一啄，莫非前定。」像汪知縣是個父母官，肯屈己去見個士人，豈不是件異事？誰知兩下機緣不偶，臨期卻又生出事故，不能相會。這番請賞桂花，汪知縣滿意要盡竟日之歡，罄夙昔欽想之誠；不料是日還在眠床上，外面就傳板進來：「山西理刑趙爺行取入京，已至河下。」恰正是汪知縣鄉試房師，怎敢怠慢？即忙起身梳洗出衙，上轎往河下迎接，設宴款待。你想兩個得意師生，沒有就別之理，少不得盤桓數日，方才轉身。這桂花已是：

飄殘金粟隨風舞，零亂天香滿地鋪。

卻說盧柟素性剛直豪爽，是個傲上矜下之人，見汪知縣屢次卑詞盡敬，以其好賢，遂有俯交之念，時值九月下旬，園中菊花開遍；那菊花種數甚多，內中惟有三種爲貴。那三種？鶴翎，剪絨，西施。每一種各有幾般顏色，花大而媚，所以貴重。有菊花詩爲證：

不共春風鬥百芳，白衣籬落傲秋霜；園林一片蕭疏景，幾朵依依散晚香。

盧柟因想：「汪知縣幾遍要看園景，卻俱中止；今趁著菊花盛時，何不請來一玩？也不枉他一番敬慕之情。」即寫帖兒差人去請次日賞菊。家人拏著帖子來到縣裡，正值知縣在堂理事；一逕走到堂上跪下，把帖子呈上稟道：「家相公多拜上老爺：『園中菊花盛開，特請老爺明日賞玩。』」汪知縣也頗想要去看菊，因屢次失約，好難啓齒，今見特地來請，正是空腹當招，深中其意。看了帖子，乃道：「拜上相公，明日早來領教。」那家人得了言語，即便歸家回復家主道：「汪太爺拜上相公，明日絕早就來。」那知縣說明日早來，不過是隨口的話，那家人改做絕早就來，這也是一時錯訛之言。不想因這句錯訛，就得罪於知縣；後來把天大家私弄得罄盡，險些兒連性命都完了。正是：

舌為利害本，口是禍福門。

當下盧柟心下想道：「這知縣也好笑，那是赴人筵席有個絕早就來之理？」又想道：「或者慕我家園亭，要盡竟日之遊。」分付廚夫：「太爺明日絕早就來，酒席須要早些完備。」那廚夫聽見知縣早來，恐怕臨時誤事，隔夜手忙腳亂收拾。盧柟到次早分付門上的人：「今日若有客來，一概相辭，不必通報。」又將個名帖差人去邀請知縣。不到朝飯時，酒席多已完備，擺設在園上燕喜堂中。上下兩席，並無別客相陪。那酒席鋪設得花錦相似。正是：

富家一席酒，窮漢半年糧。

且說汪知縣那日出堂，便打帳完了投文公事，即便赴約。投文裡卻有本縣巡檢司解到強犯九名，贓物若干。此事先有心腹報知，乃是清河大夥，贓物甚多，又無失主。汪知縣動了火，即時用刑探訊。內中一盜甚黠，才套夾棍，便招某處藏銀若干，某處埋贓幾許，一五一十，遂招出來，何止千萬。知縣貪心如熾，把喫酒的念頭放過一邊，便教放了夾棍，差個心腹吏帶領健步衙役，押盜前去眼同起贓，立等回話。餘盜收監，物件入庫。知縣退坐後堂，等那起贓消息。從辰至未，承值吏供酒供食了兩次，那起贓的方才回縣，稟說：「卻是怪異，東墾西爬，並沒有半個錫皮錢兒。」知縣大怒，再出前堂弔出前犯，一個個重新拷掠。夾到適才押去起贓的賊。那賊因衆人怒他胡供，沒有贓物，已是拳頭腳尖，私下先打過幾頓；又且司兵拷打壞的，怎當得起再夾？登時氣絕。知縣見夾死了賊，也有些著忙，便叫禁子獄卒叫喚。亂了半晌，竟不甦醒。汪知縣心生一計，喝叫：「先將衆犯回監，明日再審。」衆人會意，將死賊混在活賊裡，一擁扶入監去；誰敢道半個死字？又向禁子討了病狀，明日做死囚發出。汪知縣十分敗興，遂想著盧家喫酒，即刻起身赴宴。此時已是申牌時分，各役簇擁著大尹來到盧家園來。且說盧柟早上候起，已至巳時，不見知縣來到。差人去打聽，回報說：「在那裡審問公事。」盧柟心上就有三四分不樂，道：「既約了絕早就來，如何這時候還問公事？」停了半晌，音信杳然。再差人將個名帖邀請。盧柟此時不樂六七分了，想道：「是我請他的不是，只得忍耐此罷。」俗語道：「等人性急。」又候了半晌，連那投邀帖的人也不回來。盧柟道：「古怪！」再差人去打聽。少停，同著投邀帖的人，一齊轉來回覆，說：「還在堂上夾人，門役道：『太爺正在惱怒，卻放你進去纏鬮！』攔住小人不放進去，帖尚未投，所以不敢回報。」盧柟聽見這話，湊成十分不樂，又聽得說夾問強盜要贓物，心中大怒道：「原來這個貪殘蠢才，一無可取！幾乎錯認了，如今幸爾還好。」即令家人撤開下面這桌酒席，走上前居中向外而坐，叫道：「快把大杯篩熱酒來，洗滌俗腸！」家人都稟道：「恐太爺一時來到。」盧柟喝道：「咗！還說甚太爺？我這酒可是與那貪殘俗物喫的！況他爽信已是六七次，今晚一定不來。」家人見家主發怒，誰敢再言？隨即斟酒，供出餚饌。小奚在堂中宮商迭奏，絲竹並呈。盧柟飲過數杯，叫小廝：「與我按摩一番！今日伺候那俗物，覺道身子困倦。」分付閉了園門。於是脫巾卸服，跣足蓬頭，按摩的按摩，歌唱的歌唱。叫取犀觥斟酒，連飲數觥，胸襟頓豁，開懷暢飲，不覺大醉。將餚饌撤去，賞了小奚，止留果品按酒，又喫上幾觥，其醉如泥，就靠在桌上齁齁睡去。家人誰敢去驚動？整整齊齊，都站在兩旁伺候。裡邊盧柟便醉了，外面管園的卻不曉得內裡的事。平日間賓客出進得多，主人又是個來者不拒，往者不追的，逐日將園門大開慣了。今日雖有命閉門，卻不擺在心上。又且知道請現任官府，倘若來時，左右要開的。又停一會兒，挨到落日銜山，遠遠望見縣頭道來，急忙進來通報。到了中堂，看見家主已醉倒，喫一驚道：「太爺已是到了，相公如何先飲得這個模樣？」衆家人聽得知縣來到，都面面相覷，沒做理會齊道：「那桌酒便還在，但相公不能彀醒，卻怎好？」管園的道：「且叫醒轉來，扶醉陪他一陪也罷。終不然，特地請來，冷淡他去不成？」衆家人只得上前叫喚，喉嚨喊破，如何得醒？漸漸聽得人聲嘈雜，料道是知縣進來，慌了手腳，四散躲過，單單撇下盧柟一人。只因這番，有分叫：「佳賓賢主，變為百世冤家，好景名花，化作一場春夢。」正是：

盛衰有命天為主，禍福無門人自生。

且說汪知縣離了縣中來到盧家園門首，不見盧柟迎接，也沒有一個家人伺候。從人亂叫：「門上有人嗎？快去通報！太爺到了！」並無一人答應。知縣料是管門的已進去報了，遂分付不必呼喚，竟自進去。只見門上一個匾額，白地翠書「嘯園」兩個大字。進了園門，一帶都是林屏；轉過彎來，又顯出一座門樓，上書「隔凡」二字。過了此門，便是一條松徑，繞出松林一看時：但見山嶺參差，樓臺縹緲；草木蕭條，花竹圍環。知縣見佈置精巧，景色清幽，心下暗喜道：「高人胸次，自是不同。」但不聞得一些人聲，又不見盧柟相迎，未免疑惑。也還道是園中徑路錯雜，或者從別道出來迎我，故此相左。一行人在園中任意東穿西走，反去尋覓主人。次後來到一個所在，卻是三間大堂，一望菊花數百，霜英燦爛；楓柳萬枝，擁若丹錦，與晚霞相映。橙橘相亞，纍纍如金。池邊芙蓉千百株，顏色或深或淺；綠水紅葩，高下相映。鴛鴦鸂鶒之類，戲泳其下。汪知縣想道：「他請我看菊，必在這個堂中了。」逕至堂前下轎。太爺看時，那裡見甚酒席？惟有一人蓬頭跣足，居中向外而坐，靠在桌上打齁；此外更無一個人兒。從人趕向前亂喊：「老爺到了！還不起來！」汪知縣舉目看他身上服色，不像以下之人，又見旁邊放著葛巾野服，分付道：「且莫叫喚，看是何等樣人。」那常來下帖的差人，向前仔細一看，認得是盧柟，稟道：「這就是盧相公，醉倒在此。」汪知縣聞言，登時紫漲了面皮，心下大怒道：「這廝恁般無理！故意哄我上門羞辱！」欲待叫人將花木打個稀爛，又想不是官體，忍著一肚子惡氣，急忙上轎；分付回縣。轎夫抬起，打從舊路直至園門首，依原不見一人。那時已是薄暮，點燈前導。那些皁快，沒一個不搖首咋舌道：「他不過是個監生，如何將官府恁般藐視？這也是奇事！」知縣在轎上聽見，尤覺沒趣，愈加惱怒，想道：「他雖是高才，也是我的治下，曾請過數遍，不肯來見，情願就見，又饋送過銀，我亦可謂折節敬賢之至矣！他卻如此無理將我侮慢！且莫說我是父母官，即使平交，也不該如此！」到了縣裡，怒氣不息。即便退入私衙不提。且說盧柟這些家人小廝，見知縣去後，方才出頭；到堂中看家主時，睡得正濃，直至更餘方醒。衆人說道：「適才相公睡後，太爺就來，見相公睡著，便起身而去。」盧柟道：「可有甚話說？」衆人道：「小人們恐難以答應，俱走過一邊，不曾看見。」盧柟道：「正該如此。」叫管門的來打了三十板。罵道：「如何不早閉園門？卻被這俗物直至此間，踐污了地上！」又分付管園的：「明早快挑水，將他進來的路徑，掃滌乾淨。」又著人尋訪常來下帖的差人，將向日所送書儀，並那罈惠泉酒發還與他。那差人不敢隱匿，遂即到縣裡去繳還。——不在話下。卻說汪知縣退到私衙，夫人接著，見他怒氣衝天，問道：「你去赴宴，如何這般氣惱？」汪知縣將其事說知。夫人道：「這都是自取，怪不得別人。你是個父母官，橫行直撞，少不得有人奉承。如何屢屢卑污苟賤，反去請教子民？他縱是有才，與你何益？今日討恁般怠慢，可知好嗎？」汪知縣又被夫人搶白了幾句，一發怒上加怒，坐在交椅上，氣忿忿的半晌無語。夫人道：「何消氣得？自古道：『破家縣令』。」只這四個字，把汪知縣從睡夢中喚醒，放下了憐才敬士之心，頓提起生事害人之念。當下口中不語，心下躊躇，尋思弄計安排盧柟，必定置之死地，方洩其恨。——當夜無話。次日，早衙已過，喚一個心腹令史進衙商議。那令史姓譚名遵，頗有才幹：慣與知縣通贓過付，是一個積年猾史。當下知縣先把盧柟得罪之事敘過，次說要訪他過惡，參之以報其恨。譚遵道：「老爺要與盧柟作對，不是輕舉妄動的。須尋得一件沒躲閃的大事，坐在他身上，方可完得性命。那參訪一節，恐未必了事，在老爺反有干礙。」汪知縣道：「卻是爲何？」譚遵道：「盧柟與小人原是同里，曉得他多有大官府往來，且自家私豪富，平昔雖則恃才狂放，卻沒甚違法之事，縱然拏了，少不得有天大分上，到上司處挽回，決不至死的田地。那時懷恨挾仇，老爺豈不反受其累？」汪知縣道：「此言雖是。但他恁地放肆，定有幾件惡端，你去細細訪來，我自有處。」譚遵答應出來，只見外邊繳進原送盧柟的書儀泉酒。汪知縣見了，轉覺沒趣。無處出氣，遷怒到差人身上。說道：「不該收他的回來。」打了二十毛板，就將酒銀，都賞了差人。正是：

勸君莫作傷心事，世上應無切齒人。

卻說譚遵領縣主之命，四處察訪盧柟罪過，日往月來，挨至冬末，並無一件事兒。知縣又再四催促，倒是兩難之事。一日在家悶坐，正尋思盧監生無隙可乘，只見一個婦人急急忙忙的走近來。舉目看時，不是別人，卻是家人鈕文的弟婦金氏。鈕文兄弟叫做鈕成，金氏年紀三十左近，頗有一二分姿色。向前道了萬福，啓口問：「令史！我家伯伯何在？得遇令史在家卻好。」譚遵道：「鈕文在縣門首。你有甚事尋他？」金氏道：「好教令史得知：丈夫自舊年借了盧監生家人盧才二兩本銀，兩年來，利錢也還了若干。今歲丈夫按月在盧家做長工度日，盧家舊例，年終便給來歲半年的工銀。那日丈夫去領了工銀，家主又賜了一頓酒飯，千歡萬喜。剛出大門，便被盧才攔住，知道道領了工銀，索取前銀。丈夫道『是年終歲暮，全賴這工銀過年，那得有銀還債？』盧才抵死要銀。兩家費口爭鬥起來，不合罵了他奴才，被他弟兄們打了一頓。丈夫喫了虧，忍氣回家；況是食上加氣，廝打時，赤剝冒了寒，夜間就發起熱來。連今日算得病了八日了，滴水不進。醫生說：『是停食感冒，不能療治。』如今只待要死，特來尋伯伯去商量。」譚遵聞了，不勝歡喜道：「原來恁地。你丈夫沒事便罷，儻有些山高水低，急來報知；包在我身上與你出氣。還要他一注大財，彀你下半世快活。」金氏道：「若得令史張主，可知好嗎？」正說間，鈕文已回，金氏將這事說知，一齊回去。臨出門，譚遵又囑付道：「如有變故，速速來報。」鈕文應允，離了縣前，不消一個時辰，早到家中。推門進去，不見一些聲息，到床上看時，把二人嚇得一驚。原來直僵僵挺在上面，不知死過幾時了？金氏便號咷大哭起來。正是：

夫妻本是同林鳥，大限來時各自飛。

那些東鄰西舍，聽得哭聲，都來觀看。齊說：「虎一般的後生，怎地這般死得快？可憐！可憐！」鈕文對金氏說道：「你且莫哭，同去報與我主人，再作區處。」金氏依然鎖了大門，央告鄰里暫時照看，跟著鈕文就走。那鄰里中商議道：「他家一定去告狀了，地方人命重情，我們也須呈明，脫了干係。」隨後也往縣裡去呈報。其時，遠近村坊，盡知鈕成已死，早有人報與盧柟。原來盧才於那日廝打後，有人稟知，盧柟聽說那盧才擅放私債，盤算小民，登時大怒。將盧才重責三十，追出借銀原券，盧才逐出不用。欲待鈕成來稟，給還借券。及至聞了此信，即差人去尋獲盧才送官，那知盧才聽見鈕成死了，料道不肯干休，已先逃之夭夭不知去向？且說鈕文、金氏，一口氣跑到縣裡，報知譚遵。譚遵大喜，悄悄的先到縣中稟了知縣。出來與二人說明就裡，教了說話，慌忙寫起狀詞。單告盧柟強占金氏不遂，將鈕成毒打死，教二人擊鼓叫冤。鈕文依了家主，領著金氏，不管三七二十一，執了一塊木柴，把鼓亂敲，口內一片聲叫喊：「冤枉！」衙門差役，自有譚遵分付，並無攔阻。汪知縣聽得擊鼓，即時升堂，喚鈕文、金氏至案前，才看狀詞，恰好地鄰也到了。知縣專心在盧柟身上，也不看地鄰呈紙是怎麼樣？知縣假意問了幾句，不等發房，即時出籤差人提盧柟立刻赴縣。公差受過了譚遵的叮囑，說：「太爺惱得盧柟要緊，你們此去，只除婦女孩子，其餘但是男子漢盡數拏來。」衆皁快素知知縣與盧監生有仇，況且是個大家，若然人少，進不得他大門。遂聚起三兄四弟，共有四五十人，分明一群猛虎。此時隆冬日短，天已傍晚，彤雲密布，朔風凜冽，好不寒冷！譚遵要奉承知縣，賠貼酒錢與衆人發路，一人點起一根火把，飛奔至盧家門首。發一聲喊，齊搶進去，逢著的便拏。家人們不知爲甚？嚇得東倒西歪，兒啼女哭，沒奔一頭處。盧柟娘子正同著丫鬟們在房中圍爐向火，忽聞得外面人聲鼎沸，只道是漏了火，急叫丫鬟們觀看。尚未動步，房門口早有家人報道：「大娘！不好了！外邊無數人執著火把打進來也！」盧枏娘子還認是強盜來打劫，驚得三十六個牙齒，矻磴磴的相打。慌忙叫：「丫鬟！快閉上房門！」言猶未畢，一片火光早已擁入房裡。那些丫鬟們奔走不及，只叫：「大王爺饒命！」衆人道：「胡說！我們是本縣太爺差來拏盧枏的。什麼大王爺！」盧枏娘子見說這話，就明白向日丈夫怠慢了知縣，今日尋事故來擺布。便道：「既是公差，難道不知法度的？我家縱有事在縣，量來不過戶婚田土的事罷了，須不是大逆不道！如何白日裡不來？黑夜間率領多人，明火執仗，打入房幃，乘機搶劫？明日到公堂上去講，該得何罪！」衆公差道：「只要還了我盧枏，但憑到公堂上去講。」遂滿房遍搜一過，只揀器皿寶玩，取個像意，方才出門。又打到別個房裡，把姬妾們都驚得躲入床底下去。各處搜到，不見盧枏。料想必在園上，一齊又趕入去。盧枏正與四五個賓客在暖閣上飲酒，小優兩傍吹唱。恰好差去拏盧才的家人在那裡回話，又是兩個亂喊上樓，報道：「相公！禍事到也！」盧枏帶醉問道：「有何禍事？」家人道：「不知為甚？許多人打進大宅，搶劫東西，逢著的便被拏住。今又打入相公房中去了。」衆賓客被這一驚，一滴酒也無了。齊道：「這是為何？可去看來！」便要起身。盧枏全不在意，忽見樓前一派火光閃爍，衆公差齊擁上樓，嚇得那幾個小優滿樓亂滾，無處藏躲。盧枏大怒。喝道：「甚麼人敢到此放肆？叫人快拏！」衆公差道：「本縣太爺請你說話，只怕拏不得的。」一條索子，套在頸裡道：「快走！快走！」盧枏道：「我有何事？——這等麼？我不去便怎麼？」衆公差道：「老實說，向日請便請你不動，如今拏倒要拏去的！」牽著索子，推的推，扯的扯，擁下樓了，又拏了十四五個家人。還想連賓客都拏，內中有人認得是貴家公子，又是有名頭的秀才，遂不敢去惹他。一行人擁出園中，一路鬧噪噪直至縣裡。這幾個賓客放心不下，也隨來觀看。躲過的家人，也自出頭，奉著主母之命，將了銀兩趕來，央人使用打探。那汪知縣在堂等候，堂前燈籠火把，照耀渾如白晝，四下絕不聞一些人聲。眾公差拉盧柟等直到丹墀下；舉目看那知縣，滿面殺氣，分明坐下個閻羅天子。兩行隸卒排列，也與牛頭夜叉無二。家人們見了這個威勢，一個個膽戰心驚。眾公差跑上堂稟道：「盧柟一起拏到了。」將一干人帶上月臺，齊齊跪下。鈕文、金氏另跪在一邊。惟有盧柟，挺然居中而立。汪知縣見他不跪，仔細看了一看，冷笑道：「是一個土豪！見了官府，恁般無狀？在外安得不肆行無忌？我且不與你計較，暫請到監裡去坐一坐。」盧柟倒走上三四步，橫挺著身子說道：「就到監裡去坐也不妨，只要說個明白。我得何罪，昏夜差人抄沒？」知縣道：「你強占良人妻女不遂，打死鈕成，這罪也不小。」盧柟聞言，微微冷笑道：「我只道有甚天大事情！原來爲鈕成之事。據你說，止不過要我償他命罷了，何須大驚小怪！那鈕成原係我家傭奴，與家人盧才口角而死，卻與我無干！即使是我打死，亦無應死之罪。若必欲借彼證此，橫加無影之罪，以雪私怨；我盧柟不難屈承，只怕公論難泯！」汪知縣大怒道：「你打死平人，昭然耳目，卻冒認爲奴；污蔑問官，抗拒不跪。公堂之上，尚如此之狂妄，平日豪橫，不問可知矣！今且勿論人命眞假，只抗逆父母官，該得何罪？」喝叫：「拏下去打！」眾公差齊聲答應，趕向前一把揪翻。盧柟叫道：「『士可殺而不可辱』！我盧柟堂堂漢子，何惜一死！你快快詳請，要殺便殺，要剮便剮，決不受笞杖之辱！」眾公差那裡依他做主？按倒在地，打了三十；知縣連忙叫：「住手！」並家人齊發下獄牢監禁。鈕成屍首，著地方買棺盛殮，發至官壇候驗。鈕文，金氏一干證人等召保聽審。盧柟打得血肉淋漓，兩個家人扶著，仰天大笑。走出儀門，這邊朋友輩上前迎問道：「爲甚事，就到杖責？」盧柟道：「並無別事。汪知縣公報私仇，借家人盧才的假人命，妝在我名下，要加個小小死罪。」衆友驚駭道：「有這等奇冤！弟輩已相約，明日拉闔縣鄉紳孝廉與縣公講明，料縣公難泯公論，自然開釋。」盧柟道：「不消兄等費心，但憑他怎地擺布罷了。只有一件要緊事，煩到家中說一聲，教把酒多送幾罈到獄中來。」衆友道：「如今酒也該少飲。」盧柟笑道：「人生貴適意，貧富榮辱，俱身外之事，於我何有？難道因他要害我，就不飲酒？」正在說話，一個獄卒推著背道：「快進獄去！有話另日再說！」那獄卒不是別人，叫做蔡賢，也是汪知縣得用之人。盧柟睁起眼喝道：「咗！可惡！我自說話，與你何干？」蔡賢也焦躁道：「阿呀！你如今是在官人犯！這麼公子性質，且請收起，用不著了！」盧柟大怒道：「什麼在官人犯？就不進去便怎麼？」蔡賢還要回話，有幾個老成的將他推開，做好做歹，勸盧柟進了監門。衆友也各自回去。盧柟家人自歸家回覆主母，不在話下。原來盧柟出衙門時，譚遵緊隨在後，察訪這些說話，一句句聽得明白，進衙報與知縣。知縣到次早，只說有病，不出堂理事；衆鄉紳來時，門上人連帖也不受。至午後，忽然升堂，喚齊金氏一干人犯並仵作人等；監中弔出盧柟主僕，去徑檢驗鈕成屍首。那仵作人已知縣主之意，輕傷盡報做重傷。地鄰也理會得知縣要與盧柟作對，齊咬定盧柟打死。知縣又哄盧柟將出鈕成傭工身券，只說做假的，盡皆扯碎。嚴刑拷逼，問成死罪；又加二十大板，長枷手杻，下在死囚牢裡。家人們一概三十板，徒三年，召保聽候發落。金氏、鈕文一干證人等，發回寧家。屍棺俟詳轉定奪。將招由疊成文案，並盧柟抗逆不跪等情，細細開載在內，備文申報上司。雖衆鄉紳力爲申理，知縣執意不從。有詩爲證：

縣令從來可破家，冶長無罪亦堪嗟；福堂今日容高士，名圃無人理百花。

且說盧柟本是貴介之人，生下一個膿窠瘡兒，就要請醫家調治的，如何經得這等刑杖？到得獄中，昏迷不醒。幸喜合監的人，知他是個有錢主兒，奉承不暇，流水把膏藥殷勤送來。家中娘子又請太醫來調治，外修內補，不到一月，平復如舊。那些親友絡繹不絕到監中候問。獄卒人等已得了銀子，歡天喜地，由他們直進直出，並無攔阻。內中單有蔡賢是知縣心腹，如飛稟知縣主，特地到監點問，搜出五六人來，卻都是有名望的舉人秀才；不敢將他難為，叫人送出獄門，又把盧柟打上二十，四五個獄卒一概重責。那獄卒問明知是蔡賢的緣故，咬牙切齒；因是縣主得用之人，不敢與他計較。那盧柟平日受用的，高堂大廈，錦衣玉食；眼內見的，是竹木花卉；耳內聞的是，笙簫細樂；到了晚間，嬌姬美妾，倚翠偎紅，似神仙般散誕的人。如今坐於獄中，住的卻是鑽頭不進，半塌不倒的房子；眼前見的，無非死囚重犯，語言嘈雜，面目凶頑，分明一班妖魔鬼怪；耳中聞的，不過是腳鐐手拷鐵鏈之聲，到了晚間，提鈴喝號，擊柝鳴鑼，唱鬼歌兒，何等凄慘？他雖是豪邁之人，見了這般景象，也未免睹物傷情；恨不得脅下頃刻生出兩個翅膀，飛出獄中。又恨不得提把板斧，劈開獄門，連眾犯也都放走。一念轉著受辱光景，毛髮倒豎。恨道：「我盧柟做了一世好漢，卻送在這個惡賊手裡。如今陷我此間，怎能夠出頭日子？縱然掙得出去，亦有何顏見人？要這性命何用？不如尋個自盡，倒得乾淨。」又想道：「不可，不可。昔日成湯，文王，有夏台，姜里之囚；孫臏、馬遷有刖足，腐刑之辱。這幾個都是聖賢，尚忍辱待時，我盧柟豈可短見？」卻又想道：「我盧柟相知滿天下，身列縉紳者也不少；難道急難中就坐觀成敗？還是他們不曉得我受此奇冤？須索寫書去通知，教他們到上司處挽回。」遂寫若干書啓，差家人分頭投遞。那些相知也有現任，也有林下，見了書札，無不駭然。也有直達汪知縣要他寬罪的，有託上司開招的。那些上司官，一來也見得盧柟是當今才子，有心開釋，都把招詳駁下縣裡；回書中又露個頭，且教盧柟家屬前去告狀，轉把別衙門開招出罪。盧柟得了此信，心中暗喜，即叫家人往各上司訴冤。果然都批發本府理刑勘問。理刑官已先有人致意，本是書札比別處更多。那汪知縣幾日間連接數十封書札，都是與盧柟求解的。正在躊躇，忽見各上司招詳又多駁轉。過了幾日，理刑廳又行牌到縣，弔卷提人。已明知上司有開招放他之意，心下老大驚懼，暗想：「這廝果然神通廣大，身子坐在獄中，怎麼各處關節已自布置到了？若此番脫漏出去，如何饒得我過？一不做，二不休，若不斬草除根，必有後患！」當晚差譚遵下獄，叫獄卒蔡賢將盧柟投了病狀，今夜拏到隱僻之處結束他性命。可憐滿腹文章，到此冤沈獄底。正是：

英雄常抱千年恨，風木寒煙空斷魂。

話分兩頭。卻說濬縣有個巡捕縣丞，姓董名紳，貢士出身。任事強幹，用法平恕。見汪知縣將盧柟屈陷大辟，十分不平；只因官卑職小，不好開口。每下獄查點，便與盧柟談論，兩下遂成相知。那晚卻好也進監巡視，不見了盧柟；問衆獄卒時，都不肯說。惱動性子，一片聲喝打，方才低低說：「太爺差譚令史來討氣絕，已拏向後邊去了。」董縣丞大驚道：「太爺乃一縣父母，那有此事？必是你們這些奴才索詐不遂，故此害了性命。快引我去看來！」衆獄卒不敢違逆，直引至後邊一條夾道中，劈面撞著譚遵、蔡賢，喝教：「拏住！」上前觀看，只見盧柟仰臥地上，鞭打得遍身青紫，手足盡皆綁縛，面上壓個土囊。董縣丞叫左右提起土囊，高聲叫喚。也是盧柟命不該死，漸漸甦醒。與他解去繩索，扶至房中，尋些熱湯喫了，方能說話，乃將譚遵指揮蔡賢打罵，謀害情由說出。董縣丞安慰一番，叫人服侍他睡下，然後帶譚、蔡二人到了廳上，思想這事雖出自縣主之意，料今敗露，也不敢承認。欲要拷問譚遵，又想他是縣主心腹，只道我不存體面，反為不美。單喚過蔡賢，要他招承與譚遵索詐不遂，同謀盧柟性命。那蔡賢初時只推縣主所遣，不肯招承。董縣丞大怒，喝道：「夾起來！」那眾獄卒因蔡賢昨日隨縣主來查監，打了板子，心中懷恨，尋過一副極短極緊的夾棍，才套上去，就喊叫起來，連稱願招。董縣丞即便叫：「住了！」眾獄卒恨著前日的毒氣，只做不聽見，倒狠命收緊，夾得蔡賢叫爹叫娘，連祖宗十七八代盡叫出來。董縣丞連聲喝住，方才放了。把紙筆要他親供，蔡賢只得依著董縣丞說話供招。董縣丞將來袖過，分付眾卒：「此二人不許擅自釋放，待我見過太爺，然後來取。」起身出獄回衙，連夜備了文書；次早，汪知縣升堂，便去親遞。汪知縣因不見譚遵回復，正在疑惑，又見董縣丞稟上說這事，暗喫一驚，心中雖恨他衝破了，卻又奈何他不得，看了文書，只管搖頭道：「恐沒這事？」董縣丞道：「是晚生親眼見的，怎說沒有？堂尊若不信，喚二人對證便了。那譚遵猶可恕；這蔡賢最是無理，連堂尊也還污壞。若不究治，何以懲戒後人？」汪知縣被他道著心事，滿面通紅，生怕傳揚出去，壞了名聲，只得把蔡賢問徒發遣。自此，懷恨董縣丞；尋兩件風流事過，參與上司，罷官而去。此是後話不提。再說汪知縣因此謀不遂，具揭呈送各上司，又差人往京中傳送要路之人，大抵說：「盧柟恃富橫行鄉黨，結交勢要，打死平人，抗逆問官，營謀關節，希圖脫罪。」把情節做得十分利害，無非要張揚其事，使人不敢挽救。又叫譚遵將金氏出名，連夜刻起冤單，遍處黏貼。布置停當，然後備文起解到府。那推官原是沒擔當懦怯之輩，見了知縣揭帖，並金氏冤單，果然怕惹是非，不敢開招，照舊申報上司。大凡刑獄經過理刑問結，別官就不敢改動。盧枬指望這番脫離牢獄，誰道反坐實了一種死罪，依舊發下濬縣獄中縣禁？還指望知縣去任再圖昭雪；那知縣因扳翻了個有名富豪，京中多道他有風力，倒得了個美名，行取入京陞爲給事之職。他已居當道，盧枬縱有通天攝地的神通，也沒人敢翻他招案。有一巡按御史樊某，憐其冤枉，開招釋罪。汪給事知道，授意與同科劾他一本，說他得了賄賂，賣放重囚，罷官回去，著府縣原拏盧枬下獄。因此，後來上司雖知其冤，誰肯捨了自己官職，出他的罪名？光陰迅速，盧枬在獄，不覺又是三年有餘，經了兩個縣官。那時金氏、鈕文雖都病故，汪知事卻陞了京堂之職，威勢正盛，盧枬也不做出獄指望。不道災星將退，那年又選一個新知縣到任。只因這官人來，有分教：

**此日重陰方啟照，今朝甘露不成霜。**

卻說濬縣新任知縣姓陸名高祖，乃浙江嘉興府平湖縣人氏。那官人胸藏錦繡，腹滿珠璣，有經天緯地之才，濟世安民之術。出京時，汪公曾把盧枬的事相囑，心下就有些疑惹，想道：「雖是他舊任之事，今已年久，與他還有甚相干，諄諄教諭？其中必有緣故。」到任之後，訪問邑中鄉紳，都爲盧枬細敘其得罪之由。陸公還恐盧枬是個富家，央人挽回的，未敢全信。又四下暗暗體訪，所說皆同。乃道：「既爲民上，豈可以私怨羅織，陷入大辟？」欲要申文到上司與他昭雪，又想道：「若先申上司，必然行查駁勘，便不能決截了事；不如先開釋了，然後申報。」遂弔出那宗卷來，細細查看前後招由，並無一毫空隙。反復看了幾次，想道：「此事不得盧才，如何結案？」乃出百金爲信賞錢，立限著捕役要拏盧才。不一月，忽然獲到盧才，料不能脫，不打自招，審出眞情，遂援筆批云：

「審得鈕成以領公食銀子於盧柟，為盧才扣債，以致爭鬥；則鈕成為盧氏之傭工也明矣。傭工人死，無家翁償命之理？況放債者才，扣債者才，廝打者亦才；釋才坐柟，律何稱焉？才遁不到官，累及家翁，死有餘辜，擬抵不枉。盧柟久陷於獄，亦一時之冤也，相應釋放。」

當日監中取出盧柟，當堂打開枷鎖，釋放回家。合衙門人無不驚駭，就是盧柟也出自意外，甚以爲異。陸公備起申文，把盧柟起釁根由，並受枉始末，一一開明，親至府中謁見按院呈遞。按院看了申文，道他擅行開釋，必有私弊。問道：「聞得盧柟家中甚富，賢令獨不避嫌乎？」陸公道：「知縣但知奉法，不知避嫌；但知問其枉不枉，不知問其富不富。若是不枉，夷、齊亦無生理；若是枉，陶朱亦無死法。」按院見說得詞正理直，更不再問，乃道：「昔張公爲廷尉，獄無冤民，賢令近之矣！敢不領教。」陸公辭謝而出，不提。且說盧柟回至家中，合門慶幸，親友盡來相賀。過了數日，盧柟差人打聽陸公已是回縣，要去作謝他，卻是素位而行，穿了青衣小帽。娘子道：「受了陸公這般大德大恩，須備些禮物去謝他便好。」盧柟說：「我看陸公所爲，是個有肝膽的豪傑，不比那齷齪貪利的小輩；若送禮去，反輕他了。」娘子道：「怎見得是反爲輕褻？」盧柟道：「我沈冤十餘載，上官皆避嫌不肯見原，陸公初蒞此地，即行知枉，頓然開釋；此非有十二分才智，十二分膽量，安能如此？今若私報之，正所謂『故人知我，我不知故人』

也，如何使得？」即輕身而往，陸公因他是個才子，不好不輕慢，倒請到後堂相見。盧枏見了陸公，長揖不拜。陸公暗以爲奇，也還了一禮，遂叫左右看坐。門子就扯把椅子，放在旁邊。看官！你道有恁樣奇事：那盧枏乃久滯的罪人，虧陸公救援出獄，此是再生恩人，就磕穿頭也是該的；他卻長揖不拜。若論別官府，見此無禮，心上定然不樂了；那陸公毫不介意，反又命坐，可見他度量寬宏，好賢極矣。誰想盧枏見教他旁坐，倒不悅起來？說道：「老父母！只有死罪的盧枏，沒有旁坐的盧枏！」陸公聞言，即走下來重新敘禮，說道：「是學生得罪了。」即遜他上坐。兩下談今論古，十分款洽，只恨相見之晚，遂爲至友。有詩爲證：

昔聞長揖大將軍，今見盧生抗陸君；夕釋桁楊朝上坐，果然意氣薄青雲。

話分兩頭。卻說汪公聞得陸公釋了盧枏，心中大怒，又託心腹按院劾上一本。本府按院也將汪公爲縣令時，挾怨誣人始末，細細作辯一本。倒下聖旨，將汪公罷官回去，按院照舊供職，陸公安然無事。那時譚遵已省察在家，專一挑寫詞狀；陸公廉訪得實，參了上司，拏下獄中問邊遠充軍。盧枏從此自謂餘生，絕意仕進，益放於詩酒，家事漸漸淪落，絕不爲意。再說陸公在任，分文不要，愛民如子，況又發奸摘隱，剔清利弊，奸宄懾伏，盜賊屏跡。合縣遂有神明之稱，聲名振於都下。只因不附權要，止遷南京禮部主事。離任之日，士民攀轅臥轍，泣聲盈道，送至百里之外。那盧枏直送五百餘里，兩下依依不捨，欷歔而別。後來陸公累官至南京吏部尚書。盧枏家已赤貧，乃南遊白下，依陸公爲主，陸公待爲上賓。每日供給酒資一千，縱其遊玩山水。所到之處，必有題詠，都中傳誦。一日，遊采石李學士祠，遇一赤腳道人，風致飄然，盧柟邀之同飲。道人出葫蘆中玉液以酌盧柟，柟飲之，甘美異常。問道：「此酒出於何處？」道人答道：「此酒乃貧道所自造也。貧道結庵於廬山五峰下，居士若能同遊，當恣君斟酌耳。」盧柟道：「既有美酒，何憚相從？」即刻於李學士祠中作書寄謝陸公，不攜行李，隨著那赤腳道人而去。陸公見書歎道：「翛然而來，翛然而去，以乾坤爲逆旅，以七尺爲浮沈，眞狂士也！」屢遣人於廬山五老峰下訪之，不獲。後十年，陸公致政歸田里，朝廷遣官存問，陸公使其次子往京謝恩，從人見之於京都，寄問陸公安否？或云遇仙成道矣。後人有詩贊云：

命蹇英雄不自由，獨將詩酒傲公侯；一絲不掛飄然去，贏得高名萬古留。

後人又有一詩警戒文人，莫學盧公以傲致禍。詩曰：

酒癖詩狂傲骨兼，高人每得俗人嫌；勸人休蹈盧公轍，凡事還須學謹謙。

# 劉元普雙生貴子

全婚昔日稱裴相，助殯千秋慕范君；慷慨奇人難屢見，好將高義當新聞。

這一首詩，單道世間人周急者少，繼富者多。爲此常言說道：「只有錦上添花，那得雪中送炭？」只這兩句話，道盡世人情態。比如一邊有財有勢，那趨財慕勢的多只向一邊去：這便是俗語叫作：「一帆風」，又叫作：「鵓鴿子旺邊飛」。若是財利交關，自不必說。至於婚姻大事，兒女親情，有貪得富的，便是王公貴戚，自甘與團頭作對；有嫌著貧的，便是世家望族，不得與甲長聯親。自道有了一分勢要，萬貫家財，便不把人看在眼裡。若說那身在青雲之上，拔出淤泥之中，重捐己資，曲全婚配：恁般樣人，實是從前寡見，近世罕聞。冥冥之中天公自然照察。話說宋眞宗時，西京洛陽縣有一官人，姓劉名弘敬，字元普，曾任青州刺史。六十歲上告老還鄉，繼娶夫人王氏，年尚未滿四十。廣有家財，並無子女。一應田園典鋪，俱託內姪王文用管理。自己只是在家中廣行善事，仗義疏財，揮金如土；從前至後，已不知濟過多少人了，四下無人不聞其名。只是並無子息，日夜憂心。時遇清明節屆，劉元普分付王文用整備了牲牷酒醴，往墳塋祭掃，與夫人各乘小轎，僕從在後相隨。不踰時到了墳上。燒奠已畢，元普拜伏墳前，口中說著幾句道：

「堪憐弘敬年垂邁，不孝有三無後大；七十人稱自古稀，殘生不久留塵界。今朝夫婦拜墳塋，他年誰向墳塋拜？膝下蕭條未足悲，從前皿食何容艾？天高聽遠實難憑，一脈宗親須憫愛！訴罷中心淚欲枯，先靈英爽知何在？」

當下劉元普說到此處，放聲大哭，旁人俱各悲悽。那王夫人極是賢德的，拭著淚上前勸道：「相公請免愁煩，雖是年紀將暮，筋力未衰，妾身縱不能生育，當別娶少女爲妾，子嗣尚有可望，徒悲無益。」劉元普見說，只得勉強收淚，分付家人送夫人乘轎先回，自己留一個家僮相隨，閒行散悶，徐步回來。將及到家之際，遇見一個全眞先生執招牌，上寫著「風鑑通神」。元普見是相士，正要卜問子嗣，便延他到家中來坐。喫茶已畢，元普端坐求先生論相。先生仔細相了一回，略無忌諱，說道：「觀使君氣色，非但無嗣，壽亦在旦夕矣。」元普道：「學生年近古稀，死亦非殀；子嗣之事，至此暮年，亦是『水中撈月』了。但學生自想生平，雖無大德，濟弱扶危，存心已久；不知如何罪業，遂至殄絕祖宗之祀？」先生微笑道：「使君差矣，自古道『富者怨之叢』。使君廣有家私，豈能一一綜理？彼任事者只顧肥家，不思公道，大斗小秤，侵剝百端，以致小民愁怨。使君縱然行善，只好功過相酬耳；恐不能獲福也。使君但當悉杜其弊，益廣仁慈，多福多壽多男，特易易耳。」元普聞言，默然聽受。先生起身作別，不受謝金，飄然去了。元普知是異人，深信其言，隨取田園典鋪帳目，一一稽查；又潛往街市鄉間各處探聽，盡知其實。遂將衆管事人一一申飭，並妻姪王文用也受了一番喝叱，自此益修善事不提。卻說汴京有個舉子，李遜，字克讓，年三十六歲；娘子張氏，生子李彥青，小字春郎，年十七；本是西粵人氏，只爲與京師窵遠，十分孤貧，不便赴試。數年前挈妻攜子，流寓京師，卻喜中了新科進士，除授錢塘縣尹，擇個吉日，一同到了住所。李克讓看見湖山佳勝，宛然神仙境界，不覺心中爽然。誰想貧儒命薄，到任未及一月，犯了個不起之症。正是：

濃霜偏打無根草，禍來只畀福輕人。

那張氏與春郎請醫調治，百般無效，看看待死。一日，李克讓喚妻子到床前，說道：「我苦志一生，得登黃甲，死亦無恨。但只是無家可奔，無族可依，撇下寡婦孤兒，如何是了？可痛！可憐！」說罷，淚如雨下。張氏與春郎在旁勸住。克讓想道：「久聞洛陽劉元普仗義疏財，名傳天下，不問識認不識認，但是以情相求，無有不應，除是此人可以託妻寄子。」便叫：「娘子！扶我起來。」坐了，又叫兒子春郎取過文房四寶。正待舉筆，忽又停止，心中好生躊躇道：「我與他從來無交，難敘寒溫，這書如何寫得？」想了一回，心生一計，分付妻兒取湯取水，把兩人都遣開了。及至取得湯水來時，已自把書重重封固，上面寫十五字，乃是「辱弟李遜書呈洛陽恩兄劉元普親拆」。把來遞與妻兒收好，說道：「我有個八拜至交的故人，乃青州刺史劉元普，本貫洛陽人氏，此人義氣干霄，必能濟汝母子。將我書前去投他，料無阻拒。可多多拜上劉伯父，說我生前不及相見了。」隨分付張氏道：「二十載恩情，今長別矣！儻蒙劉伯父收留，全賴小心相處，必須教子成名，伸我未逮之志。你已有遺腹兩月，儻得生子，使其仍讀父書；若生女時，將來許配良人，我雖在陰瞑目。」又分付春郎道：「汝當事劉伯父如父，事劉伯母如母，又當孝敬母親，勵精學業，以圖榮顯，我死猶生。如違我言，九泉之下，亦不安也。」兩人垂淚受教。又囑付道：「身死之後，權寄棺木浮邱寺中，俟投過劉伯父，徐圖殯葬。但得安土埋藏，不須重到西粵。」說罷，心中哽咽，大叫道：「老天！老天！我李遜如此清貧，難道要作滿一個縣令也不能彀？」當時驀然倒在床上，已自叫喚不醒了。正是：

皇恩親荷喜相隨，誰料天年已莫違；休為李君傷夭逝，雲天高誼可相依。

張氏，春郎，各各哭得死而復甦。張氏道：「撇得我孤孀二人好苦！儻劉君不能相容，如何處置？」春郎道：「如今無計可施，只得依從遺命。我爹爹最是識人，或者果是好人，也不見得？」張氏即將囊橐檢點，那曾賸得分文？原來李克讓本是極孤極貧的，作人甚是清方，到任又不上一月，雖有些鈔，已爲醫藥費盡了。還虧得同僚相助，將來買具棺材盛殮，停在衙中。母子二人朝夕哭奠，過了七七之期，依著遺言，寄柩浮邱寺內；收拾些少行李盤纏，帶了遺書，飢餐渴飲，夜宿曉行，取路投洛陽縣來。卻說劉元普一日正在書齋閒玩古典，只見門上人報道：「外有母子二人，口稱西粵人氏，是老爺至交親戚，有書拜謁。」元普心下著疑，想道：「我那裡來這樣遠親？」便且教請進。母子二人走到眼前，施禮已畢。元普道：「老夫與賢母子在何處識面？實有遺忘，伏乞詳示。」李春郎答道：「家母，小姪，其實不曾得會。先君卻是伯父至交。」元普便請姓名。春郎道：「先君李遜，字克讓；母親張氏；小姪名彥青，字春郎；本貫西粵人氏，先君因赴試流落京師，以後得第，除授錢塘縣尹，一月身亡。臨終時憐我母子無依，說有洛陽劉伯父，是幼年八拜至交，特命亡後齎手書，自任所前來拜懇。故此母子造宅，多有驚動。」元普聞言，茫然不知就裡，春郎便將書呈上。元普看了封簽上十五字，好生詫異；及至拆封看時，卻是一張白紙，喫了一驚，默然不語。左思右想了一回，猛可裡心中省悟道：「必是這個緣故無疑。我如今不要說破，只使他母子得所便了。」張氏母子見他沈吟，只道不肯容納，豈知他倒是天大一場美意？元普收過書，便對二人說道：「李兄果是我八拜至交，指望再得相見，誰知已作古人，可憐！可憐！今你母子就是我自家戶骨肉，在此居住便了。」即請出王夫人來說知來歷，認爲妯娌。春郎以子姪之禮自居。當時擺設筵席，款待二人，席間說起李君靈柩在浮邱寺中，元普一力應承殯葬之事。王夫人又與張氏細談，知他已有遺腹兩月了。席散後，送他母子到南樓安歇。傢伙器皿，無一不備。又撥幾個僮僕伏侍。每日三餐，十分豐美。張氏母子，得他收留，已自過望，誰知如比殷勤，心中感淚不盡。過了幾時，元普見張氏德性溫存，春郎才華英敏，更兼謙謹老成，愈加敬重；又一面打發人往錢塘扶柩。忽一日正與王夫人閒坐，不覺掉下淚來。夫人究問其故。元普道：「我觀李氏子儀容志氣，後來必然大成。我若得這般一個兒子，眞可死而無恨。今年華已去，子息杳然，爲此不覺傷感。」夫人道：「我屢次勸相公娶妾，只是不允，如今定爲相公覓一側室，管取宜男。」元普道：「夫人休說這話！我雖垂暮，你卻尚是中年，若是天不絕我劉門，難道你不能生育？若是命中該絕，縱使姬妾盈前，也是無幹！」說罷，自出去了。夫人這番卻立意要與丈夫娶妾，曉得與他商量，定然推阻；便私下叫家人喚將作媒的薛婆來，說知就裡。又囑付道：「直待事成之後，方可與老爺得知。必用心訪個德容兼備的，或者老爺才肯相愛。」薛婆一一應諾而去。過不多日，薛婆尋了幾個來說，領與夫人觀看，沒一個中意。薛婆道：「此間女子只好恁樣，除非汴梁帝京五方會聚去處，才有出色女子。」喜得王文用有別事要進京，夫人把百金密託與他，央薛婆同去尋覓。薛婆也有一頭媒事要進京，兩得其便，不在話下。且說汴京開封府祥符縣有一進士，姓裴名習，字安卿；年登五十，夫人鄭氏早亡。單生一女，名喚蘭孫；年方二八，儀容絕世。裴安卿作了幾年郎官，陞任襄陽刺史。有人對他說道：「官人向來清芳，得此美任，此後只愁富貴，不愁貧了。」安卿笑道：「富自何來？每見貪酷小人惟利是圖，不過使這幾家治下百姓賣兒貼婦，充其囊橐。此眞狼心狗行之徒！天子教我爲民父母，豈是教我殘害子民？我今此去，惟喫襄陽一杯淡水而已。貧者人之常，叨朝廷之祿，不至凍餒足矣，何求富爲？」裴安卿立心要作個好官，選了吉日，帶著女兒起程赴任。不則一日，到了襄陽。蒞任半年，治得那一府物阜民安，詞清訟簡。民間編成幾句謠詞，說道：

襄陽府前一條街，一朝到了裴天臺；六房吏書去打米，門子皁隸去砍柴。

光陰荏苒，又早六月炎天。一日裴安卿與蘭孫喫過午飯，暴暑難當，安卿命汲井水解熱。少時，井水將到，安卿喫了兩甌，隨後叫女兒喫。蘭孫飲了數口，說道：「爹爹！恁樣淡水，虧爹爹怎生喫下許多？」安卿道：「休說這般折福的話！你我有得這水喫時，也便是神仙了，豈可嫌淡？」蘭孫道：「爹爹！如何便見得折福？這樣時候，多少王孫公子雪藕調冰，浮瓜沈李，也不爲過，爹爹身爲郡候，飲此一杯淡水，還道受用，也太迂闊了！」安卿道：「我兒未諳事務，聽我道來：假如那王孫公子，倚傍著祖宗的勢耀，頂戴著先人積攢下的浮財，不知稼穡，又無甚事業，只圖快樂，落得受用。卻不知樂極悲生，也終有『馬死黃金盡』的時節；縱不然，也是他生來有這些福氣。你爹爹單寒出身，又叨朝廷民社之責，須不能彀比他。還有一等人，假如當此天道，爲將邊庭，身披重鎧，手執戈矛，日夜不能安息，又且死生，朝不保暮；更有那荷鍤農夫，經商工役，辛勤隴陌，奔走泥塗，雨汗通流，還禁不住那當空日曬；你爹爹比他，不已是神仙？

又那下一等人，一時過誤，問成罪案，囚在囹圄，受盡鞭箠，還要扭手鐐足；這般時節拘於那不見天日之處，休說冷水，便是泥汁也不能彀，求生不得生，求死不得死，父娘皮肉，痛癢一般，難道偏他們受得苦起？你爹比他，豈不是神仙？今司獄中現有一二百名罪人，吾意欲散禁他們在獄，日給冷水一次，待交秋再作理會。」蘭孫道：「爹爹未可造次。獄中罪人皆不良之輩，若輕鬆了他，儻有不測，受累不淺。」安卿道：「我以好心待人，人豈背我？我但分付牢子緊守監門便了。」也是合當有事，只因這一節，有分教：

應死囚徒俱脫網，施仁郡守反遭殃。

次日，安卿升堂，分付獄吏：「將囚人散禁在牢，日給涼水與他，須要小心看守。」獄卒應諾了。當日便去牢床鬆放衆囚，各給涼水。牢子們緊緊看守，不致疏虞。過了十來日，牢子們就懈怠了。忽又是七月初一日，獄中舊例，每逢月朔，便獻一番利市。那日燒過去了，獄中人們都去喫酒散福，從下午喫起，直喫到黃昏時候，一個個酩酊爛醉。那一干囚犯初時見獄吏寬縱，已自起心越獄，內中有幾個有見識的密地教對付些利器，暗藏在身邊。當日見衆人已醉，就便乘機發作，約莫到二更時分，獄中一片聲喊起，一二百罪囚一齊動手，先將當牢的禁子殺了，打出牢門。將那獄吏牢子一個個砍翻，撞見的多是一刀一個。有的躲在黑暗裡聽時，只聽得喊道：「太爺平時仁德，我們不要殺他！」直反到各衙，殺了幾個佐貳官。那時正是清平時節，城門還未曾閉，衆人吶聲喊，一鬨逃走出城。正是：

鰲魚脫卻金鉤去，擺尾搖頭再不來。

那裴安卿聽得喧嚷，在睡夢中驚覺，連忙起來，早已有人報知。裴安卿聽說，卻正似頂門上失了三魂，腳底下蕩了七魄，連聲只叫得苦道：「悔不聽蘭孫之言，以至於此！誰知道將好待人，被人不仁？」一面點起民兵分頭追捕，多應是「海底撈鍼」，尋那一個？次日，這椿事早報與上司知道，少不得動了一本。不上半月已到汴京，奏章早達天聽；天子與群臣議處。若是裴安卿是個貪殘刻剝阿諛權佞的，朝中也還有人喜他，只爲平素心性剛直，不肯趨奉權貴，況且一清如水，俸資之外，毫不苟取，那有錢財夤緣勢要？所以無一人替他辨冤。多道：「縱囚越獄，典守者不得辭其責；又且殺了佐貳，獨留刺史，事屬可疑，合當廷問。」天子准奏，即便批下本來，著法司差官扭解到京。那時裴安卿便是重出世的召父，再生來的杜母，也只得低頭受縛；卻也道自己素有政聲，還有辨白之處。叫蘭孫收拾了行李，父女兩個，同了押解人起程，不則一日，來到東京。那裴安卿舊日住居，已奉聖旨抄沒了，僮僕數人，分頭逃散，無地可以安身。還虧得鄭夫人在時，與清眞觀女道往來，只得借他一間房子，與蘭孫住下了。次日青衣小帽，同押解人到朝候旨。奉聖旨下大理獄鞫審，即刻便自進牢。蘭孫只得將了些錢鈔，買上告下，去獄中傳言寄語，擔茶送飯。原來裴安卿年衰力邁，受了驚惶，又受了苦楚，日夜憂慮，飲食不進。蘭孫設法送飯，枉自費了銀錢。一日，見蘭孫正在獄門首來，使喚住女兒說道：「我氣塞難當，今日大分必死，只爲爲人慈善，以致召禍，累了我兒；雖然罪不及孥，只是我死之後，無路可投，作婢爲奴，定然不免。」那安卿說到此處，如萬箭攢心，長號數聲而絕。還喜未及會審，不受那三木囊頭之苦。蘭孫跌腳搥胸，哭得個發昏章第十一；欲要領取父親屍首，是朝廷罪人，不得擅便。當時蘭孫不顧死生利害，闖進大理寺衙門，哭訴越獄根由，哀感旁人。幸得那大理寺卿還是個有公道的人，見了這般情狀，惻然不忍，隨即進一道表章。上寫著：

「大理寺卿臣某，勘得襄陽刺史裴習，撫字心勞，提防政拙；雖禁法多疏，自干天譴；而反情無據，可表臣心。今已斃囹圄，宜從寬貸，伏乞速降天恩，赦其遺屍歸葬，以彰朝廷優待臣下之心。臣某惶恐上言。」

那眞宗也是個仁君，見裴習已死，便自不欲苛求，即批准了表章。蘭孫得了這個消息，還算是「黃連樹下彈琴，苦中取樂。」將身邊所賸餘錢，只買個棺，僱人抬出屍首，盛殮好了，停在清眞觀中；做些漿酒，祭奠一番。又哭得一佛出世。那裴安卿所帶盤費，原無幾何，到此已用得乾乾淨淨了；雖是已有棺木，殯葬之資，毫無所出。蘭孫左思右想，雖有個舅舅鄭公，現在任西川節度使，帶了家眷在彼，卻是路途險遠，萬萬不能搭救；眞正無計可施。事到頭來不自由，只得手中拏個草標，將一張紙寫著「賣身葬父」，洛陽裴習前拜了四拜，禱告道：「爹爹陰靈不遠，保奴前去得遇好人。」拜罷，便自噙著一把眼淚，抱著一腔冤恨，忍著了身差攻浴街喊叫，可憐那蘭孫是個嬌滴滴的閨中處子，見了一個驀生人，也要面紅耳熱的，不想今日出頭露面；思念父親臨死言詞不覺寸腸俱裂。正是：

天有不測風雲，人有旦夕禍福；生來運蹇時乖，只是含羞忍辱。父兮桎梏亡身，女兒街衢痛哭；縱教血染鵑紅，彼蒼不念煢獨。

卻說蘭孫哀切切含羞忍辱來在街上賣身，只見一個老媽媽走近而來，欠身施禮問道：「小娘子爲著甚事賣身？又恁般愁容可掬？」蘭孫未及回答，那媽媽把仔細看了一眼，有些認識。喫了一驚道：「這不是裴小姐？如何到此地位？」原來那媽媽就是洛陽的薛婆，鄭夫人在時，薛婆有事到京，常在裴家往來的，故此認得。蘭孫抬頭見是薛婆，就同他走到一個僻靜所在，含淚把上項事說了一遍。那婆子家最易眼淚出的，聽到傷心之處，不覺也哭起來道：「原來尊府老爺遭此大難，你是個宦家之女，如何作得以下之人？若要賣身，雖然如此嬌姿，不到得便爲奴作婢，也免不得是個偏房了！」蘭孫道：「今日爲了父親，就是殺身也說不得！何惜其他！」薛媽道：「既如此，小姐請免愁煩。洛陽縣劉刺史老爺，年老無兒，夫人王氏要與他取個偏房，前日曾囑付我在本處尋了多時，並無一個中意的姐兒。今因爲洛陽一個大姓，央我到京中相府求一頭親事，夫人乘便囑他親姪王文用，帶了身價，同我前來遠訪。也是有緣，遇著小姐。王夫人原說要個德容兼備的，今小姐之貌，絕世無雙，賣身葬父，又是大孝之事，這事十有九分了。那劉刺史仗義疏財，王夫人大賢大德，小姐到彼，雖則暫時落後，儘可快活終身。未知尊意如何？」蘭孫道：「但憑媽媽主張；只是賣身爲妾，玷辱門庭，千萬莫說出眞情，只認作民家之女罷了。」薛婆點頭道：「是。」隨引了蘭孫小姐，一徑到王文用寓所來。薛婆就對他說知備細，王文用遠遠的瞟去，看那小姐已覺得傾國傾城，便道：「有如此絕色佳人，何怕不中姑娘之意？」正是：

踏破鐵鞋無覓處，得來全不費工夫。

當下一邊是落難之際，一邊是富厚之家，並不消爭短論長，已自一說一中，整整兌足了一百兩雪花銀子，遞與蘭孫道：「姐兒收了。」就要接他起程。蘭孫道：「我本爲葬父，故此賣身；須是完過葬事，才好去得。」薛婆道：「小娘子！你介然一身，如何完得葬事？何不到洛陽成親之後，那時浼劉老爺差人埋葬，何等容易？」蘭孫只得依從。那王文用是個老成才幹的人，見是要與姑夫爲妾的，不敢怠慢，差薛婆與他作伴同行，自己常在前後照應。到洛陽只三四百里之路，不上數日，早已到了劉家。王文用自往解庫中去了。薛婆便悄悄地領他進去，叩見了王夫人。夫人抬頭看蘭孫時，果然是：

脂粉不施，有天然風格；梳妝略試，無半點塵氛。舉止處態度從容；語言時聲音淒婉。雙眉鎖恨，恍如西子入吳時；兩頰含愁，正似王嬙辭漢闕。可憐嫵媚深閨女，權作追隨宦室人。

當時王夫人滿心歡喜，問了姓名，便收拾一間房子安頓蘭孫，派一個養娘服事。次日，王夫人便請劉元普來，從容說道：「老身今有一言，相公幸勿嗔怪。」劉元普道：「夫人有話即說，何必諱言？」夫人道：「相公！你豈不聞『人生七十古來稀』？今你壽近七十，前路幾何？並無子息。常常道：『無病一身經，有子萬事足。』久欲與相公納一側室，一來爲相公持正，不好接言；二來未得其人，姑且隱忍。今娶得汴京裴氏之女，正在妙齡，抑且才色兩絕，願相公立他作個偏房，或者生得一男半女，也是劉門後代。」劉元普道：「老夫只恐命裡無嗣，不欲耽誤人家幼女，誰知夫人如此用心，如今且喚他出來見我。」當下蘭孫小姐移步出房，倒身下拜。劉元普看見，心中想道：「我觀此女儀容動止，不是個以下之人。」便開口問道：「你姓甚名誰？何等樣人家之女？爲甚事賣身？」蘭孫道：「賤妾乃汴京小民之女，姓裴名蘭孫，父死無資，故此賣身營葬。」口中如此說，不覺暗地裡偷彈珠淚。劉元普相了又相道：「你定不是民家之女，不要哄我。我看你愁容可掬，必有隱情，可對我一一直言，與你作主分憂便了。」蘭孫初時隱諱，怎當得劉元普再三盤問？只得將那放囚得罪緣由，從前至後，細細說了一遍，不覺淚如湧泉。劉元普大驚失色，也不覺淚下道：「我說不像民家之女，夫人幾乎誤了老夫。可惜一個好官，遭此屈禍！」忙向蘭孫小姐連稱得罪，又道：「小姐身既無依，便住在我這裡，待老夫選擇地基安葬尊翁便了。」蘭孫道：「若得如此周全，此恩惟天可表。相公先受賤妾一拜。」劉元普慌忙扶起，分付養娘：「好生服侍裴家小姐，不得有違。」當時走到廳堂，即刻差人往汴京迎取使君靈柩。不多日扶柩到來，卻好錢塘李縣令靈柩一齊到了。劉元普將來共停在一個正廳之上，備了兩席祭筵拜奠，張氏自領了兒子拜了亡夫，元普也領蘭孫拜了亡父。又請了一個有名的地理先生，揀尋了兩塊好地基，等待臘月吉日安葬。一日，王夫人又對元普說道：「那裴氏女雖然貴家出身，卻是落難之中，得相公救拔他的，若是流落他方，不知如何下賤去了？相公又與他擇地葬親，此恩非小，他必甘心與相公爲妾的。既是名門之女，或者有些福氣，誕育子嗣，也不見得？若得如此，非但相公有後，他也終身有靠，未爲不可！望相公思之。」夫人不說猶可，說罷，只見劉元普勃然作色道：「干夫人說那裡話？天下多美婦人，我欲娶妾，自可別圖，豈敢污裴使君之女？劉弘敬若有此心。神天鑒察！」夫人聽說，自道失言，頓口不語。劉元普心裡不樂，想了一回道：「我也太獃了，我既無子嗣，何不索性認他爲女，斷了夫人這點念頭。」便叫丫鬟請出裴小姐來道：「我叨長尊翁多年，又同爲刺史之職，年華高邁，子息全無，小姐若不棄嫌，欲待螟蛉爲女，意下何如？」蘭孫道：「妾蒙相公夫人收養，願爲奴婢早晚服事，如此厚待，如何敢當？」劉元普道：「那有此理？你乃宦家之女，偶遭挫折，焉可賤居下流？老夫自有主意，不必過謙。」蘭孫道：「相公夫人，正是重生父母，雖粉骨碎身，無可報答，既蒙不鄙微賤，認爲親女，焉敢有違？今日就拜了爹媽。」劉元普歡喜不勝，便對夫人道：「今日我以蘭孫爲女，可受他全體。」當下蘭孫插燭也似的拜了八拜。自此，便叫劉相公夫人爲爹爹母親，十分孝敬，倍加親熱。夫人又說與劉元普道：「相公既認蘭孫爲女，須當他擇婿。姪兒王文用青年喪偶，管理多年，才幹精敏，也不屈辱了女兒。相公何不與他成就了這口親事？」劉元普微微笑道：「內姪繼娶之事，少不得老夫身上；今日自有個主意，你只管打點妝奩便了。」夫人依言。元普當便揀下了一個成親吉日。到期宰殺豬羊，大排筵會，遍請鄉紳親友，並李氏母子，內姪王文用，一同來赴慶喜華筵。衆人還只道是劉公納寵，王夫人也還只道是與姪兒成婚。正是：

萬丈廣寒難得到，嫦娥今夜落誰家？

看看吉時將及，只見劉元普教人捧出一套新郎衣飾，擺在堂中。劉元普拱手向衆人說道：「列位高親在此，聽弘敬一言：敬聞利人之色不仁，乘人之危不義；襄陽裴使君以王事繫獄身死，有女蘭孫年方及笄，荊妻欲納爲妾，弘敬寧乏子嗣，決不敢污使君之清德；內姪王文用，雖有經理之才，卻非仕宦中人，亦難以配公侯之女；惟我故人李縣令之子彥青者，既出望族，又係青年，貌比潘安，才過子建，誠所謂『窈窕淑女，君子好逑』者也；今日特爲兩人成其佳偶。諸公以爲何如？」衆人異口同聲，讚歎劉公盛德。李春郎出其不意，卻待推遜，劉元普那裡肯從？便自親將新郎衣飾與他穿戴了。次後笙歌鼎沸，燈火輝煌，遠遠聽得環珮之聲，卻是薛婆做了喜娘，幾個丫鬟，一同簇擁著蘭孫小姐出來。二位新人立在花氈之上，交拜成禮，眞是說不盡那奢華富貴！當時張氏和春郎，魂夢之中，也想不到得此，眞正喜自天來。蘭孫小姐燈燭之下，覷見新郎容貌不凡，也自暗暗地歡喜，只道嫁個老人星，誰知卻嫁了個文曲星？行禮已畢，便伏侍新人上轎，劉元普親自送到南樓，結燭合巹。又把那千金妝奩，一齊送將過來。劉元普自同去陪賓，大吹大打，直飲至五更而散。這裡洞房中一對新人，眞正佳人遇著才子，那一宵歡愛，端的是如膠似漆，如魚似水。枕邊說到劉公大德，兩下裡感激，深入骨髓。次日天明，起來見了張氏，張氏又同他夫婦拜見劉公千萬分稱謝。隨後張氏就辦些祭物到靈柩前，叫媳婦拜了公公，兒子拜了岳父。張氏撫棺哭道：「丈夫生前爲人正直，死後必有英靈，劉伯父周濟了寡婦孤兒，又把名門貴女做你媳婦，恩德如天，非同小可；幽冥之中，乞佑劉伯父早生貴子，壽過百餘。」春郎夫妻也各自默默地禱祝。自此，上和下睦，夫唱婦隨，日夜焚香保劉公冥福。光陰荏苒，不覺又是臘月中旬，營葬吉期到了。劉元普便自聚起匠役人工，在正廳上抬取一對靈柩到墳塋土來；張氏與春郎夫妻，各各戴了重孝相送。當下埋棺封土已畢，各立一個神道碑：一書「宋故襄陽刺史安卿裴公之墓」，一書「宋故錢塘長尹克讓李公之墓」。只見松柏參差，山水環繞，宛然兩個佳城。劉元曾設三牲禮儀，親自舉哀拜奠。張氏三人，放聲大哭；哭罷，一齊望著劉元普拜倒在荒草地上不起。劉元普連忙答拜，只是謙讓無能。略一毫自矜之色，隨即回來，各自散訖。是夜劉元普睡到三更，只見兩個人幞頭象簡，金帶紫袍，向劉元普撲地倒身拜下，口稱大恩人。劉元普喫了一驚，慌忙起身扶住道：「二位尊神何故降臨？折殺老夫也！」那左手的一位說道：「某乃襄陽刺史裴習，此位即錢塘縣令李公克讓也。上帝憐我兩人清忠，封某爲天下都城隍，李公爲天曹府判官之職。某繫獄身死之後，幼女無投，承公大恩，賜之佳婿，又賜佳城，使我兩人冥冥之中，遂爲兒女姻眷，恩同天地，難效涓埃；已曾合表上奏天庭，上帝鑒公盛德，特爲官加一品，壽益三旬，子生雙貴；幽明雖隔，敢不報知。」那右首的一位又說道：「某只爲與公無交，難訴衷曲，故此空函寓意。不想公一見即明，慨然認義，養生送死，已出殊恩，淑女承祧，尤爲望外；雖益壽添嗣，未足報洪恩之萬一。今有遺腹小女鳳鳴，明早已當出世，敢以此女奉長郎君箕帚，公與我媳，我亦與公媳，略盡報效之私。」言訖，拱手而別。劉元普慌忙出送，被兩人用手一推，瞥然驚覺，卻正與王夫人睡在床上，便將夢中所見所聞，一一說了。夫人道：「妾身亦慕相公大德，古今罕有，自然得福非輕，神明之言，諒非虛謬。」劉元普道：「裴、李二公生前正直，死後爲神，他感我嫁女婚男，故來託夢，理之所有；但說我壽增三十，世間那有百歲之人？又說賜我二子，我今年已七十，雖然精力不減少時，那七十歲生子，卻也難得，恐未必然？」次日早晨，劉元普思憶夢中言語，整了衣冠，步到南樓，正要說與他三人知道，只見李春郎夫婦出來相迎。春郎道：「母親生下小妹，方在坐草之際，昨夜恰母子三人各有異夢，正要到伯父處報知賀喜，豈知伯父已走來了？」劉元普見說張氏生女，思想夢中李君之言，好生有驗，只是自己不曾有子，不說好得。當下問了張氏平安，就問夢中所見如何？李春郎道：「夢見父親岳父俱已爲神，口稱伯父大德感動天庭，已爲延壽添子。」三人所夢，總只一樣，劉元普暗暗稱奇，便將自己夢中光景，一一將兩人說了。春郎道：「此皆伯父積德所致，天理自然，非虛幻也。」劉元普隨即回家與夫人說知，各各駭歎。又差人到李家賀喜。不多時，又及滿月。張氏抱幼女來見伯父母。元普便問：「令媛何名？」張氏道：「小名鳳鳴，是亡夫夢中所囑。」劉元普見與己夢相符，愈加驚異。話休絮煩。且說王夫人當時年已四十歲了，只覺得喜食鹹酸，時常作嘔。劉元普只道中年人病發，延醫看脈，沒一個解說得出，就有個把有手段的，忖道：「像是喜的脈氣。」卻曉得劉元普年已七十，王夫人年已四十，從不曾生育的，爲此都不敢下藥。只說道：「夫人此病不消服藥，不久自瘳。」劉元普也道這樣小病，料是不妨，自此也不延醫，放下了心。只見王夫人又過了幾時，當眞病好，但覺得腰肢日重，裙帶漸短，眉低眼慢，乳脹腹高。劉元普半信半疑道：「夢中之言，果然不虛嗎？」日月易過，不覺已及產期，劉元普此時不由得不信是有孕，提防分娩；一面喚了收生婆進來，又喚了一個奶子。忽一夜夫人方睡，只聞得異香撲鼻，仙音嘹喨，夫人便覺腹痛，衆人齊來伏侍分娩。不上半個時辰，生下一個孩兒，香湯沐浴過了，看時，只見眉清目秀，鼻直口方，十分魁偉；夫妻兩個歡喜無限。元普對夫人道：「一夢之靈驗如此，若如裴、李二公之言，皆上天之賜也。」就取名劉天佑，字夢禎。此事便傳遍洛陽一城，把做新聞傳說。鄉里中編出四句口號道：

刺史生來有奇骨，為人最好行陰騭；嫁了裴女換劉兒，養得頭生作七十。

轉眼間又是滿月，少不得做湯餅會，衆鄉紳親友齊來慶賀。眞是賀客填門，喫了三五日筵席。春郎與蘭孫自體己設宴賀喜，自不必說。且說李春郎自從成婚葬父之後，一發潛心經史，希圖上進，以報大恩。又得劉元普扶持入了國子學，正與伯父母妻商量，到京赴學以待試期。只見汴京有個公差到來，說是鄭樞密府中所差，前來接取裴小姐一家的。原來那蘭孫的舅舅鄭公，數月之內，已自西川節度，內召爲樞密院副使。還京之日，已知姊夫被難而亡，遂到清眞觀問取甥女消息，說是賣在洛陽，又遣人到洛陽探問，曉得劉公仗義全婚，稱歎不盡。因爲思念甥女，故此欲接取他姑嫜夫婿，一同赴京相會。春郎得知此信，正是兩便。蘭孫見說舅舅回京，也是十分歡喜。當下稟過劉公夫婦，就要擇個吉日，同張氏和鳳鳴起程。到期，劉元普治酒餞別，中間說起夢中之事，劉元普便對張氏說道：「舊歲老夫夢中得見令先君，說令嫒與小兒有婚姻之分；前日小兒未生，不敢啓齒。如今倘蒙不鄙，願結葭莩。」張氏欠身答道：「先夫夢中曾言，又蒙伯伯不棄，大恩未報，敢惜一女？只是母子孤寒如故，未敢仰攀；倘得犬子成名，當以小女奉郎君箕帚。」當下酒散，劉公又囑付蘭孫道：「你丈夫此去前程萬里，我兩人在家安樂，孩兒不必掛懷。」諸人各各流涕，戀戀不捨。臨行，又自再三下拜，感謝劉公夫婦盛德，然後垂淚登程去了。洛陽與京師卻不甚遠，不時常有音信往來，不必細說。再表公子劉天佑自從生育，日往月來，又早週歲過頭。一日奶子抱了小官人，同了養娘朝雲往外邊耍子。那朝雲年十八歲，頗有姿色；隨了奶子出來頑耍了一晌。奶子道：「姐姐，你與我略抱一抱，怕風大，我去將衣服來與他穿。」朝雲接過抱了。奶子進去了一回出來，只聽得公子啼哭之聲，著了忙，兩步當一步走到面前，只見朝雲一手抱了，一手伸在公子頭上捏著。奶子疾忙近前看時，只見跌起老大一個疙瘩，便大怒發話道：「我略轉得一轉背，便把他跌了，你豈不曉得他是老爺夫人的性命？若是知道，須連累我喫苦，我便去告訴老爺夫人，看你這小賤人逃得過這一頓責罰也不？」說罷，抱了公子，氣憤憤的便走。朝雲見他勢頭不好，一時性發，也接應道：「你這樣老豬狗！倚仗公子勢利，便欺負人，破口罵我！不要使盡了英雄！莫說你是奶子，便是公子，我也從不曾見有七十歲的養頭生，知他是拖來也是抱來的人？卻爲這一跌便凌辱我！」朝雲雖是口強，卻也心慌，不敢便走進來。不想那奶子一五一十，竟將朝雲說話對劉元普說了。元普聽罷，坦然說道：「這也怪他不得，七十生子，原是罕有，他一時妄言，何足計較？」當時奶子只道搬弄朝雲一場，少也敲個半死，不想元普如此寬容，把一片火性，化做半杯冰水，抱了公子自進去了。卻說劉元普當夜與夫人喫夜飯罷，自到房裡去安歇，分付女婢道：「喚朝雲到我書房裡來！」眾婢只道爲日裡事發，要難爲他，倒替他擔著一把干係，疾忙鷹拏燕雀的把朝雲拏到。可憐朝雲懷著鬼胎，戰兢兢的立在劉元普面前，只打點領責。元普分付眾人道：「你們多退去，只留朝雲在此。」眾人領命一齊都散，單留一人。元普便叫朝雲閉上了門。朝雲正不知劉元普葫蘆裡賣出什麼藥來？只見劉元普叫他近前，說道：「人之不能生育，多因交會之際，精力衰微，浮而不實，故艱於種子；若精力健旺，雖老猶少。你卻道老夫人不能生產，便把那抱別姓借異種，這樣邪說疑我；我今夜留你在此，正要與你試一試精力，消你這點疑心。」原來劉元普平時只道自己不能生兒，所以不肯輕納少年女，如今已得過頭生，便自放膽大了。又見說夢中尚有一子，一時間不覺通融起來。那朝雲也是偶然失言，不想到此分際，卻也不敢違拗，只得伏侍元普解衣而寢。是夜劉元普便與朝雲同睡，天明朝雲自進去了。劉元普起身對夫人說知此事，夫人只是笑。眾女婢和奶子多道：「老爺一向極有正經，而今倒恁般老沒志氣。」誰想劉元普和朝雲，只此一宵便受了娠。劉元普也是一時要他不疑，賣弄本事，也不道如此快當，夫人便鋪個下房，勸相公冊立朝雲爲妾，劉元普應允了，便與朝雲戴笄。納爲後房，不時往朝雲處歇宿。朝雲想起當初一時失言，倒得了這一個好地位。劉元普與朝雲戲言道：「你如今方信公子，不是拖來抱來的了嗎？」朝雲耳紅面赤，不敢言語。轉眼之間，又已十月滿了。一日，朝雲腰痛難禁，也覺得異香滿室，生下一個兒子。方才落地，只聽得外邊喧嚷，劉元普出來看時，卻是報李春郎狀元及第的。劉元普見姪兒登第，不辜負了從前認義之心，又且正值生子之時，也是個大大吉兆，心下不勝快樂。當時報喜人就呈上李狀元家書。劉元普拆開看道：

「姪子母孤孀，得延殘息足矣，賴伯父保全終始，遂得成名，皆伯父之賜也。邇來二尊人起居，想當佳勝；本欲請假一候尊顏，緣侍講於東宮，不離朝夕，未得如心。姑寄御酒二瓶，為伯父頤老之資；宮花二朵，為賢弟鼎元之兆。臨風神往，不盡鄙忱。」

劉元普看畢，收了御酒宮花，正進來與夫人說知，只見公子天佑走將過來。劉元普喚住，遞宮花與他道：「哥哥在京得第，特寄宮花與你，願我兒他年翰林賜宴，與哥哥今日一般。」公子欣然接去，向領上亂插，望著爺娘唱了兩個深喏，引得那兩個老人家歡喜無限。劉元普隨即修書賀喜，並說生次子之事，打發京中人去訖。便把皇封御酒祭獻裴、李二公，然後與夫人同飲。從此又將次子取名天錫，表字夢符。兄弟日漸長成，十分聰明，劉元普延師訓誨，以待成人。又感上天佑庇，一發修橋補路，廣行陰德。裴、李二塋，每年春秋掃祭不提。再表狀元在京之時，那鄭樞密與夫人魏氏，止生一幼女，名曰素娟，尚在襁褓，他只爲姊姊早亡，甚是愛重甥女；故此李氏一門，在他府中十分相得。李狀元自成名之後，授了東宮侍講之職，深得皇太子之心。自此十年有餘，眞宗皇帝崩了，仁宗皇登極，優禮師傅，便超陞李彥青爲禮部尚書，進階一品。那劉元普仗義之事，自仁宗爲太子時已有幾次奏知，當日便進上一本，懇賜還祭掃，並乞褒封。仁宗頒下詔旨：「錢塘縣尹李遜追贈禮部尚書，襄陽刺史裴習追復原官，各賜御祭一筵。青州刺史劉弘敬以原官加陞三級。禮部尚書李彥青給假半年，還朝復職。」李尚書得了聖旨，便同張老夫人、裴夫人、鳳鳴小姐，謝別了鄭樞密，馳驛回洛陽來。一路上車馬旌旗，炫耀數里。府縣官員出郭迎接。那李尚書去時尚是弱冠，來時已作大臣，卻又年止三十；洛陽父老，觀者如堵，都稱歎劉公不但有德，又且能識好人。當下李尚書家眷先到劉家下馬，劉元普夫婦聞知，忙排香案迎接聖旨。山呼已畢，張老夫人、李尚書、裴夫人俱各紅袍玉帶，率了鳳鳴小姐，齊齊拜倒在地，稱謝洪恩。劉元普扶起尚書，王夫人扶起夫人小姐，就喚兩位公子出來，相見嬸嬸兄嫂。衆人看見兄弟二人相貌魁梧，又酷似劉元普模樣，無不歡喜。都稱歎道：「大恩人生此雙璧，無非積德所招。」隨即排著御祭，到裴、李二公墓墳塋焚黃奠酒。張氏等四人各各痛哭一場，撤祭而回。劉元普開筵賀喜，食供三套，酒行教巡。劉元普起身對尚書母子說道：「老夫有一衷腸之語，含藏十餘年矣，今日不敢不說。令先君與老夫，生平實無一面之交；當賢母子來投，老夫茫然不知就裡，及至拆書看時，並無半字；當時不解其意。仔細想將起來，必是聞得老夫虛名，欲待託妻寄子，卻是從無一面，難敘衷情；故把空書藏著啞謎，老夫當日認假爲眞，雖妻子跟前不敢說破；其實所稱八拜至交，皆虛言耳。今日喜得賢姪功成名遂，耀祖榮宗，老夫若再不言，是埋沒令先君一段苦心也。」言畢，即將原書遞與尚書母子展看。尚書母子號慟，感謝恩人；直至今日才曉得空函認義之事，十分稱歎不止。正是：

故舊託孤天下有，虛空認義古來無；世人盡效劉元普，何必相交在始初？

當下劉元普又說長公子求親之事，張老夫人欣然允諾。裴夫人起身說道：「奴受爹爹厚恩，未報萬一，今舅舅鄭樞密生一表妹名曰素娟，正與次弟同庚，奴家願為作伐，成其配偶。」劉元普稱謝了，當日無話。劉元普隨後就與天佑聘了李鳳鳴小姐，李尙書一面寫表轉達朝廷，奏聞空函認義之事，一面修書與鄭公說親。不踰時，仁宗看了表章，龍顏大喜，驚歎劉弘敬盛德，隨頒恩詔，除建坊旌表外，特以李彥青之官封之，以彰殊典。那鄭公素慕劉公高義，議婚之事，無有不從。李尙書既做了天佑妻舅，又做了天錫之表連襟，親上加親，十分美滿。以後天佑狀元及第，天錫進士出身，兄弟兩人青年同榜。劉元普直看二子成婚，各各生子之後，一夜，夢見裴使君來拜，道：「某任都城隍已滿，乞公早赴佳期，上帝已有旨矣。」次日，無疾而終，恰好百歲。王夫人也自壽過八十。李尙書夫婦痛哭倍常，認作親生父母，心喪三年；雖然劉氏自有子孫，李尙書卻是年年致祭。這叫知恩報恩。惟有裴公無後，也是李氏子孫世世拜掃。自此，世居洛陽，看守先塋，不回西粵。裴夫人生子，後來也出仕貴顯。那劉天佑直做到同平章事，劉天錫直做到御史大夫。劉元普慶受褒封，子孫蕃衍不絕，此陰德之報也。有詩為證：

陰陽總一理，禍福惟自求；莫道天公遠，須看刺史劉。

# 俞伯牙摔琴謝知音

浪說曾分鮑叔金，誰人辨得伯牙琴？於今交道奸如鬼，湖海空懸一片心。

古來論交情至厚者，莫如管、鮑。——管是管夷吾，鮑是鮑叔牙。——他兩個同爲商賈得利均分，時管夷吾多取其利，叔牙不以爲貪，知其貧也；後來管夷吾被囚，叔牙脫之，薦爲齊相。這樣朋友，才是個眞正相知。這相知有幾樣名色：恩德相結者，謂之知己；腹心相照者，謂之知心；聲氣相同者，謂之知音；今日總來叫做相知。聽在下說一樁俞伯牙的故事，列位看官們要聽者，挨耳而聽；不要聽者，各隨尊便。正是：

知音說與知音聽，不是知音不要談。

話說春秋戰國時，有一名公姓俞，名瑞，字伯牙，楚國郢都人氏。——即今湖廣荊州府之地也。——那俞伯牙身雖楚人，官星卻落於晉國，仕至上大夫之位。因奉晉主之命，來楚國修聘；伯牙討這個差使，一來是個大才不辱君命，來就便省視鄉里，一舉兩得。當時從陸路至於郢都，朝見了楚王，致了晉主之命。楚王設宴款待，十分相贈。那郢都乃是桑梓之地，少不得去看一看墳墓，會一會親友。然雖如此，各事其主，君命在身，不敢遲留。公事已畢，拜辭楚王，楚王贈以黃金采緞，高車駟馬。伯牙離楚一、二十年，思想故國江山之勝，欲得恣情瀏覽，要打從水路大寬轉而回，乃假奏楚王道：「臣不幸有犬馬之疾，不勝車馬馳驟，乞假臣舟楫，以便醫藥。」楚王准奏，命水師發大船二隻，一正一副；正船單坐晉國來使，副船安頓僕從行李；都是蘭橈畫槳，錦帳高帆，甚是齊整！群臣直送到江頭而別。正是：

只因覽勝探奇，不顧山遙水遠。

伯牙是個風流才子，那江山之勝，正投其懷；張一片風帆，凌千層碧浪，看不盡遙山疊翠，遠水澄清。不一日，行至漢陽江口，時當八月十五日中秋之夜，偶然風狂浪湧，大雨如注，舟楫不能前進，泊於山崖之下。不多時，風平浪靜，雨止雲開，現出一輪明月。那雨後之月，光耀倍常。伯牙在船艙中獨坐無聊，命童子焚香爐內：「待我撫琴一操，以遣情懷。」童子焚香罷，捧琴囊置於案間。伯牙開囊取琴，調絃轉軫，彈出一曲；曲猶未終，指下豁刺的一聲響，那琴絃斷了一根。伯牙大驚，叫童子：「去問船頭，這泊船所在是什麼去處？」夫頭答道：「偶因風雨，停泊於山腳之下，雖然有些草樹，並無人家。」伯牙驚訝，想道：「是荒山了。若是城郭村莊，必有聰明好學之人竊聽吾琴，所以琴聲忽變，有絃斷之異。這荒山下那得有聽琴之人？……哦！我知道了，想是有仇家差來刺客；不然，或是賊盜伺候更深，登舟劫我財物。」叫左右：「與我上崖搜檢一番！不在柳陰深處，定在蘆葦叢中。」左右領命，喚齊眾人，正欲躥跳上崖，忽聽岸上有人答應道：「舟中大夫不必見疑，小子並非奸盜之流，乃樵夫也！因打柴歸晚，值驟雨狂風，雨具不能遮蔽，潛身岸畔；聞君雅操，少住聽琴。」伯牙大笑道：「山中打柴之人，也敢稱『聽琴』二字，此言未知眞僞？——我也不計較了；左右的！叫他去罷！」那人不去，在崖上高聲說道：「大夫出言謬矣！豈不聞『十室之邑，必有忠信。』『門內有君子，門外君子至。』大夫若欺負山野中沒有聽琴之人，這夜靜更深，荒崖下也不該有撫琴之客了！」伯牙見他出言不俗，或者眞是個聽琴的亦未可知？止住左右，不要囉唣。走近艙門，回嗔作喜的問道：「崖上那位君子，既是聽琴，站立多時，可知道我適才所彈何曲？」那人道：「小子若不知，卻也不來聽琴了。方才大夫所彈，乃孔仲尼歎顏回，譜入琴聲。其詞云：『可惜顏回命早亡，教人思想鬢如霜；只因陋巷簞瓢樂。』到這一句就斷了琴絃，不曾撫出第四句來。小子也還記得，是『留得賢名萬古揚。』」伯牙聞言大喜道：「先生果非俗士，隔崖爲遠，難以回答。」命左右：「掌跳看扶手，請那位先生登舟細講。」左右掌跳，此人上船，果然是個樵夫；頭戴箬笠，身披草衣，手持尖擔，腰插板斧，腳踏芒鞋。手下人那知言談好歹？見是樵夫，下眼相看道：「咄！那樵夫下艙去見我老爺，回頭問你什麼言語，小心答應。官尊著哩！」樵夫卻是個有意思的，道：「列位不須粗魯，待我整衣相見。」除了斗笠，頭上是青布包巾；脫了簑衣，身上是藍布衫兒；搭膊拴腰，露出布褌下截。那時不慌不忙，將簑衣斗笠尖擔板斧，俱安放艙門之外；脫下芒鞋，灑去泥水，重復穿上，步入艙來。官艙內公座上燈燭輝煌，樵夫長揖而不跪道：「大夫！施禮了。」俞伯牙是晉國大臣，眼界中那有兩接的布衣？下來還禮，恐失了官體；既請下船，又不好叱他回去；伯牙沒奈何，微微舉手道：「賢友免禮罷！」叫童子「看坐！」童子取一張炕坐兒置於下席。伯牙無客禮，把嘴向樵夫一努道：「你且坐了。」你我之稱，怠慢可知。那樵夫亦不謙讓，儼然坐下。伯牙見他不告而坐，微有嗔怪之意，因此不問姓名，亦不呼手下人看茶。默坐多時，怪而問之：「適才崖上聽琴的就是你嗎？」樵夫答言：「不敢。」伯牙道：「我且問你，既來聽琴，必知琴之出處。此琴何人所造？撫琴有甚好處？」正問之時，船頭來稟道：「風色順了，月明如畫，可以開船。」伯牙分付：「且慢些。」樵夫道：「承大夫下問小子，若講話絮煩，恐耽誤順風行舟。」伯牙笑道：「惟恐你不知琴理，若講得有理，就不做官亦非大事，何況行路之遲速乎？」樵夫道：「既如此，小子方敢僭談。此琴乃伏羲氏所琢。伏羲氏見五星之精，飛墜梧桐，鳳凰來儀；——鳳乃百鳥之王，非竹實不食，非梧桐不棲，非醴泉不飲；——因知梧桐乃樹中之良材，奪造化之精氣，堪爲作樂，令人伐之。其樹高三丈三尺，按三十三天之數；截爲三段，分『天』『地』『人』三才；取上一段叩之，其聲太清，以其過輕而廢之；取下一段叩之，其聲太濁，以其過重而廢之；取中一段叩之，其聲清濁相濟，輕重相兼；送長流水中，浸七十二日，按七十二候之數；取起陰乾，選良時吉日，用高手匠人劉子奇斲成樂器。此乃瑤池之樂，故名『瑤琴』。長三尺六寸一分，按周天三百六十一度；前闊八寸，按八節；後闊四寸，按四時；厚二寸，按兩儀；有金童頭，玉女腰，仙人背，龍池，鳳沼，玉軫，金徽；那徽有十二，按十二月；又有一中徽，按閏月。先是五條絃在上，外按五行，——金，木，水，火，土；——內按五音——宮，商，角，徵，羽。——堯、舜時操五絃琴歌『南風』之詩，天下大治；後因周文王被囚於羑里，弔子伯邑考，添絃一根，清幽哀怨，謂之『文絃』；後武王伐紂，前歌後舞，添絃一根，激烈發揚，謂之『武絃』，先是『宮』『商』『角』『徵』『羽』五絃，後添二絃，稱爲『文武七絃琴』。此琴有六忌，七不彈，八絕；何爲六忌？一，忌大寒；二，忌大暑；三，忌大風；四，忌大雨；五，忌迅雷；六，忌大雪。何爲七不彈？聞喪者不彈，奏樂不彈，事冗不彈，不淨身不彈，衣冠不整不彈，不焚香不彈，不遇知音不彈。何爲八絕？總之『清』『奇』『幽』『雅』，『悲』

『壯』『悠』『長』。此琴撫到盡美盡善之處，嘯虎聞而不吼，哀猿聽而不啼。乃雅樂之最良者也。」

伯牙聽見他對答如流，猶恐是記問之學，又想道：「就是記問之學，也虧他了。我再試他一試。」此時已不似在先你我之稱了，又問道：「足下既知樂理，當時孔仲尼鼓琴於室中，顏回自外入，聞琴中有幽沈之聲，疑有貪殺之意，怪而問之。仲尼曰：『吾適鼓琴，見貓方捕鼠，欲其得之，又恐其失之。故貪殺之意遂露於絲桐。』始知聖門音樂之理，入於微妙。假如下官撫琴，心中有所思念，足下能聞而知之否？」樵夫道：「毛詩云：『他人有心，予忖度之。』大夫試撫弄一過，小子任心猜度；若猜不著時，大夫休得見罪。」伯牙將斷絃重續，沈思半晌，其意在於高山，撫琴一弄。樵夫贊道：「美哉！洋洋乎！大夫之意在高山也。」伯牙不答，又凝神一會，將琴再鼓，其意在於流水。樵夫又贊道：「美哉！湯湯乎！志在流水。」只兩件道著了伯牙的心事，伯牙大驚，推琴而起，與樵夫施賓主之禮，連呼：「失敬！失敬！石中有美玉之藏，若以衣貌取人，豈不誤了天下賢士？先生高名雅姓？」樵夫欠身而答道：「小子姓鍾，名徽，賤字子期。」伯牙拱手道：「是鍾子期先生。」子期便問：「大夫高姓？榮任何所？」伯牙道：「下官俞瑞，仕於晉朝，因修聘上國而來。」子期道：「原來是伯牙大夫。」伯牙推子期坐於客位，自己主席相陪，命童子獻茶，茶罷，又命童子取酒共酌。伯牙道：「借此攀話，休嫌簡褻。」子期稱：「不敢。」童子取過瑤琴，二人入席飲酒。伯牙開言又問：「先生聲音是楚人了，但不知尊居何處？」子期道：「離此不遠，地名馬鞍山，集賢村便是荒居。」伯牙點頭道：「好個集賢村！」又問：「道藝何爲？」子期道：「也就是砍柴爲生。」伯牙微笑道：「子期先生，下官也不該僭言，以先生這等抱負，何不求取功名，立身於廊廟，垂名於竹帛？卻乃齎志林泉，混跡樵牧，與草木同朽，竊爲先生不取也！」子期道：「實不相瞞，舍間上有年邁二親，下無手足相輔。採樵度日，以盡父母之餘年，雖位爲三公之尊，不忍易我一日之養也。」伯牙道：「如此大孝，一發難得。」二人杯酒酬酢了一會，子期寵辱無驚，伯牙愈加愛重。又問：「子期青春多少？」子期道：「虛度二十有七。」伯牙道：「下官年長一旬，子期若不見棄，結爲兄弟相稱，不負知音契友。」子期笑道：「大夫差矣！大夫乃上國名公卿，某乃窮鄉賤子，妄敢仰攀，有辱俯就。」伯牙道：「『相識滿天下，知心能幾人？』下官碌碌風塵，得與高賢結契，實乃生平之萬幸！若以富貴貧賤爲嫌，覷俞瑞爲何等人乎？」遂命童子重燃高爐，再熱名香，就船艙中與子期頂禮八拜。伯牙年長爲兄，子期爲弟，今後兄弟相稱，生死不相負。乃復命取暖酒再酌，子期遜伯牙上坐，伯牙從其言，換了杯箸，子期下席，兄弟相稱，彼此談心說話。正是：

合意客來心不厭，知音人聽話偏長。

二人談論正濃，不覺月淡星稀，東方發白，船上水手都起身收拾篷索，整頓開船。子期起身告辭，伯牙捧一杯酒遞於子期，把子期之手歎道：「賢弟！我與你相見何太遲？相別何太早？」子期聞言，不覺淚珠滴於杯中。子期一飲而盡，斟酌回敬伯牙。彼此各有眷戀不捨之意。伯牙道：「愚兄餘情不盡，意欲曲延賢弟同行數日，未知可否？」子期道：「小弟非不欲相從，怎奈二親年老，父母在，不遠遊。」伯牙道：「既是二位尊人在堂，回去告稟過二親，到晉陽來看愚兄一看，這就是遊必有方了。」子期道：「小弟不敢輕諾而寡信，許了賢兄，就當踐約，萬一稟命於二親，二親不允，使仁兄懸望於數千里之外，小弟之罪更大矣。」伯牙道：「賢弟眞所謂至誠君子。也罷！明年還是我來看賢弟。」子期道：「仁兄明歲何時到此？小弟好伺候尊駕。」伯牙屈指道：「昨夜是中秋節，今日天明是八月十六日了。賢弟，我來仍在仲秋中五六日奉訪。若過了中旬，遲到季秋月分，就是爽信，不爲君子。」叫童子：「分付記室，將鍾賢弟所居地名，及相會的日期，登寫在日記簿上。」子期道：「既如此，小弟來年仲秋中五六日，準在江邊侍立拱候，不敢有誤。天色已明，小弟告辭了。」伯牙道：「賢弟且住。」命童子取黃金二笏，不用封帖，雙手捧定道：「賢弟！些須薄禮，權爲二位尊人甘旨之費，斯文骨肉，勿得嫌輕。」子期不敢謙讓，即時收下，再拜告別，含淚出艙，取尖擔拂了簑衣斗笠，插板斧於腰間，掌跳搭扶手上崖。伯牙直送至船頭，各各灑淚而別。子期自取道回家不提。再說俞伯牙點鼓開船，一路江山之勝，無心觀覽，中心怏怏，想念知音。又行了幾日，捨舟登岸，經過之地，知是晉國上大夫，不敢輕慢，安排車馬相送，直至晉陽回復了晉主，不在話下。光陰迅速，過了秋冬，不覺春去夏來，伯牙心懷子期，無日忘之。想著中秋節近，奏過晉主給假還鄉，晉主依允。伯牙收拾行裝，仍打大寬轉從水路而行，下船之後，分付水手：「凡灣泊所在，就來通報地名。」事有偶然，剛剛八月十五夜，水手稟復：「此去馬鞍山不遠。」伯牙依稀還認得去年泊船相會子期之處。分付水手將船灣泊，水底拋錨，崖邊釘橛。其夜晴明，船艙內一線月光射進朱簾。伯牙命童子將簾捲起，步出艙門，立於船頭之上，仰觀斗柄，水底天心，萬頃茫然，照如白晝。思想：「去歲與知己相逢，兩對月明，今夜重來，又值良夜；他約定江邊相候，如何全無蹤影，莫非爽信？」又等了一會，想道：「我理會得了，江邊來往船隻頗多，我今日所駕的不是去年之船了，吾弟急切如何認得？去歲我原爲撫琴，驚動知音，今夜仍將瑤琴撫弄一曲，吾弟聞之必來相見。」命童子取琴桌安放船頭，焚香設座。伯牙開囊調絃轉軫。才汎音徽，商絃中有哀怨之聲，伯牙停琴不操：「呀！商絃哀聲淒切，吾弟必遭憂在家，去歲曾言父母年高，若非父喪，必是母亡，他爲人至孝，事親鄭重，寧失信於我，不肯失信於親，所以不來也。來日天明，我定上崖探望。」叫童子收拾琴桌，下艙就寢。伯牙一夜不睡，眞個巴明不明，盼曉不曉，看看月移簾影，日出山頭，伯牙起來梳洗整衣，巾幘便服，止命一童子攜琴相隨，又取黃金十鎰帶去：「倘吾弟居喪，可爲賻禮。」踹跳登崖，迤邐望馬鞍山而行。約莫十數里，出一谷口，伯牙站住，童子稟道：「老爺爲何不行？」伯牙道：「山分南北，路列東西，從山谷出來，兩頭都是大路，都去得，知道那一路往集賢村去？等個識路之人，問明了他，方才可行。」伯牙就石上少坐，童兒退立於後，不多時，左手官路上有一老叟，髯垂玉線，髮挽銀絲，箬冠野服，左手拄藤杖，右手提竹籃，徐步而來。伯牙起身整衣，向前施禮。那老者不慌不忙，將右手竹籃輕輕放下，雙手舉藤杖還禮道：「先生有何見教？」伯牙道：「請問兩頭路，那一條路往集賢村去的？」老者道：「那兩頭路，就是兩個集賢村；左手是上集賢村，右手是下集賢村，通衢三十里官道。先生從谷口來正當其半，東去十五里，西去也是十五里，不知先生要往那一個集賢村？」伯牙默默無言，暗想道：「吾弟是個聰明人，怎麼說話這等糊塗？相會之日，你知道此間有兩個集賢村，或上或下，就該說個明白了。」伯牙卻自沈吟，那老者道：「先生這等吟想，一定那說路的不曾分上下，總說了個集賢村，教先生沒處跟尋了。」伯牙道：「便是。」老者道：「兩個集賢村中，有一二十家莊戶，大抵都是隱遯避世之輩；老夫在這山裡多住了幾年，正是『土居三十載，無有不親人』，這些莊戶不是舍親，就是敝友。先生到集賢村，必是訪友，只說先生所訪之友姓甚名誰，老夫就知他住處了。」伯牙道：「學生要往鍾家莊去。」老者道：「先生到鍾家莊，要訪何人？」伯牙道：「要訪子期。」老者聞說子期二字，一雙昏花眼內，撲簌簌掉下淚來，嗚嗚咽咽，不覺大聲哭道：「子期鍾徽，乃吾兒也。去年八月十五採樵歸晚，遇晉國上大夫俞伯牙先生，講論之間，意氣相投，臨行贈黃金二笏，吾兒買書攻讀，老拙無才，不曾禁止；旦則採樵負重，暮則誦讀辛勤，心力耗廢，染成怯疾，數月之間，已亡過了。」伯牙聞言，五內崩裂，淚如湧泉，大叫一聲，傍山崖跌倒，昏絕於地。鍾公驚愕，含淚攙扶，回顧小童道：「此位先生是誰？」小童低低附耳道：「就是俞伯牙老爺。」鍾公道：「原來是吾兒好友。」扶起伯牙，呼之甦醒。伯牙坐於地下，口吐痰涎，雙手搥胸，慟哭不已。道：「賢弟呵！我昨夜泊舟，還說你爽信，誰知已爲泉下之鬼？你有才無壽了！」鍾公拭淚相勸。伯牙哭罷起來，重與鍾公施禮，不敢呼老丈，稱爲老伯，以見通家兄弟之意。伯牙道：「老伯！令郎還是停柩在家，還是瘞郊外了？」鍾公道：「一言難盡。亡兒臨終，老夫與拙荊坐於臥榻之前。亡兒遺語囑付道：『修短繇天，兒生前不能盡人子事親之道，死後乞葬於馬鞍山邊，與晉大夫俞伯牙有約，欲踐前言耳。』老夫不負亡兒臨終之言，適才先生來的小路之右，一邱新土，即吾兒鍾徽之塚。今日是百日之忌，老夫提一陌紙錢往墳前燒化，何期與先生相遇？」伯牙道：「既如此，奉陪老伯就墳前一拜。」命小童代太公提了竹籃。鍾公策杖引路，伯牙隨後，小童跟定，復進谷口，果見一邱新土在於路左。伯牙整衣下拜道：「賢弟當世爲人聰明，死後爲神靈應，愚兄此一拜，誠永別矣！」拜罷，放聲又哭。驚動山前山後，山左山右，黎民百姓，不問行的、止的、遠的、近的；聽得哭聲悲切，都來物色。知是朝中大臣來祭鍾子期，迴繞墳前，爭先觀看。伯牙卻不曾擺得祭禮，無以爲情，命童子把瑤琴取出囊來，放於祭石臺上，盤膝坐於墳前，揮淚兩行，撫琴一操。那些看者聞琴韻鏗鏘，鼓掌大笑而散。伯牙問：「老伯！下官撫琴弔令郎賢弟，悲不能已，衆人爲何而笑？」鍾公道：「鄉野之人，不知音律，聞琴聲以爲取樂之具，故此發笑。」伯牙道：「原來如此。老伯可知所奏何曲？」鍾公道：「老夫幼年也頗習，如今年邁，五官半廢，模糊不懂久矣。」伯牙道：「這就是下官隨心應手，一曲短歌，以弔令郎者，口誦與老伯聽之。」鍾公道：「老夫願聞。」伯牙誦云：

憶昔去年春，江邊曾會君；今日重來訪，不見知音人！但見一坏土，慘然傷我心！傷心傷心復傷心，不忍淚珠紛。來歡去何苦？江畔起愁雲。子期子期兮，你我千金義，歷盡天涯無足語！此曲終兮不復彈，三尺瑤琴為君死。

伯牙於衣袂間，取出解手刀，割斷琴絃，雙手舉琴，向祭石臺上用力一摔，摔得玉軫拋殘，金徽零亂，鍾公大驚，問道：「先生爲何摔碎此琴？」伯牙道：

摔碎瑤琴鳳尾寒，子期不在對誰彈？春風滿面皆朋友，欲覓知音難上難！

鍾公道：「原來如此，可憐！可憐！」伯牙道：「老伯高居，端的在上集賢村，還是下集賢村？」鍾公道：「荒居在上集賢村第八家便是。先生如今又問他怎的？」伯牙道：「下官傷感在心，不敢隨老伯登堂了，隨身帶得有黃金十鎰，一半代令郎甘旨之奉，那一半買幾畝祭田爲令郎春秋掃墓之費。待下官回本朝時，上表告歸林下。那時卻到上集賢村，迎接老伯與老伯母同到寒家，以盡天年。吾即子期，子期即吾也！老伯勿以下官為外人相嫌。」說罷，命小童取出黃金，親手遞與鍾公，哭拜於地。鍾公感泣答拜，盤桓半晌而別。這回書，題作「俞伯牙摔琴謝知音」。

後人有詩贊云：

勢利交懷勢利心，斯文誰復念知音？伯牙不作鍾期逝，千古令人說碎琴。

# 莊子休鼓盆成大道

富貴五更春夢，功名一片浮雲；眼前骨肉亦非真，恩愛翻成仇恨。莫把金枷套頸，休將玉鎖纏身，清心寡欲脫凡塵，快樂風光本分。

這首「西江月」詞，是個勸世之言；要人割斷迷情，逍遙自在，且如父子天性，兄弟手足，這是一本連枝割不斷的。儒釋道三教雖殊，總抹不得孝弟二字；至於生子生孫，就是下一輩事，十分周全不得了。常言道得好：「兒孫自有兒孫福，莫與兒孫作馬牛。」若論到夫婦，雖說是紅線纏腰，赤繩繫足，到底是剜肉黏膚，可離可合。常言又說得好：「夫妻本是同林鳥，巴到天明各自飛。」近世人情惡薄，父子兄弟，倒也平常；兒孫雖是疼痛，總比不得夫婦之情。溺的是閨中之愛，聽的是枕上之言，多少人被婦人迷惑，做出不孝不弟的事來。這斷不是高明之輩！如今說這莊生鼓盆的故事，不是唆人夫妻不睦，只要人辨出賢愚，參破真假，從第一著迷處，把這念頭放淡下來，漸漸六根清淨，道念滋生，自有受用。昔人看田夫插秧，詠詩四句，大有見解。詩曰：

手把青秧插野田，低頭便見水中天；六根清淨方為稻，退步原來是向前。

話說周末時有一高賢，姓莊名周，字子休，宋國蒙邑人也。曾仕周，爲漆園吏，師事一個大聖人，是道教之祖，姓李名耳，字伯陽。——伯陽生而白髮，人都呼爲老子——莊生常晝寢夢爲蝴蝶，栩栩然於園林花草之間，其意甚適，醒來時，尚覺臂膊如兩翅飛動，心甚異之；以後不時有此夢。莊生一日在老子座間講易之暇，將此夢訴之於師。他是個大聖人，曉得三生來歷，向莊生指出夙世因繇。那莊生原是混沌初分時一個白蝴蝶，天一生水，水生木，木榮花茂，那白蝴蝶採百花之精，奪日月之秀，得了氣候，長生不死，翅如車輪；後遊於瑤池，偷採蟠桃花蕊，被王母娘娘位下守花的青鸞啄死；其神不散，托生於世，做了莊周。因他根器不凡，道心堅固，師事老子，學清淨無爲之教，今日被老子點破了前生，如夢初醒，自覺兩腋風生，有栩栩然蝴蝶之意；把世情榮枯得失，看做行雲流水，一絲不掛。老子知他心下了悟，把道德五千言的秘訣傾囊而授。莊生嘿嘿誦習修煉，遂能分身隱形，出神變化。從此，棄了漆園吏的前程，辭別老子，周遊訪道。他雖宗清淨之教，原不絕夫婦之倫，一連娶過三遍妻房：第一妻得疾夭亡；第二妻有過被出；如今說的是第三妻，姓田，乃田齊族中之女。莊生遊於齊國，田宗重其人品，以女妻之。那田氏比先前二妻更有姿色，肌膚若冰雪，綽約似神仙；莊生不是好色之徒，卻也十分相敬，眞個如魚似水。楚威王聞莊生之賢，遣使持黃金百鎰，文錦千端，安車駟馬，聘爲上相。莊生歎道：「犧牛身被文繡，口食芻菽，見耕牛力作辛苦，自誇其榮，及其迎入太廟，刀斧在前，欲爲耕牛而不可得也！」遂卻之不受。挈妻歸宋，隱於曹州之南華山。一日，莊生出遊山下，見荒塚累累，歎道：「老少俱無辨，賢愚同所歸。」人歸塚中，塚中豈能復爲人乎？」嗟咨了一回。再行幾步，忽見一新墳，封土未乾。一年少婦人，渾身縞素，坐於此塚之旁，手運齊紈素扇，向塚連搧不已。莊生怪而問之：「娘子！塚中所葬何人？爲何舉扇搧土？必有其故。」那婦人並不起

身，運扇如故，口中鶯啼燕語，說出幾句不通道理的話來。正是：

聽時笑破千人口，說出加添一段羞。

那婦人道：「塚中乃妾之拙夫，不幸身亡，埋骨於此。生時與妾相愛，死不能捨，遺言教妾：『如要改適他人，直待葬事畢後，墳土乾了，方才可嫁。』妾思新築之土，如何得就乾？因此，舉扇搧之。」莊生含笑想道：「這婦人好性急。虧他還說生前相愛，若不相愛的，還不知要怎麼？」乃問道：「娘子要這新土乾燥極易，因娘子手腕嬌軟，舉扇無力，不才願替娘子代一臂之勞。」那婦人方才起身，深深道個萬福：「多謝官人！」雙手將素白紈扇遞與莊生。莊生行起道法，舉手照塚頂連搧數搧，水氣都盡，其土頓乾。婦人笑容可掬，謝道：「有勞官人用力！」將纖手向鬢傍拔下一股銀釵，連那紈扇送莊生，權爲相謝。莊生卻其銀釵，受其紈扇。婦人欣然而去。莊子心下不平，回到家中，坐於草堂，看了紈扇，口中歎出四句：

不是冤家不聚頭，冤家相聚幾時休？早知死後無情義，索把生前恩愛勾。

田氏在背後聞得莊生嗟歎之語，上前相問。那莊生是個有道之士，夫妻之間，亦稱爲先生。田氏道：「先生有何事悲歎？此扇從何而得？」莊生將婦人搧塚，要土乾改嫁之言說了一遍。又道：「此扇即搧土之物。因我助力，以此相贈。」田氏聽罷，忽發忿然之色，向空中把那婦人千不賢萬不賢，罵了一頓。對莊生道：「如此薄情之婦，世間少有！」莊生又道出四句：

生前個個說恩深，死後人人欲搧墳；畫虎畫皮難畫骨，知人知面不知心！

田氏聞言大怒。自古道：「怨廢親，怒廢禮。」那田氏怒中之言，不顧體面，向莊生面上一啐，說道：「人類雖同，賢愚不等，你何得輕出此語，將天下婦道家看做一例？卻不道歉人帶累好人，你卻也不怕罪過？」莊生道：「莫要談空說嘴，假如不幸我莊周死後，你這般如花似玉的姿容，難道捱得過三年五載？」田氏道：「忠臣不事二君，烈女不更二夫；那見好人家婦女喫兩家茶，睡兩家床？若不幸輪到我身上，這樣沒廉恥的事，莫說三年五載，就是一世也成不得！夢兒裡也還有三分的志氣。」莊生道：「難說，難說。」田氏口出詈語道：「有志婦人，勝如男子，似你這般沒仁沒義的，死了一個又討一個，出了一個又納一個，只道別人也是一般見識。我們婦道家一鞍一馬，倒是站得腳跟定的，怎麼肯把話與他人說，惹後世恥笑？你如今又不死，直恁枉殺了人！」就莊生手中奪過紈扇，扯得粉碎。莊生道：「不必發怒，只願得如此爭氣甚好。」自此無話。過了幾日，莊生忽然得病，日加沈重，田氏在床頭哭哭啼啼。莊生道：「我病勢如此，永別只在早晚。可惜前日紈扇扯碎了，留得在此，好把與你搧墳。」田氏道：「先生，休要多心！妾讀書知禮，從一而終，誓無二志，先生若不見信，妾願死於先生之前，以明心跡。」莊生道：「足見娘子高志，我莊周死亦瞑目！」說罷，氣就絕了。田氏撫屍大哭，少不得央及東鄰西舍，製備衣衾棺槨成殮。田氏穿了一身素縞，眞個朝朝憂悶，夜夜悲啼，每想著莊生生前恩愛，如癡似醉，寢食俱廢。山前山後莊戶，也有曉得莊生是個逃名的隱士，來弔孝的，到底不比城市熱鬧。到了第七日，忽有一少年秀士，生得面如傅粉，脣若塗朱，俊俏無雙，風流第一，穿扮的紫衣玄冠，繡帶朱履。帶著一個老蒼頭，自稱楚國王孫，向年曾與莊子休先生有約，欲拜在門下，今日特來相訪；見莊生已死，只稱可惜。慌忙脫下色衣，叫蒼頭於行篋內，取出素服穿了，向靈前四拜道：「莊先生！弟子無緣，不得面會侍教，願爲先生執百日之喪，以盡私淑之情。」說罷，又拜了四拜，灑淚而起，便請田氏相見，田氏初次推辭。王孫道：「古禮通家朋友，妻妾都不相避，況小子與莊先生有師弟之約。」田氏只得步出孝堂，與楚王孫相見，敘了寒溫。田氏一見楚王孫人才標緻，就動了憐愛之心，只恨無繇廝近。楚王孫道：「先生雖死，弟子難忘思慕，欲借尊居暫住百日；一來守先師之喪，二者先師留下有什麼著述，小子告借一觀，以領遺訓。」田氏道：「通家之誼，久住何妨！」當下治飯相款。飯罷，田氏將莊子所著《南華眞經》，及老子《道德經》，和盤托出，獻與王孫。王孫殷勤感謝。草堂中占了靈位，楚王孫在左邊廂安頓。田氏每日假以哭靈爲由，就左邊廂與王孫攀話。日漸情熟，眉來眼去，情不能已，楚王孫只有五分，那田氏倒有十分。所喜者深山隱僻，就做差了此事，沒人傳說；所恨者新喪未久，況且女求於男，難以啓齒。又捱了幾日，約莫有半月了，那婆娘心猿意馬，按捺不住，悄地喚老蒼頭進房，賞以美酒，將好言撫慰。從容問：「你家主人曾婚配否？」老蒼頭道：「未曾婚配。」婆娘又問道：「你家主人，要揀什麼樣人物才肯婚配？」老蒼頭帶醉道：「我家王孫曾有言，若得像娘子一般丰韻的，他就心滿意足。」婆娘道：「果有此話？莫非你說謊？」老蒼頭道：「老漢一把年紀，怎麼說謊？」婆娘道：「我央你老人家爲媒說合，若不棄嫌，情願服事你主人。」老蒼頭道：「我家主人也曾與老奴說來，道是段好姻緣，只礙師弟二字，恐惹人議論。」婆娘道：「你主人與先夫，原是生前空約，沒有北面聽教的事，算不得師生；又且山僻荒居，鄰舍空有，誰人議論？你老人家是必委曲成就，教你喫杯喜酒。」老蒼頭應允。臨去時，婆娘又喚轉來囑付道：「若是說得允時，不論早晚，便來房中回復奴家一聲，奴家在此專候。」老蒼頭去後，婆娘懸懸而望。孝堂邊張了數十遍，恨不能一條細繩，縛了那俊俏後生腳，扯將入來，摟做一處。將及黃昏，那婆娘等得個不耐煩，黑暗裡走入孝堂，聽左邊廂聲息，忽然靈座上作響，婆娘嚇了一跳，只道亡靈出現，急急走轉內室，取燈火來照，原來是老蒼頭喫醉了，直挺挺的臥於靈座桌上。婆娘又不敢嗔責他，又不敢聲喚他，只得回房捱更捱點，又過了一夜。次日，見老蒼頭行來步去，並不來回復那話兒。婆娘心下發癢，再喚他進房，問其前事。老蒼頭道：「不成，不成。」婆娘道：「爲何不成？莫非不曾將昨夜這些話，分說明白？」老蒼頭道：「老漢都說了，我家王孫也說得有理，他道：『娘子容貌，自不必言，未拜師徒，亦可不論；但有三件事未妥，不好回復得娘子。』」婆娘道：「那三件事？」老蒼頭道：「我家王孫道：『中間現擺著個兇器，我卻與娘子行吉禮，心有不忍，且不雅相；二來莊先生與娘子是恩愛夫妻，況且他是個有道德的名賢，我的才學萬分不及，恐被娘子輕薄；三來我家行李，尚在後邊未到，空手來此，聘禮筵席之費，一無所措；爲此三件，所以不成。』」婆娘道：「這三件都不必慮，兇器不是生根的，屋後還有一間破空房，喚幾個莊客抬他出去就是；這是一件了。第二件，我先夫那裡就是個有道德的名賢？當初不曾正家，致有出妻之事，人稱其薄德；楚威王慕其虛名，以厚禮聘他爲相，他自知才力不勝，逃走在此。前月獨行山下，遇一寡婦將扇搧墳，待墳土乾燥方才嫁人，拙夫就與他調戲，奪他紈扇，替他搧土，將那把紈扇帶回，是我扯碎了，臨死時幾日，還爲他淘了一場氣，有什麼恩愛？你家主人青年好學，進不可量，況他乃是王孫之貴，奴家亦是田宗之女，門第相當，今日到此，姻緣天合。第三件聘禮筵席之費，奴家做主，誰人要得聘禮？筵席也是小事，奴家更積得私房白金二十兩，贈與你主人做一套新衣服。你再去道達，若成就時，今夜是合婚吉日，便要成親。」老蒼頭收了二十兩銀子，回復楚王孫，楚王孫只得願從。老蒼頭回復了婆娘，那婆娘當時歡天喜地，把孝服除下，重勻粉面，再點朱脣，穿了一套新鮮色衣，叫蒼頭僱喚近山莊客，扛抬莊生屍棺，停於後面破屋之內，打掃草堂。準備做合婚筵席。有詩爲證：

俊俏孤孀別樣嬌，王孫有意更相挑；一鞍一馬誰人語？今夜思將快婿招。

是夜那婆娘收拾香房，草堂內擺得燈燭輝煌，楚王孫簪纓袍服，田氏紅襖繡裙，雙雙立於花燭之下。一對男女，如玉琢金妝，美不可說。交拜已畢，千恩萬愛的攜手入於洞房。喫了合巹杯。正欲上床解衣就寢，忽然楚王孫眉頭雙皺，寸步難移，登時倒於地下，雙手摩胸。只叫：「心疼難忍！」田氏心愛王孫，顧不得新婚廉恥，近前抱住，替他撫摩，問其所以。王孫痛極不語，口吐涎水，奄奄欲絕。老蒼頭慌做一堆。田氏道：「王孫平日曾有此症候否？」老蒼頭代言：「此症平日常有，或一二年發一次，無藥可治；——只有一物用之立效。」田氏急問：「所用何物？」老蒼頭道：「太醫傳一奇方，必得生人腦髓，熱酒吞之，其痛立止。平日此病舉發，老殿下奏過楚王，撥一名死囚來，縛而殺之，取其腦髓。今山中如何可得？其命合休矣！」田氏道：「生人腦髓必不可致，但不知死人的可用得麼？」老蒼頭道：「太醫說：『凡死人未過百日者，其腦尚未乾枯，亦可取用。』」田氏道：「吾夫死方二十餘日，何不斲棺而取之？」老蒼頭道：「只怕娘子不肯。」田氏道：「我與王孫成其夫婦，婦人以身事夫，自身尚且不惜，何有於將朽之骨乎？」即命老蒼頭伏侍王孫，自己尋了砍柴板斧，右手提斧，左手攜燈往後邊破屋中，將燈檠放於棺蓋之上，紮起兩袖，雙手舉斧，覷定棺頭，咬牙努力一斧劈去。婦人家氣力單微，如何劈得棺開？有個緣故，那莊周是達生之人，分付不得厚斂。桐棺三寸，一斧就劈去了一塊木頭。一連數斧，棺蓋便裂開了。婆娘正在吁氣喘息，只見莊生從棺內歎口氣，推開棺蓋，挺身坐起。田氏雖然心狠，終是女流，嚇得腿軟筋痲，心頭亂跳，斧頭不覺墜地。莊生叫：「娘子扶起我來！」那婆娘不得已，只得扶莊生出棺。莊生攜燈，婆娘隨後，同進房來。婆娘心知房中有楚王孫主僕二人，捏兩把汗，行一步反退兩步，比及到房中看時，鋪設依然燦爛，那主僕二人闃然不見。婆娘心下雖然暗暗驚疑，卻也放下了膽，巧言抵飾向莊生道：「奴家自你死後，日夕思念，方才聽得棺中有聲響，想古人中多有還魂之事，望你復活，所以用斧開棺。謝天謝地，果然重生，實乃奴家之萬幸也！」莊生道：「多謝娘子厚意！只是一件，娘子守孝未久，爲何錦襖繡裙？」婆娘又解釋道：「開棺見喜，不敢將凶服衝動，權用錦繡，以取吉兆。」莊生道：「罷了。還有一節，棺木何不放在正寢，卻撇在破屋之內？難道也是吉兆？」婆娘無言可答。莊生又見杯盤羅列，也不問其故，教：「煖酒來飲。」莊生放開大量，滿飲數觥。那婆娘不達時務，指望煨熱老公重做夫妻，緊捱著酒壺撒嬌撒癡，甜言美話，要哄莊生上床同寢。莊生把酒飲個大醉，索紙筆寫出四句：

從前了卻冤家債，你愛之時我不愛；若重與你做夫妻，怕你巨斧劈開天靈蓋。

那婆娘看了這四句詩，羞慚滿面，頓口無言。莊生又寫出四句：

夫妻百夜有何恩？見了新人忘舊人！甫得蓋棺遭斧劈，如何等待搧乾墳？

莊生又道：「我則教你看兩個人。」莊生用手將外面一指，婆娘回頭而看，只見楚王孫和老蒼頭踱將進來。婆娘喫了一驚，轉身不見了莊生，再回頭時，連楚王孫主僕都不見了。那裡有什麼楚王孫老蒼頭？此皆莊生分身隱形之法也。那婆娘精神恍惚，自覺無顏，解腰間繡帶懸梁自縊，嗚呼哀哉。這倒是眞死了！莊生見田氏已死，解將下來，就將劈破棺木盛放了他。把瓦盆爲樂器，鼓之成韻，倚棺而作歌。歌曰：

大塊無心兮，生我與伊；我非伊夫兮，伊豈我妻？偶然邂逅兮，一室同居；大限既終兮，有合有離。人之無良兮，生死情移；真情既見兮，不死何為？伊生兮，揀擇去取；伊死兮，還返空虛。伊用我兮，贈我以巨斧；我用伊兮，慰伊以歌詞。斧聲起兮，我復活；歌聲發兮，伊可知。噫嘻！敲碎瓦盆不再鼓，伊是何人我是誰？

莊生歌罷，又吟詩四句：

你死我必埋，我死你必嫁；我若真個死，一場大笑話。

莊生大笑一聲，將瓦盆打碎，取火從草堂放起，屋宇俱焚，連棺木化爲灰燼；止有《道德經》，《南華經》不毀，山中有人撿取，傳流至今。莊生遨遊四方，終身不娶。或云遇老子於函谷關，相隨而去，已得大道成仙矣。詩云：

殺妻吳起太無知，荀令神傷亦可嗤；請看莊生鼓盆事，逍遙無礙是吾師。

# 卷四・十三個社會祕密檔案

# 滕大尹鬼斷家私

玉樹庭前諸謝，紫荊花下三田；壎篪和好兄弟賢，父母心中歡忭。多少爭財競產，同根苦自相煎；相持鷸蚌枉垂涎，落得漁人取便。

這首詞名爲「西江月」，是勸人家兄弟和睦的。且說如今三教經典，都是教人爲善的。儒教有十三經、六經、五經；釋教有諸品大藏經典；道教有南華、沖虛經及諸品藏經：盈箱滿案，千言萬語，看來都是贅旒。依我說：要做好人，只消個兩字經，是孝弟兩個字。那兩字經中又只消理會一個字，是個孝字。假如孝順父母的，見父母所愛者亦愛之，父母所敬者亦敬之，何況兄弟行中，同氣連枝，想到父母身上去，那有不和不睦之理？就是家私田產，總是父母掙來的；分什麼爾我？較什麼肥瘦？假如你生於窮漢之家，分文沒得承受，少不得自家挽起眉毛，掙扎過活；現成有田有地，兀自爭多嫌寡，動不動推說爹娘偏愛，分受不均，那爹娘在九泉之下，他心上必然不樂，此豈是孝子所爲？所以古人說得好。道是：「難得者兄弟；易得者田地。」怎麼是難得者兄弟？且說人生在世，至親的莫如爹娘：爹娘養下我來時節，極早已是壯年了；況且爹娘怎守得我同去？也只好半世相處。再說至愛莫如夫婦：白頭相守，極是長久的了；然未做親以前，你張我李，各門各戶，也空著幼年一段。只有兄弟們生於一家，從幼相隨到老；有事共商，有難共救；眞像手足一般，何等情誼！譬如良田美產：今日棄了，明日又可掙得來的，若失了個弟兄，明明割了一手，折了一足，乃終身缺陷。說到此地，豈不是難得者兄弟，易得者田地？若是爲田地上壞了手足親情，到不如窮漢赤光光沒有承受，反爲乾淨，省了許多是非口舌。如今在下說一節國朝的故事，乃是「滕大尹鬼斷家私」。這節故事，是勸人重義輕財，休忽了孝弟兩字經。看官們或是有兄弟沒弟兄，都不關在下之事；各人自去摸著心頭，學好做人便了。正是：

善人聽說心中刺，惡人聽說耳邊風。

話說國朝永樂國間，北直順天府香河縣，有個倪太守，雙名守謙，字益之；家累千金，肥田美宅，夫人陳氏，單生一子，名曰善繼。長大婚娶之後，陳夫人身故，倪太守罷官鰥居。雖然年老，只落得精神健旺，凡收租放債之事，件件關心，不肯安閒享用。某年七十九歲，倪善繼對老子說道：「『人生七十古來稀』，父親今年七十九，明年八十齊頭了，何不把家事交卸與孩兒掌管？喫些現成茶飯，豈不爲美？」老子搖著頭說出幾句道：

在一日，管一日；替你心，替你力；掙些利錢穿共喫。直待兩腳壁立直。那時不關我事得。

每年十月間，倪太守親往莊上收租，整月的住下，莊戶人家肥雞美酒，儘他受用。那一年又去莊上收租，住了幾日，偶然一日，午後無事，繞莊閒步，觀看野景。忽然見一個女子，同著一個白髮婆婆，向溪邊石上搗衣。那女子雖然村妝打扮，頗有幾分姿色：

髮同漆黑，眼若波明；纖纖十指似栽蔥，曲曲雙眉如抹黛。隨常布帛，俏身軀賽著綾羅；點景野花，美丰儀不須釵鈿。五短身材偏有趣，二八年紀正當時。

倪太守老興勃發，看得獃了。那女子搗衣已畢，隨著老婆婆而走。那老兒留心觀看，只見他走過數家，進一個小小白籬笆門內去了。倪太守連忙轉身，喚管莊的來，對他說如此如此，……「且去訪那女子跟腳，曾否許人？若是沒有人家時，我要娶他爲妾，未知他肯否？」管莊的巴不得奉承家主，領命便走。原來那女子姓梅。父親也是個府學秀才，因幼年父母雙亡，跟著外婆居住；年已十七歲，尚未許人。管莊的訪得的實了，就與那老婆婆說：「我家老爺見你孫女兒，生得齊整，意欲聘爲偏房；雖說是做小，老奶奶去世已久，上面並無人拘管。若嫁得成時，豐衣足食，自不須說；連你老人家常年衣服茶米，都是我家照顧，臨終還得個好斷送；只怕你老人家沒福。」老婆婆聽得花錦似的一片說話，即時依允。也是姻緣前定，一說便成。管莊的回覆了倪太守，太守大喜。講定財禮，討黃曆看過吉日；又恐兒子阻擋，就在莊上行聘，莊上做親。過了三朝，喚乘轎子，抬那梅氏回宅，與兒子媳婦相見。且說倪太守家闔宅男女，見老主人做了喜事回家，都來磕頭；就稱梅氏爲小奶奶。倪太守把些布帛賞與衆人，各各歡喜。只有那倪善繼心中不喜，當面雖不言語，背後夫妻兩口兒議論道：「這老頭兒忒沒正經，一把年紀，風中之燭，做事也不想個前後，卻去幹這樣不了不當的事。以年近八十的老頭兒，來討這花枝般的少女；漫說擔誤了他的青春，亦且促損自己的殘年；害人害己，好沒來由！還有一件：倘若這女子跟隨老頭兒，熬不得，幹出不正經的勾當來，出乖露醜，豈不爲家門之玷？又或常常在老頭兒跟前撒嬌撒癡，買了這個，又要那個；老頭兒要使他歡喜，自不得不拚命花錢給他備辦；豈不要把這家私給他花盡了？」又說道：「這女子嬌模嬌樣，好像個妓女，全沒有良家體段；看來是個做身分的頭兒，擒老公的太歲；在咱爹身邊，只該半妾半婢，叫聲姨姐，後日還有個退步。可笑咱爹不明，就叫衆人喚他做小奶奶，難道要喒們叫他娘不成？喒們只不作准他；莫奉承透了，討他做大起來，明日喒們反倒受他嘔氣。」夫妻二人唧唧噥噥，說個不了，早有多嘴的傳話出來。倪太守知道了，雖然不樂，卻也藏在肚裡。幸得那梅氏秉性溫良，事上接下，一團和氣，家人也都相安。過了兩個月，梅氏得了身孕，瞞著衆人，只有老公知道。一日三，三日九，捱到十月滿足，生下一個小孩兒出來，舉家大驚。這日正是九月九日，乳名取做重陽兒。到十一日，就是倪太守生日，這恰好八十歲了，賀客盈門。倪太守開筵管待，一來爲壽；二來小孩子三朝，就當個湯餅之會。衆賓客道：「老先生高年又新添個小令郎，足見血氣不衰，乃上壽之徵也。」倪太守大喜。倪善繼背後又說道：「男子六十而精絕，況是八十歲了，那見枯樹上生出花來？這孩子不知那裡來的雜種，決不是爹爹嫡血！我斷然不認他做兄弟！」老子又曉得了，也藏在肚裡。光陰似箭，不覺又是一年，重陽兒週歲，整備做晬盤故事，裡親外眷，又來作賀。倪善繼倒走了出門，不來陪客；老子已知其意，也不去尋他回來。倪太守自己陪著諸親，喫了一日酒。雖然口中不語，心內未免有些不足之意。自古道：「子孝父心寬。」那倪善繼平日做人，又貪又狠，一心只怕小孩子長大起來，分了他一股家私，所以不肯認做兄弟；預先捏造惡語謠言，攪亂是非，日後好擺佈他母子。那倪太守是讀書做官的人，這個關竅，怎不明白？只怕自家老了，等不及重陽兒成人長大，日後少不得要在大兒子手裡討鹹線，今日與他結不得冤家，只得索性忍耐。看了這點小孩子，好生疼他。又看了梅氏小小年紀，好生憐他。常時想一會，悶一會，又懊悔一會。再過四年，小孩子長成五歲，老子見他伶俐，又忒會頑耍，要送他館中上學，取個學名叫做善述；揀個好日，備了好酒，領他去拜師父。那師父就是倪太守請在家裡教孫兒的，小叔姪兩個同館上學，兩得其便。誰知倪善繼與做爹的不是一條心腸；他見那孩子取名善述，與己排行，先自不樂意了；又見與他兒子同學讀書，倒要兒子叫他叔叔，怕從小叫慣了，後來就被他欺壓；當日便將兒子喚出，只推有病，不讓他到館中去。倪太守初時只道是眞病，過了幾日，聽得師父說：「大令郎另聘了個先生，分做兩個學堂，不知何意？」倪太守不聽猶可，聽了此言，不覺大怒，就要尋大兒子問其緣故。又想道：「天生恁般的逆種，與他說也沒幹，由他罷了！」含了一口悶氣，回到房中，偶然腳慢，絆著門檻，跌了一跤。梅氏慌忙扶起，攙到醉翁床上坐下，已自不省人事。急請醫生來看，醫生說是「中風」，忙取薑湯灌醒，扶他上床。雖然心下清爽，卻滿身麻木，動彈不得。梅氏坐在床頭煎湯藥，殷勤伏侍；連進幾服，全無功效。醫生切脈道：「只好延捱日子，不能全愈了。」倪善繼聞知，也來看覷了幾遍；見老子病勢沈重，料是不起，便呼么喝六，打僮罵僕，預先裝出家主公的架子來。老子聽得，愈加煩惱。梅氏只是啼哭；連小學生也不去上學，留在房中相伴老子。倪太守自知病篤，喚大兒子在面前，取出簿子一本，家中田地屋宅，以及人頭帳目等數，都在上面。分付道：「善述年方五歲，衣服尚要人照管；梅氏又年少，也未必能管家；若分家私與他，也是枉然。如今盡數交付與你。倘或善述長大成人，你可看做爹的面上，替他娶房媳婦，分他小屋一所，良田五六十畝，勿令飢寒足矣。這段話，我都寫在家私簿上，就當分家，把你做個執照。梅氏若願嫁人，聽從其便；倘肯守著兒子度日，也莫強他。我死之後，你一一依我言語，這便是孝子，我在九泉亦得瞑目。」倪善繼把簿子揭開一看，果然寫得細，寫得明，滿臉堆下笑來，連聲應道：「爹休憂慮，做兒一一依爹分付便了。」抱了家私簿子，欣然而去。梅氏見他去得遠了，兩眼珠淚，指著那孩子道：「這個小冤家難道不是你的嫡血？你卻和盤托出，都把與大兒子了，教我母子兩口，異日把什麼過活？」倪太守道：「你有所不知；我看善繼不是個良善之人，若將家私平分，連這小孩子的性命也難保，不如都把與他，如了他意，再無妒忌。」梅氏又哭道：「雖然如此，自古道：『子無嫡庶。』忒然厚薄不均，被人笑話。」倪太守道：「我也顧他不得了！你年紀正小，趁我未死，將孩子囑付善繼，待我去世後，多則一年，少則半載。儘你心中揀擇個好頭腦，自去圖下半世受用，莫要在他們身邊討氣受。」梅氏道：「說那裡話？奴家原是儒門之女，豈不知婦人從一而終之義？況又有了這小孩兒，怎割捨得拋他，好歹要守在這個孩子的身上的。」倪太守道：「你果然肯有志終身嗎？莫要日久生悔。」梅氏就發起大誓來。倪太守道：「你若立志果堅，莫愁母子沒得過活，」便向枕邊摸出一件東西來，交與梅氏。梅氏初時只道又是一個家私簿子，卻原來是一尺闊三尺長的一個小軸，梅氏道：「要他何用？」倪太守道：「這是我的行樂圖，其中自有奧妙；你可悄地收藏，休露人目，直待孩子年長；善繼不肯看顧他，你也只含藏於心；等個賢明有司官來，你卻將此軸去訴理，述我遺命，求他細細推詳；自然有個處分，儘彀你母子二人受用。」梅氏收了軸子。話休絮煩，倪太守又延了數日，一夜痰絕，叫喚不醒，嗚呼哀哉死了。享年八十四歲。正是：

三寸氣在千般用，一日無常萬事休！早知九泉將不去，作家辛苦著何繇？

且說倪善繼得了家私簿子，又討了各倉各庫鑰匙，每日只忙著去查點家財什物；他父親的病症怎麼樣了，卻全不過問。直等死了之後，梅氏差丫鬟去報知凶信，夫妻兩口方才跑來，哭了幾聲老爹爹。沒一個時辰，便又轉身去了。到喪次，只有梅氏領著善述守屍。幸得衣衾棺槨諸事，都是預辦下的，不要倪善繼費心。殯殮成服後，梅氏和小孩子兩口，守著孝堂，早暮啼哭，寸步不離。善繼不過點名應客，全無哀痛之心。七中便擇日安葬。回喪之夜，善繼怕父親存下私房銀兩在梅氏房內，就來到梅氏房中傾箱倒篋的搜查。梅氏乖巧，恐收去了他的行樂圖，把自己原嫁來的兩隻箱籠，倒先開了，提出幾件穿舊衣裳，教他夫妻兩口檢看。善繼見他大意，倒釋了疑心，不再細查；夫妻兩口兒亂了一回，便自去了。梅氏思量苦切，放聲大哭。那小孩子見親娘如此，也哀哀哭個不住。恁般景況：

任是泥人應墮淚，縱教鐵漢也酸心！

次早，倪善繼又喚個做屋匠來，看了房子，要行重新改造，與自家兒子做親，將梅氏母子搬到後園三間雜屋腳下棲身。只與他四腳小床一張，和幾件粗檯粗凳，好傢伙都沒一件。原在房中伏侍的兩個丫鬟，又揀大些的喚去了，只留下十一二歲的小使女，給他使喚。每日飯菜周全不周全，都不照管，梅氏見不方便，索性討些柴米油鹽，堆個土灶，自炊來喫。早晚做些鍼黹，買些小菜，將就度日。善述附在鄰家上學，束修都是梅氏自出。善繼又屢次叫妻子勸梅氏嫁人，又尋媒嫗與他說親，見梅氏誓死不從，只得罷了。因梅氏十分忍耐，凡事不言不語，所以善繼雖然兇狠，也不將他母子放在心上。光陰似箭，善述不覺長成一十四歲，原來梅氏平生謹慎，從前之事，在兒子面前一字也不提，恐怕娃子家口滑，引出是非，無益有損。守得一十四歲時，他胸中涇渭漸漸分明，瞞他不得了。一日，向母親討件新絹衣裳，梅氏回他沒錢買得，善述道：「我爹做過太守，只生我兄弟兩人，現今哥哥恁般富貴，我要一件衣服，就不能彀，這是怎地？既娘沒錢時，我自與哥哥索討。」說罷，就走。梅氏一把扯住道：「我的兒！一件絹衣，直甚大事，也去開口求人！常言道：『惜福積福；小來穿棉，大來穿絹。』若小時穿了絹，大來連棉也沒得穿了。且過兩年，你讀書進步，做娘的情願賣身來做衣服與你穿著。你那哥哥可是好惹的！纏他做什麼！」善述道：「娘說得是。」口雖答應，心下不以爲然。自思道：「我父親萬貫家私，少不得兄弟兩個，大家分受；我又不是隨娘晚嫁拖來的油瓶，怎麼我哥哥全不看顧？娘又是恁般說？終不然，一匹絹兒沒有我分，直待娘賣身來做與我穿著？這話好生奇怪！哥哥又是喫人的虎，怕他怎的？」上心生一計，瞞了母親，逕到大宅裡去尋見哥哥。見了哥哥，作了個揖。善繼倒喫了一驚，問道：「來做什麼？」善述道：「我是縉紳子弟，身上襤褸，被人恥笑，特來尋哥討匹絹去做衣服穿。」善繼道：「你如要衣服穿，自與娘討。」善述道：「老爹爹家私是哥哥管，不是娘管。」善繼聽說家私二字，題目來得大了，便紅著臉問道：「這句話是那個教你說的？你今日來討衣服穿，還是來爭家私？」善述道：「家私少不得有日分析，今日先要件衣服裝裝體面。」善繼道：「你這般野種，要什麼體面！老爹爹縱有萬貫家私，自有嫡子嫡孫，干你野種屁事！你今日是聽了甚人攛掇，到此討野火喫？莫要惹著我性子，叫你母子二人無安身之處！」善述道：「一般是老爹爹所生，怎麼我是野種？惹你的性子便怎地？難道謀害了我娘兒兩個，你就獨占了家私不成！」善繼大怒，罵道：「小畜生！敢挺撞我！」牽住他衣袖兒，捏起拳頭，一連七八個暴栗，打得頭皮都青腫了。善述掙脫了，一道煙走出，哀哀哭到母親面前來，一五一十，備細述與母親知道。梅氏抱怨道：「我教你莫去惹事，你不聽教訓，打得你好。」口裡雖如此說，扯著青布衫，替他摩那頭上腫處，不覺兩淚交流。有詩爲證：

少年嫠婦擁遺孤，食薄衣單百事無；只為家庭缺孝友，同枝一樹判榮枯。

梅氏左思右想，恐怕善繼藏怒，倒遣使女進去致意，說：「小孩子家不曉世事，沖撞長兄，捨個不是！」善繼猶自怒氣未息。次日清早，善繼邀幾個族人到家，取出父親親筆分關。請梅氏母子到來，公同看了。便道：「尊親長在上，不是善繼不肯養他母子，要攆他出去；只因善述昨日與我爭取家私，發許多惡話，誠恐日後長大，說話一發多了。今日分析他母子出外居住，東莊住房一所，田五十八畝，都是遵依老爹爹遺命，毫不敢自專，伏乞尊親長作證。」這夥親族，平昔曉得善繼做人利害，又且父親親筆遺囑，那個還肯多嘴做閒冤家？都只將好聽的話兒來說。那奉承善繼的說道：「千金難買亡人筆，照遺囑分關，再沒說了。」就是那可憐善述母子的，也只說道：「『男子不喫分時飯，女子不著嫁時衣。』多少白手成家的，如今有屋住，有田種，不算沒根基了。只要自去掙扎，得粥莫嫌薄，各人自有個命在。」梅氏料想在園居住不得了，也只得聽憑分析，同孩兒謝了衆親長，拜別了祠堂，辭了善繼夫婦，叫人拏了幾件舊傢伙，和那原嫁來的兩隻箱籠，叫了牲口騎坐，來到東莊屋內。只見荒草滿地，屋瓦稀疏，是多年不修整了，上漏下溼，怎生住得！將就打掃一兩間，安頓床鋪。喚莊戶來問時，回道：「這五十八畝田，都是最下不堪的。大熟之年，一半收成，還不能彀；若遇荒年，只好賠糧。」梅氏只叫得苦。倒是善述這小孩子有智，對母親道：「我弟兄兩個，都是老爹爹親生，爲何分關上如此偏向？其中必有緣故。莫非不是老爹爹親筆？自古道：『家私不論尊卑。』母親何不告官申理，厚薄憑官府判斷，倒無悔心。」梅氏被孩兒提起線索，便將十年來隱下衷情，都說出來道：「我兒休疑分關之語，這正是你父親之筆。他道你年小，恐怕被做哥的暗算，所以把家私都判與他，以安其心。臨終之日，只與我行樂圖一軸，再三囑付：『其中含藏啞謎，直待賢明有司在任，送他詳審，包你母子兩口有得過活，不致貧苦。』」善述道：「既有此事，何不早說？行樂圖在那裡？快取來與孩兒一看。」梅氏開了箱子，取出一個布包來，解開包袱，裡面又有一重油紙封裹著；拆了封，展開那一尺闊三尺長的小軸兒，掛在椅上，母子一齊下拜。梅氏通誠道：「村莊香燭不便，乞恕褻慢！」善述拜罷起來，仔細看時，乃是一個坐像，烏紗白髮，畫得丰采如生，懷中抱著嬰孩，一隻手指著地下；揣摩了半晌，全然不解；只得依舊收卷包藏，心下卻好生煩悶。過了數日，善述到前村要訪個師父講解，偶從關王廟前經過，只見一夥村人，抬著豬羊大禮，祭賽關聖。善述立住抬頭看時，又是一個過路的老者，拄了一根竹杖，也來閒看，問著眾人道：「你們今日爲何賽神？」眾人道：「我們遭了屈官司，幸賴官府明白，斷明了這公事，向日許下神道願心，今者特來拜償。」老者道：「什麼屈官司？怎生斷的？」內中一人道：「本縣因奉上司明文，十家爲甲，小人是甲首，叫做成大同。里中有個趙裁縫，是第一手鍼線；常在人家做夜作，整幾日不歸的。忽一日出去了，月餘不歸；老婆劉氏央人四下尋覓，竟無蹤跡。又過了數日。河內淌出一個屍首來，頭都打破的。地方報與官府，有人認出衣服，正是那趙裁縫，趙裁縫出門前一日，曾與小人酒後爭句閒話；小人一時發怒，打到他家，毀了他幾件家私，這是有的。誰知他老婆把這樁人命，告了小人。前任漆知縣聽了一面之詞，將小人問成死罪。同甲不行舉首，連累他們都有了罪名。小人無處伸冤，在獄三年，幸遇新任滕爺，他雖鄉科出身。甚是明白。小人因他熱審時節，哭訴其冤；他也疑惑道：「酒後爭嚷，不是深仇，怎的就謀他一命？」准了小人狀詞，出牌拘人覆審。滕爺一眼看著趙裁縫的老婆，千不說，萬不說，開口便問他曾否再醮？劉氏道：「家貧難守，已嫁人了。」又問嫁的甚人？劉氏道：「是班輩的裁縫叫沈八漢。」滕爺當時飛拏沈八漢來問道：「你幾時娶這婦人？」八漢道：「他丈夫死了一個多月，小人方才娶回。」滕爺問道：「何人爲媒？用何聘禮？」八漢道：「趙裁縫存日，曾借用過小人七八兩銀子，小人聞得他的死信，走到他家探問，就便催取這銀子；那劉氏沒得抵當，情願將終身許嫁小人，准折這銀兩，其實不曾央媒。」滕爺又問道：「你做手藝的人，那裡來的七八兩銀子？」八漢道：「是陸續湊與他的。」滕爺把紙筆教他細開逐次借銀數目。八漢開了出來，或米或銀，共十三次，湊成七兩錢之數。滕爺看罷，大喝道：「趙裁縫是你打死的，如何妄陷平人！」便用夾棍夾起。八漢不肯招認。滕爺道：「我說出情弊，教你心服。既然成本盤利，難道再沒第二個人託得，恰好都借與他？必是平昔間與他妻子有奸，趙裁縫貪你東西，知情故縱。以後願做長久夫妻，便謀死了趙裁縫，卻又教導那婦人告狀。推在成大同身上，今日你開帳的字，與舊時狀紙筆跡相同，這人命不是你是誰？」再教把婦人拶起，要他承招，劉氏聽見滕爺言語，句句合著，分明鬼谷先師一般，魂都驚散了，怎敢抵賴？拶子套上，便招認了。八漢只得也招了。原來八漢起初與劉氏密地相好，人都不知；後來往來勤了，趙裁縫怕人眼目，漸有隔絕之意。八漢私與劉氏商量，要謀死趙裁縫，與他做夫妻，劉氏不肯。八漢乘趙裁縫在人家做生活回來，哄他上店，喫得爛醉，行到河邊，將他推倒，用石塊打破腦門，沈屍河底；只等事冷，便娶那婦人回去。後因屍浮起，被人認出，八漢聞得小人有爭嚷之意，卻去唆那婦人告狀。那婦人直待嫁後，方知丈夫是八漢謀死的；既做了夫妻，便不言語。如被滕爺審出眞情，將他夫妻抵罪，釋放小人回家。多承列位親鄰鬥出公分，替小人賽神。老翁！你道有這般冤事嗎？」老者道：「恁般賢明官府，眞個難遇！本縣百姓有幸了！」善述聽在肚裡，便回家說與母親知道，如此如此，這般這般，……「有恁地好官府，不將行樂圖去告訴，更待何時？」母子商議已定。這日正是放告日期，梅氏起個黑早，領著十四歲的兒子，帶了軸兒來到縣中叫屈。大尹見沒張狀詞，只有一個小小軸兒，甚是奇怪，忙問其緣故。梅氏便將善繼平昔所爲，及老子臨終遺囑，備細說了，滕知縣收了軸子，對梅氏道：「你且回去，待我進衙細看明白。」梅氏便領著善述回家靜候不提。正是：

一幅畫圖藏啞謎，千金家事仗搜尋；只因嫠婦孤兒苦，費盡神明大尹心。

且說滕大尹放告已畢，退歸私衙，取那一尺闊三尺長的小軸細看；是倪太守行樂圖，一手抱個嬰孩，一手指著地下。推詳了半日，想道：「這嬰孩就是倪善述，不消說了；那一手指地，莫非要有司官念他地下之情，替他出力嗎？」又想道：「他既有親筆分關，官府也難做主了；但他說軸中含藏啞謎，必然還有個道理。若我斷不出此事，枉自聰明一世。」因此，每日退堂，便將畫圖展玩；千思萬想，如此數日，只是不解。也是這事合當明白，自然生出機會來。一日午飯，又去看那軸子，丫鬟送茶來，他便一手去接取，卻偶然失手，潑了些茶，把軸子沾溼了。滕大尹放了茶甌，走向庭前，雙手扯開軸子，就日光曬乾。忽然日光中照見軸子裡面有些字影，滕大尹心疑，揭開看時，乃是一幅字紙，托在畫上。正是倪太守的遺筆。上面寫道：

老夫官居五馬，壽踰八旬，死在旦夕，亦無所恨。但孽子善述，方年週歲，急未成立；嫡善繼，素缺孝友，日後恐為所戕；新置大宅二所，及一切田產，悉以授繼。惟左偏舊小屋，可分與述。此屋雖小，室中左壁埋銀五千，作五罈；右壁埋銀五千，金一千，作六罈；可以準田園之額。後有賢明有司，主斷公明，述兒奉酬白金三百兩。八十一翁倪守謙親筆。——年月日押。

原來這行樂圖是倪太守八十一歲上，與小孩子做週歲時，預先做下的。古人云：「知子莫若父」，信不誣也。滕大尹是最有機變的人，看見開著許多金銀，未免有垂涎之意；眉頭一縐，心生一計。便叫差人：「將倪善繼拏來見我，自有話說。」卻說倪善繼獨占家私，心滿意足，日日在家中快樂；忽見縣差奉著手批拘喚，時刻不容停留。善繼推阻不得，只得相隨到縣。正值大尹升堂理事，差人稟道：「倪善繼已拏到了。」大尹喚到案前問道：「你就是倪太守長子嗎？」善繼應道：「小人正是。」大尹道：「你庶母梅氏有狀告你，說你『逐母逐弟，占產占房』，此事眞嗎？」倪善繼道：「庶弟善述，在小人身邊，從幼撫養大的。近日他母子自要分居，小人並不曾逐他。其家產一節，原是父親臨終親筆分析定的，小人並不敢有違。」大尹道：「你父親親筆在那裡？」善繼道：「現在家中，容小人取來呈覽。」大尹道：「他狀詞內告有家財萬貫，非同小可；遺筆眞僞，也未可知；念你是縉紳之家，且不難爲你。明日可喚齊梅氏母子，我親到你家，查閱家私。若厚薄果然不均，自有公道，難以私情而論。」喝教皁快：「押出善繼，就去拘集梅氏母子，明日一同聽審。」公差得了善繼的東道，放他回家去訖，自往東莊拘人去了。再說善繼聽見官府口氣利害，好生驚恐。尋思道：「論起家私，其實全未分析；單單持著父親分關執照，難免不生枝節，須要親族見證方好。」連夜將銀兩分送三黨親長，囑託他次早都到家來。若官府問及遺筆一事，求他同聲相助。這夥三黨之親，自從倪太守亡後，從不曾見善繼一盤一盒，歲時也不曾杯酒相及；今日大塊銀子送來，正是「閒時不燒香，急來抱佛腳」，各各暗笑。落得受了買東西喫，明日見官，旁觀動靜，再作區處。時人有詩云：

休嫌庶母妄興詞，自是為兄意太私；今日將銀買三黨，何如匹絹贈孤兒！

且說梅氏見縣差拘喚，已知縣主與他做主。過了一夜，次日清晨，母子二人先到縣中，去見滕大尹。大尹道：「憐你孤兒寡婦，自然該替你設法；但聞得善繼執得有父親亡筆分關，這怎麼處？」梅氏道：「分關雖寫得有，卻是保全兒子之計。非出亡夫本心。恩官只看家私簿上數目，便知明白。」大尹道：「常言道：『清官難斷家務事』，如今包管你母子二人衣食充足，也休做十分大望。」梅氏謝道：「若得免於飢寒，足矣；豈望與善繼同作富家郎耶！」滕大尹分付梅氏母子，先到善繼家伺候。倪善繼早已大掃廳堂，堂上設一把虎皮交椅，焚起一爐好香，一面催請親友早來守候。梅氏和善述到家，見十親九眷，都在眼前，一一相見了，也不免說幾句求情的話兒。善繼雖然一肚子惱怒，此時也不好發洩，各各暗自打點見官的說話。等不多時，只聽得遠遠喝道之聲，料是縣主來了，善繼整頓衣服迎接。親族中年長知事的，準備上前見官；其幼輩怕事的，都站在照壁後背張望，打探消息，只見一對對執事，兩班排立；後面青羅傘下，蓋著有才有智的滕大尹。到得倪家門面，執事吆喝一聲：「跪下。」梅氏和倪家兄弟都一齊跪下來迎接。門子喝道：「起去。」轎夫停了五山屏風轎子，滕大尹不慌不忙，踱下轎來。將欲進門，忽然對著空中，連連打拱，口裡應對，恰像有主人相迎的一般。家人都驚訝，看他做甚模樣。只見滕大尹一路揖讓；直到堂中，連作數揖，口中敘許多寒溫的言語；先向朝南的虎皮交椅上打個拱，恰像有人看坐的一般；連忙轉身，就拖一把交椅，朝北主位排下，又向空再三謙讓，方才上坐。衆人看他見神見鬼的模樣，不肯上前，都在旁站立獃看。只見滕大尹在上坐，拱揖開談道：「令夫人將家產事告到晚生手裡，此事端的如何？」說罷，便作傾聽之狀。良久，乃搖手吐舌道：「長公子太不良了！」靜聽一會，又自說道：「教次公子何以存活？」停一會又說道：「右邊小屋有何活計？」又連聲道：「領教！領教！」又停一時說道：「這項也交付次公子。晚生都領命了。」少停，又拱揖道：「晚生怎敢當此厚惠！」推遜了多時，又道：「既承尊命懇切，晚生勉領，便給批照與次公子收執。」乃起身又連作數揖，口稱晚生便去。衆人都看得獃了。只見滕大尹立起身來，東看西看，問道：「倪爺那裡去了？」門子稟道：「沒見什麼倪爺。」滕大尹道：「有此怪事！」喚善繼問道：「方才令尊老先生，親在門外相迎，與我對坐了，講這半日說話，你們諒必都聽見的。」善繼道：「小人不曾聽見。」滕大尹道：「方才長長的身兒，瘦瘦的臉兒，高顴骨，細眼睛，長眉大耳，朗朗的三牙鬚，髮也是白的；紗帽烏靴，紅袍金帶；可是倪老先生模樣嗎？」唬得衆人一身冷汗，都跪下道：「正是他生前模樣。」大尹道：「如何不見了？他說：『家中有兩處大廳堂，又東邊舊存下一所小屋。』可是有的？」善繼也不敢隱瞞，只得承認道：「有的。」大尹道：「且到東邊小屋去一看，自有話說。」衆人見大尹半日自言自語，說得活龍活現，分明是倪太守模樣，都信是倪太守眞個出現了。人人吐舌，個個驚心。誰知都是滕大尹的巧語，他是看行樂圖，照依小像說來，何曾有半句是眞話？有詩爲證：

聖賢自是空題目，惟有鬼神不敢觸；若非大尹假裝詞，逆子如何肯心服？

於是倪善繼引路，衆人隨著大尹來到東邊舊屋內。這舊屋是倪太守未得第時所居，自從造了大廳大堂，把舊屋空房，只做個倉廳，堆積些零碎米麥在內，留下一房家人看守。大尹前後走了一遍，到正屋中坐下，向善繼道：「你父親果是有靈，家中事體，備細與我說了，教我主張。這所舊宅子，與善述，你意下如何？」善繼磕頭道：「但憑恩臺明斷。」大尹討家私簿子，細細看了。連聲道：「眞好個大家事！」看到後面遺囑分關，大笑道：「你家老先生自家寫定的，方才卻又在我面前說善繼許多不是，這個老先生也是沒意思的！」便向倪善繼道：「既然分關寫定，這些田園帳目，一一給與你管，善述不許妄爭。」梅氏暗暗叫苦。方欲上前哀求，只見大尹又道：「這舊房判與善述，此屋中之所有，善繼也不許妄爭。」善繼想道：「這屋內破傢破伙，不值什麼，便堆下柴米麥，一月前都糶得七八了，存不多兒，我也彀便宜了。」便連連答應道：「恩臺所斷極明。」大尹道：「你兩人一言爲定，各無翻悔。衆人既是親族，都來做個證見。方才倪老先生當面囑付說：『此屋左壁下埋銀五千兩，作五罈，當與次兒。』」善繼不信，稟道：「若果然有此，即使萬金，亦是兄弟的，小人並不敢爭執。」大尹道：「你就爭執時，我也不准。」便叫手下討鋤頭鐵鍬等器，梅氏母子作眼，領衆民壯往東壁下掘開牆基，果然埋下五個大罈。發起來時，罈中滿滿的都是光銀子。把一罈銀子上秤稱時，算來該是六十二斤半，剛剛一千兩足數。衆人看見，無不驚訝。善繼益發信眞了，若非父親陰靈出現，面訴縣主，這個藏銀，我們尚且不知，縣主那裡知道？只見滕大尹教把五罈銀子，一字兒擺在自家面前。又分付梅氏道：「右壁還有五罈，亦是五千之數；更有一罈金子，方才倪老先生有命，送我作謝酬之意，我不敢當，他再三相強，我只得領了。」梅氏同善述叩頭說道：「左壁五千，已出望外，若右壁更有，敢不依先人之命。」大尹道：「我何以知之，據你家老先生這段話，想不是虛話。」再教人發掘西壁，果然六個大罈，五罈是銀，一罈是金。善繼看著許多黃白之物，眼中盡放出火來，恨不得搶他一罈，只是有言在前，一字也不敢開口。滕大尹寫個照帖，給與善述爲照；就將這房家人，判與善述母子。梅氏同善述不勝之喜，一同磕頭拜謝。善繼滿肚不樂，也只得磕幾個頭，勉強說句多謝恩臺主張。大尹判幾條封皮，將一罈金子封了，放在自己轎前，抬回衙內，落得受用。衆人都認道眞個倪太守許下酬謝他的，反以爲理之當然，那個敢道個不字？這正叫做「鷸蚌相持，漁人得利」！若是倪善繼存心忠厚，兄弟和睦，肯將家私公平分析，這千兩黃金，弟兄大家該五百兩，怎到得滕大尹之手，白白裡作成了別人，自己還討得氣悶，又加個不孝不弟之名？千算萬計，何曾算計得別人，只算計得自家而已！閒話休提。再說梅氏母子，次日又到縣拜謝滕大尹，大尹已將行樂圖取去遺筆，重新裱過，給還梅氏收領。梅氏母子方悟行樂圖上一手指地，乃指地下所藏之金銀也。此時有了這十罈銀子，一般置買田園，遂成富室。後來善述娶妻，連生三子，讀書成名。倪氏門中，有這一枝極盛。善繼兩個兒子，都好遊蕩，家業耗廢。善繼死後，兩所大宅子，都賣與叔叔善述管業。里中凡曉得倪家之事本末的，無不以爲天報云。詩曰：

從來天道有何私，堪笑倪郎心大癡！忍以嫡兄欺庶母，卻教死父算生兒。軸中藏字非無意，壁下埋金屬有司；何似存些公道好，不生爭競不興詞。

# 看財奴刁買冤家主

從來欠債要還錢，冥府於斯倍灼然；若使得來非分內，終須有日復還原。

卻說人生財物皆有分定，若不是你的東西，縱然勉強哄得到手，原要一分一毫塡還別人的。從來因果報應的話，其事非一，難以盡述。在下先揀一樁希罕些的說來，做個得勝頭回。晉州古城縣有一人名喚張善友，平日看經念佛，是個好善的長者。渾家李氏卻有些短見薄識，要做些小便宜勾當。夫妻兩個過活，不曾生男育女，家道儘從容好過。其時本縣有個趙廷玉，是個貧難的人，平日也守本分，只因一時母親亡故，無錢葬埋，曉得張善友家事有餘，起心要去偷些來用。算計了兩日，果然被他挖個牆洞，偷了五六十兩財物，將母親殯葬訖。自想道：「我本不是沒行止的，只因家貧無錢葬母，做出這個短頭的事來，擾了這一家人家，今生今世還不的他，來生來世必塡還他則個。」張善友次日起來，見了壁洞，曉得失了財，查點家財，箱籠裡沒了五六十兩銀子。張善友是個富家，也不十分放在心上，道是命該失脫，歎口氣罷了。唯有李氏切切於心道：「有此一項銀子，做許多事，生許多利息，怎捨得白白被盜了去？」正在納悶間，忽然外邊有一個和尚來尋張善友，張善友出去相見了。問道：「師父何來？」和尚道：「老僧是五台山僧人，爲因佛殿坍損，下山來抄化修造，抄化了多時，積得有百來兩銀子，還少些個。又有那上了疏未曾勾銷的，今要往別處去走走，討這些布施，身邊所有銀子不便攜帶，恐有所失，要尋個寄放的去處，一時無有；一路訪來，聞知長者好善，是個有名的檀越，特來寄放這一項銀子。待別處討足了，就來取回本山去也。」張善友道：「這是勝事，師父只管寄放在舍下，萬無一誤。只等師父事畢，來取便是。」當下把銀子看驗明白，點計件數，拏進去交付與渾家了，出來留和尚喫齋。和尚道：「不勞檀越費齋，老僧心忙，要去募化。」善友道：「師父銀子，弟子交付渾家收好在裡面；倘若師父來取時，弟子出外，必預先分付停當，交還師父罷了。」和尚別了自去抄化。那李氏接得和尚銀子在手，滿心歡喜，想道：「我遺失得五六十兩，這和尚剛送將一百兩來，豈不是補還了我的缺，還有得多嗎？」就起一點心，打算要賴他的。一日，張善友要到東嶽廟裡燒香求子去，對渾家道：「我去則去，有那五台山的僧所寄銀兩，前日是你收著，若他來取時，不論我在不在，你便與他去。他若要齋喫，你便整理些蔬菜與他一齋，也是你的功德。」李氏道：「我曉得。」張善友自燒香去了。去後，那五台山和尚抄化完了，卻來問張善友取這項銀子。李氏便白賴道：「張善友也不在家，我家也沒有人寄什麼銀子，師父敢是錯認了人家了？」和尚道：「我前日親自交付與張長者，長者親收進來交付孺人的，怎麼說此話？」李氏便賭咒道：「我若賴你的，我眼裡出血。」和尚道：「這等說，要賴我的了。」李氏又道：「我賴了你的，我墮十八層地獄。」和尚見他賭咒，明知白賴了，爭奈是個女人家，又不好與他爭論得。和尚沒計奈何，合著掌念聲佛道：「阿彌陀佛！我是十方抄化來的布施，要修理佛殿的；寄放在你這裡，你怎麼要賴我的？你今生今世賴了我這銀子，到那生那世少不得要填還我！」帶著悲恨而去。過了幾時，張善友回來，問起和尚銀子，李氏哄丈夫道：「剛你去了，那和尚就來取，我雙手還他去了。」張善友道：「好，好。也完了一宗事。」過得兩年，李氏生下一子。自生此子之後，家私火發也似長將起來。再過了五年，又生一個，共是兩個兒子了。大的小名叫做乞僧，小的小名叫做福僧。那乞僧大來極會做人家，披星戴月，早起晚眠；又且生性慳吝，一文不使，兩文不用，不肯輕費著一個錢，把家私掙得偌大。可又作怪，一般兩個弟兄，同胞共乳，生性絕是相反。那福僧每日只是喫酒賭錢，養婆娘，做子弟，把錢鈔不著疼熱的使用。乞僧傍看了是他辛苦掙來的，老大的心疼。福僧每日有人來討債，多是瞞著家裡，外邊借來花費的。張善友要做好漢的人，怎肯教兒子被人逼迫，門戶不清的，只得一注一注填還了。那乞僧只叫得苦。張善友疼著大孩兒苦掙，恨著小孩兒蕩費，偏喫虧了，立個主意，把家私均做三分分開，他弟兄們各一分，老夫妻留一分；等做家的自做家，破敗的自破敗，省得歹的累了好的，一總凋零了。那福僧是個不成器的肚腸，倒要分了自繇自在，別無拘束，正中下懷；家私到手，正如「湯潑薄雪，風捲殘雲」，不上一年，使得光光蕩蕩了；又要去了爺娘的這一分，也自沒有了；便去打攪哥哥，不繇他不應手，連哥哥的也擺佈不來。他是個做家的人，怎生受得過，氣得成病，一臥不起，求醫無效，看看至死。張善友道：「成家的倒有病，敗家的倒無病，五行中如何這樣顛倒？」恨不得把小的替了大的，苦在心頭說不出來。那乞僧氣蠱已成，畢竟不痊死了。張善友夫妻大痛無聲。那福僧見哥哥死了，還有賸下家私，落得是他受用，一毫不在心上。李氏媽媽見如此光景，一發捨不得大的，終日啼哭，哭得眼中出血而死，福僧也沒有一些苦楚，帶著母喪，只在花街柳陌，逐日混帳；淘虛了身子，害了癆瘵之病，又看看死來。張善友此時急得無法可施，便是敗家的留得個種也好，論不得成器不成器了。正是：

前生注定今生案，天數難逃大限催。

福僧是個一絲兩氣的病，時節到來，如三景油盡的燈，不覺的息了。張善友雖是平日不中意的，他而今自念兩兒皆死，媽媽亦亡，單單賸得老身，怎繇得不苦痛哀切？自道：「不知作了什麼罪業？今朝如此果報得沒下梢。」一頭憤恨，一頭想道：「我這兩個業種，是東嶽求來的，不爭被你閻君句去了，東嶽敢不知道。我如今到東嶽大帝面前告苦一番，大帝有靈，句將閻君來，或者還了我個把兒子，也不見得。」也是他苦楚無聊，癡心想到此，果然到東嶽帝前，哭訴道：「老漢張善友一生修善，便是俺那兩個孩兒和媽媽，也不曾做什麼罪過，卻被閻君屈屈句將去，單賸得老漢。只望神明將閻君追來，與老漢折證一個明白。若果然該受這業報，老漢死也得瞑目。」訴罷，哭倒在地，一陣昏沈暈了去。朦朧之間，見個鬼使來對他道：「閻君句你。」張善友道：「我正要見閻君問他去。」隨了鬼使，竟到閻君面前。閻君道：「張善友！你如何在東嶽告我？」張善友道：「只為我媽媽和兩個孩兒，不曾犯下什麼罪過，一時都句了去，有此苦痛，故此哀告大帝做主。」閻王道：「你要見你兩個孩兒嗎？」張善友道：「怎不要見？」閻王命鬼使召將來。只見乞僧、福僧兩個齊到。張善友喜之不勝，先對乞僧道：「大哥！我與你家去來！」乞僧道：「我不是你什麼大哥，我當初是趙廷玉，不合偷了你家五六十兩銀子，如今加上幾百倍利錢還了你家，俺和你不親了。」張善友見大的如此說了，只得對福僧說：「既如此，二哥隨我家去了也罷。」福僧道：「我不是你家什麼二哥，我前身是五台山和尚，你少了我的，你如今也加百倍還得我彀了，與你沒相干了。」張善友喫了一驚道：「如何我少五台山和尚的？怎生得媽媽來一問便好？」閻王已知其意，說道：「張善友你要見你渾家不難。」叫鬼卒：「與我開了酆都城，閻出張善友妻李氏來！」鬼卒應聲去了。只見押了李氏披枷帶鎖到殿前來。張善友道：「媽媽！你爲何事如此受罪？」李氏哭道：「我生前不合混賴了五台和尚百兩銀子，死後叫我歷遇十八層地獄，我好苦也！」張善友道：「那銀子我只道還他去了，怎知賴了他的，這是自作自受。」李氏道：「你怎生救我！」扯著張善友大哭。閻君震怒，拍案大喝。張善友不覺驚醒，乃是睡倒在神案下做的夢。明明白白，才省得多是宿世的冤家債主；住了悲哭，出家修行去了。

方信道暗室虧心，難逃他神目如電；今日個顯報無私，怎倒把閻君埋怨？

在下爲何先說此一段因果，只因有個貧人，把富人的銀子借了去，替他看守了幾多年，一錢不破，後來不知不覺雙手交還了本主，這事更奇。聽在下表白一遍。宋時汴梁曹州曹南村周家莊上有個秀才，姓周名榮祖，字伯成；渾家張氏。那個家先世廣有家財，祖公公周奉敬重釋門，起蓋一所佛院，每日看經念佛。到他父親手裡，一心只做人家，爲因修理宅舍，不捨得另備木石磚瓦，就將那所佛院盡拆毀來用了。比及宅舍功完，得病不起，人皆道是不信佛之報。父親既死，家私裡外，通是榮祖一個掌把。那榮祖學成滿腹文章，要上朝應舉，只因妻嬌子幼，——他與張氏生得一子尚在襁褓，乳名叫做長壽，——不捨得抛撇，商量三口兒同去。他把祖上遺下那些金銀，成錠的做一窖兒埋在後面牆下；怕路上不好攜帶，只把零碎的、細軟的，帶些隨身。房廊屋舍，著個當值的看守。他自去了。話分兩頭，曹州有一個窮漢，叫做賈仁，眞是衣不遮身，食不充口，喫了早起的，無那晚夕的。又不知做什麼營生，只是與人家挑土築牆，和泥托坯，擔水運柴，做坌工生活度日。晚間在破窯中安身。外人見他過得十分艱難，都喚他做窮鬼兒。卻是這個人秉性古怪拗彆，常道：「總是一般的人，別人那等富貴奢華。偏我這般窮苦。」心中恨毒，有詩爲證：

又無房舍又無田，每日城南窯內眠；一般帶眼安眉漢，何事囊中偏沒錢？

且說那賈仁心中不服氣，每日得閒空，便走到東嶽廟中苦訴神靈道：「小人賈仁特來禱告：小人想有那等騎鞍壓馬，穿羅著錦，喫好的，用好的：他也是一世人。我賈仁也是一世人；偏我衣不遮身，食不充口，燒地眠，炙地臥，兀的不窮殺了小人？小人但有些小富貴，也是齋僧布施，蓋寺建塔，修橋補路，惜孤念寡，敬老憐貧；上聖可憐見咱！」日日如此。眞是精誠之極，有感必通，果然被他哀告不過，感動起來。一日，禱告畢，睡倒在廊檐下，一靈兒被殿前靈派侯攝去，問他終日埋天怨地的緣故。賈仁把前言再述一遍，哀求不已。靈派侯也就憐他，喚那增福神查他衣祿食祿，有無多寡之數。增福神查了回覆道：「此人前生不敬天地，不孝父母，毀僧謗佛，殺生害命，抛撇淨水，作賤五穀：今世當受凍餓而死。」賈仁聽說，慌了；一發哀求不止道：「上聖可憐見！但與我些小衣祿食祿，我是必做個好。我爺娘在時，也是盡力奉養的；亡化之後，不知什麼緣故，顚倒一日窮一日了。我也在爺娘墳上燒錢化紙，澆茶奠酒，淚珠兒至今不曾乾，我也是個行孝之人。」靈派侯道：「吾神試點檢他平日所爲，雖是不見別的善事，卻是窮養父母也是有的；今日據著他埋天怨地，正當凍餓，念他一點小孝，可又道天不生無祿之人，地不生無根之草，吾等體上帝好生之德，權且看有別家無礙的福力，借與他些，與他一個假子奉養至死，償他的一點孝心罷。」增福神道：「小聖查得曹州曹南周家莊上，他福力所積，陰功三輩，爲他拆毀佛地，一念差池，合受一時折罰，如今把那家的福力，權借與他二十年，待到限期已定，著他雙手交還本主。這個可不兩便？」靈派侯道：「這個使得。」喚過賈仁，把前話分付他明白，叫他牢牢記取，比及你去做財主時，索還的早在那裡等了。賈仁叩頭謝了上聖濟拔之恩，心裡道已是財主了；出得門來，騎了高頭駿馬，放個轡頭，那馬見了鞭影，飛也似的跑，把他一交顛翻，大喊一聲，卻是南柯一夢，身子還睡在廟檐下。想一想道：「恰才上聖分明的對我說，那一家的福力借與二十年，我如今該做財主，一覺醒來，財主在那裡？夢是心頭想，這他則甚！昨日大戶人家要打牆；叫我尋泥坯，我不免去尋問一家則個。」出了廟門去。眞是時來福湊，恰好周秀才家裡，看家當值的因家主出久未歸，正缺少盤纏度日，走到街上，賊偷得精光。家裡別無可賣的，止有後園中這一垛舊圍牆，想是要他沒用，不如把泥坯賣了，且將就做盤纏度日。走到街上，正撞著賈仁，曉得他是慣與人家打牆的，就把這話央他去。賈仁道：「有家子正要泥牆，講倒價錢吾自來挑也。」果然走去說定了價，挑得一擔算一擔，開了後門，一憑賈仁自掘自挑。賈仁帶了鐵鍬、鋤頭、土筐之類來動手，剛扒倒得一堵，只見牆腳之下，拱開石頭，那泥簌簌的落將下去，恰像底下是空的；把泥撥開，泥下一片石板，掘起石板，乃是蓋下一個石槽，滿槽多是土墼塊一般大的金銀，不計其數。傍邊又有小塊零星堆著。喫了一驚道：「神明如此有靈，已應著那夢，慚愧今日有分做財主了。」心生一計，就把金銀放些在土筐中，上邊覆著泥土，裝了一擔，且把在地中挑未盡的，仍用泥土遮蓋，以待再挑。他挑著擔，竟往棲身的破窯中權且埋著，神鬼不知；運了一兩日，都運完了。他是極窮人，有了這許多銀子，也是他時運到來，且會擺撥，先把些零碎小錁，買了一所房子住了。逐漸把窯裡埋的，又搬將過去安頓好了。先假做些小買賣，慢慢演將大來。不上幾年，蓋起房廊屋舍，開了解典庫、粉房、磨房、油房、酒房，做的生意，就如水也似長將起來。旱路上有田，水路上有船，人頭上有錢。平日叫他做窮鬼兒的，多改口叫他是員外了。又娶了一房渾家。卻是寸男尺女皆無，空有那鴉飛不過的田產，也沒一個承領。又有一件作怪，雖有了這樣大家私，生性慳吝苦刻，一文也不使，半文也不用。要他一貫鈔，就如挑他一條筋。別人的恨不得劈手奪將來，若要他把與人，就心疼的了不得。所以又有人叫他做慳鬼兒。請著一個老學究，叫做陳德甫，在家裡處館。那館不是教學的館，不過在解鋪裡上些帳目，管些收錢舉債的句當。賈員外日嘗與陳德甫說：「我枉有家私，無個後人承領；自己生不出，街市上但遇著賣的，或是肯過繼的，是男是女，尋一個來，與我兩口兒餧眼也好。」說了不止一番。陳德甫又轉分付了開酒務的店小二：「倘有相應的，可來先對我說道著。」一面尋螟蛉之子，不在話下。卻說那周榮祖秀才，自從同了渾家張氏，孩兒長壽，三口兒應舉去後，怎奈命運未通，功名不達，這也罷了。豈知到得家裡，家私一空，止留下一所房子，去尋尋牆下所埋祖遺之物，但見牆倒泥開，剛剛賸得一個空石槽。從此衣食艱難，索性把這所房子賣了，三口兒復又去洛陽探親。偏生這等時運：正是「時來風送滕王閣，運退雷轟薦福碑。」那親眷久已出外，弄做個「滿船空載月明歸」。身邊盤纏用盡，到得曹南地方，正是暮冬天道，下著連日大雪，三口兒身上俱各單寒，好生行走不得。有一篇正宮調「滾繡毬」為證：

是誰人碾就瓊瑤往下篩？是誰人翦冰花迷眼界？恰便是，玉琢成六街三市；恰便似，粉妝就殿閣樓台。便有那韓退之，藍關前冷怎當？便有那孟浩然，驢背上也跌下來。便有那剡溪中，禁回他子猷訪戴。則這三口兒兀的不凍倒塵埃！眼見得一家受盡千般苦，可什麼十謁朱門九不開，委實難捱。

當下張氏道：「似這般風又大，雪又緊，怎生行去？且在那裡避一避也好。」周秀才道：「我們到酒務裡避雪去。」兩口兒帶了小孩子，趄到一個店裡來。店小二接著道：「可是要買酒喫的？」周秀才道：「可憐我那得錢來買酒喫。」店小二道：「不喫酒到我店裡做甚？」秀才道：「小生是個窮秀才，三口兒探親回來，不想遇著一天大雪，身上無衣，肚裡無食，來這裡避一避。」店小二道：「避避不妨，那一個頂著房子走哩？」秀才道：「多謝哥哥。」叫渾家領了孩兒同進店來，身子扢抖抖的寒顫不住。店小二道：「秀才官人，你們受了寒了，喫杯酒不妨。」秀才歎道：「我才說沒有錢在身邊。」小二道：「可憐！可憐！那裡不是積福處？我捨你一杯燒油喫，不要你錢。」就在『招財利市』面前，那供養的三杯酒內，取一杯遞過來。周秀才喫了，覺道和暖了好些；渾家在傍聞得酒香，也要杯兒敵寒，不好開得口，正與周秀才說話。店小二曉得意思，想道：「有心做人情，便再與他一杯。」又取那第二杯遞過來道：「娘子也喫一杯。」秀才謝了，接過與渾家喫，那小孩子長壽不知好歹，也嚷著要喫。秀才簌簌地掉下淚來，說道：「我兩個還是這哥哥好意，與我們喫的，怎生又有得到你？」小孩子便哭將起來。小二問知緣故，說道：「一發把那第三杯與他喫了。」就問秀才道：「看你這樣艱難，你把這小的兒與了人家可不好？」秀才道：「一時撞不著人家要。」小二道：「有個人要，你與娘子商量去。」秀才對渾家道：「娘子你聽麼？賣酒的哥哥說：『你們這等飢寒，何不把小孩子與了人家，倒也強似凍餓死了？』只要那人養活的，便與他去罷。」張氏道：「任官人做主。」秀才把渾家的話對小二說。小二道：「好教你們喜歡，這裡有個大財主，不曾生得一個兒女，正要一個小的，我如今領你去。——你且在此坐一坐，我尋將一個人來。」小二三腳兩步走到對門，與陳德甫說了這個緣故。陳德甫踱到店裡，問小二道：「在那裡？」小二叫周秀才與他相見了。陳德甫一眼看去，見了小孩子長壽，便道：「好個有福相的孩兒！」就問周秀才道：「先生那裡人氏？姓甚名誰？因何就肯賣了這孩兒？」周秀才道：「小生本處人氏，姓周名榮祖；因家業凋零，無錢使用，將自己親兒，情願過繼與人爲子。先生，你敢是要嗎？」陳德甫道：「我不要，這裡有個賈老員外，他有潑天也似家私，寸男尺女皆無。若是要了這孩兒，久後家緣家計，都是你這孩兒的。」秀才道：「既如此，先生作成小生則個。」陳德甫道：「你跟著我來。」周秀才叫渾家領了孩兒，一同跟了陳德甫到這家門首。陳德甫先進去見了賈員外，員外問道：「一向所託尋孩子的怎麼了？」陳德甫道：「員外！且喜有一個小的了。」員外道：「在那裡？」陳德甫道：「就在門首。」員外道：「是什麼的人兒？」陳德甫道：「是個窮秀才。」員外道：「秀才倒好，可惜是窮的。」陳德甫道：「員外說得好笑，那有富的來賣兒女？」員外道：「叫他進來，我看看。」陳德甫出來，與周秀才說了，領他同兒子進去。秀才先與員外敘了禮，然後叫兒子過來與他看。員外看了一看，見他生得青頭白臉，心上喜歡道：「果然好個孩子！」就問了周秀才姓名，轉對陳德甫道：「我要他這個小的，須要他立紙文書。」陳德甫道：「員外要怎麼樣寫？」員外道：「無過寫道『立文書人某人，因口食不敷，情願將自己親兒某，過繼與財主賈老員外爲兒。』」陳德甫道：「只叫員外彀了，又要那財主兩字做甚？」員外道：「我不是財主，難道叫我窮漢？」陳德甫曉得是有錢的心性，只順著道：「是、是。只依著寫財主罷。」員外道：「還有一件要緊，後面須寫道：『立約之後，兩邊不許翻悔；若有翻悔之人，罰鈔一千貫與不悔之人用。』」陳德甫大笑道：「這等那正錢可是多少？」員外道：「你莫管我，只依我寫著。他要得我多少？我財主家心性，指甲裡彈出來的，可也喫不了。」陳德甫把這些話，一一與周秀才說了。周秀才只得依著口裡念的寫去，寫到罰一千貫，周秀才停了筆道：「這等我正錢可是多少？」陳德甫道：「知他是多少？我恰才也是這等說，他道：『我是個巨富的財主，他要得多少？』他指甲裡彈出來的，著你喫不了哩。」周秀才也道：「說得是。」依他寫了，卻把正經的賣價，竟不曾填得明白。他與陳德甫也多是迂儒，不曉得這些圈套，只道口裡說得好聽，料必不輕的；豈知做財主的專一苦剋算人，討著小便宜，口裡便甜如蜜，原聽不得的。當下周秀才寫了文書，陳德甫遞與員外收了。員外就領了進去與媽媽看了，媽媽也喜歡。此時長壽已有七歲，心裡曉得了，員外教他道：「此後有人問你姓什麼，你便道我姓賈。」長壽道：「我自姓周。」那賈媽媽道：「好兒子，明日與你做花花襖子穿。有人問你姓，只說姓賈。」長壽道：「便做大紅袍與我穿，我也只是姓周。」員外心裡不快，竟不來打發周秀才。秀才催促陳德甫，德甫催員外。員外道：「他把兒子留在我家，他自去罷了。」陳德甫道：「他怎麼肯去？還不曾與他恩養錢哩。」員外就起個賴皮心，只做不省得道：「什麼恩養錢？隨他與我些罷。」陳德甫道：「這個！員外休耍人，他爲無錢才要賣這個小的，怎麼倒要他恩養錢？」員外道：「他因爲無飯養活兒子，才過繼與我；如今要在我家喫飯，我不問他要恩養錢，他倒問我要恩養錢？」陳德甫道：「他辛辛苦苦養這小的，與了員外爲兒，專等員外與他些恩養錢，回家做盤纏；怎這等耍他？」員外道：「立過文書，不怕他不肯了。他若有說話，便是翻悔之人，教他罰一千貫還我，領了這兒子去。」陳德甫道：「員外怎如此同人耍？你只是與他些恩養錢去是正理。」員外道：「陳德甫！看你面上，與他一貫鈔，許多寶字哩。我富人便一貫鈔，似挑著一條筋；你是窮人，怎倒看得這樣容易？你且與他去。他是讀書人，見兒子落了好處，敢不要錢也不見得。」陳德甫道：「那有這事！不要錢不賣兒子了。」再三說不聽，只得拏了一貫錢與周秀才。秀才正走在門外與渾家說話，安慰他道：「且喜這家果然富厚，已立了文書，這事多分可成，長壽兒也落了好地了。」渾家正要問講倒多少錢鈔，只見陳德甫拏得一貫鈔出來。渾家道：「我才杯兒水洗的孩兒偌大，怎生只與我一貫鈔？便買個泥娃娃也買不得。」陳德甫把這話進去與員外說，員外道：「那泥娃娃須不會喫飯。常言道：『有錢不買張口貨。』因他養活不過才賣與人，我肯要就彀了，如何還要我錢？既是陳德甫再三說，我再添他一貫。──如今再不添了。他若不肯，白紙上寫著黑字，教他拏一千貫來領了孩子去。」陳德甫道：「他有得這一千貫時，倒不賣兒子了。」員外發怒道：「你有得添添他，我卻沒有！」陳德甫歎口氣道：「是我領來的不是了！員外又不肯添，那秀才又怎肯兩貫錢就住？我中間做人也難，也是我在門下多年，今日得過繼兒子，是個美事，做我不著，成全他兩家罷。」便對員外道：「在我館錢內支兩貫，湊成四貫打發那秀才罷。」員外道：「大家兩貫，孩子是誰的？」陳德甫道：「孩子是員外的。」員外笑逐顏開道：「你出了一半鈔，孩子還是我的，這等你是個好人。」依他又支了兩貫鈔，帳簿上要他親筆註明白了，共成四貫，拏出來與周秀才道：「這員外是這樣慳吝苦剋的，出了兩貫再不肯添了，小生只得自支兩月的館錢，湊成四貫送與先生。先生！你只要兒子落了好處，不要計論多少罷！」周秀才道：「甚道理？倒難爲著先生！」陳德甫道：「只要久後記得我陳德甫。」周秀才道：「賈員外則是兩貫，先生替他出了一半，這倒是先生賫發了小生，這恩德怎敢有忘！喚孩兒出來叮囑他兩句，我們去罷。」陳德甫叫出長壽來，三個並頭哭個不住，分付道：「爺娘無奈賣了你，你在此可也免了些飢寒凍餒，只要曉得些人事，敢這家不虧你！我們得便來看你就是。」小孩子不捨得爺娘，扯住了只是哭。陳德甫只得去買些果子來，哄住了他，騙了他進去。周秀才夫妻自去了。那賈員外過繼了個兒子，又自放著刁勒買的，不費大錢，自得其樂，就叫他做了賈長壽。曉得他已有知覺，不許人在他面前提起一句舊話，也不許著周秀才通消息往來。古古怪怪，防得水洩不通。豈知暗地移花接木，已自雙手把人家交還他。那長壽大來，看看把小時的事忘懷了，只認賈員外是自己的父親。可又作怪，他父親一文不使，半文不用，他卻心性闊大，看那錢鈔便是土塊般相似。人道是他有錢，多順道叫他爲「錢舍」。那時媽媽亡故，賈員外得病不起，長壽要到東嶽燒香，保佑父親，與父親討得一貫鈔，他便背地與家僮興兒開了庫，帶了好些金銀寶鈔去了。到得廟上來，此時正是三月二十七日，明日是東嶽聖帝誕辰，那廟上的人好不來的多。天色已晚，揀著一個廊下乾淨處所歇息，可先有一對兒夫妻在那裡。但見：

儀容黃瘦，衣服單寒。男人頭上儒巾，大半是塵埃堆積；女子腳跟羅襪，兩邊泥土黏連。定然終日道途間，不似安居閨閫內。

你道這兩個是甚人？原來正是賣兒子的周榮祖秀才夫妻兩個。只因兒子賣了，家事已空，又往各處投人不著，流落在他方十來年，乞化回家，思量要來賈家探取兒子消息。路經泰安州，恰遇聖帝生日，曉得有人要寫疏頭，思量賺他幾文，來央廟官。廟官此時也用得他著，留他在左廊下住。因他也是個窮秀才，廟官好意揀這搭乾淨地與他。豈知賈長壽見這個地好，叫興兒叫他開去。興兒狐假虎威喝道：「窮弟子快走開去！讓我們。」周秀才問：「你們是什麼人？」興兒就打他一下道：「『錢舍』也不認得？問是什麼人！」周秀才道：「我須是問了廟官，在這裡住的；什麼『錢舍』來趕得我！」長壽見他不肯讓，喝教打他，興兒正在廝扯，周秀才大喊，驚動了廟官走來道：「什麼人如此無理？」興兒道：「俺家『錢舍』要這搭兒安歇。」廟官道：「家有家主，廟有廟主，是我留在這裡的秀才，你如何強奪他的宿處？」興兒道：「俺家『錢舍』有的是錢，與你一貫錢，借這堝兒田地歇息。」廟官見有了錢，就收了口道：「我便叫他讓你罷。」勸他兩個另換住所。周秀才好生不服氣，沒奈他何，只得依了。明日燒罷香，各自散去。長壽到得家裡，賈員外已死了，他就做了小員外，掌把了偌大家私，不在話下。且說周秀才自東嶽下來，到了曹南村，正要去查問賈家消息。一向不回家，把巷陌多生疏了。在街上一路的訪問，忽然渾家害起急心痛來。望去一個藥鋪，牌上寫著「施藥」，急走去求得些來。喫下好了，夫妻兩口走到鋪中謝那先生。先生道：「不勞謝得，只要與我揚名。」指著招牌上道：「須記我是陳德甫。」周秀才點點頭，念了兩聲陳德甫，對渾家道：「這陳德甫名兒好熟，我那裡曾會過來，你可記得？」渾家道：「俺賣孩兒時，做保人的不是陳德甫？」周秀才道：「是、是。我正好問他。」又走去叫道：「陳德甫先生！可認得學生嗎！」德甫相了一相道：「有些面善。」周秀才道：

「先生也這般老了，則我便是賣兒子的周秀才。」陳德甫道：「還記得我開發你兩貫錢？」周秀才道：「此恩何日敢忘！只不知如今我那兒子好嗎？」陳德甫道：「好教你歡喜，你孩兒賈長壽，如今長立成人了。」周秀才道：「老員外呢？」陳德甫道：「近日死了。」周秀才道：「好一個慳剋的人！」陳德甫道：「如今你孩兒做了小員外，不似當初老的了；且是仗義疏財，我這施藥的本錢，也是他的。」周秀才道：「陳先生！怎生著我見他一面。」陳德甫道：「先生！你同嫂子在鋪中坐一坐，我去尋將他來。」陳德甫走來尋著賈長壽，把前話一五一十的對他說了。那賈長壽雖是多年沒人題破，見說了，轉想幼年間事，還自隱隱記得，急忙跑到鋪中來要識爺娘。陳德甫領他拜見，長壽看了模樣，喫了一驚道：「泰安州打的就是？怎麼了？」周秀才道：「這不是泰安州奪我兩口兒宿處的嗎？」渾家道：「正是。叫做什麼『錢舍』。」秀才道：「我那時受他的氣不過，那知即是我兒子？」長壽道：「孩兒其實不認得爺娘，一時沖撞，望爺娘恕罪！」兩口兒見了兒子，心裡老大喜歡，終久乍會之間，有些生煞煞。長壽過意不去道：「莫非還記著泰安州的氣來？」忙叫興兒到家取了一匣金銀來，對陳德甫道：「小姪在廟中不認得父母，沖撞了些個，今先將此一匣金銀賠個不是。」陳德甫對周秀才說了。周秀才道：「自家兒子，如何好受他金銀賠禮？」長壽跪下道：「若爺娘不受，兒子心裡不安。望爺娘將就包容！」周秀才見他如此說，只得收了，開來一看，喫了一驚；原來這銀子上鑿著「周奉記」。周秀才道：「可不原是我家的？」陳德甫道：「怎生是你家的？」周秀才道：「我祖公叫周奉，這是他鑿字記下的。先生！你看那字便明白。」陳德甫接過手看了，道：「倒是了。既是你家的，如何卻在賈家？」周秀才道：「學生二十年前，帶了家小上朝取應去，把家裡祖上之物藏埋在地下，已後歸來，盡數都不見了，以致赤貧賣了兒子。」陳德甫道：「賈老員外原係窮鬼，與人脫土坯的；以後忽然暴富起來，想是你家原物被他挖著了，所以如此。他不生兒女，就過繼著你家兒子，承領了這家私，物歸舊主，豈非天意？怪道他平日一文不使，兩文不用，不捨得浪費一些；原來不是他的東西，只當在此替你家看守罷了。」周秀才夫妻感歎不已，長壽也自驚異。周秀才就在匣中取出兩錠銀子，送與陳德甫答他昔年兩貫之費。陳德甫推辭了兩番，只得受了。周秀才又念著店小二三杯酒，就在對門叫他過來，也賞了他一錠。那店小二因是小事，已忘記多時了，誰知出於不意，得此重賞，歡天喜地去了。長壽就接了父母到家去住。周秀才把適間匣中所賸的交還兒子，叫他明日把來散與那貧難無倚的，須念著貧時二十年中苦楚。又叫兒子照依祖公公時節，造所佛堂，夫妻兩個在內雙修。賈長壽仍舊復了周姓。賈仁空做了二十年財主，只落得一文不使，仍舊與他沒分。可見物有定主如此，世間人枉使壞了心機。有口號四句爲證：

想為人稟命生於世，但做事不可瞞天地；貧與富一定不可移，笑愚民枉使欺心計。

# 宋金郎團圓破氈笠

不是姻緣莫強求，姻緣前定不須憂；任從波浪翻天起，自有中流穩渡舟。

話說正德年間，蘇州府崑山縣大街，有一居民姓宋名敦；原是宦家之後，渾家盧氏，夫妻兩口不做生理，靠著祖遺田地，現成收些租課爲活。年過四十，並不曾生得一男半女。宋敦一日對渾家說：「自古道：『養兒待老，積穀防饑。』你我年過四旬，尚無子嗣，光陰似箭，眼花頭白；百年之事，靠著何人？」說罷，不覺淚下。盧氏道：「宋門積祖善良，未曾作惡造孽；況你又是單傳，皇天決不絕你祖宗之嗣。招子也有早晚，若是不該招時，便是養得長成，半路上也拋撇了；勞而無功，枉添許多悲泣。」宋敦點頭道：「是。」方才拭淚未乾，只聽得堂中有咳嗽叫喚道：「玉峰在家嗎？」原來近時風俗，不論是大家小家，都有個外號，彼此相稱。玉峰就是宋敦的外號。宋敦側耳而聽，叫喚第二句，便認得聲音是劉順泉。那劉順泉雙名有才，積祖駕一隻大船，攬載客貨往各省交卸，趁得好些水腳銀兩，一個十全的家業，團團都做在船上。就是這隻船本也值幾百金，通身是香楠木打的。這江南一水之地，多有這行生理。這劉有才是宋敦最契之友，聞得是他聲音，連忙趨出堂中，彼此不須作揖，拱手相見；分坐看茶，自不必說。宋敦道；「順泉今日如何得暇？」劉有才道：「特來與玉峰借件東西。」宋敦笑道：「寶舟缺什麼東西？來到寒家相借？」劉有才道：「別的東西，不來上瀆，只這件是宅上有餘的，故此敢來啓口。」宋敦道：「果是寒家所有，決不相吝。」劉有才不慌不忙，說出這件東西。正是：

背後並非擎詔，當前不是圍胸；鵝黃細布鍼縫，淨手將來供奉。還願曾妝冥鈔，祈神大襯威容；名山古剎幾相從，染下爐香浮動。

原來宋敦夫妻二人困難於得子，各處燒香祈嗣，做成黃布袱、黃布袋，裝裹佛馬楮錢之類；燒過香後，懸掛於家中佛堂之內，甚是志誠。原來劉有才長於宋敦五歲，四十六歲了，阿媽徐氏，亦無子息；聞得徽州有鹽商求嗣，新建陳州娘娘廟於蘇州閶門之外，香火甚盛，祈禱不絕。劉有才恰好有個方便，要駕船往楓橋下客，意欲進一炷香，卻不曾做得布袱布袋，特與宋敦告借。其時說出緣故，宋敦沈思不語。劉有才道：「玉峰莫非有吝借之心嗎？若還壞時，一個就賠兩個。」宋敦道：「豈有此理？只是一件，既然娘娘廟靈顯，小子亦欲附舟一往；只不知幾時去？」劉有才道：「即刻便行。」宋敦道：「布袱布袋，拙荊另有一副，共是兩副；儘可分用。」劉有才道：「如此甚好。」宋敦入內與渾家說知，欲往蘇城燒香之事，劉氏也好生歡喜。宋敦於佛堂掛壁上取下兩副布袱布袋，留下一副自用，將一副借與劉有才。劉有才道：「小子先往舟中伺候，玉峰可快來。船在小西門駟馬橋下，不嫌怠慢時，喫些現成素飯，不消帶米。」宋敦應允。當下忙忙的辦下些香燭紙馬白阡之類，打好包裹；穿了一件新做就的潔白湖紬道袍，徑至小西門下船。趁著順風，不到半日，七十里之程等閒到了。天色已晚，把船徑放到楓橋停泊。那楓湖乃四方商賈輳集之地，船艫相接，一望無際。昔人有詩云：

月落烏啼霜滿天，江楓漁火對愁眠；姑蘇城外寒山寺，夜半鐘聲到客船。

次日起個黑早，在船中洗盥罷，喫了些素飯，淨了口手，一對兒布袱收下冥財，黃布袋安插紙馬文疏，齊掛於項上，離了船頭；慢騰騰步到蘇州娘娘廟前，剛剛天曉。殿門雖閉，廟門已開著；二人在兩廊遊繞，觀看了一遍，果然造得齊齊整整。正在讚歎，呀的一聲，殿門開了，就有廟祝出來迎接進殿。其時香客未到，燭架尙虛，廟祝放下琉璃燈來，取火點燭，討文疏替他通誠禱告。二人焚香禮拜已畢，各將幾十文錢酬謝了廟祝，化紙出門。劉有才再要邀宋敦到船，宋敦不肯。當下劉有才將布袱布袋交還宋敦，各各稱謝而別。劉有才自往楓橋接客去了。宋敦看天色尙早，要往婁門趁船回家，剛欲移步，聽得牆下呻吟之聲，近前看時，卻是矮矮一個蘆蓆棚，搭在廟垣之側；中間臥著個有病的老和尙，奄奄欲死，呼之不應，問之不答。宋敦心中不忍，停眼而看。旁有一人走來說道：「客人！你只管看他則甚？要便做個好事了去。」宋敦道：「如何做個好事？」那人道：「此僧是陝西來的，七十八歲了；他說一生不曾開葷，每日只誦《金剛經》。三年前在此募化建庵，沒有施主，搭這個蘆蓆棚兒住下，誦經不輟。這裡有個素飯店，每日只上午一餐，過午就不用了。也有人可憐他施些錢米，他就把來還了店上的飯錢，不留一文。近日得了這病，有半個月不用飲食了；兩日前還開口說得話，我們問他：『如此受苦，何不早去罷？』他說：『因緣未到，還等兩日。』今早連話也說不出了，早晚待死；客人若可憐他時，買一口薄薄棺材焚化了他，便是做好事。他說因緣未到，或者這因緣就在客人身上。」宋敦想道：「我今日爲求嗣而來，做一件好事回去，也得神天知道。」便問道：「此處有棺材店嗎？」那人道：

「出巷陳三郎家就是。」宋敦道：「煩足下同往一看。」那人引路到陳家來，陳三郎正在店中支分鋸匠解木。那人道：「三郎！我引個主顧作成你。」三郎道：「客人若要看壽板？小店有眞正婺源加料雙花的在裡面。若要現成的，就店中但憑揀擇。」宋敦道：「要現成的。」陳三郎指著一副道：「這是頭號，足價三兩。」宋敦未及還價，那人道：「這個客官，是買來捨與那蘆蓆棚內老和尚做好事的；也有一半功德，莫要討虛價。」陳三郎道：「既是做好事的，我也不敢要多錢，照本一兩六錢罷。——分毫少不得了。」宋敦道：「這價錢也是公道了。」想起汗巾角上帶得一塊銀子，約有五六錢；燒香賸下不上百十銅錢，總湊與他還只彀一半。我有一處了：劉順泉的船在楓橋不遠。便對陳三郎道：「價錢依了你，只是還要往一個朋友處借貸，少頃便來。」陳三郎倒罷了，說道：「任從客便。」那人咈然不樂道：「客人既發慈悲心，卻又做脫身之計；你身邊既沒有銀子，來看則甚？」說猶未了，只見街上人紛紛而過，多有說：「這個和尚可憐！半月前還聽得他念經之聲，今已嗚呼了！」正是：

三寸氣在千般用，一旦無常萬事休！

那人道：「客人不聽得說嗎？那老和尚已死了，他在地府睜眼等你斷送哩！」宋敦口雖不語，心下覆想道：「我既是看定了這具棺木，儻或往楓橋去，劉順泉不在船上，終不然獃坐等他回來。況且常言得價不擇主，儻別有個主顧添些價錢，這副棺木賣去了，我就失信於此僧了！罷！罷！罷！」便取出銀子剛剛一塊，討戥來一稱，叫聲慚愧。原來是塊元寶錠心，看時像少，稱時便多，倒有七錢多重，先教陳三郎收下。將身上穿的那一件新做就的潔白湖紬道袍，脫下道：

「這一件衣服價在一兩之外，儻嫌不值？權時相抵，待小人取贖。若用得時，便乞照算。」陳三郎道：「小店大膽了，莫怪計較。」將銀子衣服收過了。宋敦又在髻上拔下一根銀簪，約有一錢之重；交與那人道：「這枝簪相煩換此銅錢，以爲殯殮雜用。」當下店中看的人都道：「難得這位做好事的客官，他擔當了大事去，其餘小事，我們地方上也該湊出些錢鈔相助。」衆人都湊錢去了。宋敦又復身到蘆蓆棚看那老僧，果然化去；不覺雙眼垂淚，分明如親戚一般，心下好生苦楚；正不知什麼緣故，不忍再看，含淚而行。到婁門時，航船已開，乃自喚一隻小船，當日回家。渾家見丈夫黑夜回來，身上不穿道袍，面又帶憂慘之色，只道與人爭競，忙忙的來問。宋敦搖首道：「話長哩。」一逕走到佛堂中將兩副布袱布袋掛起，在佛前磕了個頭，遂進房坐下，取茶喫了，方才開談。將老和尚之事，備細說知。渾家道：「正該如此，也不必怪。」宋敦見渾家賢慧，倒也回愁作喜。是夜，夫妻二口睡到五更，宋敦夢見那和尚登門拜謝道：「檀越命合無子，壽數亦止於此矣；因檀越心田慈善，上帝命延壽半紀；老僧與檀越又有一段因緣，願投宅上爲兒以報蓋身之德。」盧氏也夢見一個金身羅漢，走進房裡；夢中叫喊起來，連丈夫也驚醒了。各言其夢，似信似疑，嗟歎不已。正是：

種瓜還得瓜，種豆還得豆；勸人行好心，自作還自受。

從此，盧氏懷孕，十月滿足，生了一個孩兒；因夢見金身羅漢，小名金郎，官名就叫宋金。夫妻歡喜，自不必說。此時，劉有才也生一女，小名宜春；各各長成，有人攛掇兩家對親，劉有才倒也心中情願；宋敦卻嫌他船戶出身，不是名門大族，口雖不語，心中有不允之意。那宋金方年六歲，宋敦一病不起，嗚呼哀哉了。自古道：「家中百事興，全靠主人命。」又道：「十個婦人，敵不得一個男子。」自從宋敦故後，盧氏掌家，連遭荒歉，又里中欺他孤寡，科派戶役，盧氏撐持不定，只得將田房漸次賣了，賃屋而居。初時還是詐窮，以後「坐喫山空」。不上十年，弄做眞窮了；盧氏亦得病而亡。斷送了畢，宋金只賸得一雙赤手，被房主趕逐出屋，無處投奔。且喜從幼學得一件本事，會寫會算。偶然一個范舉人，選了浙江衢州府江山縣知縣，正想要尋個寫算的人，有人將宋金說了，范公就叫人引來，見他年紀幼小，又生得齊整，心中甚喜。叩其所長，果然「書通眞草，算善歸除」。當日就留於書房之中，取一套新衣與他換過，同桌而食，好生看待。擇了吉日，范知縣與宋金下了官船，同往任所。正是：

鼕鼕畫鼓催征棹，習習和風蕩錦帆！

卻說宋金雖然貧賤，終是舊家子弟出身，今日做范公門館，豈肯卑污苟且，與僮僕輩和光同塵，受其戲侮？那些管家們欺他年幼，見他做作，愈有不然之意。自崑山起程，卻是水路；到杭州便起旱了。衆人攛掇家主道：「宋金小廝家，在此寫算服事老爺，還該小心謙遜，他全不知禮；老爺待得他忒過分了。與他同坐同喫，舟中還可混帳；到陸路中大歇寓，老爺也要存個體面。小人們商議，不如叫他寫一紙靠身文書，方才妥帖；到衙門時，他也不敢放肆爲非。」范舉人是棉花做的耳朵，就依了衆人言語，喚宋金到艙，要他寫靠身文書。宋金如何肯寫？逼勒了多時，范公發怒，喝教：「剝去衣服，逐出船去！」衆蒼頭拖拖拽拽，剝的乾乾淨淨，一領單布衫，趕在岸上，氣得宋金半晌開口不得；只見轎馬紛紛，伺候范知縣起早。宋金含著雙眼淚只得迴避去了；身邊並無另物，受餓不過，少不得學那兩個古人「伍相吹簫於吳門，韓王寄食於漂母。」日間街坊乞食，夜間古廟棲身。還有一件，宋金終是舊家子弟出身，任你十分落魄，還存三分骨氣，不肯隨那叫街丐戶一流，奴顏婢膝，沒廉沒恥。討得來便喫了，討不來忍餓，有一頓沒一頓，過了幾時，漸漸面黃肌瘦，全無昔日丰神。正是：

好花遭雨紅俱退，芳草經霜色盡凋。

時值暮秋天氣，金風催冷，忽降下一場大雨；宋金食缺衣單，住在新關關王廟中，擔饑受凍，出頭不得，這雨自辰牌直下至午牌方止，宋金將腰帶收緊，即步出廟門來。未及數步，劈面遇著一人，宋金睜眼一看，正是父親宋敦最契之友，叫做劉有才號順泉的。宋金無面目見江東父老，不敢相認，只得垂眼低頭而走。那劉有才早已看見，從背後一手挽住，叫道：「你不是宋小官嗎？爲何如此模樣？」宋金兩淚交流，叉手告道：「小姪衣衫不齊，不敢爲禮了，承老叔垂問，……」如此如此，這般這般，將范知縣無禮之事，各訴了一遍。劉翁便道：『惻隱之心，人皆有之。』你在我船上相幫，管叫你飽暖過日。」宋金忙下跪道：「若得老叔收留，便是重生父母。」當下劉翁引著宋金到了河下。劉翁先上船，對劉嫗說知其事。劉嫗道：「此乃兩得其便，有何不美？」劉翁就在船頭上，招宋小官上船，於自身上脫下舊布道袍，叫他穿了，引他到後艄見了媽媽徐氏。女兒宜春在傍，也相見了，宋金走出船頭，劉翁道：「把飯與小官喫。」劉嫗道：「飯便有，只是冷的。」宜春道：「有熱茶在鍋內。」宜春便將瓦罐子舀了一罐滾熱的茶，劉嫗便在櫥櫃內取了些小菜，和那冷飯付與宋金道：「宋小官，船上買賣，比不得在家裡，胡亂用此罷！」宋金接得在手裡，又見細雨紛紛而下。劉翁叫女兒：「後艄有舊氈笠，取下與宋小官戴。」宜春取舊氈笠看時，一邊已自綻開，宜春手快，就盤髻上拔下鍼線將綻處縫了，丟在艙篷之上，叫道：「拏氈笠去戴。」宋金戴了破氈笠，喫了茶淘冷飯，劉翁叫他收拾船上傢伙，掃抹船隻，自往岸上接客，至晚方回，一夜無話。次日，劉翁起身，見宋金在船頭上閒坐，心中暗想：「初來之人，莫慣了他。」便吆喝道：「宋金郎！喫我家飯，穿我家衣，閒時搓些繩，打些索，也有用處。如何空坐？」宋金連忙答應道：「但憑驅使，不敢有違。」劉翁便取一束麻皮付與宋金，叫他打索子。正是：

在他矮簷下，怎敢不低頭。

宋金自此朝夕小心，辛勤做活，並不偷懶，兼之寫算精通，凡客貨在船，都是他記帳，出入分毫不爽，別船上交易，也多有喚他去掌算盤，登帳簿；客人無不敬而愛之，都誇道：「好個宋小官！少年伶俐。」劉翁、劉嫗見他小心得用，青眼相待，好衣好食的管顧他；在客人面前，認爲表姪。宋金亦自以爲得所。心安體適，貌自豐腴。凡船戶中，無不欣羨。光陰似箭，不覺二年有餘。劉翁一日暗想：「咱家年紀漸老，只有一女，要求個賢婿以靠終身，似宋小官一般，倒也十分之美。但不知媽媽心下如何？」是夜，與媽媽飲酒半晌，女兒宜春在傍，劉翁指著女兒對媽媽道：「宜春年紀長成，未有終身之託，奈何？」劉嫗道：「這是你我靠老的一樁大事，你如何不上緊？」劉翁道：「我也日常在念，只是難得有十分如意的。像我船上宋小官這般本事人才，千中選一，也就不能彀了。」劉嫗道：「何不就許了宋小官？」劉翁假意道：「媽媽說那裡話？

他無家無倚，靠著我船上喫飯，手無分文，怎好把女兒許他？」劉嫗道：「宋小官是宦家之後，況係故人之子，當初他老子在時，也曾有人議過親來，你如何忘了？今日雖然落魄，看他一表人材，又會寫，又會算，招得這般女婿，須不辱了門面？我兩口兒老來也得所靠。」劉翁道：「媽媽的主意已定否？」劉嫗道：「有什麼不定？」劉翁道：「如此甚好。」原來劉有才在平日是個怕老婆的，久已看上了宋金，只愁媽媽不肯，今見媽媽欣然，十分歡喜。當下便喚宋金，對著媽媽面許了他這頭親事。宋金初時也謙遜不當，見劉翁夫妻一團美意，不要他費一文錢鈔，只索順從。劉翁往陰陽生家選擇周堂吉日，回復了媽媽，將船駕回崑山。先與宋小官冠了，做一套細紬衣服與他穿了；渾身新衣新帽，新襪新鞋，妝扮得宋金一發標緻。

雖無子建才八斗，勝似安仁貌十分。

劉嫗也替女兒備來些衣飾之類，吉日已到，請下兩家親戚，大設喜筵，將宋金贅入船上爲婿。次日，諸親作賀，一連喫了三日喜酒。宋金成親之後，夫妻恩愛，自不必說。從此，船上生理日興一日。光陰似箭，不覺過了一年零兩個月。宜春懷孕日滿，產下一女，夫妻愛惜如金，輪流懷抱。周歲方過，此女害了痘瘡，醫藥罔效，十二朝身死。宋金痛念愛女，哭泣過哀，七情所傷，遂得了個癆瘵之疾，朝涼暮熱，飲食漸減。看看骨露肉消，行遲走慢。劉翁夫妻初時還指望他病好，將他延醫問卜；延至一年之外，病勢有加無減，三分人七分鬼，寫也寫不動，算也算不動，倒做了眼中之釘，巴不得他死了乾淨，卻又不死。兩個老人家懊悔不過，互相抱怨起來：「當初只指望半子靠老，如今看這貨色不死不活，分明一條爛死蛇，累死身上，擺脫不下。把個花枝般女兒誤了終身，怎生是了？爲今之計，如何生個計較？送開了那冤家，等女兒另招個佳婿，方才稱心。」兩口兒商量了多時，定下個計策，連女兒都瞞過了，只說有客貨在於江北，移船往載。行至池州五深地方，到一個荒僻的所在，但見孤山寂寂，遠水迢迢，野岸荒崖，絕無人跡。是日，小小逆風，劉公故意把舵使歪，船便向沙岸擱住，卻叫宋金下水推舟。宋金手遲腳慢，劉公就罵道：「癆病鬼！沒氣力使船時，岸上野柴也拾些來燒燒，省得錢買。」宋金自覺惶愧，取斫刀掙扎上岸。行到茂林深處，見樹木雖多，那有氣力去砍伐？只得拾些兒殘柴，割些敗棘，抽取枯藤，束做兩個大捆。又沒有氣力背負得去，心生一計，再取一條枯藤，將兩捆野柴穿做一捆，露出長長的藤頭，用手挽之而行，如牧童牽牛之勢。行了多時，想起忘了斫刀在地，又復身轉去取了斫刀，也插入柴捆之內，緩緩的拖下岸來。到於泊舟之處，已不見了船。但見江煙沙島，一望無際。宋金沿江而上，且行且看，並無蹤影。看看紅日西沈，情知爲丈人所棄，上天無路，入地無門，不覺痛切於心，放聲大哭。哭得氣咽喉乾，悶絕於地。且說宋金一時甦醒過來，睜眼一看，只見岸上有一老僧，正不知從何而來？將杖拄著地問曰：「檀越伴侶何在？此非駐足之地也！」宋金忙起身作禮，口稱姓名，道：「被丈人劉翁脫賺，如今孤苦無歸，求老師父提挈，救取微命！」老僧道：「貧僧茅庵不遠，且往歸暫住一宿，來日再作道理。」宋金感謝不已，隨著老僧而行。約莫里許，果見茅庵一所。老僧敲石取火，煮些粥湯把與宋金喫了；方才問道：「令岳與檀越有何仇隙？願聞其詳。」宋金將入贅船上，及得病之由，備細告訴了一遍。老僧道：「老檀越懷恨令岳乎？」宋金道：「當初求乞之時，蒙彼收養婚配，今日病危見棄，乃小生命薄所致，豈敢懷恨他人？」老僧道：「聽子所言，忠厚之士也。尊恙乃七情所傷，非藥餌可治，惟清心調攝可以愈之。平日間曾奉佛法誦經否？」宋金道：「不曾。」老僧於袖中取出一卷相贈道：「此乃《金剛般若經》。我佛授與貧僧，今傳授檀越，若日誦一遍，可以消諸妄念，卻病延年，有無窮利益。」宋金原是陳州娘娘廟前老和尚轉世來的，前世專誦此經，今日口傳心受一遍，便能熟誦，此乃是前因不斷。宋金和老僧打坐，閉眼誦經，將次天明，不覺睡去。及至醒來，身坐荒草坡間，並不見老僧及茅庵在那裡，《金剛經》卻在懷中，開卷能誦。宋金心下好生詫異，遂取池水淨口，將經朗誦一遍，覺萬慮消釋，病體頓然全愈，方知聖僧顯化相救，亦是夙因所致也。宋金向空叩頭，禱祝道：「願得皇天保佑！」然雖如此，此身如大海浮萍，沒有著落，信步行去。是時，腹中飢餓，望見前山林木之內，隱隱似有人家，不免再溫舊稿，來前乞食。只因這一番，有分叫：宋小官凶中化吉，難過福來。正是：

路逢絕處還開徑，水到窮時再發源。

宋金走到前山一看，並無人煙，但見槍刀戈戟遍插林間，宋金心疑不決，放膽前去，見一所敗落土地廟，廟中有大箱八隻，封鎖甚固，上用松茅遮蓋。宋金暗想：「此必大盜所藏，布置槍刀乃惑人之計，來歷雖則不明，取之無礙。」心生一計，乃折取松枝插地，記其路徑，一步步走出林來，直至野岸。也是宋金時亨運泰，恰好有一隻大船，因逆浪衝壞了舵，停泊於岸下修舵。宋金假作慌張之狀，向船上人說道：「我陝西錢員外，隨吾叔父走湖、廣爲商，道經於此，爲強賊所劫。叔父被殺，我只說是跟隨的小郎，久病乞哀，暫容殘喘，賊乃遣夥內一人，與我同住土地廟中，看守貨物，他又往別處行劫去了。不幸同夥之人，昨夜被毒蛇咬死，我得脫身在此，幸方便載我去。」舟人聞言不甚信。宋金又道：「現有八巨箱在廟內，皆我家財物。廟去此不遠，多央幾位上岸，抬歸舟中，願以一箱爲謝。必須就往，萬一賊徒回轉，不惟無濟於事，且有禍患。」衆人都是千里求財的，聞說有八箱貨物，一個個欣然願往。當時聚起十六個後生，準備八副繩索扛棒，隨宋金往土地廟來，果見巨箱八只，其箱甚重，每二人抬一只，恰好八扛。宋金將林木內槍刀收起，藏於深草之內，八個箱子都下了船，舵也修好了。舟人問宋金道：「老客今欲何往？」宋金道：「我且往南京省親。」舟人道：「我的船正要往瓜州，卻喜又是順便。」當下開船，駛行五十餘里方歇。舟人奉承陝西客有錢，倒湊出銀子，買酒買肉與他壓驚稱賀。次日，西風大起，掛起帆來，不幾日到了瓜州停泊。那瓜州到南京只隔十里江面，宋金另換了一隻渡船，將箱籠只揀重的抬下七個，把一個箱子送與舟中衆人，以踐其言，衆人自去開箱分用，不在話下。宋金渡到龍江關口，尋了店主人家住下，喚鐵匠對了鑰匙，打開箱看時，其中充滿都是金玉珍珠之類。原來這夥強盜積之有年，不是取之一家、獲之一時的。宋金先把一箱所蓄，鬻之於市肆，已得數千金。恐人生疑，遷寓於城內，買家奴伏侍，身穿羅綺，食用膏粱。餘六箱只揀精華寶物留下，其他都變賣，不下數萬金，就於南京儀鳳門內，買下一所大宅，改造廳堂園亭，製辦日用傢伙，極其華整。門前開張典當，又置買田莊數處，家僮數十房，出房管事者十人，又畜美童四人，隨身答應。滿京城都稱他爲錢員外，出乘輿馬，入擁金資。自古道：「居移氣，養移體。」宋金今日財發身發，肌膚充悅，容采光澤，絕無舊日枯瘠之容，寒酸之氣。正是：

人逢喜至精神爽，月到秋來光彩新。

話分兩頭。且說宜春女兒，那日見父親叫丈夫上岸打柴，心下想爹娘沒分曉，恁般一個病人，叫他去打柴，欲要叫丈夫莫去，又恐違拗了父命。正在此放心不下，卻見父親忙忙撐篙下船，撲轉船頭，離岸揚帆。宜春驚嚷道：「爹爹！丈夫在岸上，如何便開船？」卻被母親兜臉一啐道：「誰是你丈夫？這癆病鬼你還要想他！」宜春驚嚷道：「爹媽！這怎麼說？」劉嫗道：「你爹見他病害得不好，恐沾染他人，特地用計斷送這癆病活骷髏。」宜春氣塞咽喉，淚如泉湧，急跑出艙，扯帆收索，欲下帆轉船；被母親抵死抱住拖到後艄。宜春跌腳搥胸，叫天叫地哭道：「還我宋郎來！」爭嚷之間，順風順水，船已行數十里。劉翁走來勸道：「我兒聽我一言，婦道家嫁人不著，一世之苦。那害癆的死在早晚，左右要拆散的，不是你姻緣了；倒不如早些開交乾淨，免致擔誤你青春。待做爹的另揀個好郎君，完你終身，休想他罷！」宜春道：「爹做的是什麼事？都是不仁不義傷天理的句當。宋郎這頭親事，原是二老主張，既做了夫妻，同生同死，豈可翻悔？就是他病勢必死，亦當待其善終，何忍棄之於無人之地？宋郎今日爲奴而死，奴決不獨生，爹若可憐見孩兒，快轉船上水，尋取宋郎回來，免致傍人訊察。」劉翁道：「那害癆病的不見了船，定轉往別處村坊乞食去了，尋之何益？況且下水順風，相去已百里之遙，一動不如一靜，勸你息了心罷。」宜春見父親不允，放聲大哭，走出船舷，就要跳水，喜得劉媽手快拖住。宜春以死自誓，哀哭不已。兩個老人家只道女兒執性如此，無可奈何，准准的看守了一夜。次早，只得依順他開船上水。風水俱逆，弄了一日，不彀一半之路。這一夜，啼哭不已。又不得安穩，第三日申牌時分，方到得先前擱船之處，宜春親自上岸尋取丈夫，只見沙灘上亂柴二捆，砟刀一把，認得是船上的刀，眼見得這捆柴是宋郎拖來的，物在人亡，愈加疼痛。不肯心死，定要往前尋覓；父親只索跟隨同去。走了多時，惟見樹黑山深，杳無人跡。劉翁勸他回船，又啼哭了一夜。第四日黑早，再叫父親一同上岸尋覓，都是曠野之地，更無影響，只得哭下船來。想道：「如此荒郊，叫丈夫如何乞食？況久病之人，行走不動，他把柴刀抛棄沙岸，一定是投水自盡了！」哭了一場，望著江心裡又跳，早被劉翁攔住。宜春道：「爹媽養得奴的身，養不得奴的心，孩兒左右是要死的，不如把奴早死，早見宋郎之面。」兩個老人家見女兒十分痛苦，甚不過意，叫道：「我兒，是你爹娘不是了！一時失於計較，幹出這事！差之在前，懊悔沒用了！你可憐我年老之人，止生得你一人，你若死了，我兩個的性命也都難保。願我兒恕了爹娘之罪，寬心度日。待做爹的寫一個招紙，於沿江市鎮各處黏貼；倘若宋郎不死，見我招紙，便可即回。若過了三個月無信，憑你做好事追薦丈夫，做爹的替你用錢，並不吝惜。」宜春下跪拭淚謝道：「若得如此，孩兒死也瞑目。」劉翁即時寫個尋婿的招帖，遍貼沿江市鎮牆壁觸眼之處。過了三個月，絕無音信。宜春道：「我丈夫果然死了。」即忙置備頭疏麻衣，穿著一身重孝，設了靈位祭奠。請九個和尚，做了三晝夜功德，自將釵環布施爲亡夫祈禱。劉翁夫婦愛女之心無所不至，並不敢一些違拗，鬧了數日方休。自此，朝哭五更，夜哭黃昏。鄉船聞之，無不感歎。有那些相熟的客人聞知此事，無不可惜宋小官，可憐劉小娘者。宜春整整的哭了半年六個月，方才住聲。劉翁對阿媽道：「女兒這幾日不哭，心中漸漸冷了，好勸他嫁人。終不然，我兩個老人家守著個孤孀女兒，緩急何靠？」劉嫗道：「阿老見得是。只怕女兒不肯，須是緩緩的待他。」又過了月餘，其時十二月二十四日，劉翁回船到崑山過年，在親戚家喫醉了酒，乘其酒興來勸女兒道：「新春將近，除了孝罷！」宜春道：「丈夫是終身之孝，怎麼除得？」劉翁睜著眼道：「怎麼終身之孝？做爹的許你戴時便戴，不許你戴時就不容你戴。」劉媪見老兒口重，便來收科道：「再等女兒戴過了殘歲，除夜做碗羹飯，起了靈除孝罷！」宜春見爹媽話不投機，便啼哭起來道：「你兩口兒合計害了我丈夫，又不容我戴孝，無非要我改嫁他人；我豈肯失節以負宋郎？寧可戴孝而死，決不除孝而生。」劉翁又待發作，被老媽媽罵了幾句，劈頭的推向船艙睡了；宜春依然又哭了一夜。到月盡三十日除夜，宜春祭奠了丈夫，哭了一會，婆子勸住了。三口兒同喫夜飯，爹媽見女兒葷酒不聞，心中不是，便道：「我兒！你孝是不肯除了，略喫點葷腥何妨得？少年人不要丟弱了個元氣。」宜春道：「未死之人，苟延殘喘，連這碗素飯也是多喫的，還喫什麼葷菜？」劉翁道：「既不用葷菜，喫杯素酒也好解悶。」宜春道：「『一滴何曾到九泉』，想著死者，我何忍下咽？」說罷，又哀哀的哭將起來；連素飯一些也不喫，就去睡了。劉翁夫婦料道女兒志不可奪，從此再不強他。後人有詩贊宜春之節。詩曰：

閨中節烈古今傳，船女何曾閱簡編？誓死不移金石志，柏舟端不愧前賢。

話分兩頭。再說宋金住在南京二年有餘，把家私挣得十全了。思想丈人丈母雖是狠毒，妻子恩情，卻是割捨不下；並不起別向之念。卻叫當家看守門牆，自己帶了三千兩銀子，領了四個家人，兩個美童。僱了一隻航船，逕至崑山來訪劉翁夫婦。鄰舍人家說道：「三日前往儀徵去了。」宋金將銀兩販了布匹，轉至儀徵，下個有名的主家。上貨了畢，次日，去河口尋著劉家船隻，遙見宜春正在後艄，麻衣素妝，知其守節未嫁，傷感不已。回到下處，向主人王公說道：「河下有一舟婦，戴孝而甚美，我已訪得是崑山劉順泉之船，此婦即其女也。吾喪偶已將三載，欲求此女爲繼室。」遂於袖中取出白金十兩，奉王公道：「此薄意權爲酒資，煩老翁執柯。成事之日，更當重謝。若問財禮，雖千金我亦不吝。」王公接銀歡喜，逕往船上邀劉翁到一酒館盛設相款，推劉翁於上坐。劉翁大驚道：「老漢操舟之人，何勞如此厚待？必有緣故。」王公道：「且喫三杯，方敢啓齒。」劉翁心中愈疑道：「若不說明，必不敢坐。」王公道：「小店有個陝西錢員外，萬貫家財，喪偶將三載，慕令嬡小娘子美貌，欲求爲繼室；願出聘禮千金，特央小子作伐，望勿見拒！」劉翁道：「舟女得配富貴，豈非至願？但女兒守節甚堅，言及再婚，便欲尋死，此事不敢奉命。盛意亦不敢領。」便欲起身。王公一手拖住道：「此設亦出錢員外之意，託小子做個主人，既已費了，不可虛之；事雖不成，無害也。」劉翁只得坐了。飲酒中間，王公又說：「員外相求，出於至誠，望老翁回舟從容商議。」劉翁被女兒幾遍投水唬壞了，只是搖頭，略不統口。酒散各別，王公回家，將劉翁之語述與員外。宋金方知渾家守志之堅，乃對王公說道：「姻事不成也罷了，我要僱他的船，載貨上江出脫，難也不成嗎？」王公道：「天下船載天下客，不消說自然從命。」王公即時與劉翁說了僱船之事。劉翁果然依允。宋金乃分付家童：「先把鋪陳行李發下船來，貨且留岸上，明日發也未遲。」宋金新衣新帽，兩個美童各穿綠絨直身，手執薰爐如意跟隨。劉翁夫婦認做陝西員外，不敢相識。到底夫婦之間，與他人不同，宜春在艄尾窺視，雖不敢便信是丈夫，暗暗的驚怪道：「有七八分厮像。」只見那錢員外才上得船，便向船艄說道：「我腹中飢了要飯喫，若是冷的，把些熱茶淘來罷。」宜春已自心疑。那錢員外又吆喝僮僕道：「個兒郎喫我家飯，穿我家衣，閒時搓些繩打些索，也有用處，不可空坐！」這幾句是宋小官初上船時，劉翁分付的話，宜春聽得愈加疑心。少頃，劉翁親自捧茶奉錢員外，員外道：

「你後艄上有一破氈笠，借我用之。」劉翁愚蠢全不省事，逕與女兒討那破氈笠，宜春取氈笠付與父親，口中微吟四句：

氈笠雖然破，經奴手自縫；因思戴笠者，無復舊時容。

錢員外聽後艄吟詩，默默會意，接笠在手，亦吟四句：

仙凡已換骨，故鄉人不識；雖則錦衣還，難逢舊氈笠。

是夜，宜春對劉嫗道：「艙中錢員外，即宋郎也。不然，何以知吾船上有破氈笠？且面龐相肖，語言可疑，可細叩之。」劉翁微笑道：「癡女子，那宋家癆病鬼此時骨肉俱消矣，即使當年未死，亦不過乞食他鄉，安能致此富貴？」劉嫗說道：「你當初怪爹娘勸你除孝改嫁，動不動跳水求死，今見客人富貴，便要認他是丈夫；儻你認他不認，豈不可羞？」宜春滿面羞慚，不敢開口。劉翁便招阿媽到背後道：「阿媽你休如此說，姻緣之事莫非前定，昨日王店主請我到酒店中飲酒說陝西錢員外願出千金聘禮，求我女兒爲繼室，我因女兒執性不曾統口，今日難得女兒自家心活，何不將機就機，把他許配錢員外，落得你我下半世受用。」劉嫗道：「阿老見得是。那錢員外來僱我家船隻，或者其中有意，阿老明日探問之。」劉翁道：「我自有道理。」次日，錢員外起身梳洗已畢，手持破氈笠於船頭上翻覆把玩。劉翁啓口問道：「員外看這破氈笠則甚？」員外道：「我愛那縫補處，這行鍼線，必出自妙手。」劉翁道：「乃小女所縫，有何妙處？前日王店主傳員外之命，曾有一言，未知眞否？」錢員外故意問道：「所傳何言？」劉翁道：「他說員外喪了孺人，已將三載，未曾繼娶，欲得小女爲婚。」員外道：「老翁頭不願？」劉翁說道：「老漢求之不得，但恨小女守節甚堅，誓不再嫁，所以不敢輕諾。」員外道：「令婿爲何而死？」劉翁道：「小婿不幸得了癆病之疾，其年因上岸打柴未回；老漢不知，錯開了船，以後曾出招帖，尋訪了三個月，並無動靜，大約投江而死了。」員外道：「令婿不死，他遇了異人，病都好了，反獲大財致富了。老翁若要會令婿時，可請令嬡出來。」此時宜春側耳而聽，一聞此言，便哭將起來，罵道：「薄倖兒郎！我爲你戴了三年重孝，受了千辛萬苦，今日還不說實話待怎麼？」宋金也墮淚道：「我妻快來相見！」夫妻二人抱頭大哭。劉翁道：「阿媽！眼見不是什麼錢員外了，我與你須要去謝罪。」劉翁夫婦走進艙來，施禮不迭。宋金道：「丈人丈母不須恭敬，只是小婿他日有病痛時，莫再多嫌。」兩個老人家羞慚滿面。宜春便除了孝服，將靈位抛落水中。宋金便喚跟隨的僮僕來與主母磕頭。翁嫗殺雞置酒，厚待女婿，又當接風，又是重會筵席。安席已畢，劉嫗敘起女兒自來不喫葷酒之意，宋金慘然下淚。親自與渾家把盞，勸他開葷。隨對翁嫗道：「既你們設心脫賺，欲絕吾命，恩斷義絕，不該相認了。今日勉強喫你這杯酒，都看你女兒的分上。」宜春道：「不因這番脫賺，你何由發跡？況爹媽日前也有好處，今後但記恩，莫記怨。」宋金道：「謹依賢妻之命。我已立家於南京，田園富足，你老人家可棄了駕舟之業，隨我到彼同享安樂，豈不美哉？」翁嫗再三稱謝，是夜無話。次日，王店主聞知此事，登船拜賀，又喫了一日酒。宋金留家童三人，在於王店主家登市取帳；自己開船往南京大宅子住了三日，同渾家到崑山故鄉掃墓，追薦亡親。宗族親黨，各有厚贈。此時范知縣已罷官在家，聞知宋小官發跡回鄉，恐怕街坊撞見沒趣，躲避鄉里有月餘不敢入城。宋金完了故鄉之事，重回南京，闔家歡喜安享富貴，不在話下。再說宜春見宋金每早必進佛堂中，念佛誦經，問其緣故。宋金將老僧所傳金剛經卻病延年之事，說了一遍。宜春亦起信心，要丈夫教會了，夫妻同誦到老不衰，後享壽九十餘，無疾而終，子孫爲南京世代富厚之家，亦有發科第者。後人評云：

劉老兒為善不終，宋小官因禍得福；金剛經消除災難，破氈笠團圓骨肉。

# 陳御史巧勘金釵鈿

世事翻騰似轉輪，眼前凶吉未為真；請看久久分明應，天道何曾負善人？

聞得老郎們相傳的說話，不記得甚州縣，單說有一人姓金名孝，年長未娶，家中只有個老母，自家賣油爲生。一日挑了油擔出門，中途因內急走上茅廁大解，拾得一個布裏肚，內有一包銀子，約莫有三十兩。金孝不勝歡喜，便轉擔回家，對老娘說道：「我今日造化，拾得許多銀子。」老娘看見，倒喫了一驚道：「你莫非做了歹事，偷來的麼？」金孝道：「我幾曾偷慣了別人的東西？卻恁般說！早是鄰舍不曾聽得哩！這裏肚其實不知什麼人，遺失在茅坑旁邊的？喜得我先看見了，拾取回來。我們做窮經紀的人，不是容易得這注大財，明日燒個利市，把來做販油的本錢，不強似賒別人的油賣？」老娘道：「我兒！常言道：『貧富皆由命。』若你命該享用，不得在挑油擔的人家來了！依我看來，這銀子雖非是你設心謀得來的，也不是你辛苦掙來的，只怕無功受祿，反受其殃。這銀子連不知是本地人的，遠方客人的？又不知可是自家的，或是借貸來的？一時間失脫了，找尋不見，這一場煩惱非小，性命都失陷了也不可知？曾聞古人裴公還帶積德，你今日原到拾銀之處，看有甚人來尋？便引來還他原物，也是一番陰德，皇天必不負你！」金孝是個本分的人，被老娘教訓了一場，連聲應道：「說得是，說得是。」放下銀包裏肚，跑到那茅廁邊去，只見鬧嚷嚷的一叢人，圍著一個漢子，那漢子氣忿忿的叫天叫地。金孝上前問其緣故。原來：那漢子是他方客人，因登東解脫了裏肚，失了銀子，找尋不著，只道卸下茅坑，喚幾個潑皮來，正要下去淘摸，街上人都擁著鬨人，金孝便問客人道：「你銀子有多少？」客人胡亂應道：「有四五十兩。」金孝老實，便道：「可有個白布裹肚麼？」客人一把扯住金孝道：「正是，正是。是你拾遺還了我，情願出賞錢。」衆人中有快嘴的便道：「依著道理，就平分也是該的。」金孝道：「眞個是我拾得，放在家裡，你只隨我去便有。」衆人都想道：「拾得錢財巴不得瞞過了，那曾見這個人，倒去尋主兒還他？也是異事。」金孝和客人動身時，這夥人一鬨都跟了去。金孝到了家中，雙手兒捧出裹肚交還客人。客人檢出銀包看時，曉得原物不動，只怕金孝要他出賞錢，又怕衆人喬主張他平分，反使欺心賴著金孝道：「我的銀子，原說有四五十兩，如今只賸得這些，你匿過一半了，可將來還我。」金孝道：「我才拾得回來，就被老娘偪我出門，尋訪原主還他，何曾動你分毫？」那客人賴定短少了他的銀兩，金孝負屈含忿，一個頭撞了過去。那客人力大，把金孝一把頭髮提起，像隻小雞一般，放倒在地，提著拳頭便要打。引得金孝七十歲的老娘，也奔出門前叫屈；衆人都有些不平，似殺陣般嚷將起來。恰好縣尹相公在這街上過去，聽得喧嚷，歇了轎，分付做公的：「拏來審問！」衆人怕事的，四散走開去了；也有幾個大膽的站在旁邊，看縣尹相公怎生斷這公事？卻說做公的將客人和金孝母子，拏到縣尹面前，當街跪下，各訴其情。一邊道：「他拾了小人的銀子。藏過一半不還。」一邊道：「小人聽了母親言語，好意還他，他反來圖賴小人。」縣尹問衆人：「誰做證見？」衆人都立前稟道：「那客人脫了銀子，正在茅廁邊找尋不著，卻是金孝自走來承認了，引他回去還他。這是小人們衆目共睹。只銀子數目多少？小人們卻不知。」縣尹道：「你兩下不須爭嚷，我自有道理。」叫做公的：「帶那一干人到縣來！」縣尹升堂，衆人跪在下面。縣尹叫：「取裹肚和銀子上來！」分付庫吏：「把銀子兌准回復。」庫吏復道：「有三十兩。」縣主又問客人：「你的銀子是多少？」客人道：「五十兩。」縣主道：「你看見他拾取的？還是他自己認承的？」客人道：「實是他親口認承的。」縣尹道：「他若是要賴你的銀子，何不全包拏了？卻止藏一半，又自家招認出來？他不招認，你如何曉得？可見他沒有賴銀之情了。你失的銀子是五十兩，他拾的是三十兩，這銀子不是你的了，必然另是一個人失落的。」客人道：「這銀子實是小人的，小人情願只領這三十兩去罷。」縣尹道：「數目不同，如何冒認得去？這銀兩合斷與金孝領去。你的五十兩，自去找尋。」金孝得了銀子，千恩萬謝的扶著老娘去了。那客人已經官斷，如何敢爭？含羞噙淚而去。眾人無不稱快。這叫做：

欲圖他人，反失自己；自己羞愧，他人歡喜。

看官！今日聽我說金釵鈿這樁奇事：有老婆的反沒了老婆，沒老婆的反得了老婆；只如金孝和客人兩個，圖銀子的反失了銀子，不要銀子的反得了銀子。事蹟雖異，天理則同。卻說江西贛州府石城縣，有個魯廉憲，一生為官清介，並不要錢，人都稱為魯白水。那魯廉憲與同縣顧僉事累世通家，魯家一子，雙名學曾，顧家一女，小名阿秀，兩下面約為婚，來往間親家相呼，非止一日。因魯奶奶病故，廉憲攜著孩兒，在於任所，一向遷延，不曾行得大禮。誰知廉憲在任一病身亡，學曾扶柩回家，守制三年，家事愈加消乏，只存下幾間破房子，連日食都不周了。顧僉事見女婿窮得不像樣，頗有悔親之意，與夫人孟氏商議道：「魯家一貧如洗，眼見得六禮難備，婚娶無期，不若別求良姻，庶不誤女兒終身之事。」孟夫人道：「魯家雖然窮了，從幼許下的親事，將何辭以絕之？」顧僉事道：「如今只差人去說男長女大，催他行禮。兩邊都是宦家，各有體面，說不得沒有兩個字，也要出得他的門，入得我的門。那窮鬼自知無力，必然情願退親。我就要了他休書，卻不一刀兩斷？」孟夫人道：「我家阿秀，性子有些古怪，只怕他倒不肯。」顧僉事道：「在家從父，這也由不得他，你只慢慢的勸他便了。」當下孟夫人走到女兒房中，說知此情。阿秀道：「女子之義，從一而終；婚姻論財，夷虜之道。爹爹如此欺貧重富，全沒人倫，決難從命！」孟夫人道：「如今爹爹去催魯家行禮，他若行不起聘，情願退親，你只索罷休。」阿秀道：「說那裡話？若魯家力不能聘，孩兒情願憤志終身，決不改適。當初錢玉蓮投江全節，留名萬古；爹爹若是逼孩兒，就拚卻一命，亦有何難？」孟夫人見女兒執性，又苦他又憐他，心生一計，除非瞞過僉事，密地喚魯公子來助他些東西，教他作速行聘，方成其美。忽一日顧僉事往東莊收租，有好幾日耽擱。孟夫人與女兒商量停當了，喚園公老歐到來，夫人當面分付，教他去請魯公子後門相會，不可洩漏，我自有重賞。老園公領命來到魯家，但見：

門如敗寺，屋似破窯。窗槅離披，一任風聲開閉；廚房冷落，絕無煙氣蒸騰。頹牆漏瓦，權棲足只怕雨來；舊椅破床，便當柴也少火力。盡說宦家門戶倒，誰憐清吏子孫貧？

說不盡魯家窮處。卻說魯學曾有個姑娘嫁在本邑，離城將有十里之地，姑夫已死，止存一子名喚梁尚賓，新娶得一房好娘子，三口兒一處過活，家道粗足。這一日，魯公子恰好到他家借米去了，只有個燒火的白髮婆婆在家。老管家只得傳了夫人之命，又囑付道：「可作速去請公子回來。此是夫人美情，趁這幾日老爺不在家，專等專等，不可失信。」囑罷，自去了。這裡老婆子想道：「此事不可遲緩，也不好轉把他人傳話。當初奶奶存日，曾跟到姑娘家去，有些影響在肚裡。」當下託付鄰人看門，一步一跌的問到梁家。梁奶奶正留著姪兒在房中喫飯，婆子向前相見，把老園公言語細細述了。姑娘道：「此是美事。」攛掇姪兒快去。魯公子心中不勝歡喜，只是身上襤褸，不好見得岳母，要與表兄梁尙賓借件衣服遮醜。原來梁尙賓是個不守本分的歹人，早打下欺心草稿，便答應道：「衣服自有，只是今日進城，天色已晚了，宦家門牆，不知深淺；令岳母夫人，雖然有話，衆人未必盡知，去時也須仔細。憑著愚見，還屈賢弟在此草榻，明日只可早往，不可晚行。」魯公子道：「哥哥說得是。」梁尙賓道：「愚兄還要到東村一個人家，商量一件小事，回來再得奉陪。」又囑付梁媽媽道：「婆子走路辛苦，一發留他過宿，明日去罷。」媽媽也只道孩兒是個好意，眞個把兩人都留住了，誰知他是個奸計？只怕婆子回去時，那邊老園公又來相請，露出魯公子不曾回家的消息，自己不好去打脫冒了。梁尙賓換了一套新衣，背卻公子，悄地出門，逕投城中顧僉事家去了。正是：

欺天行事人難識，立地機關鬼不知。

卻說孟夫人，是晚教老園公開了園門伺候，看看日落西山，黑影裡只見一個後生，身上穿得齊齊整整，腳兒走得慌慌張張，望著園門欲進不進的。老園公問道：「郎君可是魯公子麼？」梁尙賓慌忙鞠躬應道：「在下正是。因老夫人見召，特地到此，望乞通報。」老園公慌忙請到亭子中暫住，急急的進去報與夫人。孟夫人就差個管家婆出來傳話道：「請公子到內室相見。」才下得亭子，又有兩個丫鬟，提著一對紗燈來接。彎彎曲曲，行過多少房子。忽見朱闌畫閣，方是內室。孟夫人揭起朱簾，秉燭而待。那梁尙賓一來是個小家出身，不曾見恁般富貴樣子；二來是個村郎，不通文墨；三來自知假貨，終是懷著鬼胎，意氣不甚舒展；上前相見時，跪拜應答，眼見得禮貌麤疏，語言澀滯。孟夫人心下想道：「好怪！全不像宦家子弟。」一念又想道：「常言：『人貧智短。』他恁地貧困，如何怪得他失張失智？」轉了第二個念頭，心下愈加可憐起來。茶罷，夫人分付忙排夜飯，就請小姐出來相見。阿秀初時不肯，被母親逼了兩三次，想道：「父親有賴婚之意，萬一如此，今宵便是永訣，若得見親夫一面，死亦甘心。」當下離了繡閣，含羞而出。孟夫人道：「我兒過來見了公子，只行小禮罷。」假公子朝上連作兩個揖，阿秀也福了兩福，即要回步。夫人道：「既是夫妻，何妨同坐？」便教他在自己肩下坐了。假公子兩眼只瞧那小姐，見他生得端麗，骨髓裡都發癢起來。這裡阿秀只道見了眞丈夫，低頭無語，滿腹悽惶，只少得哭下一場。正是眞假不同，心腸各別。少頃，飲饌已到，夫人教排做兩桌：上面一桌，請公子坐；打橫一桌，娘兒兩個同坐。夫人道：「今日倉卒奉邀，只欲周旋公子姻事，殊不成禮，休怪休怪。」假公子剛剛謝得個「打攪」二字，面皮都急得通紅了。席間夫人把女兒守志一事，略敘一敘。假公子應了一句，縮了半句。夫人也只認他害羞，全不爲怪。那假公子在席上，自覺局促，本是能飲的，只推量窄，夫人也不強他。又坐了一回，夫人分付收拾鋪陳，在東廂下留公子過夜。假公子也假意作別要行。夫人道：「彼此至親，何拘形跡？我母子還有至言相告。」假公子心中暗喜。只見丫鬟來稟：「東廂內鋪陳已完，請公子安置。」假公子作揖謝酒，丫鬟掌燈送到東廂去了。夫人喚女兒進房，遣去侍婢，開了箱籠，取出私房銀子八十兩，又銀杯二對，金首飾一十六件，約值百金，一手交付女兒，說道：「做娘的手中只有這些，你可親去交與公子，助他行聘完婚之費。」阿秀道：「羞答答如何好去？」夫人道：「我兒！禮有經權，事有緩急，如今尷尬之際，不是你親去囑付，把夫妻之情打動他，他如何肯上緊？窮孩子不知世事，儻或與外人商量，被人哄誘，把東西一時花了，不枉了做娘的一片用心？那時悔之何及？這東西也要你袖裡藏去，不可露人眼目。」阿秀聽了這一番道理，只得依允，便道：「娘！我怎好自去？」夫人道：「我教管家婆跟你去。」當下喚管家婆到來，分付他只等夜深，密地送小姐到東廂與公子敘話。又附耳道：「送到時你只在門外等候，省得兩下礙眼，不好交談。」管家婆已會其意了。假公子獨坐在東廂，明知有個蹊蹺緣故，只是不睡。果然一更之後，管家婆推門而進，報道：「小姐自來相會。」假公子慌忙迎接，重新敘禮。有這等事，那假公子在夫人前，一個字也講不出，及至見了小姐，偏會溫存絮語。這裡小姐起初害羞，遮遮掩掩，今番背卻夫人，一般也老落起來。兩個你問我答，敘了半晌，阿秀話出衷腸，不覺兩淚交流。那假公子也妝出搥胸歎氣，揩眼淚，縮鼻涕，許多醜態。又假意勸解小姐，抱摟掉趣，儘他受用。管家婆在房門外聽見兩個悲泣，連累他也悽惶落下幾點淚來，誰知一邊是真，一邊是假？阿秀在袖中摸出銀器首飾，遞與假公子，再三囑付，自不必說。假公子收過了，便一手抱住小姐，把燈兒吹滅，苦要求歡，阿秀怕聲張起來，被丫鬟們聽見了，壞了大事，只得勉從。常言：「事不三思，終有後悔。」孟夫人要私贈公子，玉成親事，這是錦片的一團美意，也是天大的一樁事情；如何不教老園公親見公子一面？及至假公子到來，只合當面囑付一番，把東西贈他，再教老園公送他回去，看個下落，萬無一失。千不合，萬不合，教女兒出來相見，又教女兒自往東廂敘話，這分明放一條方便路，如何不做出事來？莫說是假的，就是眞的也使不得，枉做了一世牽舉的話柄，這也算做姑息之愛，反害了女兒的終身。——閒話休提。且說假公子得了便宜，放鬆那小姐去了。五鼓時，夫人叫丫鬟催促起身梳洗，用些茶湯點心之類，又囑付道：「拙夫不久便回，賢婿早做準備，休得怠慢。」假公子別了夫人，出了後花園門，一頭走，一頭想道：「我白白裡騙了一個宦家閨女，又得了許多財帛，不曾露出馬腳，萬分僥倖！只是今日表弟又去，不爲全美。聽得說顧僉事回來，他便不敢去了，這事就十分乾淨了。」計較已定，走到個酒店上，自飲三杯，喫飽了肚裡，直延捱到午後，方才回家。魯公子正等得不耐煩，只爲沒有衣服，轉身不得。姑娘也焦躁起來，呼莊家往東村尋找兒子，並無蹤跡；走向媳婦田氏房裡問道：「兒子衣服有麼？」田氏道：「他自己檢在箱裡，不曾留得鑰匙。」原來田氏是東村田貢元的女兒，倒有十分顏色，又且通書達禮。田貢元原是石成縣中有名的一個豪傑，只爲一個有司官與他做對頭，要下手害他；卻是梁尙賓的父親，與他舅子魯廉憲說了，廉憲也素聞其名，替他極口分辨，得免其禍。因感激梁家之恩，把這女兒許他爲媳。那田氏像了父親，也帶三分俠氣，見丈夫是個蠢貨，又且不幹好事，心下每每不悅，開口只叫做村郎。以此夫婦兩不和順，連衣服之類，都是那村郎自家收拾，老婆不去管他。姑姪兩個，正在心焦，只見梁尙賓滿臉春色回家，老娘便罵道：「兄弟在此，專等你的衣服，你卻在那裡瞳酒，整夜不歸，又沒尋你去處。」梁尙賓不回娘話，一逕到自己房中，把袖裡東西都藏過了，才出來對魯公子道：「偶爲小事，纏住身子，耽擱了表弟一日，休怪休怪。今日天色又晚了，明日回宅罷。」老娘罵道：「你只顧把件衣服借與做兄弟的，等他自己幹正務，管他今日明日？」魯公子道：「不但衣服，連鞋襪都要告借。」梁尙賓道：「有一雙青緞鞋，在間壁皮匠家上底，今晚催來，明日早晨穿去。」魯公子沒奈何，只得又住了一宿。到明朝梁尚賓只推頭疼，又睡個日高三丈，早飯都喫過了，方才起身，把道袍鞋襪，慢慢的逐件搬將出來，無非要遲延時刻，等顧僉事回家。魯公子不敢就穿，又借個包袱兒包好，付與老婆婆拏了。姑娘收拾一包白米，和些瓜菜之類，喚個莊客，送公子回去。又囑付道：「若親事就緒，可來回復我一聲，省得我牽掛。」魯公子作揖轉身，梁尚賓相送一步說道：「兄弟，你此去須要仔細，不知他意好歹眞假如何？依我說，不如只往前門硬挺著身子進去，怕不是他親女婿，趕你出來。又且他家差老園公請你，有憑有據，須不是你自輕自賤。他有好意，自然相請，若是翻轉臉來，你落得與他數落一場，也教街坊上人曉得。儻到後園曠野之地，他若暗算你，卻沒有個退步。」魯公子又道：「哥哥說得是。」正是：

背後害他當面好，直心人對沒心人。

卻說魯公子回到家裡，將衣服鞋襪妝扮起來，只有頭巾分寸不對，不曾借得，把舊的脫將下來，用清水擺淨，教婆子在鄰舍家，借個熨斗吹些火來，熨得直直的。有些磨壞的去處，再把些飯兒黏得硬硬的，墨兒塗得黑黑的。只是這頂巾，也弄了一個多時辰，左戴右戴，只怕不正。教婆子看得件件停當了，方才移步逕投顧僉事家來。門公認是生客，回道：「老爺東莊去了。」魯公子終是宦家的子弟，不慌不忙的說道：「可通報老夫人說道：『魯某在此。』」門公方知是魯公子，卻不曉得來情，便道：「老爺不在家，小人不敢亂傳。」魯公子道：「老夫人有命喚我到來，你去通報自知，須不連累你。」門公傳話進去稟說：「魯公子在外要見，還是留他進來，還是辭他？」孟夫人聽說，喫了一驚，想道：「他前日去得，如何又來？」教：「且請到正廳坐下。」便教管家婆出去問他，有何話說？管家婆出來瞧了一瞧，慌忙轉身進去，對老夫人道：「這公子是假的，不是前夜的臉兒。前夜是胖胖兒的，黑黑兒的；如今是白白兒的，瘦瘦兒的。」夫人不信道：「有這等事！」親到後堂從簾內張看，果然不是了。孟夫人心上委決不下，教管家婆出去細細把家事盤問他，卻答來一字無差。孟夫人初見假公子之時，心中原有些疑惑，今番的人才清秀，語言文雅，倒像眞公子的模樣，便問：「今日爲何而來？」答道：「前蒙老園公傳話呼喚，因魯某，羈滯鄉間，今早才回，特來恭謁，望恕遲誤之罪！」夫人想道：「這是眞情無疑了，只不知前夜打脫冒的冤家，又是那裡來的？」慌忙轉身進房，與女兒說其緣故。又道：「這都是做爺的不存天理，害你如此，悔之不及；幸而沒人知道，往事不須提起了。如今女婿在外；是我特地請來的，無物相贈，爲之奈何？」正是：

只因一著錯，滿盤都是空。

阿秀聽罷，獃了半晌。那時一肚子情懷，好難描寫：說慌又不是慌，說羞又不是羞，說惱又不是惱，說苦又不是苦，分明似亂鍼刺體，痛癢難言。喜得他志氣過人，早有了三分主意，便道：「母親且與他相見，我自有道理。」孟夫人依了女兒言語，出廳來相見公子。公子掇一把交椅，朝上放下，道：「請岳母夫人端坐，待小婿魯某拜見。」孟夫人謙讓了一回，從傍站立，受了兩拜，便教管家婆扶起看坐。公子道：「魯某只爲家貧，有缺禮數，蒙岳母夫人不棄，此恩生死不忘。」夫人自覺惶愧，無言可答，忙教管家婆把廳門掩上，請小姐出來相見。阿秀站在簾內，如何肯移步？只叫管家婆傳語道：「公子不該耽擱鄉間，負了我母女一片美意。」公子推故道：「某因患病鄉間，有失奔趨，今方踐約，如何便說相負？」阿秀在簾內回道：「三日以前，此身是公子之身；今遲了三日，不堪伏侍巾櫛，有玷清門，便是金帛之類，亦不能相助了。所存金釵二股，金鈿一對，聊表寸意；公子宜別選良姻，休得以妾為念。」管家婆將兩般首飾遞與公子。公子還疑是悔親的說話，那裡肯收？阿秀又道：「公子但留下，不久自有分曉。公子請快轉身，留此無益。」說罷，只聽得哽哽咽咽的哭了進去。魯學曾愈加疑惑，向夫人發話道：「小婿雖貧，非為這兩件首飾而來，今日小姐似有決絕之意，老夫人如何不出一語？既如此相待，又呼喚魯某則甚？」夫人道：「我母女並無異心，只為公子來遲，不將姻事為重，所以小女心中憤怨，公子休得多疑。」魯學曾只是不信，敘起父親存日，許多情分：「……如今一死一生，一貧一富，就忍得改變了。魯某只靠得岳母一人做主，如何三日後，也生退悔之心？」嘮嘮叨叨的說個不休。孟夫人有口難辨，倒被他纏住身子，不好動身。忽聽得裡面亂將起來，丫鬟氣喘喘的奔來報道：「奶奶，不好了！快來救小姐！」嚇得孟夫人一身冷汗，巴不得再添兩隻腳在肚下，管家婆扶著跑到繡閣。只見女兒將羅帕一幅，縊死在床上；急解救時，氣已絕了，叫喚不醒，滿房人都哭起來。魯公子聽小姐縊死，還道是做成的圈套，哄他出門，兀自在廳中嚷聒。孟夫人忍著疼痛，傳話：「請公子進來。」公子到繡閣，只見牙床錦被上，直挺挺躺著個死小姐。夫人哭道：「賢婿！你今番認一認妻子。」公子當下如萬箭攢心，放聲大哭。夫人道：「賢婿！此處非你久停之所，怕惹出是非，貽累不小，快請回罷。」教管家婆將兩股首飾，納在公子袖中，送他出去。魯公子無可奈何，只得揾淚出門去了。這裡孟夫人一面安排入殮，一面東莊去報顧僉事回來，只說女兒不願停婚，自縊身死。顧僉事懊悔不迭，哭了一場，安排成喪出殯不提。後人有詩贊阿秀云：

死生一諾重千金，誰料奸謀禍阱深；三尺紅羅報夫主，始知污體不污心。

卻說魯公子回家，看了金釵鈿哭一回，歎一回，疑一回，又解一回，正不知什麼緣故？也是自家命薄所致耳。過了一晚，次日，把借來的衣服鞋襪，依舊包好，親到姑娘家去送還。梁尚賓曉得公子到來，躲了出去。公子見了姑娘，說起小姐縊死一事，梁媽媽連聲感歎，留公子酒飯去了。梁尚賓回來問道：「方才表弟到此說，曾到顧家去不曾？」梁媽媽道：「昨日去的，不知什麼緣故，那小姐嗔怪他來遲三日，自縊而死。」梁尚賓不覺失口叫聲：「阿呀！可惜好個標緻小姐！」梁媽媽道：「你那裡見來？」梁尚賓遮掩不來，只得把自己打脫冒事述了一遍。梁媽媽大驚，罵道：「沒天理的禽獸！做出這樣勾當！你這房親事，還是母舅作成你的，你今日恩將仇報，反去破壞了做兄弟的姻緣，又害了顧小姐一命，你心何安？」千禽獸，萬禽獸，罵得梁尚賓開口不得。走到自己房中，田氏閉了房門，在裡面罵道：「你這樣不義之人，不久自有天報，休想善終！從今你自你，我自我，休得來連累人。」梁尚賓一肚氣正沒出處，又被老婆訴說，一腳踢開房門，揪了老婆頭髮便打，又是梁媽媽走來喝了兒子出去。田氏搥胸大哭，要死要活，梁媽媽勸他不住，喚個小轎抬回娘家去了。梁媽媽又氣又苦，又受了驚，又愁事跡敗露，當晚一夜不睡，發寒發熱，病了七日，嗚呼哀哉。田氏聞得婆婆死了，特來奔喪戴孝。梁尚賓舊憤不息，便罵道：「賊潑婦！只道你住在娘家一世，如何又有回家的日子？」兩下又爭鬧起來。田氏道：

「你幹了虧心的事，氣死了老娘，又來消遣我？我今日若不是婆死，永不見你村郎之面。」梁尙賓道：「怕斷了老婆睡，要你這潑婦見我？只今日便依了你去，再莫上門！」田氏道：「我寧可終身守寡，也不願隨你這樣不義之徒。若是休了，倒得乾淨，回去燒個利市。」梁尙賓一向夫妻無緣，到此說了盡頭話，一口眞氣個就寫了離書手印，付與田氏。田氏拜別婆婆靈櫬，哭了一場，出門而去。正是：

有心去誘他人婦，無福難招自己妻；可惜田家賢慧女，一場相罵便分離。

話分兩頭。再說孟夫人追思女兒，無日不哭，想道：「信是老歐寄去的，那黑胖漢子，又是老歐引來的，若不是通同作弊，也必然漏洩他人了。」等丈夫出門拜客，喚老歐到中堂再三訊問。可是老歐傳命之時，其實不曾洩漏，是魯學曾自家不該借衣，惹出來的奸計。當夜來的是假公子，三日後來的是眞公子，孟夫人肚裡，明明曉得是兩個人；那老歐肚裡還只認做一個人。隨他分辨，如何得明白？夫人大怒，喝教手下把他拖翻在地，重責三十板子，打得皮開血濺。顧僉事一日偶到園中，叫老園公掃地，聽說被夫人打壞，動彈不得，教人扶來，問其緣故。老歐將夫人差去，約魯公子來家，及夜間房中相會之事，一一說了。顧僉事大怒道：「原來如此。」便叫打轎親到縣中，與知縣訴知其事。要將魯學曾抵償女兒之命。知縣教補了狀詞，差人拏魯學曾到來，當堂審問。魯公子是老實人，就把實情細細說了，見有金釵鈿兩股，是他所贈，其後園私會之事，其實沒有。知縣就喚園公老歐對證，這老人家兩眼模糊，前番黑夜裡認假公子的面龐不眞，又且今日家主分付了說話，一口咬定魯公子，再不鬆放。知縣又徇了顧僉事人情，著實用刑拷打。魯公子喫苦不過，只得招道：「顧奶奶好意相喚，將金釵鈿助爲聘資，偶見阿秀美貌，不合輒起淫心，強逼行奸。到第三日，不合又往，致阿秀羞憤自縊。」知縣錄了口供，判道：「審得魯學曾與阿秀空言議婚，尚未行聘過門，難以夫妻而論；既因奸致死，令依威逼律問絞。」一面發在死囚牢裡，一面備文書申詳上司。孟夫人聞知此信，大驚；又訪得他家只有一個老婆子，已嚇得病倒，無人送飯。想起這事，與魯公子全沒相干，倒是我害了他，私下將些銀兩，分付管家婆央人替他牢中使用。又屢次勸丈夫保全公子性命，顧僉事愈加忿怒。石城縣把這件事當做新聞，沿街傳說。正是：「好事不出門，惡事傳千里。」顧僉事爲這聲名不好，必欲置魯學曾於死地。再說有個御史陳濂，湖廣籍貫，父親與顧僉事是同榜進士，以此顧僉事叫他是年姪。此人少年聰察，專好辨冤枉，其時正奉差巡按江西。未入境時，顧僉事先去囑託此事。陳御史口雖領命，心下不以爲然。蒞任三日，便發牌按臨贛州，嚇得那一府官吏屎流屁滾。審錄日期，各縣將犯人解進。陳御史審到魯學曾一起，閱了招詞，又把金釵鈿看了，叫魯學曾問道：「這金釵鈿是初次與你的麼？」魯學曾道：「小人只去得一次，並無二次。」御史道：「招上說三日後又去，是怎麼說？」魯學曾口稱冤枉，訴道：「小人的父親存日，定下顧家親事。父親是個清官，死後家道消乏，小人無力行聘；岳父顧僉事欲要悔親，是岳母不肯，私下差老園公來喚小人去，許贈金帛。小人羈身在鄉，三日後方去；那日只見得岳母，並不曾見小姐之面，這奸情是屈招的。」御史道：「既不曾見小姐，這金釵鈿何人贈你？」魯學曾道：「小姐立在簾內，只責備小人來遲誤事，莫說婚姻，連金帛也不能相贈了，這金釵鈿權留個憶念。小人還只認做悔親的話，與岳母爭辨，不期小姐房中縊死，小人至今不知其故。」御史道：「恁般說，當夜你不曾到後園去了？」

魯學曾道：「實不曾去。」御史道：「若特地喚去，豈止贈他釵鈿二物？詳阿秀抱怨口氣，必然先有人冒去東西，連奸騙都是有的，以致羞憤而死。」便叫老歐問道：「你到魯家時，可曾見魯學曾麼？」老歐道：「小人不曾面見。」御史道：「既不曾面見，夜間來的，你如何認得是他？」老歐道：「他自稱魯公子特來赴約，小人奉主母之命，引他進見的，怎賴得沒有？」御史道：「相見後幾時去的？」老歐道：「聞得裡面夫人留酒，又贈他許多東西，五更時去的。」魯學曾又叫屈起來。御史喝住了，又問老歐：「那魯學曾第二遍來，可是你引進的？」老歐道：「他第二遍是前門來的，小人並不知。」御史道：「他第一次如何不到前門？卻到後園來尋你？」老歐道：「我家奶奶差小人寄信，原教他在後園來的。」御史喚魯學曾問道：「你岳母原教你到後園來，你卻如何往前門去？」魯學曾道：「他雖然相喚，小人不知意見眞假，只怕園中曠野之處，被他暗算，所以逕走前門，不曾到後園去。」御史想道：「魯學曾與園公分明是兩樣說話，其中必有情弊。」御史又指著魯學曾問老歐道：「那後園來的，可是這個嘴臉？你可認得眞麼？不要胡亂答應。」老歐道：「昏黑中小人認得不十分眞，像是這個臉兒。」御史道：「魯學曾既不在家，你的信卻寄與何人的？」老歐道：「他家只有個老婆婆，小人對他說的，並無閒人在傍。」御史道：「畢竟還對何人說來？」老歐道：「並沒第二個人知覺。」御史沈吟半晌，想道：「不究出根由，如何定罪？怎好回覆老年伯？」又問魯學曾道：「你說在鄉，離城多少？家中幾時寄到的信？」魯學曾道：「離北門外只十里，是本日得信的。」御史拍案叫道：「魯學曾！你說三日後方到顧家，是虛情了。既知此信，有恁般好事，路又不遠，怎麼遲延三日？理上也說不去。」魯學曾道：「爺爺息怒，容小人細稟。小人因家貧往鄉間姑娘家借米，聞得此信，便欲進城。怎奈衣衫襤褸，與表兄借衣遮醜，已蒙許下。怎奈這日，他有事出去，直到次晚方歸。小人專等衣服，所以遲了三日。」御史道：「你表兄曉得你借衣服的緣故不曾？」學曾道：「曉得的。」御史道：「你表兄何等人？叫甚名字？」魯學曾道：「名喚梁尚賓。莊戶人家。」御史聽罷，喝散衆人，明日再審。正是：

如山巨筆難輕判，似佛慈心待細參；公案現成翻者少，覆盆何處不含冤？

次日，察院門前掛一面憲牌出來，牌上寫道：「本院偶抱微疾，各官一應公務，俱候另示施行。」府縣官朝暮問安，自不必說。話分兩頭。再說梁尚賓自聞魯公子問成死罪，心下倒寬了八分。一日，聽得門前喧嚷，在壁縫裡張看時，只見一個賣布的客人，頭上帶一頂新孝頭巾，身穿著白布道袍；口內打江西鄉談，說是南昌府人，在此販布買賣，聞得家中老子身故，星夜要趕回，存下幾百匹布不曾發脫，急切要投個主兒，情願讓些價錢，衆人中有要買兩三匹的，客人都不肯，道：「恁地零星賣時，再挨幾日，還不得動身。那個財主家一總脫去，便多讓他些也罷。」梁尚賓聽了多時，便走出門來問道：「你這客人存下多少布？值多少本錢？」客人道：「有四百餘匹，本錢二百兩。」梁尚賓道：「一時間那得個主兒？須是肯折些，方有人貪你。」客人道：「便折十來兩，也說不得，只要快當輕鬆了身子，好走路。」梁尚賓看了布樣，又到走布船上去反復細看，口裡嫌醜道歉。客人道：「你又不像個要買的，只管翻亂了我的布包，耽擱人的生意。」梁尚賓道：「怎見得我不像個買的？」客人道：「你要買時，借銀子來看。」梁尚賓道：「你若肯加二折，我將八十兩銀子替你出脫了一半。」客人道，「你也是獃話，做經紀的，那裡折得起加二？況且只用一半？這一半我又去找誰？一般樣耽擱了，我說不像要買的。」又冷笑道：「這北門外許多人家，就沒個財主！四百匹布便買不起！罷罷！搖到東門等主兒去。」梁尚賓聽說，心中不忿，又見價賤相應，有些出息，放他不下，便道：「你這客人，好欺負人！我偏要都買了你的！看如何？」客人道：「你眞個都買了麼？我便讓你二十兩。」梁尚賓定要折四十兩，客人不肯。衆人道：「客人你要緊脫貨，這位梁大官又是貪便宜的，依我們說，從中酌處一百七十兩，成了交易罷。」客人初時也不肯，被衆人勸不過，道：「罷！這十兩銀子，奉承列位面上，快些把銀子兌過，我還要連夜趕路。」梁尚賓道：「銀子湊不出許多，有幾件首飾，可用得著麼？」客人初時不肯，想了一回，叫聲：「沒奈何，只要公道作價。」梁尚賓邀客人坐，將銀子和兩對銀鍾共兌准了一百兩，又將金首飾盡數搬來，衆人公同估價，榖了七十兩之數，與客收訖，交割了布匹。梁尚賓看這場交易，儘有便宜，歡喜無限。正是：

貪癡無底蛇吞象，禍福難明螳捕蟬。

你說這販布的客人是誰？正是陳御史妝的。他託病封門，密密分付中軍官聶千戶安排下這些布匹，先僱下小船，在石城縣伺候他悄地帶個門子私行到此，聶千戶就扮做小郎跟隨，門子只做看船的小廝，並無人識破，這是做官的妙用。卻說陳御史下了小船，取出現成寫就的憲牌，塡上梁尚賓名字，就著聶千戶密拏。又寫書一封，請顧僉事到府中相會。比及御史回到察院，說病好開門，梁尚賓已解到了；顧僉事也來了。御史忙教擺酒後堂，留顧僉事小飲。坐間顧僉事，又提起魯學曾一事。御史笑道：「今日奉屈老年伯到此，正爲這場公案，要剖個明白。」便叫門子開了護書匣，取出銀鍾一對，及許多首飾，送與顧僉事看。顧僉事認得是家中之物，大驚問道：「那裡來的？」御史道：「令嬡小姐至死之繇，只在這幾件東西上。老年伯請寬坐，容小姪出堂問這起案與老年伯看，釋此不決之疑。」御史分付升堂，仍喚魯學曾一起覆審。御史且教帶在一邊，喚梁尚賓當面。御史喝道：「梁尚賓，你在顧僉事家幹得好事！」梁尚賓聽得這句，好似青天裡聞了個霹靂，正要硬著嘴分辨，只見御史教門子把銀鍾首飾，與他認贓，問道：「這些東西，那裡來的？」梁尚賓抬頭一望，那御史正是賣布的客人，嚇得頓口無言，只叫小人該死，御史道：「我也不用夾棍，你只將實情寫供狀來。」梁尚賓料賴不過，一一招成了。你說招詞怎麼寫來？有詞名「鎮南枝」一隻爲證：

寫供狀梁尚賓：只因表弟魯學曾，岳母念他貧，約他助行聘；為借衣服知此情，不合使欺心緩他行。乘昏黑，假學曾。園公引入內室門，見了孟夫人，把金銀厚相贈；因留宿，有了奸騙情。三日後學曾來，將小姐送一命。

御史取了招詞，喚園公老歐上來：「你仔細認一認，那夜間園內假妝魯公子的，可是這個人？」老歐睜開兩眼看了道：「爺爺，正是他。」御史喝教皁隸把梁尚賓重責八十，將魯學曾枷杻打開，就套在梁尚賓身上，合依強奸論斬，發本縣監候處決。布四百匹追出，仍給鋪戶，取價還庫。其銀兩首飾，給與老歐領回；金釵金鈿，斷還魯學曾：俱釋放寧家。魯學曾拜謝活命之恩。正是：

奸如明鏡照，恩喜覆盆開；生死俱無憾，神明御史臺。

顧僉事在後堂，聽了這番審錄，驚駭不已。候御史退堂，再三稱謝道：「若非老公祖神明燭照，小女之冤，幾無所伸矣！但不知銀兩首飾，老公祖何繇取到？」御史附耳道：「小姪如此如此。」顧僉事道：「妙哉！只是一件，梁尙賓妻子必知其情，寒家首飾，定然還有幾件在彼。再望老公祖一併逮問。」御史道：「容易。」便行文書仰石城縣提梁尙賓妻嚴審，仍追餘贓回報。顧僉事別了御史自回。那石城縣知縣見了察院文書，監中取出梁尙賓，問道：「你妻子姓甚？這一事曾否知情？」梁尙賓正懷恨老婆，答應道：「妻田氏，因貪財物，其實同謀的。」知縣當時簽票，差人提田氏到官。話分兩頭。卻說田氏父母雙亡，只在哥嫂身邊鍼指度日。這一日，哥哥田重文正在縣前，聞知此信，慌忙奔回，報與田氏知道。田氏道：「哥哥休慌，妹子自有道理。」當時帶了休書上轎，逕抬到顧僉事家來見孟夫人。夫人發一個眼花，分明看見女兒阿秀進來。及至近前，卻是個蓦生標緻婦人，喫了一驚，問道：「是誰？」田氏拜倒在地，說道：「妾乃梁尙賓之妻田氏，因惡夫所爲不義，只恐連累，預先離異了。貴宅老爺不知，求夫人救命。」說罷，就取出休書呈上。夫人正在觀看，田氏忽然扯住夫人衫袖大哭道：「母親！俺爹害得我好苦也！」說罷，夫人聽得是阿秀的聲音，也哭起來。便叫道：「我兒！有甚話說？」只見田氏雙眸緊閉，哀哀的哭道：「孩兒一時錯誤，失身匪人，羞見公子之面，自縊身亡，以完貞性，何期爹爹不行細訪，險些反害了公子性命？今雖暴白了，只是他無家無眷，終是我母子耽誤了他。母親若念孩兒，替爹爹說聲周全其事，休絕了一脈姻親，孩兒在九泉之下，亦無所恨。」說罷，跌倒在地。夫人也哭昏了。管家婆和丫鬟養娘都圍聚將來，一齊喚醒。那田氏還獃獃的坐地，問他時全然不省。夫人看了田氏，想起女兒，重復哭起。衆丫鬟勸住了，夫人悲傷不已，問田氏可有爹娘？田氏回說：「沒有。」夫人道：「我舉眼無親，見了你，如見我女兒一般，你肯做我的義女麼？」田氏拜道：「若得伏侍夫人，賤妾有幸。」夫人歡喜，就留在身邊了。顧僉事回家，聞說田氏先期離異，與他無干，寫了一封書帖和休書，送與縣官，求他免提，轉回察院。又見那田氏賢而有智，好生敬重，依了夫人，收爲義女。夫人又說起女兒阿秀附魂一事，他千叮萬囑，休絕了魯家一脈姻親，如今田氏少艾，何不就招魯公子爲婿，以續前姻。顧僉事見魯學曾無辜受害，甚是懊悔；今番夫人說話有理，如何不依？只怕魯公子生疑，親到其家謝罪過了，又說續親一事。魯公子再三推辭不過，只得允從。就把金釵鈿爲聘，擇日過門成親。原來顧僉事在魯公子面前，只說過繼的遠房姪女；孟夫人在田氏面前，也只說贅個秀才，並不說眞名眞姓。到完婚以後，田氏方才曉得就是魯公子，公子方才曉得就是梁尚賓之妻田氏。自此夫妻兩口和睦，且是十分孝順。顧僉事無子，魯公子承受了他的家私，發憤攻書，顧僉事見他三場通透，送入國子監，連科及第。所生二子，一姓魯，一姓顧，以奉兩家宗祀。梁尚賓子孫遂絕。詩曰：

一夜歡娛害自身，百年姻眷屬他人；世間用計行奸者，請看當時梁尚賓。

# 徐老僕義憤成家

犬馬猶然知戀主，況於列在生人！為奴一日主人身，情恩同父子，名分等君臣。主若虐奴非正道，奴如欺主傷倫；能為義僕是良民，盛衰無改節，史冊可傳神。

話說唐玄宗時，有一官人，姓蕭，名穎士，字茂挺，蘭陵人氏。自幼聰明好學，該博三教九流，貫串諸子百家；上自天文，下至地理，無所不通，無有不曉。真個胸中書富五車，筆下名高千古。年方一十七歲，高掇巍科，名傾朝野，是一個廣學的才子。家中有一個僕人，名喚杜亮。那杜亮是蕭穎士數齡時，就在書房中服事起來，若有驅使，奮勇直前，水火不避。身邊並無半文私蓄，陪伴蕭穎士讀書時，不待分付，自去千方百計，預先尋覓如果品飲饌供奉。有時或烹甌茶兒，助他清思；或暖杯酒兒，接他辛苦；整夜直服事到天明，從不曾打個瞌睡。下見蕭穎士讀到得意之處，他在傍也十分歡喜。那蕭穎士般般皆好，件件皆美，只有兩樁兒毛病。你道是那兩樁？第一樁：乃是恃才傲物，不把人看在眼內。才登仕籍，便去沖撞了當朝宰相。那宰相若是有度量的，還恕得他過，又正沖撞了第一個忌才的李林甫。那李林甫，混名叫做李貓兒，平昔不知壞了多少大臣？乃是殺人不見血的劊子手；卻去惹他，可肯輕輕放過？被他略施小計，險些連性命送了。還虧著座主搭救，止削了官職，坐在家裡。第二樁：是性子躁急，卻像一團烈火，片語不投，即暴躁如雷，兩太陽火星直爆。奴僕稍有差誤，便加捶撻。他的打法，又與別人不同。有甚不同？別人責治家奴，定然計其過犯，大小討個板子，叫人行杖，或打一十，或起二十，分個輕重。惟有蕭穎士，不論事體大小，略觸著他的性子，便連聲喝罵，也不用什麼板子，也不用人行打杖，親自跳起身來，一把揪翻，隨手掣著一件傢伙沒頭沒腦亂打。憑你什麼人解勸，他也全不作准，直要打氣息；若不像意，還要咬上幾口，方才罷手。因他恁般利害，奴僕們懼怕，都四散逃去，單單存得一個杜亮。論起蕭穎士，只賸得這個家人種兒，每事只該將就些才是；誰知他是天生的性兒，使慣的氣兒，打溜的手兒，竟沒絲毫更改，依然照舊施行。起先奴僕眾多，還打了那個，空了這個，到得單單裡獨有杜亮時，反覺打得勤些。論杜亮，遇著這般難理會的家主，也該學衆人逃走去罷了，偏又寸步不離，甘心受他的責罰。常常打得皮開肉綻個，頭破血淋，也毫無一點追悔之念，一句怨恨之言。打罵起來，整一整衣裳，忍著疼痛，依原在旁答應。說話的！據你說杜亮這等奴僕，莫說千中選一，就是走盡天下，也尋不出個對兒。這蕭穎士，又非黑漆皮燈，泥塞竹管，是那一竅不通的蠢物？他須是身登黃甲，位列朝班，讀破萬卷，明理的才人；難道恁般不知好歹，一味蠻打，沒一點仁慈改悔之念不成？看官有所不知，常言道：「江山易改，稟性難移。」那蕭穎士平昔原愛杜亮小心馴良，打過之後，深自懊悔道：「此奴隨我多年，並無十分過失，如何只管將他這般毒打？今後斷然不可。」到得性發之時，不覺拳腳又輕輕的伸在他身上去了。這也莫單怪蕭穎士性子急躁，誰叫杜亮聞得叱喝一聲，卻如小鬼見了鍾馗一般，撲通的兩條腿就跪在地下？蕭穎士本來是個好打人的，見他做成這個要打局面，少不得奉承幾下。杜亮有個遠族兄弟杜明，就住在蕭家旁邊，因見他常打得這個模樣，心下倒氣不過，攛掇杜亮道：「凡做奴僕的，皆因家事力薄，自難成立，故此投靠人家。一來貪圖現成衣食；二來指望家主有個發跡日子，帶挈風光，摸得些東西，做個小小家業，快活下半世。像阿哥如今隨了這措大，早晚辛勤服事，竭力盡心，並不見一些好處，只落得常受他淩辱痛楚。恁樣不知好歹的人，跟他有何出息？他家許多人，都存住不得，各自四散去了，你何不也別了他，另尋頭路？有多少不如你的，投了大官宦人家，喫好穿好，還要作成趁一貫兩貫，走出衙門前，誰不奉承？那邊才叫某大叔，有些小事相煩，還未答應，這邊又叫某大叔，我也有件事兒勞動；眞個迎接不暇，何等興頭？若是阿哥這樣肚裡又明白，筆下又來得，做人且又溫厚小心，走到勢要人家，怕道不是重用你？那措大雖然中個進士，發利市就與李丞相作對，被他弄來坐在家中，料道也沒個起用的日子；有何捨不下，定要與他纏帳？」杜亮道：「這些事，我豈不知？我若有此念，早已去得多年了，何待吾弟今日勸諭？古語云：『長臣擇主而事，良禽擇木而棲。』奴僕雖是下賤，也要擇個好使頭。像我主人，只是性急暴躁；除此之外，只怕除了他，沒處再尋得第二個出來。」杜明道：「滿天下無數官員宰相貴宅豪家，豈有反不如你主人這個窮官？」杜亮道：「他們有的，不過是『爵位』、『金銀』二事。」杜明道：「是這兩樁，儘彀了；還要怎麼？」杜亮道：「那『爵位』、乃虛花之事，『金銀』乃臭污之物；有甚希罕？如何及得我主人這般高才絕學：拈起筆來，頃刻萬言，不要打個稿兒，眞個煙雲繚繞，華彩繽紛。我所戀戀不捨者，單愛他這一件耳！」杜明聽得說出愛他的才學，不覺呵呵大笑道：「且問阿哥，你既愛他的才學，到飢時可將來當得飯喫，冷時可作得衣穿麼？」杜亮道：「你又說笑話，才學在他胸中，如何濟得我的飢寒？」杜明道：「卻原來又救不得你的飢，又遮不得你的寒，愛他何用？當今有爵位的，尚然只喜趨權附勢，沒一個肯憐才惜學，你我是個下人，但得飽食暖衣，尋覓些錢鈔做家，乃是本等；卻這般迂闊，愛什麼才學，情願受其打罵，可不是個獃子？」杜亮笑道：「金銀我命裡不曾帶來，不做這個指望，還只是守舊。」杜明道：「想是打得你不爽利，故此尚要捱他的棍棒？」杜亮道：「多承賢弟好情，可憐我做兄的；但我主這般博奧才學，總然打死，也甘心服事他。」遂不聽杜明之言，仍舊跟隨蕭穎士。不想今日一頓拳頭，明日一頓棒子，打不上幾年，把杜亮打得漸漸遍身疼痛，日內吐血，成了個傷癆症候。初時還勉強趨奉，次後打熬不過，半眠半起；又過幾時，便久臥床席。那蕭穎士見他嘔血，明知是打上來的，心下十分懊悔，還指望有好的日子，請醫調治，親自煎湯送藥。捱了兩月，嗚呼哀哉。蕭穎士想起他平日的好處，只管涕泣，備辦衣棺埋葬。蕭穎士日常虧杜亮服事慣了，到得死後，十分不便，央人四處尋覓僕從，因他打人的名頭出了，那人肯來跟隨？——就有個肯跟他的，也不中其意。有時讀書到忘懷之處，還認做杜亮在傍，抬頭不是，便掩卷而泣。後來蕭穎士得知了杜亮當日不從杜明這般說話，不覺氣咽胸中，淚如泉湧，大叫一聲：「杜亮！我讀了一世的書，不曾遇著個憐才之人，終身淪落；誰想你倒是我的知己？卻又有眼無珠，枉送了你性命！我之罪也！」言還未畢，口中的鮮血，往外直噴。自此，也成了個嘔血之疾。將書籍盡皆焚化，口中不住的叫喊杜亮。病了數月，也歸大夢。遺命教遷杜亮與他同葬。有詩爲證：

納賄趨權步步先，高才曾見幾人憐？當道若能如杜亮，草萊安得有遺賢？

卻說這杜亮愛才憐主，果是千古奇人；然看起來，畢竟還帶些腐氣，未爲全美。若有別樁希奇故事，異樣話文，再講回出來。列位看官穩坐著，莫要性急。適來小子道這段小故事，原是入話，還未曾說到正傳。那正傳卻也是個僕人，他比杜亮更是不同。曾獨力與孤孀主母，掙起個天大家事，替主母嫁三個女兒，與小主人娶兩房娘子，到得死後，並無半文私蓄，至今名垂史冊。待小子慢慢的道來：勸諭那世間爲奴僕的，也學這般盡心盡力，做家做活，傳個美名；莫學那樣背恩反噬，尾大不掉的，被人唾罵。你道這段話，又出在那個朝代？什麼地方，原來就在於本朝嘉靖爺年間，浙江嚴州府淳安縣，離城數里，有個鄉村，名曰錦沙村。村上有一姓徐的莊家恰是弟兄三個：大的名徐言，次的名徐召，各生得一子；第三個名徐哲，渾家顏氏，倒生得二男三女。他兄弟三人，謹奉父親遺命，合鍋兒喫飯，並力的耕田；掙下一頭牛兒，一騎馬兒。又有一個老僕，名叫阿寄；年已五十多歲，夫妻兩口，也生下一個兒子，還只有十來歲。那阿寄也就是本村生長，當先因父母喪了，無力殯殮，故此賣身在徐宅。爲人忠謹小心，早起晏眠，勤於動作；徐言的父親，大得其力，每事優待。到得徐言輩掌家，見他年紀有了，便有些厭惡之意。那阿寄又不達時務，遇著徐言弟兄行事有不到處，便苦口規諫。徐哲尚肯服善，聽他一兩句；那徐言，徐召，是個自作自用的性子，反怪他多嘴擦舌，高聲叱喝，有時還要奉承幾下消食拳頭。阿寄的老婆勸道：「你一把年紀的人了，諸事只宜退縮，算他們是後生家世界，時時新，局局變，由他自作主張罷了。何苦定要多口，常討恁樣凌辱？」阿寄道：「我受老主之恩，故此不得不說。」婆子道：「屢說不聽，這也怪不得你了。」自此，阿寄聽了老婆言語，緘口結舌，再不干預其事，也省了好些恥辱。正合著古人兩句話，道是：「閉口深藏舌，安身處處牢。」不想一日徐哲忽然患了個傷寒症候，七日之間，即便了帳。那時就哭殺了顏氏母子，少不得衣棺盛殮，做些功德追薦。過了兩月，徐言與徐召商議道：「我與你各止一子，三兄弟倒有兩男三女，一分就抵著我們兩分。便是三兄弟在時，一般耕種，還算計不就，何況他已死了？我們日夜喫辛喫苦掙來，卻養他一窩子喫死飯的；如今還是小事，到得長大起來，你我兒子婚配了，難道不與他婚男嫁女？豈不比你我反多去四分？意欲即今三股分開，撇脫了這條爛死蛇，由他們有得喫沒得喫，可不與你我沒干係了？只是當初老父遺囑，叫道莫要分開，若今違了他言語，被人談論，卻怎地處？」那時徐召若是個有仁心的，便該勸徐言休了這念才是；誰知他的念頭一發起得久了，聽見哥子說出這話，正合其意。乃答道：「老父雖有遺囑，不道是死人說話罷了，須不是聖旨，違背不得的。況且我們的家事，那個外人敢來談論？」徐言連道：「有理。」即將田產家私，暗地配搭停當，只揀不好的，留與姪子。徐言又道：「這牛馬卻怎地分？」徐召沈吟半晌，乃道：「不難。那阿寄夫妻，年紀已老，漸漸做不動了，活時倒有三個喫死飯的，死了又要賠兩口棺木，把他也當作一股，派與三房裡，卸了這干係，可不是好？」——計議已定。到次日，備些酒餚，請過幾個親鄰坐下；又請出顏氏，並兩個姪兒，——那兩個孩子：大的才得七歲，喚做福兒，小的五歲，叫做壽兒。——隨著母親，來到堂前。顏氏也不知爲甚緣故，只見徐言弟兄立起身來道：「列位高親在上，有一言相告：昔年先父，原沒甚所遺，多虧我弟兄，掙得些小產業；只望弟兄相守到老，傳至子姪，這輩勿拆。不幸三舍弟，近日有此大變；弟婦又是個婦道家，不知產業多少。——況且人家消長不一，到後來多掙得，分與舍姪便好；萬一消乏了，那時只道我們有甚私弊，欺他孤兒寡婦，反傷骨肉情義了。故此我兄弟商量，不如趁此完美之時，分作三股，各自領去營運，省得後來爭多競少，特請列位高親來作眼。」遂向袖中摸出三張分書來說道：「總是一樣配搭，至公無私，只勞列位著個花押。」顏氏聽說要分開，自做人家，眼中撲簌簌珠淚交流。哭道：「二位伯伯，我是個孤孀婦人，兒女又小，就是沒腳蟹一般，如何撐持得門戶？昔日公公，原分付莫要分開，還是二位伯伯總管在那裡，扶持兒子大了，但憑胡亂分些便罷，決不敢爭多競少。」徐召道：「三娘子！天下無有不散之筵席，合上一千年，少不得有個分開日子。公公乃過世的人了，他的說話，那裡作得准？大伯昨日要把牛馬分與你，我想姪兒又小，那個去看養，故分阿寄來幫扶。——他年紀雖老，筋力還健，賽過一個後生家種作哩！那婆子績麻紡線，也不是喫死飯的。這孩子再耐他幾年，就可下得田了。你不消愁得。」顏氏見他弟兄如此說話，已是做就，忖道拗他不過，一味啼哭。那些親鄰看了分書，雖曉得分得不公道，都要做好好先生，那個肯做閒冤家，出尖說話？一齊著了花押，勸慰顏氏，收了進去，入席飲酒。有詩為證：

分書三紙語從容，人畜均分秉至公；老僕不如牛馬力，擁孤孀婦泣西風。

卻說阿寄那一早差他買東買西，請張請李，也不曉得是做甚事體？恰好在南村去請個親戚，回來時，裡邊事已停妥。剛至門口，正遇見老婆，那婆子恐他曉得了這事，又去多言多語，扯到半邊分付道：「今日是大官人分撥家私，你休得又去閒管，討他的怠慢。」阿寄聞言，喫了一驚，說道：「當先老主人遺囑，不要分開，如何見三官人死了，就撒開這孤兒寡婦，教他如何過活？我若不說，再有何人肯說？」轉身就走。婆子又扯住道：「清官也斷不得家務事，適來許多親鄰，都不開口，你是他手下人，又非什麼高年族長，怎好主張？」阿寄道：「話雖有理，但他們分得公道，便不開口，若有些欺心，就死也得說說，也要講個明白。」又問道：「可曉得分我在那一房？」婆子道：「這倒不曉得。」阿寄走到堂前，見眾人喫酒，正在高興，不好遽然問得，站在旁邊。間壁一個鄰家，抬頭看見，便道：「徐老官！你如今分在三房裡了。——他是孤孀娘子，須得竭力幫助便好。」阿寄隨口答道：「我年紀已老，做不動了。」口中便話，心下暗轉道：「原來撥我在三房裡，一定他們道我沒用了，借手推出的意思；我偏要爭口氣，掙個事業起來，也不被人恥笑。」遂不問他們分析的事。一逕轉到顏氏房門口，聽得在內啼哭，阿寄立住腳聽時，顏氏哭道：「夫呵！只道與你一竹竿到底，白頭相守，那裡說起半路上就抛撇了？遺下許多兒女，無依無靠，還指望倚仗做伯伯的，扶養長大，誰知你骨肉未寒，便分撥開來？如今叫我沒投沒奔，怎生過口？」又哭道：「就是分的田產，他們通是亮裡，我是暗中，憑他們分派，那裡知得好歹？只一件上，已是他們的腸子狠了！那牛兒可以耕種，馬可僱請於人，只揀兩件有利息的挐了去，卻推兩個老頭兒與我，反要費我的衣食。」那老兒聽了這話，猛然揭起門簾，叫道：「三娘！你道老奴單費你的衣食，不及牛馬的力麼？」顏氏驀地裡，被他鑽進來說這句話，倒驚了一跳。收淚問道：「你怎地說？」阿寄道：「那牛馬每年耕種僱請，不過有得數兩利息，還要賠個人去餵養跟隨，若論老奴，年紀雖有，精力未衰，路還走得，苦也受得；那經商事業，雖不留做，也都明白；三娘急急收拾些本錢，待老奴出去做些生意，一年幾轉，其利豈不勝似馬牛數倍？就是我的婆子，平昔又勤於紡織，亦可稍助薪水之用。將田產莫管好歹，把來放利於人，討幾擔穀子，做了飯食；三娘同姐兒們也做些活計，將就度日，不要動那資本。營運數年，怕不掙起個事業，何消愁悶？」顏氏見他說得有些來歷，乃道：「若得你如此出力，可知好哩？但恐你有了年紀，受不得辛苦。」阿寄道：「不瞞三娘說，老便老，健還好，眠得遲，起得早，只怕後生家，還趕我不上哩！這倒不消慮得。」顏氏道：「你打帳做甚生意？」阿寄道：「大凡經商，本錢多便大做，本錢少便小做，須到外邊去看，臨期著便，見景生情，只揀有利息的就做，不是在家論得定的。」顏氏道：「說得還好，待我計較起來。」阿寄又討出分書，將分下的傢伙，照單逐一點明，搬在一處；然後走出堂前答應，請親鄰，直飲至晚方散。次日，徐言即喚個匠人，把房子兩下夾斷，叫顏氏另自開個門戶出入。顏氏一面整頓家中事體，自不必說；一面將簪釵衣飾，悄悄叫阿寄去變賣，共湊了十二兩銀子，顏氏把來，交與阿寄道：「這些小東西，乃我養命之資，一家大小，俱在此上，今日交付與你，大利息原不指望，但得微細之利，也就彀了。臨事務要斟酌，路途亦宜小心，切莫有始無終，反被大伯們恥笑。」口中說著，不覺淚隨言下。阿寄道：「但請放心，老奴自有見識在此，決不負所付託。」顏氏又問道：「還是幾時起身？」阿寄道：「本錢已有了，明早就行。」顏氏道：「可要揀個好日？」阿寄道：「我出去做生意，便是好日了，何必又揀？」即把銀子藏在兜肚之中，走到自己房裡，向婆子道：「我明早要出門去做生意，可將舊衣舊裳，打疊在一處。」原來阿寄止與主母商議，連老婆也不通知得。這婆子見驀地說出那句話，也覺希奇，問道：「你往何處去？做甚生意？」阿寄方把前事說知。那婆子道：「呵呀！這是那裡說起？你雖然一把年紀，那生意行中，從不曾著腳，卻去弄虛頭，說大話，兜攬這帳。孤孀娘子的銀兩，是苦惱東西，莫要把去弄出個話把，連累他沒得過用，豈不終身抱怨？不若依著我，快快送還三娘，怎得早起晏眠，多喫些苦兒，照舊耕種幫扶，彼此倒得安逸？」阿寄道：「婆子家曉得什麼？只管胡言亂語！那見得我不會做生意，弄壞了事？要你未風先雨！」遂不信老婆，自去收拾了衣服被窩，卻沒個被囊，只得打個包兒；又做起一個纏袋，整做些乾糧。又到市上買了一把雨傘，一雙麻鞋。打點完備，次早先到徐召、徐言二家說道：「老奴今日往遠處去做生意，家中無人照管，雖則各分門戶，還要二位官人，早晚看顧。」

徐召二人聽了，不覺暗笑。答道：「這倒不消你叮囑，只要賺了銀子回來，送此二人事與我們。」阿寄道：「這個自然。」回到家中，喫了飯食，作別了主母，穿上麻鞋，背著包裹雨傘，又分付老婆：「早晚須要小心！」臨出門，顏氏又再三叮嚀。阿寄點頭答應，大踏步去了。徐言弟兄等阿寄轉身後，都笑道：「可笑那三娘子好沒見識！有銀子做生意，卻不與你我商量？倒聽阿寄這老奴才的說話。我想他生長以來，何曾做過生意，哄騙孤孀婦人的東西，自去快活，這本錢可不白白送落？」徐召道：「便是當初合家時，卻不把出來營運，如今才分得，即叫阿寄做客經商。我想三娘子，又沒甚妝奩，這銀兩定然是老父存日，三兄弟就剋下的，今日方才出豁。總之，三娘子瞞著你我做事，若說他不該如此，反道我們妒忌了；且待阿寄折本同來，那時去笑他。」正是：

> 雲端看殺戮，畢竟孰輸贏？路遙知馬力，日久見人心。

再說阿寄離了家中，一路思想：「做甚生理便好？……」忽地轉著道：「聞得販漆這項道路，頗有利息，況又在近處，何不去試他一試？」定了主意，一徑直至慶雲山中。原來採漆之處，原有個牙行，阿寄就行家住下。那販漆的客人，卻也甚多，都是挨次兒打發。阿寄想道：「若慢慢的挨去，可不耽擱了日子，又費去盤川？」心生一計，捉個空，扯主人家到一村店中，買三杯請他。說道：「我是個小販子，本錢短少，守日子不起的。望主人家看鄉里分上，怎地設法，先打發我去？下一次來，大大再整個東道請你。」也是數合當然，那主人家，卻正撞著是個貪杯的，喫了他的軟口湯，不好回得，一口應承。當晚就往各村戶，湊足其數，裝裹停當，恐怕客人們知得嗔怪，倒寄在鄰家放下；次日起個五更，打發阿寄起身。那阿寄發利市，就得了便宜，好不歡喜。叫腳夫挑出新安江口，又想道：「杭州離此不遠，定賣不起價錢。」遂僱船直至蘇州。正遇在缺漆之時，見他的貨到，猶如寶貝一般；不到三日，賣個乾淨。一色都是現銀，並無一毫賒帳；除去盤纏使用，足足賺了對合有餘；暗暗感謝天地，即忙收拾起身。又想道：「我今空身回去，須是趁船，這銀兩在身邊，反擔干係，何不再販些別樣貨去，多少尋些利息也好？」打聽得楓橋秈米，到得甚多，登時落了幾分價銀，乃道：「這販米生意，量來必不喫虧。」遂糴了六十多擔秈米，轉到杭州出脫。那時乃七月中旬，杭州有一個月不下雨，稻苗都乾壞了，米價騰湧。阿寄這載米，又值在巧裡，每一挑長了二錢，又賺十多兩銀子。自言自語道：「且喜做來生意，頗頗順溜，想是我三娘福分到了。」卻又想道：「既在此間，怎不去問問漆價？若與蘇州相去不遠，也省好些盤川。」細細訪問時，比蘇州反勝。你道為何？原來販漆的，都道杭州路近價賤，俱往遠處去了，杭州倒時常短缺。常言道：「貨無大小，缺者便貴。」故此比別處反勝。阿寄得了這個消息，喜之不勝，星夜趕到慶雲山，已備下些小人事，送與主人，依然又買三杯相請那主人家。那主人家得了些小便宜，喜笑顏開，一如前番，悄悄先打發他。轉身到杭州，也不消三兩日，就都賣完。計算本利，果然比起先這一帳，又多幾兩，只是少了那回頭貨的利息。乃道：「下次還到遠處去。」與牙人算清了帳目，收拾起程。想道：「出門好幾時了，三娘必然掛念。且回去回覆一聲，也叫他放心。」又想道：「總是收漆要等候兩日，何不先到山中，將銀子教主人家一面先收，然後回家，豈不兩便？」定了主意，到山中把銀子付與牙人，自己趕回家去。正是：

## 先販漆貨番利，初出茅蘆第一功。

且說顏氏自阿寄去後，朝夕懸掛，常恐他消折了這些本錢，懷著鬼胎；耳根邊又聽得徐言兄弟在背後攧脣簸嘴，愈加煩惱。一日，正在房中悶坐，忽見兩個兒子，亂跑進來道：「阿寄回家了。」顏氏聞言，急走出房，阿寄早已在面前，他的老婆也隨在背後。阿寄上前深深唱個大喏。顏氏見了他，反增著一個蹬心拳頭，胸前突突的亂跳，誠恐說出句掃興話來。便問道：「你做的是什麼生意？可有些利錢？」那阿寄叉手不離方寸，不慌不忙的說道：「一來感謝天地保祐，二來託賴三娘洪福，做的卻是販漆生意，賺得五六倍利息。」如此如此，這般這般：「……恐怕三娘放心不下，特歸來回覆一聲。」顏氏聽罷，喜從天降。問道：「如今銀子在那裡？」阿寄道：「已留與主人家收漆，不曾帶回，我明早就要去的。」那時合家歡天喜地。阿寄住了一晚，次日清早起身，別了顏氏，又往慶雲山去了。徐言弟兄，那晚在鄰家喫社酒醉倒，故此阿寄歸家，全不曉得。到次日，同走過來問道：「阿寄做生意歸來，賺了多少銀子？」顏氏道：「好教二位伯伯得知，他一向販漆營生，倒覓得五六倍利息。」徐言道：「好造化！恁樣賺錢時，不消幾年，便做財主哩！」顏氏道：「伯伯休要笑話！免得飢寒，便彀了。」徐召道：「他如今在那裡？出去了幾多時，怎麼也不來見我？這樣沒禮！」顏氏道：「今早原就去了。」徐召道：「如何去得這般急速？」徐言又問道：「那銀兩你可曾見數麼？」顏氏道：「他說俱留在行家買貨，沒有帶回。」徐言呵呵笑道：「我只道本利已到手了，原來還是空口說白話，眼飽肚中飢，耳邊說的熱烘烘，還不知本在何處？利在那裡？便信以為眞。做經紀的人，左手不託右手，豈有自己回家，銀子反留在外人？據我看起來，多分這本錢弄折了，把這話兒哄你。」徐召也道：「三娘子！論起你家做事，不該我們多口；但你終是女人家，不知外邊世務，既有銀兩，也該與我二人商量，買幾畝田地，還是長策。那阿寄曉得做甚生理？卻瞞著我們，將銀子與他出去瞎撞，我想那銀兩，不是你的妝奩，也是三兄弟的私蓄，須不是偷來的，怎看得恁般輕易？」二人一吹一唱，說得顏氏啞口無言，心下也生疑惑，委決不下，把一天歡喜，又變爲萬般愁悶。——按下此處不表。再說阿寄這老兒，急急趕到慶雲山中，那行家已與他收完，點明交付。阿寄此番不在蘇、杭發賣，逕到興化地界，利息比這兩處又好。賣完了貨，卻聽得那邊米價一兩三擔，斗斛又大，想道：「杭州乾旱荒歉，前次糴客販的去，尚賺了錢；今在出處販了，怕不有一兩個對合？」遂裝上一大船，至杭州，準準糶了一兩二錢一擔，斗斛上到來，恰好頂著船錢使用。那時到山中收漆，便是大客人了，主人家好不奉承？一來是顏氏命中合該造化；二來也虧阿寄經營伶俐：凡販的貨物，定獲厚利，一連做了幾帳，長有二千餘金。看看捱著殘年，算計道：「我一個孤身老兒，帶著許多財物，不是耍處；儻有差失，前功盡棄。況且年近歲逼，家中必然懸望；不如回去商議，置買些田產，做了根本，將餘下的再出來運弄。」此時他出路行頭，諸色盡備，把銀兩逐封緊緊包裹，藏在順袋中，水路用舟，陸路僱馬，晏行早歇，十分小心。非止一日，已到家中，把行李馱入。婆子見老公回了，便去報知顏氏。那顏氏「一則以喜，一則以懼」：所喜者，阿寄回來；所懼者，未知生意長短若何？因向日被徐言兄弟笑落了一場，這番心裡比前更自著急，三步並作兩步，奔至外廂房；見了這般行李，料道不像個折本的，心上就安了一半；終是忍不住，便問道：「這一向生意如何？銀兩可曾帶回？」阿寄近前，見了個禮，說道：「三娘不要性急，待我慢慢的細說。」教老婆頂上中門，把行李盡搬至顏氏房中打開，將銀子逐封交與顏氏。顏氏見著許多銀兩，喜出望外，連忙開箱啓籠收藏。阿寄方把往來經營的事說出。顏氏因怕惹是非，徐言當日的話，一句也不說與他知道，但連稱：「都虧你老人家氣力了，且去歇息則個。」又分付：「儻大伯們來問起，不要與他講眞話。」阿寄道：「老奴理會得。」正話間，外面剝啄聲叩門，原來卻是徐言弟兄，聽見阿寄回了，特來打探消息。阿寄上前作了兩揖，徐言道：「前日聞得你生意十分旺利，今番又趁若干利息？」阿寄道：「老奴託了二位官人洪福，除了本錢盤川，乾淨賺得四五十兩。」徐召道：「阿呀！前次便說有五六倍利了，怎地又去了幾時，倒反少起來？」徐言道：「且不要問他賺多賺少，只是銀子今次可曾帶回？」阿寄說：「已交與三娘子。」二人便不言語，轉身出去。阿寄與顏氏商議，要置買田產，悄地託人尋覓。大抵出一個財主，生一個敗子，那錦沙村有個晏大戶，家私大富，田產廣多，所生一子，名爲世保，取世守其業的意思。誰知這晏世保專於嫖賭，把個老頭兒活活氣死。合村的人，道他是個敗子，將晏世保三字，順口改爲獻世寶。那獻世寶同著一班無賴，朝歡暮樂，弄完了家中財物，漸漸搖動產業；道是零星賣來不穀用，索性賣一千畝，討價三千餘兩，又要一注兒交銀。那村中富者雖有，一時取不出許多銀子，無人上樁。延至歲底，獻世寶手中越覺乾逼，情願連一所莊房，只要半價。阿寄偶然聞得這個消息，即尋中人去討個信息，恐怕有人先成了去，就約次日成交。獻世寶聽得有個買主，好不歡喜，平日一刻也不在家的，偏這日足跡不敢出門，獃獃的等候中人同往。且說阿寄料這獻世寶是愛喫東西的，清早便去買下佳餚美酒，喚個廚夫安排，又向顏氏道：「今日這場交易，非同小可，三娘是個女眷家，兩位小官人又幼，老奴又是下人，只好在旁說話，不好與他抗禮；須請問壁大官人弟兄來作眼，方是正理。」顏氏道：「你就過去請一聲。」阿寄即到徐言門首，弟兄正在那裡說話，阿寄道：「今日三娘買幾畝田地，特請二位官人來作主。」二人口中雖然答應，心內又怪顏氏未託他尋覓，好生不悅。徐言道：「他既要買田，如何不託你我，又教阿寄主張，直至成交，方才來說？——只是這村中沒有什麼零星田賣？」徐召道：「不必猜疑，少頃便見著落了。」二人坐於門首，等至午前光景，只見獻世寶同著幾個中人，兩個小廝，拏著拜匣，一路拍手拍腳的笑來，望著間壁門內齊走進去。徐言弟兄看了，倒喫一嚇，都道：「咦！好作怪！聞得獻世寶要賣一千畝田，實價三千餘兩，不信他家有許多銀子？難道獻世寶又零賣一二十畝？」疑惑不定，隨後跟入，相見已後，分賓而坐。阿寄向前說道：「晏官人，田價昨日已是言定，一依分付，不敢短少。晏官人也莫要節外生枝，又更他說。」獻世寶亂嚷道：「大丈夫做事，一言既出，駟馬難追，若又有他說，便不是人養的了！」阿寄道：「既如此，先立了文契，然後兌銀。」那紙墨筆硯，整備得停停當當，拏過來，就是獻世寶拈起筆，盡情寫了一紙絕契。又道：「省得你不放心，先畫了花押何如？」阿寄道：「如此更好！」徐言弟兄看那契上，果是一千畝田，一所莊房，實價一千五百兩，嚇得二人，面面相覷，伸出了舌頭，半晌也縮不上去。都暗想道：「阿寄做生意，縱是賺錢，也嫌不得這些。莫不做強盜打劫的？或是掘著了藏？好生難猜。」中人著完花押，阿寄收進去，交與顏氏。他已先借下一副天秤法碼，提來放在桌上，與顏氏取出銀子來兌，一色都是粉塊細絲。徐言、徐召眼內放出火來，喉間煙也直冒，恨不得推開衆人，逼搶回去。不一時兌完，擺出酒餚，飲至更深方散。次日，阿寄又向顏氏道：「那莊房甚是寬大，何不搬在那邊居住？收下的稻子也可照管。」顏氏曉得徐言弟兄妒忌，也巴不能遠開一步，便依他說話，選了新正初六，遷入新房。阿寄又請個先生，教兩位小官人讀書，大的取名徐寬，次的名徐宏。家中收拾得十分次第。那些村中人，見顏氏買了一千畝田，都傳說掘了藏銀子，不計其數，連坑廁說來都是銀的，誰個不來趨奉？再說阿寄將家中整頓停當，照舊又出去經營。這番不專販漆，但是有利息的便做。家中收下米穀，又上了囤。十年之外，家私巨富，那獻世寶的田宅，盡歸於徐氏。門庭熱鬧，牛馬成群，婢僕僱工人等，也有整百，好不興頭！正是：

富貴本無根，盡從勤裡得；請看懶惰者，面帶飢寒色。

那時顏氏三個女兒，都嫁與一般富戶，徐寬、徐宏也各婚配，一應婚嫁禮物，盡是阿寄支持，不費顏氏絲毫氣力。他又見田產廣多，差役煩重，與徐寬弟兄俱納個監生，優免若干田役。顏氏也與阿寄兒子完了姻事，又見那老兒年紀衰邁，留在家中照管，不肯放他出去，又買個馬兒與他乘坐。那老兒自經營以來，從不曾私喫一些好飲食，也不曾私做一件好衣服，寸絲尺帛，必稟命顏氏，方才敢用。且又知禮教，不論族中老幼，見了必然站起；或乘馬在途中，遇著便跳下來，閃在路旁，讓過去了，然後再行。因此，遠近親鄰，沒一人不把他敬重，就是顏氏母子，也如尊長看承。那徐言、徐召雖也掙起些田產，比著顏氏，尚有天淵之隔，終日眼紅頸赤。那老兒揣知二人意思，勸顏氏各助百金之物。又築起一座新墳，連徐哲父母一齊安葬。那老兒整整活到八十，患起病來，顏氏要請醫人調治，那老兒道：「人年八十，死乃分內之事，何必又費錢鈔？」執意不肯服藥。顏氏母子，不時在床前看視，一面準備衣衾棺槨。延了數日，勢漸危篤，乃請顏氏母子到房中坐下，說道：「老奴牛馬力已少盡，死亦無恨，只有一事，越分主張，不要見怪。」

顏氏垂淚道：「我母子全虧你氣力，方有今日，有甚事體？一憑分付，決不違拗。」那老兒向枕邊摸出兩紙文書，遞與顏氏道：「兩位小官人，年紀已長，後日少不得要分析；倘那時嫌多道少，便傷了手足之情。爲此老奴久已將一應田房財物等件，均分停當，今日分付與二位小官人，各自去管業。」又叮囑道：「那奴僕中，難得好人，凡事須要自己經心，切不可重託。」顏氏母子含淚領命。他的老婆兒子，都在床前啼啼哭哭，也囑付了幾句。忽地又道：「只有大官人二官人，不曾面別，終是欠事，可與我去請來。」顏氏忙差個家人去請，徐言、徐召說道：「好時不直得幫扶我們，臨死卻來思想？可不扯淡，不去！不去！」那家人無法，只得轉身。卻見徐宏親自奔來相請，二人滅不過姪兒面皮，勉強隨來，那老兒已說話不出，把眼看了兩看，點點頭兒，奄然而逝。他的老婆兒媳，啼哭自不必說。只這顏氏母子，俱放聲號慟。便是家中大小男女，念他平日做人好處，也無不下淚。惟有徐言、徐召二人反有喜色。可憐那老兒：

辛勤好似蠶成繭，繭老成絲蠶命休；又似採花蜂釀蜜，甜頭到底被人收。

顏氏母子哭了一回，出去支持殯殮之物。徐言、徐召看見棺木堅固，衣衾整齊，扯徐寬弟兄到一邊說道：「他是我家家人，將就些罷了，如何要這般好斷送？就是當初你家公公與你父親，也沒恁般整齊！」徐寬道：「我家全虧他，掙起這些事業，若薄了他，則心上也打不過去。」徐召笑道：「你老大的人，還是個獃子，這是你母命中合該有此造化，豈是他的本事掙來的？還有一件，他做了許多年數，剋剝下的私房，必然就有好些，怕道沒得結果？你卻挖出內裡錢來，與他備後事。」徐宏道：「不要冤枉了人，我看他平日，一釐一毫，都清清白白交與母親，並不見有什麼私房。」徐召又道：「他的私房，藏在那裡，難道把與你看不成？若不信時，如今將他房中一檢，極少也有整千銀子。」徐寬道：「縱有，也是他掙下的。好道孥他的不成？」徐言道：「雖不孥他的，見個明白也好。」徐寬兄弟被二人說得疑疑惑惑，遂聽了他，也不與顏氏知道，一齊走至阿寄房中，把婆子們哄了出門，開箱倒籠，遍處一搜，只有幾件舊衣舊裳，那有分文錢鈔。徐召道：「一定藏在兒子房裡。」也去一檢，尋出一包銀子，不上二兩；包中有個帳目，徐寬仔細看時，還是他兒子娶妻時，顏氏助他三兩銀子，用賸下的。徐宏道：「我說他沒有什麼私房，卻是要來看，還不快收拾好了，儻被人撞見，反道我們器量小了。」徐言、徐召自覺沒趣，也不別顏氏，逕自去了。徐寬又把這事說知母親，倍加傷感，令合家掛孝，開喪受弔，多修功德。追薦七終之後，即安葬於新墳旁邊。祭葬之禮，每事從厚。顏氏主張，將家產分一股與他兒子，自去成家立業，奉養其母。又叫兒子們，以叔姪相稱，此亦見顏氏不泯阿寄恩義的好處。那合村的人，將阿寄生平行誼，具呈府縣，求旌請獎，以勸後人。府縣又查勘的實，申報上司，具疏奏聞於朝廷，旌表其門。至今徐氏子孫繁衍，富冠淳安。詩云：

年老筋衰遜馬牛，千金致產出人頭；託孤寄命真無愧，羞殺蒼頭不義侯。

# 錢秀才錯占鳳凰儔

漁舠載酒日相隨，短笛蘆花深處吹；湖面風收雲影散，水天光照碧琉璃。

這首詩是宋時楊備遊太湖所作。這太湖在吳郡西南三十餘里之外。你道有多少大？東西二百里，南北一百二十里，周圍五百里，廣三萬六千頃。中有山七十二峰，襟帶三州。那三州？曰蘇州，曰湖州，曰常州。凡屬東南諸水，皆歸；一名震澤，一名具區，一名笠澤，一名五湖。何以謂之五湖？東通長洲松江，南通烏程霅溪，西通義興荊溪，北通晉陵滆湖，東通嘉興韭溪：水凡五道，故謂之五湖。那五湖之水，總是震澤分流，所以謂之太湖。就太湖中亦有五湖名色：曰羨湖、游湖、莫湖、貢湖、胥湖。五湖之外，又有三小湖：扶椒山東，曰梅梁湖；杜圻之西、魚查之東，曰金鼎湖；林屋之東，曰東皋里湖。——吳人總稱做太湖，那太湖中七十二峰，惟有洞庭兩山甚大：東洞庭，曰東山；西洞庭，曰西山。兩山分峙湖中。其餘諸山，或遠或近，若浮若沈，隱現出沒於波濤之間。有元人許謙詩爲證：

周迴萬水入，遠近數州環；南極疑無地，西浮直際山。三江歸海表，一徑界河間；白浪秋風疾，漁舟意尚閒。

那東西兩山在太湖中間，四面皆水，車馬不通。欲遊兩山者，必假舟楫，往往有風波之險。昔宋時宰相范成大在湖中遇風，曾作詩一首：

白霧漫空白浪深，舟如竹葉信浮沈；科頭晏起吾何敢？自有山川印此心。

話說兩山之人，善於貨殖，八方四路去爲商爲賈，所以江湖上有個口號，叫做「鑽天洞庭」。內中單表西洞庭有個富家姓高名贊，少年慣走湖廣，販賣糧米；後來家道殷實了，開起兩個解庫，託著兩個夥計掌管，自己在家中受用。渾家金氏，生下男女二人；——男名高標，女名秋芳，年長高標二歲。——高贊請個積年老教授在家館穀，教著兩個兒女讀書。那秋芳資性聰明，自七歲讀書至十二歲，書史皆通，寫作俱妙。至十三歲就不進學堂，只在上房學習女工，描鸞刺鳳，看看長成一十六歲，出落得好個女兒，美豔非常。有「西江月」爲證：

面似桃花含露，體如白雪團成；眼橫秋水黛眉清，十指尖尖春筍。嫋娜休言西子，風流不讓崔鶯；金蓮窄窄瓣兒輕，行動一天丰韻。

高贊見女兒人物整齊，且又聰明，不肯將他配個平常之人，定要揀個讀書君子，才貌兼全的配他；聘禮厚薄，倒也不論。若對頭好時，就賠些妝奩嫁去，也自情願。有多少豪門富室，日來求親，高贊訪得他子弟，才不壓衆，貌不超群，所以不曾許允。雖則洞庭在大小中央，乃三州通道；況高贊又是個富家，這些做媒的，四處傳揚說高家女子美貌聰明，情願賠錢出嫁，只要擇個風流佳婿，但有一二分才貌的，那一個不挨風緝探，央媒說合？說時誇獎得潘安般貌，子建般才；及至訪實，多只平常；高贊被這夥做媒的哄得不耐煩了，對那些媒人說道：「今後不許言三語四。若果有才人出衆的，便與他同來見我。合得我意，一言而決，可不快當？」自高贊出了這句言語，那些媒人就不敢輕易上門。正是：

眼見方為的，傳言未必真；試金今有石，驚破假銀人。

話分兩頭。卻說蘇州府吳江縣平望地方，有一秀士姓錢名青，字萬選。此人飽讀詩書，廣知今古，更兼一表人才。也有「西江月」為證：

出落脣紅齒白，生成眼秀眉清；風流不在著衣新；俊俏行中首領。著筆千言立就，揮毫四坐皆驚；青錢萬選好聲名，一見人人起敬。

錢生家世書香，產微業薄，不幸父母早喪，愈加陵替；所以年當弱冠，無力娶妻，止與老僕錢興相依同住。錢興日逐做些小經紀，供給家主，每每不敷一飢兩飽。幸得其年遊庠，同縣有個表兄，住在北門之外，家道頗富，就延他在家讀書。那表兄姓顏，名俊，字伯雅；與錢生同庚生，都是一十八歲，顏俊只長得三個月，以此錢生呼之為兄。父親已逝，止有老母在堂，亦未曾定親。說話的，那錢青因家貧未娶，顏俊是富家之子，如何一十八歲還沒老婆？其中有個緣故：那顏俊有個好高之病，立誓要揀個絕美的女子，方與他結姻，所以急切不能成就。況且顏俊自己又生得十分醜陋，怎見得？亦有「西江月」為證：

面黑渾如鍋底，眼圓卻似銅鈴；痘疤密擺爆頭釘，黃髮蓬鬆兩鬢。牙齒真金鍍就，身軀頑鐵敲成；楂開五指鼓槌能，在下名呼顏俊。

那顏俊雖則醜陋，最好妝扮，穿紅著綠，低聲強笑，自以爲美。更兼他腹中全無滴墨，紙上難成片語，偏好攀今掉古，賣弄才學。錢青雖知不是同調，卻也藉他館地爲讀書之資，每事左湊著他。故此顏俊甚是喜歡，事事商議而行，甚說得著。話休絮煩。顏俊有個門房遠親，姓尤名辰號少梅；爲人生意行中頗能伶俐，領借顏俊些本錢，在家開個果子店營運過活。一日，——正是十月初旬天氣，——在洞庭山販了幾擔橙橘回來，送一盤到顏家獻新，他在山上聞得高家選婿之事，說話中間，偶然對顏俊敘述了一遍。——這也是無心之談。誰知顏俊倒有意了？想道：「我一向要覓一頭好親事，都不中意；不想這段姻緣卻落在那裡。憑著我恁般才貌，又有家私，若央媒去說，再增添幾句好話，怕道不成？」那日一夜睡不著。次日天明起來，急急梳了頭，走到尤辰家裡。尤辰剛剛開門出來，見了顏俊，便道：「大官人，爲何今日起得恁早？」顏俊道：「便是。有些正事欲待相煩，恐老兄出去了，特地早來。」尤辰道：「不知大官人有何事見委？請裡面坐了領教。」引顏俊進入裡面，作了揖，分賓主坐定。尤辰道：「大官人但有所委，必當效力，只怕用小子不著。」顏俊道：「此來非別事，特求少梅作伐。」尤辰道：「大官人作成小子賺花紅錢，最感厚意；不知說的是那一頭親事？」顏俊道：「就是老兄昨日說的洞庭西山高家這頭。這頭親事與家下甚是相宜，求老兄作成小子則個。」尤辰格的笑了一聲道：「大官人莫怪小子直言，若是別家，小子也就與你去說了；那個高家，大官人作成別個做媒罷。」顏俊道：「老兄爲何推託？這是你說起的，怎麼又教我去尋別人？」尤辰道：「不是小子推託；只爲高老有些古怪，不容易說話，所以遲疑。」顏俊道：「別件事，或者有些東扯西拽，東掩西遮，不容易說話。這做媒乃是冰人撮合一天好事，除非他女兒不要嫁人便罷休；不然，少不得男媒女妁，隨他古怪，須知媒人不可怠慢，你怕他怎的？還是你故意來作難，不肯作成我這件美事！這也不難，我就央別人去說，說成了時，休想喫我的喜酒！」說罷，連忙起身。那尤辰領借顏俊家本錢，平日奉承他的，見他有咈然不悅之意，即忙回船轉舵道：「大官人莫要性急，且請坐了再細細商議。」顏俊道：「肯去說便去，不肯就罷了，有甚話商量得？」口裡雖則是恁般說，身子卻又轉來坐下。尤辰道：「不是我故意作難，那老兒眞個古怪；別家相媳婦，他偏要相女婿；但得他當面看得中意，才將女兒許他。有這些難處，只怕勞而無功，故此不敢把這個難題目包攬在身上。」顏俊道：「依你說，也極容易。他要當面看我時，就等他看個眼飽；我又不殘疾，怕他怎地？」尤辰不覺呵呵大笑道：「大官人，不是沖撞你說，大官人雖則不醜，更有比大官人勝過幾倍的，他還看不上眼哩！大官人若先不把與他見面，這事縱沒一分二分，還有一釐二釐；若是當面一看，便萬分難成了。」顏俊道：「常言：『無謊不成媒』，你與我包涵，只說十二分人才，或者該是我的姻緣，一說便就，不要面看，也不可知？」尤辰道：「倘若要看看卻怎地？」顏俊道：「且到那時再有商量，只求老兄速去一言。」尤辰道：「既蒙分付，小子好歹去走一遭便了。」顏俊臨起身又叮嚀道：「千萬，千萬，說得成時，謝銀二十兩。這紙借契先奉還了，媒禮花紅在外。」尤辰道：「去得，去得。」顏俊別去不多時，就叫人封上五錢銀子送與尤辰，爲路上買舟之費。顏俊那一夜又在床上睡不著，想道：「倘他去時不盡其心，葫蘆提回復了我，可不空走一遭？……再差一個伶俐家人跟隨他去，聽他講甚言語？——好計！好計！」等待天明，便喚家僮小乙來，分付道：「跟隨尤辰往山上去說親。」小乙去了。顏俊心中牽掛，即忙梳洗往近處一個關聖廟中求籤，卜其事之成否？當下焚香再拜，把籤筒搖了幾搖，撲的跳出一籤，拾起看時，卻是「第七十三籤」。壁上寫得有籤訣四句云：

憶昔蘭房分半釵，而今忽把信音乖；癡心指望成連理，到底誰知事不諧。

顏俊才學雖則不濟，這幾句籤訣文義顯淺，難道好歹不知？求得此籤，心中大怒，連聲道：「不準，不準。」拂袖出廟門而去。回家中坐了一回，想道：「此事有甚不諧？難道眞個嫌我陋醜不中其意？男子漢須比不得婦人，只是出得人前罷了，一定要甚個宋玉、潘安不成？」一頭想，一頭取鏡子自照。側頭側腦的看了一回，良心不昧，自己也看不過了，把鏡子向桌上一撇，歎了一口寡氣，猷猷而坐；整整的悶了一日不提。且說尤辰是日同小乙駕了一隻三櫓快船，趁著無風靜浪，咿呀款乃的搖到西山，剛剛是未牌時分，就於高家門首停泊。小乙將名帖通了，高贊出迎，問其來意，尤辰道：「特來與令嫒作伐。」高贊問是何宅？尤辰道：「就是敝縣一個舍親；家業也不薄，與宅上門戶相當。此子年方十八，讀書飽學。」高贊道：「人品生得如何？老漢有言在前，定要當面看過，方敢應承。」尤辰見小乙緊緊靠在椅子後邊，只得下老實扯個大謊，便道：「若論人品，更不必言；堂堂一軀，十全之相！況且一肚文才，十四歲出去考童生，縣主就高高取在一名；這幾年爲丁了父憂，不曾進院，所以未得遊庠。有幾個老學看了舍親的文字，多許他京解之才。——就是在下，也非慣於爲媒的；因年常在貴山買果，偶聞令嫒才貌雙全，老翁又愼於擇婚，因思舍親正合其選，故此斗膽輕造。」高贊聞言，心中甚喜。便道：「令親果然有才有貌，老漢敢不從命？但老漢未曾經目，終不放心，若是足下引令親過寒家一會，更無別說。」尤辰道：「小子並非謊言，老翁他日自知。只是舍親是個不出書房的小官人，或者未必肯到宅上？就是小子攛掇來時，若成得親事還好；萬一不成，舍親何面目回轉？小子必然討他抱怨了。」高贊道：「既然人品十全，豈有不成之理？老夫生性是這般小心過度的人，所以必要著眼；若是令親不屑下顧，待老漢到宅上，足下不意之中引令親來一觀，那不妥帖？」尤辰恐怕高贊身到吳江，訪出顏俊之醜，即忙轉口道：「既然府上必要會面，小子還同舍親奉拜，不敢煩尊駕動履。」說罷，告別。高贊那裡肯放？忙叫備酒肴相款。喫到更餘，高贊留宿，尤辰道：「小舟帶有鋪蓋，明日要早行，即今奉別，等舍親登門卻再相擾。」高贊取舟金一兩奉送，尤辰作謝下船。次早順風，扯起滿帆，不消大半日，尤辰和小乙又早到吳江。那顏俊獃獃的站在門前望信，一見尤辰回家，便迎住問道：「有累吾兄往返，事體如何？」尤辰把問答之言細述了一遍，道「他必要面會大官人，如何處置？」顏俊果然無言。尤辰道：「暫別，再會。」自回家去了。顏俊只恐尤辰所言不實，到裡面喚過小乙來問其詳細，小乙說來，果是一般。顏俊沈吟了半晌，心生一計，再走到尤辰家與他商議，不知說的是什麼計策？正是：

為思佳偶情如火，索盡枯腸夜不眠；自古姻緣皆分定，紅絲豈是有心牽？

顏俊對尤辰道：「方才老兄所言，我有一計在此，也不打緊。」尤辰道：「有何好計？」顏俊道：「表弟錢萬選向在舍下同窗讀書，他的才貌，比我勝幾分兒。明日我央及他同你去走一遭，把他只說是我，哄過一時，待行過了聘，不怕他賴我的姻事。」尤辰道：「若看了錢官人，萬無不成之理，只怕錢官人不肯。」顏俊道：「他與我至親，又相處得極好，只央他點一遭名兒，有甚虧他處？料他決然無辭。」說罷，作別回家。是夜，就到書房中陪錢萬選夜飲，酒肴比常分外整齊。錢萬選愕然道：「日日相擾，今日何勞盛設？」顏俊道：「且喫三杯，有小事相煩賢弟則個，只是莫要推故。」錢萬選道：「小弟但可效勞之處，無不從命。——只不知什麼樣事？」顏俊道：「不瞞賢弟說，對門開果子店的尤少梅與我作伐，說的女家是洞庭西山高家，一時間誇了大口，說我十分才貌；不想說得忒高興了，那高老定要先請我去面會一會，然後行聘。昨日商議，若我自去，恐怕不應了前言，一來少梅沒趣，二來這親事就難成了；故此要勞賢弟認了我的名色，同少梅一行。瞞過那高老，玉成這頭親事，感恩不淺，愚兄自當重報。」錢萬選想了一想道：「別事猶可，這事只怕行不得！一時便哄過了，後來知道，你我都不好看相。」顏俊道：「原只要哄過這一時，若行聘過了，就曉得也不怕他；他又不認得你是什麼人，就怪也只怪得媒人，與你什麼相干？況且他家在洞庭西山，百里之隔，一時也未必知道。你只放心前去，倒不要畏縮。」錢萬選聽了，沈吟不語。欲待從他，不是君子所爲；欲待不從，必然見怪，這館就處不成了；事在兩難。顏俊見他沈吟不決，便道：「賢弟！常言道：『天塌下來，自有長的撐住。』凡事有愚兄在前，賢弟休得過慮。」錢萬選道：「雖然如此，只是愚弟衣衫襤褸，不稱仁兄之相。」顏俊道：「此事愚兄早已辦下了。」是夜無話。次日，顏俊早起，便到書房中喚家僮取出一皮箱衣服，——多是時新花樣的綾羅紬絹做的，顏色鮮豔；用龍涎慶眞餅，燻得撲鼻之香；——交付錢青，行時更換。下面淨襪絲鞋；只有頭巾不對，即時與他製了一頂新頭巾。又封著二兩銀子送與錢青道：「薄意權充紙筆之用，後來還有相酬。這一套衣服就送與賢弟穿了，日後只求賢弟休向人洩漏。今日約定了尤少梅，明日早行。」錢青道：「一依尊命。這衣服小弟暫且借穿，回時依舊納還。這銀子一發不敢領了。」顏俊道：「古人車馬輕裘，與朋友共；就沒有此事相勞，那幾件粗衣奉與賢弟穿了，也不爲大事。這些須薄意不過表情，賢弟辭時，反教愚兄慚愧。」錢青道：「既承仁兄盛情，衣服便勉強領下；那銀子斷然不敢。」顏俊道：「若是賢弟固辭，便是推託了。」錢青方才受了。顏俊是日約會尤少梅；尤辰本不敢擔這干係，只爲不敢得罪於顏俊，勉強應承。顏俊預先備下船隻，及船中供應食物和鋪陳之類；又撥兩個安僮伏侍；連前番跟去小乙共是三人，絹衫氈包，極其華整。隔夜俱已停當；又分付小乙和安僮到彼，只當自家大官人稱呼，不許露出個錢字。過了一夜，絕早就起來，便差人去請尤辰來喫早飯，又催錢青梳洗打扮。錢青帖裡帖外，都換了時新華麗衣服，行動香風拂拂，比前更覺風雅，正是：

分明荀令留香去，疑是潘郎擲果回。

且說是日尤辰同錢青、小乙和安僮等俱下了船，又遇了順風，片帆直吹到洞庭西山。天色已晚，舟中過宿。次日早飯過後，約莫高贊起身，錢青全柬寫顏俊名字拜帖，謙讓些加個晚字。小乙捧帖到高家門首投下。說：「尤大舍引顏宅小官人特來拜見。」高贊家人認得小乙的，慌忙通報。高贊忙傳言請進。錢青在前，尤辰在後，步入中堂。高贊一眼看見那個小後生，人物軒昂，衣冠齊楚，心中已自三分歡喜。行禮已畢，高贊看椅上坐，錢青自謙幼輩，再三不肯，只得東西賓主坐下。高贊肚裡暗暗歡喜道：「果然是個謙謙君子。」坐定，先是尤辰開口，稱謝前日相擾。高贊答言多慢，接口就問道：「此位是令親顏大官人？前日不曾問得貴表。」錢青道：「年幼無表。」尤辰代言：「舍親表字伯雅。——是『伯仲』之『伯』，『雅頌』之『雅』。」高贊道：「尊名尊字俱稱其實。」錢青道：「不敢。」高贊又問他家世。錢青一一對答，出詞吐氣，十分溫雅。高贊想道：「外才已是美了，不知他學問如何？且請先生和兒子出來相見，盤他一盤，便見有學無學。」獻茶二遍，分付家人道：「書館中請先生，和小官人出來見客。」去不多時，只見五十多歲一個儒者，引著一個垂髫學生出來。衆人一齊起身作揖。高贊一一通名：「這位是小兒的業師姓陳，現在府庠。——這就是小兒高標。」錢青看那學生生得眉清目秀，十分俊雅，心中想道：「此子如此，其姊可知，眼見好造化哩！」又獻了一遍茶，高贊便對先生道：「此位尊兄是吳江顏伯雅，年少高才。」那陳先生已會了主人之意：便道：「吳江是人才之地，見高識廣，定然不同。請問貴邑有三傑，卻是那三個？」錢青答言：「范蠡，張翰，陸龜蒙。」又問：「此三人何以見得他高處？」錢青一一分疏出來。兩個互相盤問了一回。錢青見那先生學問平常，故意談天說地，講古論今，驚得先生一字俱無，連稱道：「奇才！奇才！」把一個高贊就喜得手舞足蹈，忙喚家人，悄悄分付：「備飯，要整齊些。」家人聞言，即時擺開桌子，排下五色果品。高贊取杯箸安席，錢青答敬，謙讓了一回，依然賓主坐下。三湯十菜，添上小喫，頃刻間擺滿了桌子，眞個咄嗟而辦。你道爲何如此便當？原來高贊的媽媽金氏最愛其女，聞得媒人引顏小官人到來，也伏在遮堂背後張看。看見一表人才，語言響亮，自家先中意，料高贊必然同心，故此預先準備筵席；一等分付，流水的就搬出來。賓主共是五位，酒後飯，飯後酒，直喫到紅日銜山。錢青和尤辰起身告辭，高贊心中甚不忍別，意欲攀留數日，錢青那裡肯住？高贊留了幾次，只得放他起身，錢青先別了陳先生，口稱承教；次與高公作謝道：「明日早行，不得再來告別。」高贊道：「倉卒怠慢，勿得見罪。」小學生也作揖過了。金氏已備下幾色下程相送，無非酒果魚肉之類，又有一封舟金。高贊扯尤辰到背處說道：「顏小官人才貌更無他說，若得少梅居間成就，萬分之幸。」尤辰道：「小子領命。」高贊直送上船，方才分別。當夜夫妻兩口，說了顏小官人一夜。正是：

不須玉杵千金聘，已許紅絲兩足纏。

再說錢青和尤辰次日開船，風水不順，直到更深，方才抵家。顏俊兀自秉燭夜坐，專聽好音。二人叩門而入，備述昨日之事。顏俊聞親事已成，不勝之喜，忙忙的就本月中擇個吉日行聘。果然把那二十兩借契送還了尤辰，以爲謝禮。就揀了十二月初三日成親，高贊得意了女婿，況且妝奩久已完備，並不推阻。日往月來，不覺十一月下旬。吉期將近。原來江南地方娶親，不行古時親迎之禮，都是女親家和阿舅，自送上門。——女親家謂之「送娘」，阿舅謂之「抱嫁」。——高贊爲選中了乘龍佳婿，到處誇揚，今日定要女婿上門親迎，準備大家筵宴，遍請遠近親鄰喫喜酒，先遣人對尤辰說知。尤辰喫了一驚，出來對顏俊說了。顏俊道：「這番親迎，少不得我自去走遭。」尤辰跌足道：「前日女婿上門，他舉家都看個飽；行樂圖也畫得出在那裡！今番又換了一個面貌，教做媒的如何措辭？好事定然中變，連累小子必然受辱。」顏俊聽說，反抱怨起媒人來道：「當初我原說過來，該是我姻緣，自然成就；若第一次上門時，自家去了，那見得今日進退兩難？多是你捉弄我！故意說得高老十分古怪，不要我去，叫錢家表弟替了。誰知高老甚是好情，一說就成，並不作難？這是我命中注定，該做他家的女婿，豈因見了錢表弟，方才肯成？況且他家已受了聘禮，他的女兒就是我的人了，敢道個不字麼？你看我今番自去，他怎生發付我？難道賴我的親事不成？」尤辰搖著頭道：「成不得，人也還在他家，你狠到那裡去？若不肯把人送上轎，你也沒奈何他。」顏俊道：「多帶些人從去，肯便肯，不肯時打進去，搶了回來，便告到官司，有生辰吉帖爲證，只是賴婚的不是，我並沒差處。」尤辰道：「大官人休說滿話，惡龍不鬥地頭蛇，你的從人雖多，怎比得坐地的有增無減？萬一弄出事來，纏到官司，那老兒訴說求親的是一個，娶親的又是一個，官府免不得喚媒人詰問？刑罰之下，小子只得實說，連錢大官人前程干係，不是耍處。」顏俊想了一想道：「既如此，索性不去了，勞你明日去回他一聲，只說前日已曾會過了，敝縣沒有親迎的常規，還是從俗送親罷。」尤辰道：「一發成不得！高老因看上了佳婿，到處誇其才貌，那些親鄰專等親迎之時，都要來廝認。這是斷然要去的！」顏俊道：「如此，怎麼好？」尤辰道：「依小子愚見，更無別策。只得要央令表弟錢大官人走遭，索性哄他到底。哄得新人進門，你就靠家大了，不怕他又奪了去；結姻之後，縱然有話，也不怕他了。」顏俊頓了一頓，說：「這話倒有理！只是我的親事，倒作成別人去風光，央及他時，還有許多作難哩！」尤辰道：「事到其間，不得不如此了。風光只在一時，怎及得大官人終身受用？」顏俊又喜又惱，當下別了尤辰，回到書房，對錢青說道：「賢弟！又要相煩一事。」錢青道：「不知兄又有何事？」顏俊道：「出月初三是愚兄畢婚之期，初二日就要去親迎，還要勞賢弟一行，方才妥當。」錢青道：「前日代勞，不過泛然之事；今親迎是個大禮，豈是小弟代得的？這個斷然不可。」顏俊道：「賢弟所言雖當，但因初番會面，他家已認得了，如此忽換我去，必然疑心，此事恐有變卦；不但親事不成，只恐還要成官事時，連賢弟也有干係。卻不是爲小妨大，把一天好事，自家弄壞了？若得賢弟親迎回來，成就之後，不怕他閒言閒語。這是個權宜之術。賢弟須知塔尖上功德，休得固辭。」錢青見他說得情辭懇切，只索依允。顏俊又喚過吹手，及一應接親人從，都分付了說話，不許洩漏風聲，又道：「娶得親回，都有重賞。」——家人誰敢不依？到了初二日侵晨，尤辰便到顏家，相幫安排親迎禮物，及上門各項賞賜，都已停當。其錢青所用及儒巾圓領絲縧皁靴，並皆齊備。又分派各船食用。大船二隻，一隻坐新人，一隻媒人共新郎同坐；中船四隻，散載衆人；小船四隻，一者護送，二者以備雜差。十餘隻船，鳴鑼掌號，一齊開出湖去，一路流星花爆，好不興頭！正是：

門闌多喜氣，女婿近乘龍。

船到西山，已是下午，約莫離高家半里停泊。尤辰先到高家報信，一面安排迎親禮物，及親人乘坐百花綵轎，燈籠火把共有數百。錢青打扮整齊，另有青紗暖轎四抬四綽，笙簫鼓樂，逕望高家而來。那山中遠近人家，都曉得高家新女婿才貌雙全，競來觀看。挨肩並足，如看神會故事的一般熱鬧。錢青端坐轎中，美如冠玉，無不喝采。有婦女曾見過秋芳的，便道：「這般一對夫妻，眞個郎才女貌！高家揀了許多女婿，今日果然被他揀著了。」不提衆人，且說高贊家中，大排筵席，親朋滿坐，未及天晚，堂中點得畫燭通紅。只聽得樂聲聒耳，船上人報道：「嬌客轎子到門了。」儐相披紅插花，忙到轎前作揖，念了詩賦，請出轎來。衆人謙恭揖讓，延至中堂。奠雁行禮已畢，然後諸親一一相見。衆人見新郎俊美，一個個暗暗稱羨。獻茶後，喫了茶果點心，然後定席安位。此日新女婿與往常不同，面南專席，諸親友環坐相陪，大吹大擂的飲酒。隨從人等，外廂另有款待。錢青坐於席上，只聽得衆人不住聲的讚他才貌，說高老選婿得人。錢青肚裡暗笑道：「他們好似見鬼一般，我好像作夢一般：做夢的醒了，也只扯淡；那些見神見鬼的不知如何結果哩？」又想道：「我今日做替身擔了虛名，不知實受還在幾時？料想不能如此富貴？」轉了這一念，覺得沒興起來，酒也懶喫了。高贊父子輪流敬酒，甚是慇勤。錢青怕擔誤了表兄的正事，急欲抽身；高贊固留，又坐了一回，用了湯飯；僕從的酒多喫完了。約莫四鼓，小乙走在錢青席邊，催促起身。錢青叫小乙把賞封給散，起身作別。高贊量度已是五鼓時分，陪嫁妝奩，俱已檢點下船，只待收拾新人上轎。只見船上人都走來說：「外邊風大，難以行船，且消停一時，等風頭緩了好走。」原來半夜裡，便發了大風，那風刮得好利害！只見「山間拔木揚塵，湖內騰波起浪。」只為堂中鼓樂喧闐，全不覺得。高贊叫樂人住了吹打聽時，一片風聲，吹得怪響，衆人愕然。急得尤辰只把腳跳，高贊心中大是不樂，只得重請入席，一面差人在外專看風色。看看天曉，那風越狂起來，刮得彤雲密布，雪花飛舞，衆人都起身看著天，做一塊兒商議。一個道：「這風還不像就住的。」一個道：「半夜起的風，原要半夜裡住。」又一個道：「這等雪天，就是沒風，也怕行不得。」又一個道：「只怕這雪還要大哩！」又一個道：「風太急了，住了風只怕湖膠。」又一個道：「這太湖不愁他膠斷，還怕的是風雪。」衆人是恁般閒講，高贊和尤辰好生氣悶。又捱一會，喫了早飯，風愈狂，雪愈大。高贊想道：「今日過湖不成，錯過了吉日良時，殘冬臘月，未必有好日了。——況且笙簫鼓樂乘興而來，怎好叫他轉去？……」事在千難萬難之際，恰巧坐間有個老者，喚做周全，是高贊老鄰，平日最善處分鄉里之事；見高贊沈吟無計，便道：「依老漢愚見，這事一些不難。」高贊道：「足下計將安在？」周全道：「既是選定日期，豈可錯過？令婿既已到宅，何不就此結親？趁這筵席，做了花燭，等風息從容回去，豈非全美？」衆人齊聲道：「甚好！」高贊正有此念，卻喜得周老說話投機，當下便分付家人，準備洞房花燭之事。卻說錢青雖然身子在此，本是個局外之人，起初風大風小，都還不在他心上，忽聽周全議論，不由得暗暗心驚；還道高老未必聽他，不想高老欣然應允，老大著忙，暗暗叫苦。欲央尤少梅代言，誰想尤辰平昔好酒，一來天氣寒冷，二來心緒不佳，斟著大杯，只顧喫，喫得爛醉如泥，在一壁廂空椅子上打鼾去了？錢青只得自家開口道：「此百年大事，不可草草，不妨另擇個日子再來奉迎。」高贊那裡肯依？便道：「翁婿一家，何分彼此？況賢婿尊人已不在堂，可以自專。」說罷，高贊入內去了。錢青又對各位親鄰，再三央及，不願在此結親。衆人都是奉承高贊的，那一個不極口贊成？錢青此時無可奈何，只推出恭，到外面時，卻叫了小乙與他商議。小乙心上也道不該，只叫錢秀才推辭，此外別無良策。錢青道：「我已辭之再四，無奈高老不從；若執意推辭，反起其疑。我只要委曲周全你家主一樁大事，並無欺心；若有苟且，天地不容。」主僕二人正在講話，衆人都攢攏來道：「此是美事，令岳意已決矣，大官人不須疑慮。」錢青默然無語。衆人揖錢青請進。午飯已畢，重排喜筵，儐相披紅唱禮，兩位新人打扮登堂，照依常規行禮，結了花燭。正是：

百年姻眷今宵就，一對夫妻此夜新；得意事成失意事，有心人遇沒心人。

是夜酒闌人散，高贊老夫婦，親送新郎入房。伴娘替新娘卸了頭面，幾遍催新郎安置，錢青只不答應；正不知是甚緣故，只得伏侍新娘先睡，自己出房去了。丫鬟將房門掩上，又催促官人上床。錢青心上如小鹿亂撞，勉強答應一句道：「你們先睡。」丫鬟們亂了一夜，各自倒東歪西去打瞌睡。錢青本待秉燭達旦，一時不曾討得幾枝蠟燭，到燭盡時，又不好聲喚，忍著一肚子悶氣，和衣在床外側身而臥，也不知女孩兒頭東頭西。次早清晨天亮，便起身出外，到舅子書館中去梳洗。高贊夫妻只道他少年害羞，亦不爲怪。是日雪雖住了，風尚不息。高贊且做慶賀筵席。錢青喫得酩酊大醉，坐到更深進房，女孩兒又先睡了。錢青打熬不過，依舊和衣而睡，連小娘子的被窩兒，也不敢觸著。又過一晚，早起時見風勢稍緩，便要起身，高贊定要留過三朝，方才肯放。錢青拗不過，只得又喫了一日酒。坐間背地裡和尤辰說起夜間和衣而臥之事，尤辰口雖答應，心下未必准信，事已如此，只索繇他。新娘子秋芳，自結親之後，偷眼看新郎，生得果然齊整，心中暗暗歡喜。一連兩夜，都是衣不解帶，不知何故。尋思道：「莫非怪我先睡了，不曾等待得他？」此是第三夜了，女孩兒預先分付丫鬟：「只等官人進房，先請他安息。」丫鬟奉命，只待新郎進來，便替他解衣除帽。錢青見不是頭，除了頭巾，急急的跳上床去，貼著床裡自睡，仍不脫衣。女孩兒滿懷不樂，只得也和衣睡了。又不好告訴爹娘。到第四日，天氣晴和，高贊預先備下送親船隻，自己和老婆親送女孩兒過湖。娘女共船，高贊與錢青、尤辰，又是一船。船頭俱掛綵，鼓樂振天，好生鬧熱，只有小乙受了家主之託，心中甚不快意，駕個小小快船趕路先行。話分兩頭。且說顏俊自從打發眾人迎親去後，懸懸而望。至初二日半夜，聽得刮起大風大雪，心上好不著忙；也只道風雪中船行得遲，只怕錯了時辰，那想道過不得湖？一應花燭筵席準備十全，等了一夜，不見動靜，心下好悶。想道：「這等大風，倒是不曾下船還好；若在湖中行動，老大擔擾哩！」又想道：「若是不曾下船，我岳丈知道錯過吉期，豈肯胡亂把女兒送來？定然要另選個日子，又不知幾時吉利，可不悶殺了人？」又想道：「若是尤少梅能事時，在岳父前攛掇，權且迎來，那時我那管時日利與不利，且落得早些受用。……」如此胡思亂想，坐不安席，不住的在門前張望。到第四日風息，料道決有佳音。等到午後，只見小乙來回報道：「新娘已娶來了，不過十里之遙。」顏俊問道：「吉期錯過，他家如何肯放新人下船？」小乙道：「高家只怕錯過好日，定要結親，錢大官人替東人權做新郎三日了。」顏俊道：「既結了親，這三夜，錢大官人難道竟在新人房裡睡的？」小乙道：「睡是同睡的，卻不曾動彈。那錢大官人是看得熟鴨蛋，伴得小娘睡的。」顏俊罵道：「放屁！那有此理？我託你何事？你如何不叫他推辭？卻做下這等勾當？」小乙道：「家人也說過來。錢大官人道：『我只要周全你家之事，若有半點欺心，天神鑒察。』」顏俊此時怒從心上起，惡向膽邊生，一巴掌將小乙打在一邊，氣忿忿的奔出門外，專等錢青來廝鬧。正好船已泊岸，錢青終有細膩，預先囑付尤辰絆住高老，自己先跳上岸，只為自反無愧，理直氣壯，昂昂的步到顏家門首；望見顏俊，笑嘻嘻的正要上前作揖，告訴衷情。誰知顏俊以小人之心，度君子之腹，此際便是仇人相見，分外眼明，不等開言，便撲的一頭撞去，咬定牙根狠狠的罵道：「天殺的！你好快活！」說猶未畢，揸開五指將錢青和巾和髮扯做一把，亂踢亂打。口裡不絕聲的道：「天殺的！好欺心！別人費了錢財，把與你現成受用！」錢青口中也自分辨，顏俊打罵忙了，那裡聽他半個字兒？家人也不敢上前相勸。錢青喫打慌了，但呼救命。船上人聽得鬧噪，齊上岸來看，只見一個醜漢將新郎痛打，正不知什麼緣故，都趕近前解勸。那裡勸得他開？高贊盤問他家人，那家人料瞞不過，只得實說了。高贊不聞猶可，一聞之時，心頭火起，大罵尤辰無理，做這等欺三欺四的媒人，說騙人家女兒，即扭著尤辰亂打起來。高家送親的人也自心懷不平，一齊動手要打那醜漢；顏家的家人回護家主，就與高家從人對打。先前顏俊和錢青，是一對廝打；以後高贊和尤辰，是兩對廝打；結末兩家家人，扭做一團廝打。看的人重重疊疊越發多了，街上擁塞難行。卻似「九里山前擺陣勢，昆陽城下賭輸贏。」事有湊巧，其時本縣大尹，恰好送了上司，回橋打此經過，見街上震天喧嚷，卻是廝打的，停了轎子，喝叫：「拏下！」衆人見知縣相公拏人，都走散了。只有顏俊猶自扯住錢青，高贊猶自扯住尤辰，紛紛告訴，一時不得明白。本縣大尹都叫帶到公庭，逐一細審，不許攙口。見高贊年長，先叫他上堂詰問。高贊道：「小人是洞庭山百姓，叫做高贊，爲女擇婿，相中了女婿才貌，將女兒許配，初三日女婿上門親迎，因被風雪所阻，小人留女婿在家完了親事。今日送女到此，不期遇了這個醜漢，將小人的女婿毒打。小人問其緣故，卻是那醜漢買囑媒人，要哄騙小人的女兒爲婚，卻將那姓錢的後生，冒名到小人家裡。老爺只問媒人，便知奸弊。」大尹道：「媒人叫甚名字？可在這裡麼？」高贊道：「叫做尤辰，現在台下。」大尹喝退高贊，叫尤辰上來罵道：「弄假成眞，以非爲是，都是你弄出這個伎倆，你可實實供出，免受重刑。」尤辰初時還只含糊抵賴，大尹發怒，喝叫：「取夾棍伺候！」尤辰雖然市井，從未熬刑，只得實說起初顏俊如何央小人去說親，高贊如何作難要選才貌，後來如何央錢秀才冒名去拜望，……直到結親始末，細細述了一遍。大尹點頭道：「這是實情了，顏俊這廝費了許多事，卻被別人奪了頭籌，也怪不得發惱；——只是起先設心哄騙的不是。」便叫教顏俊審問口詞。顏俊已聽得尤辰說了實話，又見知縣相公詞氣溫和，只得也敘了一遍，兩口相同。大尹結末喚錢青上來，一見錢青青年美貌，且被打傷，便有幾分愛憐之意。問道：「你是個秀才，讀孔、孟之書，達周公之禮，如何替人去拜望親迎？同謀哄騙，有乖行止。」錢青道：「此事原非生員所作，只爲顏俊是生員表兄，生員家貧，又館穀於他家，被表兄再四央求不過，勉強應承，只道一時權宜，玉成其事。」大尹道：

「住了。——你旣爲親情而往，就不該與那女兒結親了。」錢青道：「生員原只代他親迎，只爲一連三日大風，太湖之隔，不能行舟過此；高贊怕誤了婚期，要生員就彼花燭。」大尹道：「自知替身，就該推辭了。」顏俊從旁磕頭道：「青天老爺，只看他應承花燭，便是欺心。」大尹喝道：「不許多嘴！——左右的扯他下去！」再問：「錢青，你那時應承做親，難道沒有個私心？」錢青道：「只問高贊，便知生員再三推辭，高贊不允；生員若再辭時，恐彼生疑，誤了表兄的大事，故此權成大禮。雖則三夜同床，生員和衣而睡，並不相犯。」大尹呵呵大笑道：「自古以來，只有一個柳下惠坐懷不亂，那魯男子就自知不及，風雪之中就不肯放婦人進門了。你少年子弟，血氣未定，豈有三夜同床，並不相犯之理？這話哄得那一個？」錢青道：「生員今日自陳心跡，老父母未必相信，只叫高贊去問自己的女兒，便知眞假。」大尹想道：「那女兒若有私情，如何肯說實話？」當下想出個主意來，便叫左右喚到老實穩婆一名，到舟中試驗高氏是否處女，速來回話。不一時，穩婆來覆知縣相公，那高氏果是處女，未曾破身。顏俊在階下聽說高氏還是處子，便叫喊道：「旣是小的妻子，不曾破壞，小的情願成就。」大尹又道：「不許多嘴。」再叫高贊道：「你心下願將女兒配那一個？」高贊道：「小人初時原看中了錢秀才，後來女兒又與他做過花燭，雖然錢秀才不欺暗室，與小女即無夫婦之情，已定了夫婦之義，若叫女兒另嫁顏俊，不惟小人不肯，就是女兒也不願。」大尹道：「此言正合吾意。」錢青心下倒不肯，便道：「生員此行，實是爲公，不爲私，若將此女歸了生員，把生員三夜衣不解帶之意，全然沒了。寧可令此女別嫁，生員決不敢冒此嫌疑，惹人談論。」大尹道：「此女若歸他人，你過湖這兩番，替人哄騙，便是行止有虧，干礙前程了。今日與你成就親事，乃是遮掩你的過失；況你的心跡已自洞然，女家兩相情願，有何嫌疑？休得過讓，我自有明斷。」遂舉筆判云：

高贊相女配夫，乃其常理；顏俊借人飾己，實出奇聞。東床已招佳選，何如以羊易牛？西鄰縱有責言，終難指鹿為馬。兩番渡湖，不讓傳書柳毅；三宵隔被，何慚秉燭雲長？風伯為媒，天公作合；佳男配了佳婦，兩得其宜；求妻到底無妻，自作之孽。高氏斷歸錢青，不須另作花燭。顏俊既不合設騙局於前，又不合奮老拳於後，事已不諧，姑免罪責；所費聘儀，合助錢青，以贖一擊之罪。尤辰往來搧誘，實啟釁端，重懲示警。

判訖。喝叫左右將尤辰重責三十板，免其畫供，即行逐出。——蓋不欲使錢青冒名一事，彰聞於人也。高贊和錢青拜謝，一干人出了縣門。顏俊滿面羞慚，敢怒而不敢言，抱頭鼠竄而去，有好幾月不敢出門。尤辰自回家將息棒瘡不提。卻說高贊邀錢青到舟中，反殷勤致謝道：「若非賢婿才行俱全，上官起敬，小女幾乎錯配匪人。今日倒要屈賢婿同小女到舍下小住幾日，不知賢婿府上還有何人？」錢青道：「小婿父母俱亡，別無親人在家。」高贊道：「既如此，一同來在舍下住了，老夫供給讀書，賢婿意下如何？」錢青道：「若得岳父扶持，足感盛德。」是夜開船離了吳江，隨路宿歇，次日早到西山。一山之人聞知此事，皆當新聞傳說；又知錢青存心忠厚，無不欽敬。後來錢青一舉成名，夫妻偕老。有詩爲證：

醜臉如何騙美妻？作成表弟得便宜；可憐一片吳江月，冷照鴛鴦湖上飛。

# 喬太守亂點鴛鴦譜

自古姻緣天定，不繇人力謀求；有緣千里也相留，對面無緣不偶。仙境桃花出水，宮中紅葉傳溝；三生簿上註風流，何用冰人開口。

這首「西江月」詞，大抵說人的婚姻，乃前生註定，非人力可以勉強，今且聽在下說一樁意外姻緣的故事，喚做「喬太守亂點鴛鴦譜」。這故事出在那個朝代？何處地方？那故事出在大宋景祐年間，杭州府；有一人姓劉，名秉義，是個醫家出身。媽媽談氏，生得一對兒女。兒子喚做劉璞，年當弱冠，一表非俗；已聘下孫寡婦的女兒珠姨為妻。那劉璞自幼攻書，學業已就，到十六歲上，劉秉義欲令他棄了書本，習學醫業。劉璞立志讀書，不肯改業，不在話下。女兒名慧娘，年方一十五歲，已受了鄰近開生藥鋪裴九老家之聘。那慧娘生得姿容豔麗，意態妖嬈，非常標緻。怎見得？但見：

蛾眉帶秀，鳳眼含情；腰如弱柳迎風，面似嬌花拂水。體態輕盈，漢家飛燕同稱；性格風流，吳國西施並美。蕊宮仙子謫人間，月殿嫦娥臨下界。

不提慧娘貌美。且說劉公見兒子長大，同媽媽商議，要與他完姻。方待教媒人到孫家去說，恰好裴九老教媒人來言，要娶慧娘。劉公對媒人道：「多多上覆裴親家，小女年紀尚幼，一些妝奩未備，須再過幾時；待小兒完姻過了，方及小女之事。目下斷然不能從命。」媒人得了言語，回覆裴家。那裴九老，因是老年得子，愛惜如珍寶一般，恨不能風吹得大，早些兒與他畢了姻事，生男育女，今日見劉公推託，好生不悅。又央媒人到劉家說道：「令嫒今年已十五歲，也不算做小了；到我家來時，即如女兒一般看待，決不難爲，就是妝奩厚薄，但憑親家，並不計論；萬望親家曲允則個。」劉公立意先要與兒子完姻，然後嫁女。媒人往返了幾次，終是不允。裴九老無奈，只得忍耐。當時若是劉公允了，卻不省好些事體，只因執意不從，到後生出一段新聞，傳說至今。正是：

只因一著錯，滿盤俱是空。

卻說劉公回脫了裴家，央媒人張六嫂，到孫家去說兒子的姻事。原來孫寡婦，母家姓胡，嫁的丈夫孫恆，原是舊家子弟，自十六歲做親，十七歲就生下一個女兒，喚名珠姨。才隔一歲，又生個兒子，取名孫潤，小字玉郎。兩個兒女，方在襁褓中，孫恆就亡過了；虧孫寡婦有些節氣，同著養娘，守這兩個兒女，不肯改嫁；因此人都喚他是孫寡婦。光陰迅速，兩個兒女，漸漸長成；珠姨便許了劉家，玉郎從小聘定善丹青徐雅的女兒文哥爲婦。那珠姨，玉郎，生得一般美貌，就如良玉碾成，白粉團就一般；更加資性聰明：男善讀書，女工鍼黹。還有一件，不但才貌雙美，且又孝悌兼全。——閒話休提。且說張六嫂到孫家傳達劉公之意，要擇吉娶小娘子過門，孫寡婦母子相依，意欲要再停幾時；因想男婚女嫁，乃是大事，只得應承，對張六嫂道：「上覆親翁親母，我家是孤兒寡婦，沒甚大妝奩嫁送，不過隨常粗布衣裳，凡事不要見責。」張六嫂覆了劉公，備了八盒羹果禮物，並吉期送到孫家。孫寡婦受了吉期，忙忙的製辦出嫁東西。看看日子已近，母子不忍相離，終日啼啼哭哭。誰想劉璞因冒風之後，出汗虛了，變爲寒症，人事不省，十分危篤；喫的藥就如潑在石上，一毫沒用；求神問卜，俱說無救。嚇得劉公夫妻，魂魄俱無，守在床邊，吞聲對泣。劉公與媽媽商議道：「孩兒病勢恁樣沈重，料必做親不得，不如且回了孫家，等待病痊，再擇日罷。」劉媽媽道：「老官兒，你許多年紀了，這樣事難道還不曉得？大凡病人勢凶，得喜事一沖就好了。未曾說起的，還要去相求，如今現成事體，怎麼反要回他？」劉公道：「我看孩兒病體，凶多吉少，若娶來家，沖得好時，此是萬分之幸，不必講了；儻或不好，可不害了人家子女，有個晚嫁的名頭？」劉媽媽道：「老官兒，你但顧別人，卻不顧自己。你我費了許多心機，定得一房媳婦，誰知孩兒命薄，臨做親卻又患病來？今若回了孫家，孩兒無事，不消說起；萬一有個山高水低，有甚把臂？那原聘還了一半，也算得他們忠厚了，卻不是人財兩失？」劉公道：「依你便怎樣？」劉媽媽道：「依著我，分付了張六嫂，不要提起孩兒有病，竟娶來家，就是養媳婦一般；若孩兒病好，另擇吉結親；儻然不起，媳婦轉嫁時，我家原聘，並各項使費，少不得歸足了，放他出門；卻不是個萬全之策？」劉公耳朵原是棉花做就的，依著老婆，忙去叮囑張六嫂，不要洩漏。自古道：「若要不知，除非莫爲。」劉公便瞞著孫家，那知他緊間壁的鄰家，姓李名榮，曾在人家管過解庫，人都叫做李都管，爲人極是刁鑽，專一要打聽人家的細事，喜談樂道。因做主管時，得了些不義之財，手中有錢，所居與劉家基址相連，意欲強買劉公房子，劉公不肯，爲此兩下面和意不和；巴不得劉家有些事故，幸災樂禍。曉得劉璞有病危害，滿心歡喜，連忙去報知孫家。孫寡婦聽說女婿病凶，恐防誤了女兒，即使養娘去叫張六嫂來問。張六嫂欲待不說，恐怕劉璞有變，孫寡婦後來埋怨；欲要說了，又怕劉家見怪：事處兩難，欲言又止。孫寡婦見他半吞半吐，越發盤問得急了。張六嫂隱瞞不過，乃說：「偶然傷風，不是十分大病；將息到做親時，料必也好了。」孫寡婦道：「聞得他病勢十分沈重，你怎說得這般輕易？這事不是當耍的！千辛萬苦，守得這兩個兒女成人，如珍寶一般；你若含糊賺了我女兒時，少不得和你性命相拚，那時不要見怪！」又道：「你去對劉家說：『若果然病重，何不待好了另擇日子？總是女兒年紀尚幼，何必恁般忙迫？』問明白了，快來回覆一聲。」張六嫂領了言語，方欲出門，孫寡婦又叫道：「我曉得你無實話回我的。我令養娘同你去走遭，便知端的。」張六嫂見說教養娘同去，心中著忙，道：「不消得。好歹不誤大娘之事。」孫寡婦那裡肯聽，教了養娘些言語，跟張六嫂同去。張六嫂擺脫不得，只得同到劉家。恰好劉公走出門來，張六嫂欺養娘不認得，便道：「小娘子少待，等我問句話來。」急走上前，拉劉公到一邊，將孫寡婦適來言語說了。又道：「他因放心不下，特教養娘同來，討個實信，卻怎的回答？」劉公聽見養娘來看，手足無措，埋怨道：「你怎不阻擋住了，卻與他同來？」張六嫂道：「再三阻攔，他只不聽，教我也沒奈何。如今且留他進去坐了，你們再去從長計較回他，不要連累我日後受氣。」說還未畢，養娘已走過來。張六嫂就道：「此位便是劉老爹。」養娘深深道個萬福，劉公還了禮道：「小娘子請裡面坐。」一齊進了大門，到客堂內，劉公道：「六嫂，你陪小娘子坐著，待我教老荊出來。」張六嫂道：「老爹自便。」劉公急急走到裡面，一五一十訴於媽媽；又說：「如今養娘在外，怎地回他？儻要進來探看孩兒，卻又如何掩飾？不如改了日子罷！」媽媽道：「你真是個死貨！他受了我家的聘，便是我家的人了，怕他怎的？不要著忙，自有道理。」便教女兒慧娘：「你去將新房收拾整齊，留孫家婦女喫點心。」慧娘答應自去。劉媽媽即走出外邊，與養娘相見畢，問道：「小娘子下顧，不知親母有甚話說？」養娘道：「俺大娘聞得大官人有恙，放心不下，特教男女來問候；二來上覆老爹大娘，若大官人病體初痊，恐未可做親，不如再停幾時，等大官人身子健旺，另揀日罷。」劉媽媽道：「多承親母過念。大官人雖是身子有些不快，也是偶然傷風，原非大病；若要另揀日子，這斷不能彀的。我們小人家的買賣，千難萬難，方才支持得停當；如錯過了，卻不又費一番手腳？況且有病的人，正要得喜事來沖他，病也易好。常見人家要省事時，還借這病來見喜，何況我家吉期送已多日，親戚都下了帖兒請喫喜筵，如今忽地換了日子，他們不道你家不肯，必認做我們討媳婦不起。傳說開去，卻不被人笑恥，壞了我家名頭？煩小娘子回去，上覆親母，不消擔憂，我家干係大哩！」養娘道：「大娘話雖說得是，請問大官人睡在何處？待男女候問一聲，好回家去報大娘，也教他放心。」劉媽媽道：「適才服了發汗的藥，正熟睡在那裡，我與小娘子代言罷，事體總在剛才所言了，更無別法。」張六嫂道：「我原說偶然傷風，不是大病，你們大娘不肯相信，又要你來，如今方見老身不是說謊的了。」養娘道：「既如此，告辭罷。」便要起身。劉媽媽道：「那有此理？話說忙了，茶也還沒有喫，便去？」既邀到裡邊，又道：「我房裡骯骯髒髒，到在新房裡去罷。」引入房中，養娘舉目看時，擺設得十分齊整。劉媽媽又道：「你看我家諸事齊備，如何能改日子？就是做了親，大官人也還要留在我房中歇宿，等身子痊癒了，然後同房哩！」養娘見他準備得停當，信以爲實。當下劉媽媽教丫鬟將出點心茶來擺上，又教慧娘也來相陪。養娘心中想道：「我家珠姨，是極標緻的了，不想這女娘也恁般出色。」喫了茶，作別出門。臨行，劉媽媽又再三囑付張六嫂：「是必來覆我一聲。」養娘同著張六嫂，回到家中，將上項事說與主母。孫寡婦聽了，心中倒沒了主意。欲待允了，恐怕女婿眞個病重，變出些不好來，害了女兒；將欲不允，又恐女婿果是小病已愈，誤了吉期：疑惑不定。乃對張六嫂道：「六嫂，待我酌量定了，明早來取回信罷。」張六嫂道：「正是，大娘從容計較計較，老身明早來也。」說罷，自去。且說孫寡婦與兒子玉郎商議，這事怎生計議？玉郎道：「想起來，還是病重，故不要養娘相見。如今必要回他另擇日子，他家也沒奈何，只得罷休；但是空費他這番東西，見得我家沒有情義。儻後來病好，相見之間，覺得沒趣。若依了他們時，又恐果然有變，那時進退兩難，懊悔卻便遲了。依著孩兒，有個兩全之策在此，不知母親可聽？」孫寡婦道：「你且說是甚兩全之策？」玉郎道：「明早教張六嫂去說，日子便依著他家，妝奩一毫不帶，見喜過了，到第三朝，就要接回，等待病好，連妝奩送去。是恁樣，縱有變故也不受他們籠絡。這卻不是兩全其美？」孫寡婦道：「你眞是個孩子家見識，他們一時假意應承，娶過去了，三朝不肯放回，卻怎樣處？」玉郎道：「如此怎好？」孫寡婦又想了一想道：「除非明日教張六嫂依此去說，臨期教姐姐閃過一邊，把你假扮了送去。皮箱內原帶一副道袍鞋襪，預防到三朝容你回來，不必說起，儻若不容，且住在那裡，看個下落，儻有三長兩短，你取出道袍穿了，竟自走去，那個扯得你住？」玉郎道：「別事便可，這事卻使不得；後來被人曉得，教孩兒怎生作人？」孫寡婦見兒子推卻，心中大怒道：「縱別人曉得，不過是耍笑之事，有甚大害？」玉郎平昔孝順，見母親發怒，連忙道：「待孩兒去便了，只不會梳頭，卻怎麼好？」孫寡婦道：「我教養娘伏侍你去便了。」計較已定，次早，張六嫂來討回音，孫寡婦與他說，如此恁般，便娶過去，依不得便另擇日罷。張六嫂覆了劉家，一一依從。你道他爲何就肯？只因劉璞病勢愈重，恐防不妥，單要哄媳婦到了家裡，便是買賣了，故此將錯就錯，更不爭長競短。那知孫寡婦已先參透機關，將個假貨送來，劉媽媽反做了「周郎妙計高天下，賠了夫人又折兵。」話休煩絮。到了吉期，孫寡婦把玉郎妝扮起來，果然與女兒無二，連自己也認不出真假；又教習些女人禮數。諸色好了，只有兩件，難以遮掩，恐怕露出事來。那兩件？第一件：是足與女子不同；那女子的尖尖峭峭，鳳頭一對，露在湘裙之下，蓮步輕移，如花枝招展一般；玉郎是個男漢，一隻腳比女子的有三四隻大，雖然把掃地長裙遮了，教他緩行輕步，終是有些蹊蹺；這也還在下邊，無人來揭起裙兒觀看，還隱藏得過。第二件：是耳上的環兒；此乃女子平常時所戴，最輕巧也少不得戴對丁香兒；那極貧小戶人家，沒有金的銀的，就的銅是錫的，也要買對戴著；今日玉郎扮做新人，滿頭珠翠，若耳上沒有環兒，可成模樣麼？他左耳還有個環眼，乃是幼時恐防難養，穿過的，那右耳卻沒有眼兒，怎生戴得？孫寡婦左思右想，想出一個計策來。你道是甚計策？他教養娘，討個小小膏藥，貼在右耳，若問時，只說環眼生著疳瘡，戴不得環子，露出左耳上眼兒掩飾。打點停當，將珠姨藏過一間房裡，專候迎親人來。到了黃昏時候，只聽得鼓樂喧天，迎親轎子，已到門首。張六嫂先入來，看見新人，打扮得如天神一般，好不歡喜。眼前不見玉郎，問道：「小官人怎地不見？」孫寡婦道：「今日忽然身子有些不健，睡在那裡，起來不得。」那婆子不知就裡，不來再問。孫寡婦將酒飯犒賞了來人，儐相念起詩賦，請新人上轎。玉郎兜上方巾，向母親作別，孫寡婦一路假哭，送出門來。上了轎，教養娘跟著。隨身只有一隻皮箱，更無一毫妝奩。孫寡婦又叮囑張六嫂道：「與你說過，三朝就要送回的，不要失信。」張六嫂連聲答應道：「這個自然。」——這裡暫且按下不提。且說迎親的，一路笙簫聒耳，紅燭輝煌；到了劉家門首，儐相進來說道：「新人將已出轎，沒新郎迎接，難道教他獨自拜堂不成？」劉公道：「這卻怎好？——不要拜罷。」劉媽媽道：「我有道理，教女兒陪拜便了。」既令慧娘出來相迎。儐相念了攔門詩賦，請新人出了轎子，養娘和張六嫂兩邊扶著。迎進了中堂，先拜了天地，次及翁姑親戚。雙雙卻是兩個女人同拜。隨從人沒一個不掩口而笑。都相見過了，然後姑嫂對拜。劉媽媽道：「如今到房中去，與我兒沖喜。」樂人吹打，引新人進房。來至臥床前，劉媽媽揭起帳子，叫：「我的兒！今日娶你媳婦來家沖喜，你須掙扎精神則個。」連叫三四次，並不做聲。劉公將燈照時，只見頭兒歪在半邊，昏迷去了。原來劉璞病得身子虛弱，被鼓樂一震，故此迷昏。當下老夫妻手忙腳亂，捺住人中，即教取過熱湯，灌了幾口，出了一身冷汗，方才甦醒。劉媽媽教劉公看著兒子，自己引新人到新房中去，揭起方巾，來一看時，美麗如畫，親戚無不喝采。只有劉媽媽心中反覺苦楚：他想媳婦恁般美貌，與兒子正是一對；若得雙雙奉侍老夫妻的暮年，也不枉一生辛苦。誰想他沒福，臨做親卻染此大病，十分中倒有九分不妙。儻有一差兩誤，媳婦少不得歸於別姓，豈不目前空喜？不提劉媽媽心中之事，且說玉郎也舉目看時，許多親戚中，只有姑娘生得風流標緻，想道：「好個女子！我孫潤可惜已定了妻子，若早知此女恁般出色，一定要求他爲妻。」這裡玉郎方在贊羨，誰知慧娘心中也想道：「一向張六嫂說他美貌，我還不信，不想話不虛傳！只可惜哥哥沒福受用，今夜教他孤眠獨宿。若我丈夫像得他這樣美貌，便稱我的生平了，只怕不能彀哩！」不提二人彼此贊羨。劉媽媽請衆親赴過花燭筵席，各自分頭歇息。儐相樂人，俱已打發去了。張六嫂沒有睡處，也自歸家。玉郎在房，養娘與他卸了首飾，秉燭而坐，不敢便寢。劉媽媽與劉公商議道：「媳婦初到，如何教他獨宿？可教女兒去陪伴。」

劉公道：「只怕不穩便，繇他自睡罷。」劉媽媽不聽，對慧娘道：「你今夜相伴嫂嫂新房中去睡，省得他怕冷靜。」慧娘正愛著嫂嫂，見說教他相伴，恰中其意。劉媽媽引慧娘到新房中道：「娘子，只因你官人有些小恙，不能同房，特令小女來陪你同睡。」玉郎恐露出馬腳，回道：「奴家自來最怕生人，倒不消罷。」劉媽媽道：「呀！你們姑嫂，年紀相仿，即如姊妹一般，正好相處，怕怎的？你若嫌不穩時，各自蓋著條被兒，便不妨了。」對慧娘道：「你去收拾了被窩過來。」慧娘答應而去。玉郎此時又驚又喜：喜的是，心中正愛著姑娘美貌，不想天與其便，劉媽媽令來陪睡，這事便有幾分了；驚的是，恐他不允，一時喊叫起來，反壞了自己之事。又想道：「此番錯過，後會難逢，看這姑娘年紀已在當時，情竇料也開了，須用些工夫，不怕不上我的鉤。」心下正想，慧娘教丫鬟拏了被兒，同進房來，放在床上。劉媽媽起身，同丫鬟自去。慧娘將門閉上，走到玉郎身邊，笑容可掬的道：「嫂嫂，適來見你一些東西不喫，莫不餓了？」玉郎道：「倒還不餓。」慧娘又道：「嫂嫂今後要甚東西，可對奴家說知，自去拏來，不要害羞。」玉郎見他意兒殷勤，心下暗喜。答道：「多謝姑娘美情。」慧娘見燈上結著一個大燈花兒，笑道：「嫂嫂，好個燈花兒！正對著嫂嫂，可知喜也！」玉郎也笑道：「姑娘休得取笑，還是姑娘的喜信。」慧娘道：「嫂嫂話兒到會耍人？」兩個閒話一回，慧娘道：「嫂嫂！夜深了，請睡罷。」玉郎道：「姑娘先請。」慧娘道：「嫂嫂是客，奴家是主，怎敢僭先？」玉郎道：「這個房中，還是姑娘是客。」慧娘笑道：「恁樣占先了。」便解衣先睡，養娘見了如此，已知是玉郎不懷好意，低低說道：「官人你須要斟酌！此事不是當耍的，儻大娘知了，連我也不好。」玉郎道：「不須囑付，我自曉得。你自去睡。」養娘便去旁邊打個鋪兒睡下。玉郎起身，攜著燈兒，走到床邊，揭起帳子照看。只見慧娘捲著被兒，睡在裡床，見玉郎將燈來照，笑嘻嘻的道：「嫂嫂！睡罷了，照怎的？」玉郎也笑道：「我看姑娘睡在那一頭，方好來睡。」把燈放在床前一隻小桌兒上，解衣入帳。對慧娘道：「姑娘，我與你一頭睡了，好講話耍子。」慧娘道：「如此最好。」玉郎鑽下被來，卸了身上衣服，下體小衣卻穿著。問道：「姑娘今年青春多少？」慧娘道：「一十五歲。」又問：「姑娘許的是那一家？」慧娘怕羞，不肯回言。玉郎把頭捱到他枕上，附耳道：「我與你一般是女兒家，何必害羞？」慧娘方才答道：「是開生藥鋪的裴家。」又問道：「可聽說佳期還在何日？」慧娘低低道：「近日曾教媒人再三來說。爹爹道奴家年紀尚小，回他們再緩幾時哩！」玉郎笑道：「回了他家，你心下可不氣惱麼？」慧娘伸手把玉郎的頭推下枕來道：「你不是個好人！哄了我的話，便來耍人。我若氣惱時，今夜你心裡還不知怎地惱著哩？」玉郎依舊又捱到枕上道：「你且說，我有甚惱？」慧娘道：「今夜做親，沒有個對兒，怎地不惱？」玉郎道：「如今有姑娘在此，便是個對兒了，又有甚惱？」慧娘笑道：「恁樣說，你是我的娘子了。」玉郎道：「我年紀長似你，丈夫還是我。」慧娘道：「我今夜替哥哥拜堂，就是哥哥一般，還該是我。」玉郎道：「大家不要爭，只做個『女夫妻』罷。」兩個說風話耍子，愈加親熱。玉郎料想沒事，乃道：「既做了夫妻，如何不合被兒睡？」口中便說，兩手便掀開他的被兒，捱過身來，伸手便去拊他身上，膩滑如酥，下體卻也穿著小衣。慧娘此時已被玉郎調動其心，忘其所以，任玉郎親近，全然不拒。慧娘只認做嫂嫂戲耍，也將雙手捧住玉郎之時，喫了一驚，縮手不迭；忙道：「你是何人？卻假妝嫂嫂來此！」玉郎道：「我便是你的丈夫了，又問怎的？」慧娘道：「你若不說眞話，我便叫喊起來，教你了不得！」玉郎著了急，連忙道：

「娘子不消性急，待我說便了。我是你嫂嫂的兄弟玉郎，聞得你哥哥病勢沈重，未知怎地；我母親不捨得姊姊出門，又恐誤了你家吉期，故把我假妝嫁來；等你哥哥病好，然後送姊姊過門。不想天付良緣，倒與娘子成了夫婦。此情只可你我曉得，切不可洩漏。」至是，慧娘只說：「你們恁樣欺心，做此圈套，教我如何是好？」但覺神飄魂蕩，此身不能自主。且說養娘恐玉郎弄出事來，臥在旁邊鋪上，眼也不合；聽著他們初時還說話耍笑，次後只聽得床稜搖動，氣喘吁吁，已知二人成了那事，暗暗叫苦。到次早起來，慧娘自向母親房中梳洗，養娘替玉郎梳妝，低低說道：「官人你昨夜恁般說了，卻又口不應心，做了那事；儻被他們曉得，卻怎處？」玉郎道：「又不是我去尋他；他自送上門來，教我怎生推卻？」養娘道：「你須拏住主意便好。」玉郎道：「你想，恁樣花一般的美人，同床而臥，便是鐵石人，也打熬不住，教我如何忍耐得過？你若不洩漏時，更有何人曉得。」妝扮已畢，來劉媽媽房裡相見。劉媽媽道：「環子也忘戴了。」養娘道：「因右耳上環眼生了疳瘡戴不得，還貼著膏藥哩！」劉媽媽道：「原來如此。」玉郎依舊來至房中坐下，親戚女眷，都來相見，張六嫂也到。慧娘梳妝罷，也到房中，彼此相視而笑。是日劉公請內外親戚，喫慶喜筵席，大吹大擂，直飲到晚，各自辭別回家。慧娘依舊來伴玉郎，這一夜顛鸞倒鳳，海誓山盟，比昨夜倍加恩愛。看看過了三朝，二人行坐不離。倒是養娘捏著兩把汗，催玉郎道：「如今已過三朝，可對劉大娘說回去罷。」玉郎與慧娘，正火一般熱，那想回去？假意道：「我怎好啓齒？說要回去，須是母親教張六嫂來說便好。」養娘道：「也說的是。」即便回家。卻說孫寡婦雖將兒子假妝嫁去，心中卻懷著鬼胎，急切不見張六嫂來回覆，眼巴巴望到第四日，養娘回家，連忙來問。養娘將女婿病凶，姑娘陪拜，夜間同睡相從之事，細細說知。

孫寡婦跌足叫苦道：「這事必然做出來也！你快去尋張六嫂來！」養娘去不多時，同張六嫂來家。孫寡婦道：「六嫂前日講定的三朝便送回來，今已過了，勞你去說，快些送我女兒回來。」張六嫂得了言語，同養娘來至劉家，恰好劉媽媽在玉郎房中閒話。張六嫂將孫家要接新人的話說知。玉郎、慧娘不忍割捨，倒暗暗道：「但願不允便好。」誰想劉媽媽眞個說道：「六嫂！你媒也做老了，難道恁樣事還不曉得？從來可有三朝媳婦，便回去的理麼？前日他不肯嫁來，這也沒奈何。今既到我家，便是我家的人了，還像得他意？我千難萬難，娶得個媳婦，到三朝便要回去，說也不當人了！既如此不捨得，何不當初莫許人家？他也有兒子，少不得也要娶媳婦，到三朝可肯放回家去？聞得親母是個知禮之人，虧他恁樣說了出來！」一番言語，說得張六嫂啞口無言，不敢回覆孫家。那養娘恐怕有人闖進房裡，衝破二人之事，倒緊緊守著房門，也不敢回家。

且說劉璞自從結親那夜，驚出那身冷汗來，漸漸痊可，曉得妻子已娶來家，人物十分齊整，心中歡喜，這病愈覺好得快了。過了數日，掙扎起來，半眠半坐，日漸健旺，即能梳洗，要到房中來看渾家。劉媽媽恐他初愈不耐行動，教丫鬟扶著，自己也隨在後，慢騰騰的走到新房門口。養娘正坐在門檻之上，丫鬟道：「讓大官人進去。」養娘立起身來，高聲叫道：「大官人進來了！」玉郎正摟著慧娘調笑，聽得有人進來，連忙走開。劉璞推門跨進房來，慧娘道：「哥哥且喜梳洗了！只怕還不宜勞動？」劉璞道：「不打緊。我也暫時走走，就去睡的。」便向玉郎作揖。玉郎背轉身，道了個萬福。劉媽媽道：「我的兒，你且慢作揖。」又見玉郎背立，便道：「娘子，這便是你官人，如今病好了，特來見你，怎麼倒背轉身子？」走向前，扯近兒子身邊道：「我的兒！與你恰好正是個對兒！」劉璞見妻子美貌，非常快樂，眞個是人逢喜事精神爽，那病頓去了幾分。劉媽媽道：「我兒睡了罷，不要難爲身子。」原教丫鬟扶著，慧娘也同進去。玉郎見劉璞雖然是個病容，卻也人材齊整，暗想道：「姊姊得配此人，也不辱沒了。」又想道：「如今姊夫病好，倘然要來同臥，這事便要決撒，快些回去罷。」到晚上對慧娘道：「你哥哥病已好了，我須住身不得，可攛掇母親，送我回家，換姊姊過來這事便隱過了，若再住時，事必敗露。」慧娘道：「你要歸家，也是易事；我的終身，卻怎麼處？」玉郎道：「此事我已千思萬想，但你已許人，我已聘婦，沒甚計策挽回，如之奈何？」慧娘道：「你若無計娶我，誓以魂魄相隨，決然無顏更事他人。」說罷，嗚嗚咽咽哭將起來。玉郎與他拭眼淚道：「你且莫煩惱，容我再想。」自此兩相留戀，把回家之事，倒擱起一邊。一日午飯過後，養娘向後邊去了，二人將房門閉上，商議那事；長算短算沒個計策，心下苦楚，彼此相抱暗泣。那劉媽媽自從媳婦到家之後，女兒終日行坐不離；剛到晚，便閉上房門去睡，直至日上三竿，方才起身；劉媽媽好生不樂。初時認做姑嫂相愛，不在其意；以後日日如此，心中老大疑惑。也還道是後生家貪眠懶惰，幾遍要說，因想媳婦初來，尚未與兒子同床，還是個嬌客，只得耐住。那日也是合當有事，偶在新房前走過，忽聽得裡邊有哭泣之聲；向壁縫中張時，只見媳婦和女兒互相摟抱，低低而哭。劉媽媽見如此做作，料道這事有些蹊蹺，欲待發作，又想兒子才好，若知得必然氣惱，權且耐住。便推門進來，門卻閉著，叫道：「快些開門！」二人聽見是媽媽聲音，拭乾眼淚，忙即開門。劉媽媽走將進去，便道：「爲甚青天白日，把門閉上，在內摟抱啼哭？」二人被問，驚得滿面通紅，無言對答。劉媽媽見二人無言，一發可疑，氣得手足麻木，一手扯著慧娘道：「做得好事！且進來和你說話！」扯到後邊一間空屋中來。丫鬟看見，不知爲甚，閃在一邊。劉媽媽扯進了屋裡，將門閉上，丫鬟伏在門上張時，見媽媽尋了一根木棒，罵道：「賤人！快說實話！便饒你打罵。若一句含糊，打下你這下半截來！」慧娘初時抵賴，媽媽道：「賤人！我且問你：他來得幾時，有甚恩愛，割捨不得，閉著房門，摟抱啼哭？」慧娘對答不來，媽媽拏起棒子要打，心中卻又不捨得。慧娘料是隱瞞不過，想道：「事至如此，索性說個明白，求爹媽辭了裴家，配與玉郎。若不允時，拚個自盡便了。」乃道：「前日孫家曉得哥哥有病，恐誤了女兒，叫爹媽另自擇日，因爹媽執意不從，故把兒子玉郎，假妝嫁來。不想母親教孩兒陪伴，遂成了夫婦；恩深義重，誓必圖百年偕老。今見哥哥病好，玉郎恐怕事露，要回去換姊姊過來。孩兒思想一女無嫁二夫之理，教玉郎設法，娶我爲妻；因無良策，又不忍分離，故此啼哭。不想被母親看見，只此便是實話。」劉媽媽聽說，怒氣塡胸，把棒撇在一處，雙足亂跳，罵道：「原來這老乞婆恁樣欺心！將男作女哄我！怪道三朝便要接回！如今害了我女兒，須與他干休不得！拚老性命結識這小殺才罷！」開了門，便趕出來。慧娘見母親去打玉郎，心中著忙，不顧羞恥，上前扯住。被媽媽將手一推，跌在地上，爬起時，媽媽已趕向外邊去了。慧娘隨後也趕將來，丫鬟亦跟在後面。且說玉郎見劉媽媽扯去慧娘，情知事露，正在房中著急，只見養娘進來道：「官人不好了！弄出事來也！適才後邊，聽得空屋中亂鬧，張看時，見劉大娘拏大棒子拷打姑娘，逼問這事哩！」玉郎聽說打著慧娘，心如刀割，眼中落下淚來，沒了主意。養娘道：「今若不走，少頃便禍到了！」玉郎即忙除下簪釵，挽起一個角兒，皮箱內取出道袍鞋襪穿起，走出房來，將門帶上，離了劉家，帶跌奔回家裡。正是：

拆破玉籠飛彩鳳，頓開金鎖走蛟龍。

孫寡婦見兒子回來，恁般慌急，又驚又喜，便道：「如何這般模樣？」養娘將上項事說知。孫寡婦埋怨道：「我教你去，不過權宜之計，如何卻做出這般沒天理事體？你若三朝便回，隱惡揚善，也不見得事敗。可恨張六嫂這老虔婆，自從那日去了，竟不來覆我。養娘你也不再回家走遭，教我日夜擔憂。今日弄出事來，害這姑娘，卻怎麼處？要你不肖子何用？」玉郎被母親嗔責，驚愧無地。養娘道：「小官人也自要回的，怎奈劉大娘不肯；我因恐他們做出事來，日日守著房門，不敢回家。今日暫走到後邊，便被劉大娘撞破，幸喜得急奔回來，還不曾喫虧。如今且教小官人躲過兩日，他家沒甚話說，便是萬分之喜了。」孫寡婦眞個教玉郎閃過，等候他家消息。且說劉媽媽趕到新房門口，見門閉著，只道玉郎還在裡面，在外罵道：「天殺的賊賤才！你把老娘當做什麼樣人！敢來弄空頭，壞我的女兒？今日與你性命相搏，方見老娘手段！快些走出來！若不開時，我就打進來了！」正罵時，慧娘已到，便去扯母親進去。劉媽媽罵道：「賤人！虧你羞也不羞，還來勸我？」盡力一推，不想用力猛了，將門撞開，母子兩個，都跌進去，跌做一團。劉媽媽罵道：「好天殺的賊賤才！倒放老娘這一交！」即忙爬起尋時，那裡見個影兒？那婆子尋不見玉郎，乃道：「天殺的好見識，走的好，你便走上天去，少不得也要拏下來。」對著慧娘道：「如今做下這等醜事，儻被裴家曉得，卻怎地做人？」慧娘哭道，「是孩兒一時不是，做差這事；但求母親憐念孩兒，勸爹爹怎生回了裴家，嫁著玉郎，猶可挽回前失。儻若不允，有死而已！」說罷，哭倒在地。劉媽媽道：「你說得好自在話兒！他家下財納聘，定著媳婦，今日平白地要休這親事，他能肯麼？儻然問因甚事故要休這親，教你爹怎生對得？難道說我女兒自尋了一個漢子不成？」慧娘被母親說得滿面羞慚，將袖掩著痛哭。劉媽媽終是舐犢之愛，見女兒恁般啼哭，卻又恐哭傷了身子，便道：「我的兒！這也不干你事；都是那老虔婆設這沒天理之詭計，將那殺才喬妝嫁來；我一時不知，教你陪伴，落了他圈套。如今總是無人知得，把來擱過一邊，全你的體面，這才是個長策。若說要休了裴家，嫁那殺才，這是斷然不能。」慧娘見母親不允，愈加啼哭。劉媽媽又憐又惱，倒沒了主意。正鬧間，劉公正在人家看病回來，打房門口經過，聽得房中啼哭，乃是女兒聲音，又聽得媽媽聲響，正不知爲著甚的，心中疑惑。忍耐不住，推開房門，問道：「你們爲甚恁般模樣？」劉媽將前項事一一細說，氣得劉公半晌說不出話來。想了一想，倒把媽媽埋怨道：「都是你這老乞婆害了女兒！起初兒子病重時，我原要另擇日子，你便說長道短，生出許多話來，執意要那一日。次後孫家教養娘來說，我也罷了，又是你弄嘴弄舌，哄著他家。及至娶來家中，我說他自睡罷，你又偏生推女兒伴他。如今伴得好麼？」劉媽媽因玉郎走了，又捨不得難爲女兒，一肚子氣，正沒發脫；見老公倒前倒後，數說埋怨，急得暴躁如雷。罵道：「老忘八！依你說起來，我的女兒應該與這殺才騙的！」一頭撞個滿懷。劉公也在氣惱之時，揪過來便打。慧娘便來解勸。三人扭做一團，滾在一塊，分拆不開，丫鬟著了忙，奔到房中報與劉璞道：「大官人！不好了！大爺大娘在新房中相打哩！」劉璞在榻上爬起來，走至新房，向前分解。老夫妻見兒子來勸，因惜他病體初愈，恐勞碌了他，方才罷手，猶兀自老忘八老乞婆相罵。劉璞把父親勸出外邊，乃問妹子：「爲甚在這房中廝鬧？娘子怎又不見？」慧娘被問，心下惶愧，掩面而哭，不敢則聲。劉璞焦躁道：「且說爲著甚的？」劉婆媽方把那事細說，劉璞氣得面如土色；停了半晌，方道：「家醜不可外揚。儻若傳到外邊，被人恥笑。事已至此，且再作區處。」劉媽媽方才住口，走出房來，慧娘扭住不放。劉媽媽把手扯脫便走，取把鎖將門鎖上，來到房裡。慧娘自覺無顏，坐在一個壁角邊哭泣。正是：

饒君掬盡湘江水，難洗今朝滿面羞。

且說李都管，聽得劉家喧嚷，伏在壁間暗聽，雖然曉得些風聲，卻不知其中細底。次早劉家丫鬟走出門前，李都管招到家中問他。那丫鬟初時不肯說，李都管取出四五十錢來與他道：「你若說了，送這錢與你買東西喫。」丫鬟見了銅錢，心中動火，接過來藏在身邊，便從頭至尾盡與李都管說知。李都管暗喜道：「我把這醜事報與裴家，攛掇來噪鬧一場，他定無顏在此居住，這房子豈不歸於我了？」忙忙的走至裴家，一五一十報知，又添些言語，激惱九老。那九老夫婦因前日娶親不允，心中正惱著劉公，今日聽見媳婦做下醜事，如何不氣？一逕趕到劉家，喚出劉公來發話道：「當初我央媒來說要娶親時，千推萬阻，道女兒年紀尚小，不肯應承；護在家中，私養漢子。若早依了我，也不見得做出事來，我是清清白白的人家，決不要敗壞門風的賤東西！快還了我昔年聘禮，另自去對親，不要誤我孩兒的大事！」將劉公罵得臉上紅一回，白一回。想道：「我家昨夜之事，他如何今早便曉得了？這也奇怪！」又不好承認，只得賴道：「親家，這是那裡說起？造恁般言語，污辱我家！儻被人聽得，只道眞有這事，你我體面何在？」裴九老便罵道：「賤才！眞個是老忘八！女兒現做著恁樣醜事，那個不曉得了？虧你還張著鳥嘴，在我面前遮掩！」趕近前把手向劉公臉上一指道：「老忘八！羞也不羞！待我送個鬼臉兒與你戴了見人！」劉公被他羞辱不過，罵道：「老殺才！今日爲甚趕上門來欺我？」便一頭撞去，把裴九老撞倒在地，兩下相打起來。裡邊劉媽媽與劉璞聽得外面喧嚷，出來看時，卻是裴九老與劉公廝打，急向前拆開。裴九老指著罵道：「老忘八！打得好！我與你到府裡去說話。」一路罵出門去了。劉璞便問：「父親，裴九因甚清早來噪鬧？」劉公把他言語說了一遍。劉璞道：「他如何便曉得了？此甚可怪！」又道：「如今事已彰揚，卻怎麼處？」劉公又想起裴九老恁般恥辱，心中轉惱，頓足道：「都是孫家老乞婆害我家，壞了門風，受這樣惡氣，若不告他，怎出得這氣？」劉璞勸解不住，劉公央人寫了狀詞，望著府前奔來，正值喬太守早堂放告。這喬太守雖則是關西人，又正直，又聰明，憐才愛民，斷獄如神；府中都稱爲喬青天。卻說劉公剛到府前，劈面又遇著裴九老。九老見劉公手執狀詞，認做告他，便罵道：「老忘八！縱女做了醜事，倒要告我？我同你去見太爺。」上前一把扭住，兩下又打將起來；兩張狀詞都打失了。二人結做一團，直到堂上，喬太守看見，喝叫各跪一邊。問道：「你二人叫甚名字？爲何扭結相打？」二人一齊亂嚷。喬太守道：「不許羼越。那老兒先上來說。」裴九老跪上去訴道：「小人叫做裴九，有個兒子裴政，從幼便聘下劉秉義的女兒慧娘爲妻，今年都已十五歲了。小人因是年老愛子，要早與他完姻，幾次央媒去說，要娶媳婦，那劉秉義只推女兒年紀尚小，執意不允。誰想他縱女賣奸，戀著孫潤，暗招在家，要圖賴親事？今早到他家理說，反把小人毆辱；情極了，來到老爺台下投告，他又趕來扭打。求老爺作主，救小人則個。」喬太守聽了道：「且下去。」喚劉秉義上去問道：「你怎麼說？」劉公道：「小人有一子一女：兒子劉璞，聘孫寡婦女兒珠姨爲婦；女兒便許裴九的兒子。向日裴九要娶時，一來女兒尚幼，未曾整備妝奩；二來正與兒子完姻，故此不允。不想兒子臨婚時，忽地患起病來，不敢教與媳婦同床，令女兒陪伴嫂子。那知孫寡婦欺心，藏過女兒，卻將兒子孫潤假妝過來，倒強姦了小人女兒。正要告官，這裴九得知了，登門打罵；小人氣忿不過，與他爭嚷，實不是圖賴他婚姻。」喬太守見說男扮爲女，甚以爲奇，乃道：「男扮女妝，自然有異；難道你認他不出？」劉公道：「婚姻乃是常事，那曾有男子假扮之理，卻去辨其眞假？況孫潤面貌美如女子，小人夫妻見了，已是萬分歡喜，有甚疑惑？」喬太守道：「孫家既以女許你爲媳，因甚卻又把兒子假妝？其中必有緣故。」又道：「孫潤還在你家麼？」劉公道：「已逃回去了。」喬太守即差人去拏孫寡婦母子三人，又差人去喚劉璞、慧娘兄妹，俱來聽審，不多時，都已拏到。喬太守舉同看時，玉郎姊弟果然一般美貌，面相無二；劉璞卻也人物俊秀；慧娘豔麗非常。暗暗稱羨道：「好兩對青年兒女！」心中便有成全之意。乃問孫寡婦：「因甚將男作女，哄騙劉家，害他女兒？」孫寡婦道：「女婿病重，劉秉義不肯更改吉期，恐怕誤了女兒終身，故將兒子妝去沖喜，說定三朝便回，是一時權宜之策。不想劉秉義卻叫女兒陪伴，做出這事。」喬太守道：「原來如此。」問劉公道：「當初你兒子既然病重，自然該另揀吉期；你執意不肯，卻是何意？若此時依了孫家，那得女兒有此醜事？這都是你自啓釁端，連累女兒。」劉公道：「小人一時不合聽了妻子說話，如今悔之無及！」喬太守道：「胡說！你是一家之主，卻聽婦人言語！」又喚玉郎、慧娘上去說：「孫潤，你以男假女，已是不該，卻又奸騙處女，當得何罪？」玉郎拜道：「小人雖然有罪，但非設意謀人，乃是劉親母自遣其女陪伴小人。」喬太守道：「他因不知你是男子，故令他來陪伴，乃是美意，你怎不推卻？」玉郎道：「小人也曾苦辭，怎奈堅執不從。」喬太守道：「論起法來，本該打一頓板子，姑念你年紀幼小，又係兩家父母釀成，權且饒恕。」玉郎叩頭謝過。喬太守又問慧娘：「你事已做錯，不必說起。如今還是要歸裴家？要歸孫潤？實說上來。」慧娘哭道：「賤妾無媒苟合，節行已虧；豈可更事他人？況與孫潤恩義已深，誓不再嫁，若老爺必欲判離，賤妾即當自盡，決無顏苟活，貽笑他人。」說罷，放聲大哭。喬太守見他情詞眞懇，甚是憐惜；且喝過一邊，喚裴九老分付道：「慧娘本該斷歸你家，但已失身孫潤，節行已虧，你若娶回去，反傷門風，被人恥笑；他又蒙二夫之名，各不相安。今判與孫潤爲妻，全其體面。令孫潤還你昔年聘禮，你兒子另自聘婦罷。」裴九老道：「媳婦已爲醜事，小人自然不要；但孫潤破壞我家婚姻，今反歸了，反周全了姦夫淫婦，小人怎得甘心？情願一毫原聘不要，求老爺斷媳婦另嫁別人，小人這口氣也還消得一半。」喬太守道：「你既已不願娶他，何苦又作此冤家？」劉公亦稟道：「爺爺！孫潤已有妻子，小人女兒豈可與他爲妾？」喬太守初時只道孫潤尚無妻子，故此斡旋；見劉公說已有妻，乃道：「這卻怎麼處？」對孫潤道：「你既有妻子，一發不該害人閨女了！如今置此女於何地？」玉郎不敢答應。喬太守又道：「你妻子是何等人家？可曾過門麼？」孫潤道：「小人妻子是徐雅女兒，尚未過門。」喬太守道：「這等易處了。」叫道：「裴九！孫潤原有妻未娶，如今他既得了你媳婦，我將他妻子斷償你的兒子，消你之忿。」裴九老道：「老爺明斷，小人怎敢違逆！但恐徐雅不肯。」喬太守道：「我作了主，誰敢不肯？你快回家引兒子過來，我差人去喚徐雅帶女兒來，當堂匹配。」裴九老即忙歸家，將兒子裴政，領到府中；徐雅同女兒也喚到了。喬太守看時，兩家男女，卻也相貌端莊，是個對兒，乃對徐雅道：「孫潤因誘了劉秉義女兒，今日判爲夫婦。我今作主，將你女兒配與裴九兒子裴政，限即日三家俱便婚配回報。如有不服者，定行重治！」徐雅見太守作主，怎敢不依？俱各甘服。喬太守援筆判道：

弟代姊嫁，姑伴嫂眠，愛子愛女，情在理中；一雌一雄，變出意外。移乾柴近烈火，無怪其然；以美玉配明珠，適逢其偶。孫氏子因姊而得婦，摟處子不用踰牆；劉氏女因嫂而得夫，懷吉士初非衒玉。相悅為婚，禮以義起。所厚者薄，事可權宜。令徐雅便婿裴九之兒，許裴政改娶孫郎之配。奪人婦，人亦奪其婦，兩家恩怨，總息風波；獨樂樂，不若與人樂，三對夫妻，各諧魚水。人雖兌換，十六兩原只一斤；親是交門，五百年決非錯配。以愛及愛，伊父母自作冰人；非親是親，我官府權為月老。已經明斷，各赴良期。

喬太守寫畢，教押司當堂朗誦與眾人聽了，眾人無不心服，各各叩頭稱謝。喬太守分付衙役在庫內取出花紅六段，教三對夫妻披掛起來；喚三起樂人，三頂喜轎兒，抬了三位新人，新郎及父母各自隨轎而出。此時鬧動了杭州府，都說：「好個行方便的太守。」人人誦德，個個稱賢。自此，各家完親之後，都無話說。李都管本欲唆孫寡婦、裴九老兩家與劉秉義講嘴，鷸蚌相持，自己漁人得利；不期太守善於處分，反作成了孫玉郎一段良姻，街坊上當做一件美事傳說，不以爲醜。他心中甚是不樂。未及一年，喬太守又取劉璞、孫潤都做了秀才，起送科舉。李都管自知慚愧，安身不得，反躲避鄉居。後來劉璞、孫潤，同榜登科，俱任京職，仕途有名；扶持裴政，亦得了官職；一門親眷，富貴非常。劉璞官直至龍圖閣學士，連李都管家宅反歸併於劉氏；刁鑽小人，亦何益哉？後人有詩單道李都管爲人不善，以爲後戒。詩云：

為人忠厚為根本，何苦刁鑽欲害人？不見古人卜居者，千錢只為買鄉鄰。

又有一詩，單誦喬太守此事斷得甚好。詩云：

鴛鴦錯配本前緣，全賴風流太守賢；錦被一床遮盡醜，喬公不枉叫青天。

# 懷私怨狠僕告主

杳杳冥冥地，非非是是天；害人終自害，狠計總徒然。

話說那殺人償命，是人世間最大的事，非同小可；所以是眞難假，是假難眞。眞的時節，縱然有錢可以通神，日下脫逃法網，到底天理不容，無心之中，自然敗露；假的時節，縱然嚴刑拷打，誣服莫伸，到底有個辯白的日子。假饒誤出誤入，那有罪的老死牖下，無罪的卻命絕囹圄刀鋸之間，難道頭頂上這個老翁，是沒有眼睛的麼？所以古人說得好，道是：

湛湛青天不可欺，未曾舉意已先知；善惡到頭終有報，只爭來早與來遲。

說話的，你差了。這等說起來，不信死囚牢裡，再沒有個含冤負屈之人；那陰間地府，也不須設得枉死城了。看官不知，那冤屈死的，與那殺人逃脫的，大概都是前世的事。若不是前世緣故，殺人竟不償命，不殺人倒要償命；死者生者怨氣沖天，縱然官府不明，皇天自然鑒察，千奇百怪的巧生出機會來，了此公案。所以常言道：「人惡人怕天不怕，人善人欺天不欺。」又道：「天網恢恢，疏而不漏。」古來清官察吏，不止一人；既稱人命關天，又且世情不測，儘有極難信的事偏是眞的，極易信的事偏是假的。所以就是情眞罪實的，還要細細體訪幾番，方能使獄無冤屈。如今爲官做吏的人，貪愛的是錢財，奉承的是富貴，把那正直公平不用，撇入東洋大海；明知這事無可寬容，也將來輕輕放過，明知這事有些尷尬，也將來草草問成。竟不想「殺人可恕，情理難容」；那親動手的奸徒，若不明正其罪，被害冤魂何時瞑目？至於被誣冤枉的，卻又三推六問，千般鍛鍊；嚴刑之下，就是凌遲碎剮的罪，急忙裡只得輕易招成；攪得他家破人亡，害他一人，便是害他一家了。只做自己的官，毫不管別人的苦；我不知他肚腸角落裡邊，也思想積些陰德與兒孫麼？如今所以說這一事，專一奉勸世上廉明長官，須知一草一木，都是上天生命；何況祖宗赤子？須要慈悲爲本，寬猛兼行，護正誅邪，不失爲民父母之意；不但萬民感戴，皇天亦當佑之。且說國朝有個富人王甲，是蘇州府人氏；與同府李乙是個世仇，百計思量要去害他，未得其便。忽一日大風大雨，鼓打三更，李乙與妻子蔣氏喫過晚飯就睡。睡不多時，只見十餘個強人將紅朱黑墨搽了臉，一擁的打將入來。蔣氏驚慌，急往床下躲避；只見一個長鬚大面的，把李乙揪住，一刀砍死，竟不搶東西，登時散了。蔣氏卻在床下看得親切，顫抖抖的走將出來，穿了衣服，向丈夫屍首號咷大哭。此時鄰人已都來看了，各各悲傷，勸慰了一番。蔣氏道：「殺奴丈夫的是仇人王甲。」衆人道：「怎見得？」蔣氏道：「奴在床下看得明白。那王甲原是仇家，而且長鬚大面，雖然搽墨，卻是認得出的。若是別的強盜，何以單殺我丈夫，卻不搶東西？這凶手不是他是誰？有煩列位與奴做主。」衆人道：「他與你丈夫有仇，我們都是曉得的；況且地方盜案，我們原該報官；明早你寫紙狀詞，同我們到官首告便是。今日且散。」衆人去了。蔣氏關了房門又哽咽了一會，那裡有心去睡？苦啾啾的捱到天明，央鄰人買狀紙寫了，取路投長州縣來；正值知縣升堂放告。蔣氏直至階前大聲叫屈，石縣看了狀詞，問了來歷，見是人命盜情重事，即時批准。地方也來遞失狀。知縣委捕官相驗，隨即差了幹捕擒捉凶手。那王甲自從殺了李乙，自恃搽臉無人看破，揚揚得意，毫不提防。不期一夥捕快擁入家來，正是迅雷不及掩耳，一時無處躲避，當下被衆人拏了，登時押到縣堂。知縣問道：「你如何殺了李乙？」王甲道：「李乙自是強盜殺了，與小人何干？」知縣問蔣氏道：「你如何告道是他？」蔣氏道：「小婦人躲在床底看見，認得他的。」知縣道：「夜晚間如何認得這樣眞？」蔣氏道：「不但認得模樣，還有一件眞情可推；若是強盜，如何只殺了人便散了，不搶東西？此不是平日有仇的，卻是那個？」知縣便叫地鄰來問他道：「那王甲與李乙果有仇否？」地鄰盡說：「果然有仇。——那不搶東西只殺了人，也是眞的。」知縣便喝叫把王甲夾起。那王甲是個富家出身，熬不得痛苦，只得招道：「與李乙有仇，假扮強盜殺死是實。」知縣取了親筆供招，下在死囚牢中。王甲一時招承，心裡還想辨脫，思量無計，自忖道：「這裡有個訟師叫做鄒老人，極是奸滑，與我相好，隨你十惡大罪，與他商量，便有生路；何不等兒子送飯時，教他去與鄒老人商量？」少頃，兒子王小二送飯來了，王甲說知備細，又分付道：「儻有使用處，不可吝惜錢財，誤我性命。」小二一一應諾；逕投鄒老人家來，說知父親事體，求他計策謀救。老人道：「令尊之事，親自成招，知縣又是新到任，罪已自問成，隨你那裡告辨，出不得縣衙查案；他也不肯認錯翻招。你將二三百兩與我，待我往南京走走，尋個機會，定要設法出來。」小二道：「如何設法？」老人道：「你不要管我，只交銀子與我了，日後便見手段，而今不好先說得。」小二回去，當下湊了三百兩銀子，到鄒老人家交付停當，隨即催他起程。鄒老人道：「有了許多財物，好歹要尋一個機會來，且寬心等待等待。」小二謝別而回。老人連夜收拾行李，往南京進發。不一日，來到南京；往刑部衙門細細打聽，說有個浙江司郎中徐公，甚是通融，抑且好客。當下就央了一封先容的薦書，備了一副盛禮，去謁徐公。徐公接見了，見他會說會笑，頗覺相得。自此，頻頻去見，漸漸廝熟。正無個機會處，忽一日捕盜衙門裡，押海盜二十餘人解到刑部定罪；老人上前打聽，知有兩個蘇州人在內，老人點頭大喜，自言自言道：「計在此了。」次日整備筵席，寫帖請徐公飲酒。不踰時，酒筵完備，徐公乘轎而來，老人笑臉相迎。定席以後，說些閒話。飲至更深時分，老人屏去衆人，便將百兩銀子托出，獻與徐公。徐公喫了一驚，問其緣故。老人道：「今有舍親王某，被陷在本縣罪中，伏乞周旋。」徐公道：「若可效力，敢不從命？只是事在彼處，難以爲謀。」老人道：「不難，不難。王某只爲與李乙有仇，今李乙被殺，未獲凶手，故此遭誣下獄。昨見解到貴部海盜二十餘人，內有二人是蘇州人，今但逼勒二盜，要他認做殺李乙的，則二盜總是一死，未嘗加罪，舍親王某已沐再生之恩了。」徐公許諾，輕輕收過銀子，親放在扶手匣裡面，喚進從人，謝酒乘轎而去。老人密訪著二盜的家屬，許他重謝，先送過一百兩銀子，二盜也應允了。到得會審之時，徐公喚二盜近前，開口問道：「你們曾殺過多少人？」二盜即招某時某處殺某人，某月某日夜間到李家殺李乙。徐公寫了口詞，把諸盜改監，隨即疊成文案。鄒老人便使用書房行文書抄招，到長州縣當堂投進，知縣拆開，看見殺李乙的已有了主名，便道王甲果然屈招。正要取監犯查放，忽見王小二進來叫喊伸冤，知縣信之不疑，喝叫監中取出王甲，登時釋放。蔣氏聞知這一番說話，沒做理會處，也只道前日夜間果然自己錯認了，只得罷了。卻說王甲得放還家，歡歡喜喜，搖擺進門；方才到得門首，忽然一陣冷風，大叫一聲道：「不好了！李乙哥在這裡了！」驀然倒地，叫喚不醒，霎時氣絕，嗚呼哀哉。有詩爲證：

鬚臉閻王本認真，殺人償命在當身；暗中假換天難騙，堪笑多謀鄒老人。

前邊說的人命，是將眞作假的了；如今再說一個將假作眞的。只爲些些小事，被奸人擺佈，弄出天大一場禍來；若非天理昭彰，險些兒死於非命。正是：

福善禍淫，昭彰天理；欲害他人，先傷自己。

話說國朝成化年間，浙江溫州府永嘉縣，有個王生名杰，字文豪；娶妻劉氏。家中只有夫妻二人，生一女兒年方二歲；內外安僮養娘數口，家道亦不甚豐富。王生雖是業儒，尚不曾入泮，只在家中誦習；也有時出外結交論文。那劉氏勤儉作家，甚是賢德；夫妻彼此相安。忽一日，正遇暮春天氣，二三友人，拉了王生往郊外踏青遊賞。但見：

遲遲麗日，拂拂和風。紫燕黃鶯，綠柳叢中尋對偶；狂蜂浪蝶，夭桃隊裡覓相知。王孫公子興高時，無日不來尊酒肆；豔質嬌姿心動處，此時未免露閨容。須教殘醉可重扶，幸喜落花猶未掃。

王生看了春景融和，心中歡暢，喫個薄醉，取路回家裡來；只見兩個家僮，正和一個人在門首喧嚷。原來那人是湖洲客人，姓呂，提著竹籃賣薑，只爲家僮要少他的薑價，故此爭執不已。王生問了緣故，便對那客人道：「如此價錢也好賣了，如何只管在我家門首喧嚷？好不曉事！」那客人是個戇直的人，便回話道：「我們小本經紀，如何要打短我的？相公須放寬宏大量些，不該如此小家子相！」王生乘著酒興，大怒起來，罵道：「那裡來這老賊奴！輒敢如此放肆！把言語衝撞我？」走近前來連打了幾拳，一手推將去。不想那客人，是中年的人，有痰火病的；就這一堆裡，一交跌去，一時悶倒在地，正是：

身如五鼓銜山月，命似三更油盡燈。

大抵爲人最不可使性；況且這小人買賣，不過爭得一二個錢，有何大事？常見大人家強梁僮僕，每每借著勢力，動不動欺壓小民；到得做出事來，又是家主失了體面。所以有正經的，必然嚴行懲戒；只因王生不該自己使性，動手打他，所以到底爲此受累。話休絮煩，當下王生見客人悶倒，喫了一大驚，把酒意都驚散了；連忙喝叫扶進廳來睡了，將茶湯灌將下去。不踰時，甦醒轉來，王生對客人謝個不是，討些酒飯與他喫了，又拏出白絹一匹與他，權爲調理之資。那客人回嗔作喜，稱謝一聲，望著渡口去了。若是王生有未卜先知的法術，慌忙向前攔腰抱住，扯他轉來，就養他在家半年兩個月，也不到得惹出飛來橫禍，只因這一去，有分教：

雙手撒開金線網，從中釣出是非來。

那王生自客人去後，心頭尙自跳一個不住，走進房中與妻子說了道：「幾乎做出一場大事來！僥倖！僥倖！僥倖！」此時天已晚了，劉氏便叫丫鬟擺上幾樣菜蔬，盪熱酒與王生壓驚。飲過數杯，只聞得外邊叩門聲甚急，王生又喫一驚；掌燈出來看時，卻是渡船頭家周四，手中拏了白絹竹籃。見了王生，倉倉皇皇的說道：「相公！你的禍事到了！如何做出這人命來？」嚇得王生面如土色，只得再問緣由。周四道：「相公，可認得白絹竹籃麼？」王生看了道：「今日有個湖州的賣薑客人，到我家來，這白絹是我送他的，這竹籃正是他盛薑之物，如何卻在你處？」周四道：「下午時節，是有一個湖州姓呂的客人，叫我的船過渡；到得船中，痰火病大發，將次危了，告訴說被相公打壞了。他就把白絹竹籃交付與我，做個憑據，要我替他告官；又要我到湖州去報他家屬，前來伸冤討命；說罷瞑目死了。如今屍骸尚在船中，船已撐在門首河頭了，且請相公自到船中看看，憑相公如何區處？」王生聽了，驚得目瞪口獃，手軟腳痲；心頭恰像有個小鹿兒撞來撞去的；口裡還只得硬著膽道：「那有此話？」背地叫人走到船裡看時，果然有一個死屍骸。王生是虛心病的，慌了手腳，跑進房中與劉氏說知。劉氏道：「如何是好？」王生道：「如今事到頭來說不得了，只是買求船家，要他乘此暮夜將屍首設法過了，方可無事。」王生便將碎銀一包約有二十多兩袖在手中，出來對船家說道：「駕長不要聲張，我與你從長計議。事體是我自做得不是了，卻是出於無心的；你我同是溫州人，也須有些鄉里之情；何苦倒為著別處人報仇？況且報得仇來，與你何益？不如不要提起，待我出些謝禮與你，求你把此屍載到別處拋棄了，黑夜裡誰人知道？」船家道：「拋棄在那裡？儻若明日有人認出來，追究根源，連我也不得乾淨。」王生道：「離此數里，就是我先父的墳塋，極是僻靜，你也是認得的；乘此暮夜無人，就煩你船載到那裡悄悄地埋了，人不知，鬼不覺。」周四道：「相公的說話甚是有理；卻怎麼樣謝我？」王生將手中之物出來與他。船家嫌少道：「一條人命，難道只值得這些些銀子？今日湊巧死在我船中，也是天與我的一場小富貴，一百兩銀子須是少不得的。」王生只要完事，不敢違拗，點點頭進去了；一會，將著些現銀及衣裳首飾之類，取出來遞與周四道：「這些東西，約莫有六十金了；家下貧寒，望你將就包容罷了。」周四見有許多東西，便自口軟了，道：「罷了！罷了！相公是讀書之人，只要時常看覷我就是，不敢計較。」王生此時是情急的，正是得他心肯日，是我運通時，心中已自放下幾分。又擺出酒飯與船家喫了，隨即當下喚過兩個家人，分付他尋了鋤頭鐵鈀之類。——內中一個家人姓胡，因他爲人凶狠有些力氣，都稱他做胡阿虎。一一都完備了，一同下船到墳上來，揀一塊空地掘開泥土，將屍首埋藏已畢，又一同上船回家裡來。整整弄了房一夜，漸漸東方已發動了，隨即又請船家喫了早飯，作別而去。王生教家人關了大門，各自散訖。王生獨自回進來對劉氏說道：「我也是個大家子弟，好模好樣的，不想遭這一場，反被那小人逼勒。」說罷，淚如雨下。劉氏勸道：「官人！這也是命裡所招，應得受些驚恐，破些財物；不須煩惱，今幸得靠天，太平無事，便是十分僥倖了！辛苦了一夜，且自將息將息。」當時又討些茶飯與王生喫了，各各安息不提。過了數日，王生見事體平靜，又買些三牲福物之類，拜獻了神明祖宗。那周四不時來假做探望，王生殷殷勤勤待他，不敢衝撞，些小借貸，勉強應承。周四已自從容了，賣了渡船，開著一個店鋪，自此無話。看官聽說：王生到底是個書生沒甚見識，當日既然買囑船家，將屍首載到墳上，只該聚起乾柴一把火焚了，無影無蹤，卻不乾淨？只爲一時沒有主意，將來埋在地中，這便是「斬草不除根，萌芽春再發」。又過了一年光景，眞個「濃霜只打無根草，禍來只奔福輕人」；那三歲的女兒，出起極重的痘子來，求神問卜，請醫調治，百無一靈。王生只有這個女兒，夫妻鍾愛，十分不捨，終日守在床邊啼哭，看看束手待斃，忽有人傳說本縣有個小兒科姓徐，有起死回生手段；王生便與劉氏商議，寫下請帖，連夜喚將胡阿虎來分付道：「你可五鼓動身，將此請帖去請徐先生早來看痘，我這裡一面擺著午飯立等立等。」胡阿虎應著去了，當夜無話。次日王生準備了午飯，直等至未申時，還不見來；不覺的又過了一日，到床前看女兒時，只是有增無減。挨至三更時分，那女兒只有出的氣，沒有入的氣，告辭父母往閻王那裡去了。正是：

金風吹柳蟬先覺，暗送無常死不知。

王生夫妻就如失了活寶一般，各各哭得發昏。當時盛殮已畢，天明以後將屍焚化，到得午牌時分，只見胡阿虎來家回復道：「徐先生不在家裡，又守了大半日，故此到今日方回。」王生垂淚道：「可見我家女兒命該如此，這般不湊巧。」直到數日之後，奴伴中說出實話來，卻是胡阿虎路上飲酒沈醉，失去請帖，故此直挨至次日方回，造此一場大謊。王生聞知，思念女兒，勃然大怒，頓時喚進胡阿虎，取出竹片要打。胡阿虎道：「我又不曾打殺了人，何須如此？」王生聞得這話，一發怒從心上起，惡向膽邊生，連忙教家僮扯將下去，一氣打了五十多板，方才住手自進去了。胡阿虎打得皮開肉綻，拐呀拐的走到自己房裡來，恨恨的道：「為甚的受這般鳥氣？你女兒痘子本是沒救的了，難道是我不接得郎中斷送了他？不值得將我這般毒打。可恨，可恨！」又想了一回道：「不妨事，大頭在我手裡，且待我將息棒瘡好了，也教他看我的手段，不知還是井落在弔桶裡？弔桶落在井裡？如今且不要露風聲，等他先做了準備。」胡阿虎便暗地擺佈不提。正是：

勢敗奴欺主，時衰鬼弄人。

再說王生自女兒死後，不覺一月有餘，親眷朋友，每每備了酒肴與他解愁；他也漸不在心上了。忽一日正在廳前閒步，只見一班捕快擁將進來，帶了麻繩鐵索，不管三七二十一，望王生頸上便套。王生喫驚問道：「我是個儒家子弟，怎把我這樣淩辱，卻是爲何？」捕快呸了一聲道：「好個殺人害命的儒家子弟！官差吏差，來人不差，你自到太爺面前去講。」當時劉氏與家僮婦女聽得，正不知什麼事情發了，只好立著獃看，不敢向前。此時不繇王生做主，那一夥如狼似虎的人前拖後扯，帶進永嘉縣來，跪在堂前右邊。卻有個原告跪在左邊。王生抬頭看時，不是別人，正是家人胡阿虎；已曉得是他懷恨出首的了。那知縣明時佐開口問道：「今有胡阿虎首告你打死湖州客人姓呂的這怎麼說？」王生道：「青天老爺，不要聽他說謊，念王杰弱怯怯的一個書生，如何會打得死人？人那胡阿虎原是小的家人，只爲前日有過，將家法痛治一番，爲此懷恨，構此大難。望父台洞察。」胡阿虎叩頭道：「青天爺爺不要聽這一面之詞，家主打人自是常事，如何懷得許多恨？如今屍首現在墳塋左側，萬乞老爺差前去掘取；只看有屍是眞，無屍是假。若無屍時，小人情願認個誣告的罪。」知縣依言，即便差人押去起屍，胡阿虎又指點了地方，尺寸不踰，果然扛抬個屍首到縣裡來。知縣親自起身相驗，說道：「有屍是眞，再有何說？」正要將王生用刑，王生道：「老爺聽我分訴，那屍骸已是腐爛的了，須不是目前打死的；若是打死多時，何不當時就來首告，直待今日？分明是胡阿虎那裡尋這屍首，劈空誣陷小人的。」知縣道：「也說得是。」胡阿虎道：「這屍首實是一年前打死的。因爲主僕之情，有所不忍；況且以僕首主，先有一款罪名，故此含藏不發。如今不想家主行凶不改，小的恐怕再做出事來，以至受累，只得重將前情首告。老爺若不信時，只須喚那四鄰八舍到來，問去年某月日間，果然曾打死人否，即此便知眞僞了。」知縣又傳言；不多時鄰舍喚到，知縣逐一勘問，果然說去年某月日間，有個薑客被王家打死，暫時救醒，過後不知何如。王生此時被衆人指實，顏色都變了，把言語來左支右吾。知縣道：「既情眞罪當，再有何言？這廝不打，如何肯招？」疾忙抽出籤來，喝一聲打，兩邊皁隸吆喝一聲，將王生拖翻，著力打了二十板。可憐瘦弱書生，怎受得此痛棒拷掠？王生受苦不過，只得一一招承。知縣錄了供詞，說道：「這人雖是他打死的，只是沒有屍親執證，如何成獄？且一面收監，待有了認屍的定罪發落。」隨即將王生監禁獄中，屍首依舊抬出埋藏，不得輕易焚燒，聽後檢驗。發放衆人散訖，退堂入衙。那胡阿虎道是私恨已洩，甚是得意，不敢回王家見主母，自搬在別處住了。卻說王家家僮們在縣裡打聽消息，得知家主已在監中，唬得兩耳雪白，奔回來報與主母。劉氏一聞此信，便如失去了三魂，大哭一聲，望後便倒。未知性命何如，先是四肢不動。丫鬟們慌了手腳，急急叫喚。那劉氏漸漸醒將轉來，叫聲官人，放聲大哭；足有兩個時辰，方才歇了。疾忙收拾些零碎銀子，帶在身邊，換了一身青衣，教一個丫鬟隨了，分付家僮在前引路，逕投永嘉縣門首來：夫妻相見，痛哭失聲。王生又哭道：「卻是阿虎這奴才害得我至此！」劉氏咬牙切齒，恨恨的罵了一番，便在身邊取出碎銀付與王生道：「可將此散與牢頭獄卒，教他好好看覷，免致受苦。」王生接了。天色昏黑，劉氏只得相別，一頭啼哭取路回家，胡亂用些晚飯，悶悶上床；思量昨夜與官人同宿，不想今日遭此禍事，兩頭分離，不覺又哭一場，悽悽慘慘睡了不提。卻說王生自從到獄之後，雖則牢頭禁子受了錢財，不受鞭箠之苦，卻是相與的都是那些蓬頭垢面的囚徒，心中好不苦楚。況且大獄未決，不知死活如何；雖是有人殷勤送衣送飯，到底不免受些飢寒之苦，身體日漸羸瘠了。劉氏又將銀子買上買下，思量保他出去，又道是人命重事，不輕易放，只得在監中耐守。光陰似箭，日月如梭，王生在獄中，又早懨懨的挨過了半年光景，勞苦憂愁，染成大病。劉氏求醫送藥，百般無效，看看待死。一日家僮來送早飯，王生望著監門分付道：「你可回去對主母說：我病勢沈重不好，旦夕必要死了，教主母可作急來一看，我從此要永訣了！」家僮回家說知，劉氏心慌膽戰，不敢遲延，疾忙僱了一乘轎，飛也似抬到縣前來。離縣數步，出了轎，走到獄門首，與王生相見了，淚如湧泉，自不必說。王生道：「愚夫不肖，誤傷人命，以致身陷縲絏，辱我賢妻，今病勢有增無減了，得見賢妻一面，死也甘心；但只是胡阿虎這個逆奴，我就到陰司地府，決不饒過他的。」劉氏含淚道：「官人不要說這不祥的話，且請寬心調理；人命既是誤傷，又無苦主，奴家須得賣盡田產救取官人出來，夫妻完聚。阿虎逆奴，天理不容，到底有個報仇日子，也不要在心。」王生道：「若得賢妻如此用心，使我重見天日，我病體也就減幾分了；但恐弱質懨懨，不能久待。」劉氏又勸慰了一番，哭別回家，坐在房中納悶；家僮們自在廳前鬥牌耍子。只見一個半老的人，挑了兩個盒子，竟進王家裡來，放下扁擔，對家僮問道：「相公在家嗎？」只因這個人來，有分教：負屈寒儒，得遇秦庭朗鏡；行凶詭計，難逃蕭相明條。有詩爲證：

湖商自是隔天涯，舟子無端起禍胎；指日王生冤可白，災星換做福星來。

那些家僮見了那人，仔細看了一看，大叫道：「有鬼！有鬼！」東逃西走。你道那人是誰？正是一年前來賣薑客人。忙扯住一個家僮問道：「我來拜你家主，如何說我是鬼？」劉氏聽得廳前喧鬧，走將出來，呂客人上前唱了個喏，說道：「大娘聽稟，老漢湖州薑客呂大是也。前日承相公酒飯，又贈我白絹，感激不盡。別後到了湖州，這一年半裡邊，又到別處做些生意，如今重到貴府走走，特地辦些土儀來探望你家相公；不知你家阿官們如何說我是鬼？」傍邊一個家僮忙道：「大娘不要聽他，一定得知道大娘要救官人，故此出來現形索命。」劉氏喝退了，對客人說道：「這等說起來，你眞不是鬼了。你害得我家丈夫好苦！」呂客人喫了一驚道：「你家相公在那裡？怎的是我害了他？」劉氏更將周四如何撐屍到門，說留絹籃爲證；丈夫如何買囑船家，將屍首埋藏；胡阿虎如何首告，丈夫招承下獄的情由，細細說了一遍。呂客人聽罷，搥著胸膛道：「可憐！可憐！天下有這等寃屈的事！去年別去下得渡船，那船家見我的白絹，問及來由；我便將相公打我垂危，留酒贈絹的事，備細說了一番。他就要買我白絹，我見錢相應，即時賣了；他又要我的竹籃兒，我就與他作了渡錢；不想他賺得我這兩件東西，下這般狠毒之計。老漢不早到溫州，以至相公受苦；果然是老漢之罪了。」劉氏道：「今日不是老客人來，連我也不知丈夫是寃枉的；那絹兒籃兒是他騙去的了，這死屍卻是那裡來的？」呂客人想了一回道：「是了、是了。當日正在船中說這事時節，只見水面上一個屍骸浮在岸邊，我見他注目而視，也只道出於無心，誰知因此就生奸計了？好狠！好狠！——如今事不宜遲，請大娘收進了土儀，與老漢同到永嘉縣訴寃，救相公出獄，此爲上著。」劉氏依言，收進盤盒，擺飯請了呂客人。他本是儒家之女，精通文墨，不必去請訟師，就自己寫了一紙訴狀，僱乘女轎，同呂客人及僮僕等取路投永嘉縣來。等了一會，知縣升晚堂了；劉氏與呂大大聲叫屈，遞上訴詞。知縣從頭看過，先叫劉氏起來問，劉氏便將丈夫爭價誤毆，船家撐屍得財，家人懷恨出首的事，從頭至尾一一分剖。又說：「直至今日薑客重來，才知受枉。」知縣又叫呂大起來問，呂大也將被毆始末賣絹根由，一一說了。知縣道：「莫非你是劉氏買出來的？」呂大叩頭道：「爺爺！小的雖是湖州人，在此爲客多年，也多有相識的在這裡，如何瞞得老爺過？當時若果然將死，何不央船家尋個相識來見一見，託他報信復仇？卻將來託與一個船家？這也還道是臨危時節，無暇及此了；身死之後，難道湖州再沒有個骨肉親戚？見我久出不歸，也該有人來問個消息；若查出被毆傷命，就該到府縣告理，如何直待一年之後，反是王家家人首告？小人今日才到此地，見有此一場屈事，那王杰雖不是小人陷他，其禍都因小人而起，實是不忍他含冤負屈，故此來到台前控訴，乞老爺筆下超生。」知縣道：「你既有相識在此，可報名來！」呂大便數說出十數個來，知縣一一將來記了，卻倒把後邊的點出四名，喚兩個捕快上來分付道：「你可悄悄地喚他同做證見的鄰舍來。」捕快隨應命去了，不踰時兩夥人齊喚了來，只見那相識的四人，遠遠地望見呂大，便一齊道：「這是湖州呂大哥，如何在這裡？一定前日原不曾死。」知縣便教鄰舍人近前細認，都駭然道：「我們莫非眼花了？這分明是被王家打死的薑客；不知還是到底救醒了，還是面龐廝像的。」內中一個道：「天下那有這般相像的理？我的眼睛，一看過再不忘記，委實是他，沒有差錯。」此時知縣心裡，已有幾分明白了，即便批准訴狀，叫這一干人分付道：「你們出去切不可張揚，若違我言，拏來重責。」眾人唯唯而退。知縣隨即喚幾個捕快分付道：「你們可密訪著船家周四，用甘言美語喚他到此，不可說出實情。那原首人胡阿虎有保家，俱於明日午後帶齊聽審。」捕快應諾分頭而去。知縣又發付劉氏，呂大道：「且回去，到明日早堂伺候。」二人叩頭同出；劉氏引呂大到監門前見了王生，把上項事情盡說了。王生聞得滿心歡喜，卻似醍醐灌頂，甘露沁心；病體已減去六七分了。說道：「我初時只怪阿虎，卻不知船家如此狠毒？今日不是老客人來，連我也不知自己是冤枉的。」正是：

雪隱鷺鷥飛始見，柳藏鸚鵡語方知。

劉氏別了王生，出縣回家，款待呂大不必說。次日上午便同呂大到縣裡來，伺候知縣升了堂。不多時，只見兩個捕快將周四帶到。原來那周四自得了王生銀子，在本縣開個布店，捕快得了知縣的令，對他說本縣太爺要買布，即時哄到縣堂上來；也是天理合當敗露，不意之中，猛抬頭見了呂大，不覺兩耳通紅。呂大叫道：「駕長哥自從買我白絹竹籃，一別直到今日，這幾時生意好麼？」周四頓口無言，面如槁木。少頃，胡阿虎也取到了。原來胡阿虎搬在他方，近日偶回縣中探親，不期捕快正遇著他，便上前搗個鬼道：「你家家主人命事已有苦主了，只待原首人來，即便審決，我們那一處不尋到？」胡阿虎倒認以爲眞，歡歡喜喜，隨著公人直至縣堂跪下。知縣指著呂大問道：「你可認識？」那胡阿虎仔細一看，喫了一驚；心下好生躊躇，委決不下，一時不能回答。知縣將兩人光景，一一看在肚裡了；指著胡阿虎罵道：「你這個狼心狗行的奴才！你家主有何負你？値得便與船家同謀，覓這假屍誣陷人命！」胡阿虎道：「其實是家主打死的；小人並無虛謬。」知縣怒道：「還要口強！呂大既是死了，那堂下跪的是什麼人？」喝教左右：「夾將起來，快快招出奸謀便罷。」胡阿虎被夾，大喊道：「爺爺！若說小人不該懷恨在心，首告家主，小人情願認罪；若要小人招做同謀，便死也不甘的。當時家主打倒了呂大，即時將湯救醒，與了酒飯，贈了白絹，自往渡口去了。是夜二更天氣，只見周四撐屍到門，又有白絹竹籃爲證，所以合家人都信了；家主就將錢財買囑了船家，與小人同載至墳塋埋藏了。以後因家主毒打小人，挾了私仇，到爺爺台下首告，委實不知這屍眞假。今日不是呂客人來，連小人也不知家主是冤枉的。那死屍根由，都在船家身上。」知縣錄了口供，喝退胡阿虎，便叫周四上前來問。初時也將言語支吾，卻被呂大在旁邊面對，知縣又用起刑來，只得一一招承道：「去年某月某日，呂大懷著白絹下船，偶然問起緣由，始知被毆詳細。恰好渡口原有這個死屍在岸邊浮著，小的因此生心要詐騙王家，特地買他白絹，又哄他竹籃，就把水裡屍首撈在船上了，前到王家。誰想他一說便信？以後得了王生銀子，將來埋在墳頭，只此是眞，並無虛話。」知縣道：「是便是了，其中也還有些含糊；那裡水面上恰好有個浮屍，又恰好與呂大相像，畢竟是從別處謀害來，詐騙王生的？」周四大叫道：「爺爺冤枉！小人若要謀害別人，何不就謀害了呂大？前日因見浮屍，故此生出買絹哄籃的計策，心中也道容貌不像，未心哄得信；小人欺王生一來是虛心病的，二來與呂大只見得一面，況且當日天色昏了，月光之下，一般的死屍，誰能分辨明白？三來白絹竹籃，又是王生和薑客的東西，定然不疑；故此大膽哄他一哄。不想果被小人瞞過，並無一個人認得出眞假；那屍首的來歷，想是失腳落水的，小人委實不知。」呂大跪上前稟道：「小人當日過渡時節，果然有個浮屍，這話實是眞情了。」知縣也錄了口供。周四道：「小人本意，只要哄詐王生財物，不曾有心害他，乞老爺從輕擬罪！」知縣大喝道：「你這沒天理的狠賊，你自己貪他銀子，便幾乎害得他家破人亡；似此詭計凶謀，不知陷過多少人了！我今日也爲永嘉縣中除此一害。那胡阿虎身爲家奴，拏著影響之事，背恩噬主，情實可恨，合當重行責罰。」當時喝教把兩人扯下，胡阿虎重打四十，周四不計其數，以氣絕爲止。不想那阿虎前日傷寒病未痊，受刑不起，也只爲家奴背主，天理難容，打不上四十，死在堂前。周四直至七十板後，方才昏絕。可憐二惡凶殘，今日斃於杖下。知縣見二人死了，責令屍親前來領屍；監中取出王生，當堂釋放。又抄取周四店中布匹估價一百金，原是王生被詐之物，例該入官；因王生是個書生，屈陷多時，憐他無端受屈，將銀斷還他，也是知縣好處。墳傍屍首，掘起驗時，手爪有沙，不知是何失水的；無有屍親，責令仵件埋之義塚。王生等三人叩謝了知縣出來；到得家中，與劉氏相持痛哭了一場，又到廳前與呂客人重新見禮。呂大見王生爲他受屈，王生見呂大爲他辨誣，俱各致個不安，互相成全。這叫做不打不成相識，以後是不絕往來。王生自此戒了好些氣性，就是遇著乞兒，也只是一團和氣。感憤前情，思想榮身雪恥，閉戶讀書，不交賓客；十年之中，遂成進士。所以說爲官做吏的人，千萬不可草菅人命，視同兒戲。假如王生這一椿公案：惟有船家心裡明白，不是薑客重到溫州，家人也不知家主受屈，妻子也不知丈夫受屈，本人也不知自己受屈。何況公庭之上，豈能盡照覆盆？慈祥君子，須當以此爲戒！

囹圄刑措號仁君，密網羅鉗最枉人；寄語昏污諸酷吏，遠在兒孫近在身。

# 唐解元玩世出奇

三通鼓角四更雞，日色高升月色低；時序秋冬又春夏，舟車南北復東西。鏡中次第人顏老，世上參差事不齊；若向其間尋穩便，一壺濁酒一餐虀。

這八句詩，乃吳中一個才子所作。那才子姓唐名寅，字伯虎，聰明蓋世，學問包天，書畫音樂，無有不通，詞賦詩文，一揮立就。爲人放浪不羈，有輕世傲物之志；生於蘇郡，家住吳趨。做秀才時，曾效連珠體，做花月吟十餘首，句句中有花有月，如「長空影動花迎月，深院人歸月伴花；雲破月窺花深處，夜深花睡月明中」等句，爲人稱頌。本府太守曹鳳見之，深愛其才；值宗師科考，曹公以才名特薦。那宗師姓方名誌，鄞縣人，最不喜古文辭；聞唐寅恃才豪放，不修小節，正要坐名黜治；卻得曹公一力保救，雖然免禍，卻不放他科舉；直至臨場，曹公再三苦求，方得附一名於遺才之末。伯虎是科遂中了解元；會試至京，文名益著，公卿皆折節下交，以識面爲榮。有程詹事典試，頗開私徑賣題，恐人議論，欲訪一才名素著者爲榜首，壓服衆心；得唐寅甚喜，許以會元。伯虎性素坦率，酒中便向人誇說：「今年我定做會元了。」衆人已聞程詹事有私，又忌伯虎之才，均鬨傳主司不公；言官風聞動本，聖旨不許程詹事閱卷，與唐寅俱下詔獄斥革。伯虎歸鄉，絕意功名，益放浪詩酒；人都封爲唐解元。得唐解元詩文字畫，片紙尺幅，如獲重寶。其中惟畫尤其得意，平日心中喜怒哀樂，都寓之於丹青。每一畫出，爭以重價購之。有言志詩一絕爲證：

不煉金丹不坐禪，不為商賈不耕田；閒來寫幅丹青賣，不使人間造孽錢。

蘇州六門：葑，盤，胥，閶，婁，齊。那六門中，只有閶門最盛；乃舟車輻輳之所。眞個是：

翠袖三千樓上下，黃金百萬水東西；五更市販何曾絕？四遠方言總不齊。

唐解元一日坐在閶門遊船之上，就有許多斯文中人，慕名來拜；出扇求其字畫。解元畫了幾筆水墨，寫了幾首絕句，那聞風而至者，其來愈多。解元不耐煩，命童子把大杯斟上酒來，解元倚窗獨酌；忽見有畫舫從旁搖過，舫中珠翠奪目，內有一青衣小鬟，眉目秀豔，體態綽約，舒頭船外，注視解元，掩口而笑。須臾船過，解元神蕩魂搖，問舟子道：「可認得去的那船麼？」舟人答道：「此船乃無錫華學士府眷也。」解元欲尾其後，急呼小艇不至，心中如有所失；正要教童子去覓船，只見城中一隻船兒，搖將出來。他也不管那船有載沒載，把手相招，亂呼亂喊。那船漸漸至近，艙中一人，走出船頭，叫聲：「伯虎！你要到何處去？這般要緊。」解元打一看時，不是別人，卻是好友王雅宜；便道：「急要答拜一遠來朋友，故此要緊。——兄的船往那裡去？」雅宜道：「弟同兩個舍親，往茅山進香，數日方回。」解元道：「我也要到茅山進香，正沒有人同去，如今只得要趁便了。」雅宜道：「兄若要去，快些回家收拾；弟泊船在此相候。」解元道：「就去罷了，又回家做什麼？」雅宜道：「香燭之類，也要備的。」解元道：「到那裡去買罷。」遂打發童子回去，也不別這些求書畫的朋友，逕跳過船來，與艙中朋友敘了禮，連呼：「快些開船！」舟子知是唐解元，不敢怠慢，即忙撐篙搖櫓。行不多時，望見這隻大船就在前面，解元分付船上，隨著大船而行。衆人不知其故，只得依他。次日到了無錫，見畫舫搖進城裡。解元道：「到了這所，若不取惠山泉，也就俗了。」——叫船家——「移舟去惠山，取了水，原到此處泊此舟，明日早行；我們到城裡略走一走，就來下船。」舟子答應自去。解元同雅宜三四人登岸，進了城，到那熱鬧的所在，撇了衆人，獨自一人。去尋那畫舫；卻又不認得路徑，東行西走，並不見些蹤影。走了一回，穿出一條大街，忽聽得呼喝之聲；解元立住腳看時，只見十來個僕人，前引一乘暖轎，自東而來，女從如雲。自古道：「有緣千里能相會」，那女從之中，閶門所見青衣小鬟，正在其內。解元心中大喜，遠遠相隨，直到一座大門樓下，女使出迎，一擁而入。詢之傍人，知是華學士府，適才轎中，乃夫人也。解元得了實信，問路出城，恰好船上取了水才到。少頃王雅宜也來了，問解元道：「那裡去了？教我們尋得不耐煩。」解元道：「不知怎的一擠就擠散了，又不知得路徑，問了半日，方能到此。」並不提起此事。至夜半，忽於夢中狂呼，如魘魅之狀。衆人皆驚，喚醒問之；解元道：「適夢中見一金甲神人持金杵擊我，責我進香不虔；我叩頭哀乞願齋戒一月，隻身至山謝罪。天明汝等附船去，吾且暫回，不得相陪矣。」雅宜等信以爲眞。至天明，恰好有一隻小船來到，說是蘇州去的；解元別了衆人，跳上小船。行不多時，推說遺忘了東西，還要轉去，袖中摸幾文錢，與了舟子，奮然登岸。到一飯店，辦下舊衣破帽，將衣巾換訖，——如窮漢狀，——走至華府典鋪內，以典錢爲繇，與主管相見；卑詞下氣，問主管道：「小子姓康名宣，吳縣人氏，頗善書；處一個小館爲生。近因拙妻亡故，又失了館，孤身無活，欲探一大家，充書辦之役。未知府上用得否？儻收用時，不敢忘恩。」因於袖中取出細楷數行，與主管觀看。主管看那字，寫得甚是端正可愛，答道：「待我晚間進府，稟過老爺，明日你來討回話。」是晚主管果然將字樣稟知學士；學士見了，誇道：「寫得好！不似俗人之筆，明日可喚來見我。」次早解元復到典中，主管引進解元，拜見了學士。學士見其儀表不俗，問過了姓名住居，又問：「曾讀書麼？」解元道：「曾考過幾科童生，不得進學，經書還都記得。」學士問是何經？解元雖習尙書，其實五經俱通的，曉得學士習周易，就答應道：「易經。」學士大喜道：「我書房中寫帖的不缺，可送公子處伴讀。」問他身價要多少？解元道：「身價不敢領，只要求些衣服穿；待後來老爺中意時，賞一房好媳婦足矣。」學士更喜。就叫主管於典中尋幾件隨身衣服與他換了，改名華安，送至書館中見了公子。公子教華安抄文字，文字中有字句不妥的，華安私加改竄。公子見他改得好，大驚道：「你原來通文理；幾時放下書本的？」華安道：「從來不曾曠學，但爲貧所迫耳。」公子大喜，將自己日課，教他改削。華安筆不停揮，眞有點鐵成金手段；有時題義疑難，華安就與公子講解；若公子做不出時，華安就通篇代筆。先生見公子學問驟進，向主人誇獎。學士討近作看了，搖頭道：「此非孺子所及，若非抄寫，必是倩人。」呼公子詰問其繇。公子不敢隱瞞，說道：「曾經華安改竄。」學士大驚，喚華安到來出題面試，華安不假思索，援筆立就，手捧所作呈上。學士見其手腕如玉，但左手有枝指；閱其文，詞意兼美；字亦精工；愈加歡喜道：「你時藝如此，想古作亦可觀也。」乃留內書房掌書記，一應往來書劄，授之以意，輒令代筆；煩簡曲當，學士從未曾增減一字。因此，寵信日深，賞賜比衆人加厚。華安時買酒食與書房諸童子共用，無不歡喜，因而潛訪前所見青衣小鬟，其名秋香，乃夫人貼身伏侍。頃刻不離，計無所出，乃因春暮，賦「黃鶯兒」以自歎：

風雨送春歸，杜鵑愁，花亂飛；青苔滿院朱門閉。孤燈半垂，孤衾半攲；蕭蕭孤影汪汪淚。憶歸期，相思未了，春夢遶天涯。

一日，學士偶到華安房中，見壁間之詞，知安所題，甚加稱獎；但以爲壯年鰥處，不無感傷，初不意其有所屬意也。適典中主管病故，學士令華安暫攝其事。月餘，出納謹愼，毫忽無私，學士欲遂用爲主管，嫌其孤身無室，難以重託，乃與夫人商議，呼媒婆欲爲娶婦。華安將銀三兩，送與媒婆，央他稟知夫人，說：「華安蒙老爺夫人提拔，復爲置室，恩同天地；但恐外面小家之女，不習裡面規矩。儻得於侍兒中擇一人見配，此華安之願也。」媒婆依言，稟知夫人。夫人對學士說了；學士道：「如此誠爲兩便；但華安初來時，不領身價，原指望一房好媳婦。今日又做府中得力之人，儻然所配，未中其意，難保其無他志也；不若喚他到中堂，將許多丫鬟，聽其自擇。」夫人點頭道：「是。」當晚夫人坐於中堂，燈燭輝煌，將丫鬟二十餘人，各盛飾妝扮，排列兩邊；恰似一班仙女，簇擁著王母娘娘，在瑤池之上。夫人傳命喚華安；華安進了中堂，拜見了夫人。夫人道：「老爺說你小心得力，欲賞你一房妻小；這幾個粗婢中，任你自擇。」叫：「老姆姆，攜燭下去照他一照。」華安就燭光之下看了一回，雖然盡有標緻的，那青衣小鬟，不在其內；華安立於旁邊，默默無語。夫人叫：「老姆姆，你去問華安：『那一個中你的意，就配與你。』」華安只不開言。夫人心中不樂，叫：「華安，你好大眼孔，難道我這些丫鬟，就沒個中你意的？」華安道：「復夫人：華安蒙夫人賜配，又許華安自擇，這是曠古隆恩，粉身難報！只是夫人隨身侍婢，還來不齊，既蒙恩典，願得盡觀。」夫人笑道：「你敢是疑我有吝嗇之意？也罷！房中那四個，一發喚出來與他看看，滿他的心願。」原來那四個是有執事的；叫做春媚，夏清，秋香，冬瑞：春媚掌首飾脂粉，夏清掌香爐茶灶，秋香掌四時衣服，冬瑞掌酒果食品。管家老姆姆，傳夫人之命，將四個喚出來。那四個不及更衣，隨身妝束；秋香依舊青衣。老姆姆引出中堂，站立夫人背後。室中蠟燭，光明如晝，華安早已看見了；昔日丰姿，宛然在目。還不曾開口，那老姆姆知趣，先來問道：「可看中了誰？」華安心中明曉得是秋香，不敢說破；只將手指道：「若得穿青這一位小娘子，足遂生平。」夫人回顧秋香，微微而笑；叫：「華安，且出去。」華安回典鋪中，一喜一懼：喜者，機會甚好；懼者，未曾上手，惟恐不成。偶見月明如晝，獨步徘徊，吟詩一首：

徙倚無聊夜臥遲，綠楊風靜鳥栖枝；難將心事和人說，說與青天明月知。

次日，夫人向學士說了，另收拾一所潔淨房屋；——其床帳傢伙，無物不備；又合家僮僕，奉承他是新主管，擔東送西；——擺得一室之中，錦片相似，擇了吉日，學士和夫人主婚，華安與秋香中堂雙拜，鼓樂引至新房，合卺成婚；男歡女悅；自不必說。夜半，秋香向華安道：「與君頗面善，何處曾相會來？」華安道：「小娘子自去思想。」又過了幾日，秋香忽問華安道：「向日閶門遊船中看見的，可就是你？」華安笑道：「是也。」秋香道：「若然，君非下賤之輩，何故屈身於此？」華安道：「吾為小娘子傍舟一笑，不能忘情，所以從權相就。」秋香道：「妾昔見諸少年擁君，出素扇競求書畫，君一概不理，倚窗酌酒，旁若無人；妾知君非凡品，故一笑耳。」華安道：「女子家能於流俗中識名士，誠紅拂、綠綺之流也！」秋香道：「此後於南門街上，似又會一次。」華安笑道：「好利害眼睛！果然！果然！」秋香道：「你既非下流，實是什麼樣人？可將眞姓名告我。」華安道：「我乃蘇州唐解元也。與你三生有緣，得偕所願，今夜既然說破，不可久留，欲與你圖偕老之策，你肯隨我去否？」秋香道：「解元因賤妾之故，不惜辱千金之軀；妾豈敢不惟命是從？」華安次日將典中帳目，細細開了一本簿子；又將房中衣服首飾，及床帳器皿，另開一帳；又將各人所贈之物，亦開一帳：纖毫不取。共是三宗帳目，鎖在一個護書篋內，其鑰匙即掛在鎖上，又與壁間題詩一首：

擬向華陽洞裡遊，行蹤端為可人留；願隨紅拂同高蹈，敢向朱家惜下流？好事已成誰索笑？屈身今去尚含羞！主人若問真名姓，只在康宣兩字頭。

是夜，僱了一隻小船，泊於河下；黃昏人靜，將房門封鎖，同秋香下船，連夜望蘇州去了。天曉，家人見華安房門封鎖，奔告學士。學士教打開看時，床帳什物，一毫不動；護書內帳目開載明白。學士沈思，莫測其故；抬頭一看，忽見壁上有詩八句，讀了一遍，想道：「此人原名，不是康宣，卻不知什麼緣故，來府中住許多時？若是不良之人，如何財上又分毫不苟？又不知那秋香如何就肯隨他逃走？如今兩口兒，又不知逃在那裡？我棄此一婢，亦有何難？只要明白了這樁事跡。」便叫家僮喚捕人來，出信賞錢，各處緝獲康宣、秋香；卻是杳無影響。過了年餘，學士也放過一邊了。忽一日，學士到蘇州拜客，從閶門經過；家僮看見書坊中，有一秀士，坐而觀書，其貌酷似華安，左手亦有枝指，報與學士知道。學士不信，分付此僮，再去看個詳細，並訪其人姓名。家僮覆身到書坊中，那秀士又和著一個同輩說話，剛下階頭，家僮乖巧，悄悄隨之。

那兩個轉彎向潼子門下船去了，從相隨，共有四五人，背後察其形相，分明與華安無二，只是不敢唐突。家僮回轉書坊，問店主道：「適來在此看書的，是什麼人？」店主道：「是唐伯虎解元相公。今日是文衡山相公舟中請酒去了。」家僮道：「方才同去的那一位，可就是文相公麼？」店主道：「那是祝枝山；也都是一般名士。」家僮一一記了，回覆了華學士。學士大驚，想道：「久聞唐伯虎放達不羈，難道華安就是他？……明日專往拜謁，便知是否？」次日，寫了名帖，特到吳趨坊拜唐解元。解元慌忙出迎，分賓而坐。學士再三審視，果肖華安。及捧茶，又見手白如玉，左有枝指；意欲問之，難於開口。茶罷，解元請學士書房中小坐。學士有疑未決，亦不敢輕別，遂同至書房中；見其擺設齊整，嘖嘖歎羨。少停，酒至；賓主對酌多時，學士開言道：「貴縣有個康宣，其人讀書不遇，甚通文理，先生識其人否？」解元唯唯。學士又道：「此人去歲曾傭書於舍下，改名華安；先在小兒館中伴讀，後在學生書房管書柬，後又在小典中爲主管。因他無室，教他於賤婢中自擇。他擇得秋香，成親數日後，夫婦俱逃，房中日用之物，一無所取，竟不知其何故？學生曾差人到貴處察訪，並無其人；先生可略知風聲麼？」解元又唯唯。學士見他不明不白，只含胡答應，忍耐不住，只得又說道：「此人形容，頗肖先生模樣，左手亦有枝指，不知何故？」解元又唯唯。少頃，解元暫起身入內，學士翻看桌上書籍，見書內有紙一幅，題詩八句；讀之，即壁上之詩也。解元出來，學士出詩問道：「這八句詩，乃華安所作；此字亦華安之筆；如何又在尊處？必有緣故，願先生一言，以決學生之疑。」解元道：「容少停奉告。」學士心中愈悶道：「先生見教過了，學生還坐；不然，即告辭矣。」解元道：「稟覆不難，求老先生再用幾杯薄酒。」學士又喫了數杯，解元巨觥奉勸，學士已半酣，道：「酒已過分，不能領矣！學生惓惓請教，止欲剖胸中之疑，並無他念。」解元道：「請用一箸粗飯。」飯後獻茶，看看天晚，童子點燭來，學士愈疑，只得起身告辭。解元道：「請老先生暫住貴步，當決所疑。」命童子秉燭前行，解元陪學士隨後，共入後堂。堂中燈火輝煌，裡面傳呼新娘來，只見兩個丫鬟，扶侍一位小娘子，輕移蓮步而出，珠珞重遮，不露嬌面，學士惶悚退避，解元一把扯住衣袖道：「此小妾也。通家長者，合當拜見，不必避嫌。」丫鬟鋪氈，小娘子向上便拜。學士還禮不迭，解元將學士拖住，不要他還禮。拜了四拜，學士只還兩個揖，甚不過意。拜罷，解元攜小娘子近學士之旁，帶笑問道：「老先生請認一認，方才說學生頗似華安，不識此女亦似秋香否？」學士熟視大笑，慌忙作揖，連稱得罪。解元道：「還該學生告罪。」二人再至書房，解元命重整杯盤，洗盞更酌。酒中，學士復叩其詳，解元將閶門舟中相遇始末，細說一遍，各各撫掌大笑。學士道：「今日即不敢以記室相待，少不得行子婿之禮。」解元道：「若要甥舅相行，恐又費丈人妝奩耳。」二人復大笑。是夜，盡歡而別，學士回到舟中，將袖中詩句，置於桌上，反覆玩味，道：「首聯『擬向華陽洞裡遊』，是說有茅山進行了；『行蹤端爲可人留』，分明是中途遇了秋香，耽擱住了。第二聯：『願隨紅拂同高蹈，敢向朱家惜下流』，他屈身投靠，便有相挈而逃之意。第三聯：『好事已成誰索笑，屈身今去尙含羞』，這兩句明白。末聯：『主人若問眞姓名，只在康宣兩字頭』，『康』字與『唐』字頭一般，『宣』字與『寅』字頭無二，是影著『唐寅』二字，我自不能推詳耳。他此舉雖是情癡，然封還衣飾，一無所取，乃禮義之人，不枉名士風流也！」學士回家，將這段新聞向夫人說了；夫人亦駭然。於是厚具妝奩，約值千金，差當家老姆姆押送唐解元家。從此，兩家遂爲親戚，往來不絕。至今吳中把此事傳作風流話柄；有唐解元

「焚香默坐歌」，自述一生心事，最做得好。歌曰：

焚香默坐自省己，口裡喃喃想心裡；心中有甚害人謀，口中有甚欺人語？

# 十三郎五歲朝天

瑞煙浮禁苑，正絳闕春回，新正方半，冰輪桂華滿，溢花街歌市，芙蓉開遍。蓮樓兩觀，見銀燭，星毬有爛；捲珠簾，盡日笙歌，盛集寶釵金釧。真堪羨！綺羅叢裡，蘭麝香中，正宜遊玩。風柔夜暖，花影亂，笑聲喧，鬧蛾兒滿路，成團打塊，簇著冠兒鬥轉。喜皇都，舊日風光，太平再見。

這一闋詞名曰「瑞鶴仙」，乃是宋紹興年間詞人康伯可所作。這伯可，是個有名會做樂府的才子；家本北地，因金虜之亂，隨駕南渡；秦申王薦於高宗皇帝，深得寵眷。這詞單道著上元佳節，高宗極爲稱賞，御賜金帛甚多。詞中爲何說舊日風光，太平再見？蓋因靖康之亂，徽、欽被虜，中原盡屬金夷；康王僥倖南渡，即了帝位，偏安一隅，偷閒取樂，還要摹擬那盛時的光景，故詞人歌詠如此。——也是自解自樂而已。怎如得當初柳耆卿的「傾杯樂」詞道得好。詞云：

禁漏花深，繡工日永，薰風布煥變韶景。都門十二，元宵三五，銀蟾光滿；淩飛觀，聳皇居，麗佳氣瑞煙蔥，舊翠華宵，幸是處層城閬苑。龍鳳燭交光星漢；對咫尺鰲山，開雉扇，會樂府兩籍神仙，梨園四部絃管。向曉色都人未散，盈萬井山呼鰲忭。願歲歲天仗裡常瞻鳳輦。

這詞多說著盛時宮禁光景。只因宋時極作興是個元宵；大張燈火，御駕親臨，君民同樂。所以說「金吾不禁夜，玉漏莫相催。」然因是傾城士女通宵出遊，沒些禁忌，其間就有私期密約，鼠竊狗偷，弄出許多話柄來。當時李漢老有一首「女冠子」詞更道得好。詞云：

帝城三五，燈光花市盈路，天街遊處；此時方信鳳闕都民，奢華豪富。紗籠才過處，揭道轉身一壁，小來且住。見許多才子豔質，攜手並肩低語。東來西往誰家女？買玉梅爭戴，緩步香風度；北觀南顧，見畫燭影裡，神仙無數；引人魂似醉，不如趁早步月歸去；這一雙情眼，怎生禁得許多胡覷？

細看此詞，可見元宵之夜，趁著喧鬧叢中，幹那不三不四勾當的，不一而足；不消說起。而今聽在下說一件元宵的事體，更是可異。這件事，直教：

鬧動公侯府，分開帝主顏；猾走入地去，稚子見天還。

卻說宋神宗朝，有個大臣王襄敏公，單諱著一個韶字；全家住在京師，眞是潭潭相府，富貴奢華，自不必說。其時王荊公未用，新法未行，四境無侵，萬民樂業，正是太平時候。那年正月十五元宵佳節，家家戶戶點放花燈；自從十三日爲始，十街九市，歡呼達旦。這夜十五夜是正夜，年年規矩，官家親自出來賞玩通宵；傾城士女，專待天顏一看。但是此夜，難得一輪明月當空，照耀如同白晝，映著各各奇巧花燈，湊成個燈火交輝的美景。襄敏公家內眷，自夫人以下，老老幼幼，沒一個不打扮齊整了，只候人牽著帷幙出來，街上看燈遊耍。看官！你道如何用著帷幞？那官宦人家女眷，恐防街市人挨挨擦擦，不成體面，所以或用絹緞，或用布帛等類，扮作長圈，圍裡隔著外人。晉時喚做布幛，故有「紫絲布幛」、「錦布幛」之稱。——這是大人家規範如此。閒話休提，且說襄敏公有個小衙內，排行十三，是他末堂幼子，小名叫做南陔，年方五歲，聰明乖覺，容貌不凡。襄敏公夫婦珍愛自不必說；只這合家內外大小，也沒一個不喜歡他的。其時小衙內也在街上看燈；滿身穿著齊整，還是等閒，只頭上一頂帽子，眞不知値多少錢鈔。這頂帽多是黃豆來大的珍珠穿成雙鳳的牡丹花樣；當面前一粒貓兒眼寶石，晶光閃爍；四圍又是鴉青祖母祿等類，五色寶攢簇著。襄敏公因他年小，分付一個家人王吉駄在背上，隨著內眷一起看燈。那王吉是個曉得規矩的人，自道身是男人，不敢在帷中行走，只相傍帷外而行。行到宣德門前，恰好神宗皇帝正御宣德門樓，聖旨許令萬民瞻仰，金吾衛不得攔阻。樓上設著鰲山，燈光燦爛，香煙馥郁；奏動御樂，簫鼓喧闐；樓下施陳百戲，供奉御覽。看的眞是人山人海，擠得地縫都沒有了。有翰林承旨王禹玉上元應制詩爲證：

雪消華月滿仙臺，萬燭當樓寶扇開；雙鳳雲中扶輦下，六鰲海上駕山來。鎬京春酒沾周宴，汾水秋風陋漢才；一曲昇平人盡樂，君王又進紫霞杯。

此時王吉擁在人叢之中，因爲肩上負了小衙內，許多不便。只好掂著腳，伸著頸，仰著臉，睜著眼，向上觀望。漸漸的擠得腿也痠了，腰也軟了，肩也癱了，汗也透了，氣也喘了。正沒奈何，忽覺得身上輕鬆了些，好不快活；把腰兒伸一伸，腳兒展一展，自繇自在癡獃獃的看個稱心滿意。猛然想起道：「小衙內呢？」急把手摸時，已不在背上了；也不知幾時丟的。四下一望，多是面生之人，那裡見小衙內的影兒？急得腸子做了千百段！欲要找尋，又被擠住了腳，行走不得。心中撩亂，只得儘氣力將身子擠出，擠得骨軟筋麻，才得到稀鬆之處。忽遇見府中一夥人，忙問道：「你們見小衙內麼？」府中人道：「小衙內是你負著，怎倒來問我們？」王吉道：「正是鬧嚷之際，不知那個伸手來我背上接了去；想必是府中弟兄們見我費力，替我抱了，放鬆我些，也不見得。我一時貪個鬆快，人鬧裡不看得仔細。及至尋時，已不見了；你們難道不曾撞見？」府中人見說，大家慌張起來道：「你來作怪了！這可是作耍的事？如此不小心！你在人千人萬處失去了，卻在此問張問李，豈不誤事？還是分頭再到鬧頭裡尋去。」一夥十來個人同了王吉，擠出擠入，高呼大叫；怎當得人多聲鬧，茫茫裡向那個去問？落得眼睛也看花了，喉嚨也叫啞了，並無一些影響！尋了一回走將攏來，我問你，你問我，多一般不見，慌做了一團！有的道：「或者那個抱了家去了。」有的道：「你我都在，又是那一個抱去？」王吉道：「且到家問問看再處。」一個老家人道：「決不在家裡；頭上東西，耀人眼目，被歹人連人盜拐去了。我們且不要驚動夫人，先到家稟知了相公，差人趁早緝捕爲上。」王吉見說要稟知相公，先自軟了一半道：「如何回得相公的話？且從容計較打聽，不要性急便好。」府中人多是著了忙的，那繇得王吉主張？一齊奔了家來。私下問問，那得個小衙內在裡頭？只得來見襄敏公；卻也囁囁嚅嚅，未敢直說失去小衙內之事。襄敏公見衆人倉皇之狀，倒問道：「你等去未多時，如何一齊跑了回來？且多有些慌張失智光景，必有緣故。」衆家人才把王吉在人叢中失去小衙內之事，說了一遍。王吉跪下，只是叩首請死。襄敏公毫不在意，笑道：「去了自回來，何必如此著急？」衆家人道：「此必是歹人拐去了，怎能彀回來？相公還是著落開封府及早追捕，方得無失。」襄敏公搖頭道：「也不必。」衆人道是一番天樣大火樣急的事，怎知襄敏公看得平常，聲色不動，化做一杯雪水？衆人不解其意，只得到帷中稟知夫人。夫人驚慌，急忙回府，噙著一把眼淚來與相公商量。襄敏公道：「若是別個兒子失去，便當急急尋訪；今是吾十三郎，必然自會歸來，不必憂慮！」夫人道：「此子雖然伶俐，點點年紀，奢遮煞也只是四五歲的孩子；萬衆之中擠掉了，怎能彀自會歸來？」養娘們道：「聞得歹人拐人家小廝去，有擦瞎眼的，有斫掉腳的，千方百計擺佈壞了，妝做叫化的化錢；若不急急追尋，必然衙內遭了毒手！」各各啼哭不住。家人們道：「相公若不著落府裡緝捕，招貼也寫幾張，或是大張告示，有人貪圖賞錢，便有訪得下落的來報了。」一時間你出一說，我出一說，紛紛亂講；只有襄敏公怡然不以爲意道：「隨你議論百出，總是多的；過幾日自然回家。」夫人道：「摩訶羅般一個孩子，怎生捨得失去了不在心上，說這樣懈話？」襄敏公道：「包在我身上，還你一個舊孩子便了，不要性急。」夫人那裡放心？就是家人們養娘們，也不肯信相公的話。夫人自分付家人各處找尋去了不提。卻說那晚南陔在王吉背後，正在挨擠喧嚷之際，忽然有個人挨到王吉身畔，輕輕伸手過來接去，仍舊一般馱著。南陔貪著觀看，正在眼花撩亂，一時不覺；只見那一個負得在背，便在人叢中亂擠將過去，南陔才喝聲道：「王吉如何如此亂走？」定睛一看，那裡是個王吉？衣帽裝束又另是一樣了。南陔年紀雖小，心裡煞是聰明，便曉得是個歹人，被他乘鬧裡拐來了。欲待聲張，左右一看，並無一個認得的熟人。他心裡思量道：「此必貪我頭上珠帽，若被他掠去，須難尋討；我且藏過帽子，我身子不怕他怎地。」遂將手去頭上除下帽子來，揣在袖中；也不言語，也不慌張，任他馱著前走，卻像不曉得的。將近東華門，看見四五乘轎子疊聯而來，南陔心裡忖量道：「轎中必有官員貴人在內，此時不聲張求救，更待何時？」覷轎子來得較近，伸手去攀著轎轞大呼道：「有賊！有賊！救人！救人！」那負南陔的賊，出於不意，驟聽得背上如此呼叫，喫了一驚！恐怕被人拏住，連忙把南陔撩下背來，鑽向人叢裡脫身而走。轎中人聞得孩子聲喚，推開簾子一看，見是個青頭白臉摩訶羅般一個小孩子，心裡喜歡。叫住了轎，抱將過來問道：「你是何處來的？」南陔道：「是賊拐了來的。」轎中人道：「賊在何處？」南陔道：「方才叫喊起來，在人叢中走了。」轎中人見說話明白，把他頭兒撫摸道：「乖乖！你不要心慌，且隨我頑耍去來。」便雙手抱來坐在膝上，一直進了東華門，竟入大內去了。你道轎中是何等人？原來是穿宮的高品近侍中大人；因聖駕御樓觀燈已畢，先同著一般的中貴四五人前去宮中排宴。不想遇著南陔叫喊，抱在轎中進了大內。中大人分付從人：「領他到自己入直的房內，與他果品喫著，被窩溫著。休要驚嚇了他。」叮囑又叮囑，內監心性喜歡小的，自然如此。次早四五個中大人，直到神宗御前叩頭跪奏到：「好教萬歲爺爺得知：奴婢等昨晚隨侍賞燈回來，在東華門外拾得一個失落的孩子，領進宮來。此乃萬歲爺爺得子之兆，奴婢等不勝喜歡。未知是誰家之子？未請聖旨，不敢擅便！特此啓奏。」神宗此時前星未耀，正急的是生子一事；見說拾得一個孩子，也道是宜男之祥，喜動天顏，叫：「快宣來見。」中大人領旨，急到入直房內抱了南陔，先對他說：「聖旨宣召，如今要見駕哩！你不要驚怕。」南陔見說見駕，曉得是見皇帝了；不慌不忙，在袖中取出珠帽來，一似昨日戴了，隨了中大人竟來見神宗皇帝。娃子家雖不曾習著什麼嵩呼拜舞之禮，卻也攀拳曲腳，一拜兩拜的叩頭稽首，喜得個神宗跌腳歡忭，御口問道：「小孩子！你是誰人之子！可曉得姓什麼？」南陔竦然起答道：「兒姓王，乃臣韶之幼子也。」神宗見他說出話來，聲音清朗，且語言有禮，大爲驚異。又問道：「你緣何得到此處？」南陔道：「只因昨夜元宵，舉家觀燈，瞻仰聖容；嚷亂之中，被人偷馱背上前走；偶見內家車乘，只得叫呼求救；賊人走脫，臣隨中大人一同到此。今得見天顏，實出萬幸！」神宗道：「你今年幾歲了？」南陔道：「臣五歲了。」神宗道：「小小年紀，便能如此應對，王韶可謂有子矣！昨夜失去，不知舉家何等驚惶，朕今即要送還汝父，只可惜那個賊人沒查處。」南陔對道：「陛下要查此賊，一些不難。」神宗驚喜道：「你有何見可以得賊？」南陔道：「臣被賊人馱走，已曉得不是家裡人了；便把頭戴的珠帽除下藏好。那珠帽之頂，有臣母繡鍼綵線插戴其上，以厭不祥。臣此時在他背上，想賊人無可記認，就於除帽之時，將緘線取下，密把他衣領縫線一道，插鍼在衣內，以爲暗號。今陛下令人密查，若衣領有此鍼線者，即是昨夜之賊，便可捕獲。」神宗大驚道：「奇哉！此兒一點年紀，有如此大見識！朕若不得賊，孩子不如矣！朕擒獲此賊，方送汝回去。」又對近侍誇稱道：「如此希異兒子，不可不令宮闈中人一見之。」傳旨急宣欽聖皇后見駕。穿宮人傳將旨意進宮，宣得欽聖皇后到來。山呼行禮已畢，神宗對皇后道：「外廂有個好孩子，卿可暫留宮中，替朕看養他幾日，做個得子讖兆。」皇后雖然遵旨謝恩，不知什麼事繇，心中有些猶豫不決。神宗道：「要知詳細，領此兒到宮中問他，他自會說明白。」皇后得旨，領了南陔，自往宮中去了。且說神宗即刻寫下密旨，差個中大人齎到開封府，是此這般從頭分付了大尹，立限捕賊以聞。開封府大尹，奉得密旨，非比尋常訪賊的事，怎敢時刻怠緩？即喚過當日緝捕使臣何觀察，分付道：「今日奉到密旨，限你三日內要拏元宵夜做不是的一夥人。」觀察稟道：「無贓無證，從何緝捕？」大尹叫何觀察上來，附耳低言，把中大人所傳衣領鍼線爲號之說，說了一遍。何觀察道：「恁地時，三日之內，管取完這頭公事；只是不可聲揚！」大尹道：「你好幹這事！此是奉旨的，非比別項盜賊，小心在意！」觀察聲喏而出。到得使臣房，集齊一班眼明手快的公人來商量道：「元宵夜趁著熱鬧做歹事的不止一人；失事的也不止一家；偶然這一家的小兒不曾擄得去，別家得手處必多。日子也不遠，此輩不過在花街柳陌酒樓飯店中輕鬆取樂，料必未散；雖是不知姓名地方，有此暗記，還怕什麼？遮莫沒蹤影的也要尋出來。我們幾十個做公的分頭察訪，自然有個下落。」當夜派定張三往東，李四往西，各人認路，茶坊酒肆，凡有眾人團聚面生可疑之處，留心挨身察看；各自去訖。原來那晚這個賊人，有名的叫做「鶴兒手」，一起有十來個，專一趁著熱鬧時節，人叢裡做那不本分的勾當。有詩爲證：

昏夜貪他唾手財，全憑手快眼兒乖；世人莫笑胡行事，譬似求人更可哀。

那賊人，當時在王家門首窺探蹤跡，見個小衙內齊整打扮背將出來，便看上了；一路跟著，不離左右。到了宣德門樓下，正在挨擠喧鬧之處，覷個空便，雙手溜將過來，背了就走。欺他是小孩子，縱有知覺，不過驚怕啼哭，料無妨礙，不在心上。不提防到官轎旁邊，卻會叫喊有賊起來，一時著了忙，丟下就走！更不知背上頭，暗地裡又被他做工夫留下記認了。後來脫去，見了同夥，團聚攏來，各出所獲之物，如簪釵金寶、珠玉、貂鼠暖耳、狐尾護頸……之類，無所不有。只有此人，卻是空手。述其緣故。眾賊道：「何不單雕了珠帽來？」此人道：「他一身衣服，多有寶珠鈕嵌，手足上各有釧鐲，就是四五歲一個小孩子，好歹也值兩貫錢，怎捨得輕放了他？」眾賊道：「而今孩子何在？正是貪多嚼不爛了！」此人道：「正在內家轎邊叫喊起來，隨從的虞侯，虎狼相似，不兜住身子，便算天大僥倖，還望財物哩！」衆賊道：「果是利害！而今幸得無事，弟兄們且打合夥，喫酒壓驚去。」於是一日輪一個做主人，只揀隱僻酒店便去暢飲。是日正在玉津園旁邊一個酒樓上頭，歡呼暢飲。一個做公的叫做李雲，偶然在外走過，聽得猜拳豁指，呼么喝六之聲，他是有心的，便踅進門來察看，見這些人舉止氣象，心下有十分瞧科；走去坐了一個獨副座頭，叫聲買酒飯喫。店小二先將盞筷安頓去了。他便站將起來，背著手，踱來踱去；側眼把那些人逐個個覷將去，內中一個，果然衣領上掛著一寸來長短綵線頭。李雲曉得著手了；叫：「店家，且慢暖酒，我去街上邀著個客人一同來喫。」忙走出門，口中打個胡哨，便有七八個做公的走將攏來。問道：「李大，有影響麼？」李雲把手指著店內道：「正在這裡頭，已看的實了。我們幾個守著這裡，把一個走去，再叫集十來個兄弟一同下手。」內中一個會走的飛也似去了。頃刻叫來十多個做公的，發聲喊，望酒鋪裡打進去，叫道：「奉聖旨拏元宵夜賊人一夥。店家協力，不得放走了人！」店家聽得聖旨二字，曉得利害，急集小二火工後生人等，執了器械，出來幫助。十來個賊不曾走一個，多被捆倒。正是：

日間不做虧心事，夜半敲門不喫驚。

大凡做賊的見了做公的，就像老鼠遇了貓兒，見形便伏；做公的見了做賊的，就是仙鶴遇了蛇洞，聞氣即知。所以這兩項人，每每私自相通；時常要些孝順，叫做「打業錢」。常時捉破了賊，不是什麼要緊公事，得些利市，便放鬆了；而今是欽限要人的事，衣領上鍼線，對著海底眼，如何容得寬展？當下綑住，先剝了這一個的衣服。衆賊雖是口裡還強，卻個個肉顫身搖，面如土色。身畔一搜，各有零贓。一直押到開封府來報知大尹。大尹升堂，驗著衣領鍼線是實，明知無枉，喝叫用起刑來，令招實情。綳扒弔拷，受盡苦楚，那些頑皮賊骨只不肯招。大尹即將衣領鍼線問他道：「你身上何得有此？」賊人不知事端，信口支吾。大尹笑道：「如此劇賊，卻被小孩子算破了，豈非天理昭彰？你可記得元宵夜內家轎邊叫救人的孩子麼？你身上已有了暗記，還要抵賴到那裡去？」賊人方知被孩子暗算了，頓口無言，只得招出實情。原來那夥賊衆，乃是積年累歲遇著節令盛時，即便四出剽竊，以及平時掠販子女，傷害性命，罪狀山積，難以枚舉，從未敗露。豈知今年元宵行事之後，卒然被擒，卻被小兒暗算，驚動天聽，以致有此。豈非天數該敗，一死難逃！大尹錄了供詞，疊成文卷；卻記起舊年元宵眞珠姬一案，現捕未獲的那一件事來。你道又是甚事？看官！且放下這頭，聽小子說那一頭。也只因宣德門張燈，王侯貴戚女眷，多設帷幙在門外兩廡，日間先在那裡等候觀看。其時有一個宗室家眷在東廡下，張設帷幙，擺下酒肴，觀看燈火。那時金吾不禁，人海人山，語言鼎沸，喧天震地；更有那花礮流星，你放我賽。那宗室有個女兒名叫眞珠姬，年方十七，未曾許嫁人家；顏色明豔，服飾鮮麗，耀人眼目。娃子家心性，喜的是頑耍；他見恁般熱鬧，不免舒頭探腦，向幙外張望。常言：「慢藏誨盜，治容誨淫。」卻動了一夥劇賊的火。宗室家眷正在看得興濃處，只見一個女僧挨入幔來，自夫人以下，各各問訊了，便立在眞珠姬身邊。夫人正要問那尼僧，忽見衆人一齊發起喊來，卻是放花爆的失手燒了帷幙，煙燄滿幙。衆女眷一時忙亂，你撞我跌，亂搶出幙來；急得那眞珠姬沒走一頭處。那女僧叫道：「莫要慌！隨我來！」一把扯著眞珠姬的手，在人叢中捱擠出來。挨至隙處，見放著一乘小轎，女僧連忙扶眞珠姬在轎坐了；女僧便對轎夫說：「你轎若閒空，快抬我小姐到王府裡去，多賞你酒錢；我隨後跟來。」轎夫應道：「當得。」扶轎上肩，四足並舉，其行如飛。莫說眞珠姬是幼年閨女，就是男子漢到如此倉卒，也要著了道兒哩！那王府家眷帷幙被燒，驚得亂竄；家人擁上來，拽倒帷幙；幸而火熄，不曾延燒別家帷幙。自宗室夫人以下，及養娘、丫鬟、婢女等輩，簪珥釵釧都被人搶去；盞碟粉碎。虞候幹辦家人，也都失去帽、擠落鞋；一家敗興，齊集在一搭兒。那時人人都在，只不見了眞珠姬；當下四處呼喚找尋，並無影響。宗室聞報，教夫人等衆快回王府；連夜差人出招帖揭：「報信者賞錢三千貫，收留者五千貫！」滿城詢訪，鬧了數日，杳無音信，擱起不提。那眞珠姬當夜在轎中，深以爲幸，感僧女；只是思想夫人等衆不知如何光景，心頭卻又像小鹿不住的撞。只見轎夫抬著轉彎抹角，腳高腳低，越走越黑，喧鬧之聲漸遠，不是日裡來的舊路，心裡不由得有些疑惑起來。一會，住了轎，轎夫多走去了，卻不是自家府門，只得自己掀簾走轎來。定睛一看，只叫得苦。原來是一所古廟，旁邊鬼卒十餘個，各持兵杖夾立，中間坐著一位神道，面闊尺餘，鬢髯滿頷，目光如炬，肩背搖動，像個活的一般。眞珠姬心慌，不免下拜。神道開口大言道：「你休得驚怕！我與汝有夙緣，故使神力攝你至此。」眞珠姬見神道說出話來，愈覺驚怕，放聲啼哭起來。旁邊兩個鬼卒，走來扶著；便說道：「快取壓驚酒來。」旁邊又一鬼卒，斟著一杯熱酒，向眞珠姬口邊奉來。眞珠姬欲待推拒，又懷懼怕，勉強將口接著，被他一灌而盡。眞珠姬早已天旋地轉，不知人事，倒在地下。神道走下座來，笑道：「著了手也！」旁邊鬼卒多攢將攏來，同神道各卸了裝束，除下面具，原來個個多是活人，乃一夥劇賊妝成的。將蒙汗藥灌倒了眞珠姬，抬到後面去，衆漢乘他昏迷，次第姦淫；可憐金枝玉葉之人，零落在狗黨狐群之手，姦淫已畢，各自散去，別做歹事去了。眞珠姬睡至天明，看看甦醒；睜眼看時，不知是那裡？但見一個婆子在旁邊坐著。眞珠姬自覺下體疼痛，雖在昏醉中，依稀也略記得些事，明知著了人手！問婆子道：「此是何處？」婆子道：「夜間衆好漢們送將小娘子來的。不必心焦，管取你就落好處便了。」眞珠姬道：「我是宗王府中閨女，你們歹人，怎如此乘鬧胡行？」婆子道：「而今說不得王府不王府了，老身見你是金枝玉葉，須不把你作賤。」眞珠姬也不曉得他的說話因由，閉著眼只是啼哭。原來這婆子是個牙婆，專走大人家，僱賣人口的；這夥劇賊，掠得人口，便來投他家，款留下幾晚，就有顧主來成了去的。那時留了眞珠姬，好言溫慰得熟分。剛過了兩三日，只見一乘轎來抬了去，已將他賣與城外一個富家爲妾了。主翁一見他美色，甚是喜歡，便問他來歷。眞珠姬因深懷羞憤，不敢輕易自言。怎當得那家姬妾甚多？見一人專寵，盡生嫉妒之心，說他來歷不明，多管是在家犯姦，被逐出來的。奴婢日日在主翁耳根邊激聒，主翁聽得不耐煩，偶然問其來處。眞珠姬撥著心中事，大聲啼泣，才訴出事由來，主翁知是宗王之女，被人掠賣至此；也曾看見榜文賞帖；不由得老大喫驚。恐怕事發連累，急忙叫人尋取原來牙婆，已自不知去向了。主翁尋思道：「此等奸徒，此處不敗，別處必露，到得根究起來，現贓在我家，須藏不過，可不是天大利害？況且王府女眷，不是取笑，必有尋著根底的日子。別人做了歹事，把個愁布袋丟在這裡，替他頂死不成？」心生一計，叫兩個家人家裡抬出一頂破竹轎子裝好了，請出眞珠姬來，主翁納頭便拜道：「一向有眼不識貴人，多有唐突；卻是辱沒了貴人！多是歹人做的事，小可不知道！今情願捨了身價，自送貴人還府。只望高抬貴手，凡事遮蓋，不要牽累小可則個！」眞珠姬見說送他還家，就如聽得一封九重恩赦到來；又原是受那主翁厚待的，見他小心陪禮，好生過意不去！回言道：「只要見了我父母，決不提起你姓名便了。」主翁請眞珠姬上了轎，兩個家人抬了飛走，眞珠姬也不及分別一聲。約莫走了五七里路，至一荒野之中，抬轎的放下竹轎，抽身便走，一道煙去了。眞珠姬在轎中探頭出看，只見靜悄悄無人；走出轎來前後一看，連兩個抬轎的蹤影不見。慌張起來道：「我直如此命蹇？如何不明白，抛我在此？萬一又遇歹人，如何是好？」沒做理會處，只得仍舊進轎坐了，放聲大哭起來，亂喊亂叫，將身子在轎內攧踢不已，頭髮多顚得蓬鬆。此時正是春三月天氣，時常有郊外踏青的。有人看見荒野之中，一乘竹轎內有人大哭，不勝駭異；漸漸走將攏來。起初只是一兩人；後來簸箕般回將轉來，你詰我問，你喧我嚷。眞珠姬慌慌張張，沒口得分訴，卻一發說不出一句明白話來。內中有老成人，搖手叫四旁人莫嚷，高聲問道：「娘子是何家宅眷？因甚獨自歇轎在此？」眞珠姬方才噙了眼淚說道：「奴是王府中族姬，被歹人拐來在此的。」有人報知府中，定當重賞。」此時王府中賞帖，開封府榜文，誰不知道？眞珠姬話才出口，早已有請功的飛也似去報了。須臾之間，王府中幹辦虞候，走了許多人來認看；果然破轎之內，坐著的是眞珠姬。慌忙打轎來換了，抬歸府中。父親與合家人等看見頭髩鬢亂，滿面淚痕，抱著大哭。眞珠姬一發亂攧亂踢，哭得一佛出世，二佛升天！直等哭得盡情了，方才把前時失去，今日歸來的事端，一五一十告訴了一遍。宗王道：「可曉得那討你的是那一家？便好挨查。」眞珠姬心裡還護著那主翁，回言道：「人家便認得，卻是不曉得姓名，也不曉得地方；又來得路遠了，不記起在那一邊。抑且那人家原不知情，多是歹人所爲。」宗王心裡道是家醜不可外揚，恐女兒許不得人家，只得含忍過了，不去聲張，不考實根究；只暗地囑付開封府留心訪賊罷了。隔了一年，又是元宵之夜，弄出王家這件事來。其時大尹拏到王家做歹事的賊，用刑訊問。那賊夥中有的被拷打昏了，倒把王府這件先招出來。那尼僧也是一夥，均分贓物。將當日設計，放火起釁，暗約兜轎，假扮轎夫之事，一一招供明白。大尹咬牙切齒，拍案大罵道：「這些賊男女，死有餘辜！」差人緝捕賊尼牙婆，即刻捕到。大尹喝教加力行杖，各打了六十重棍，押下死囚牢中，奏請明斷發落。奏內大略云：「群盜元夕所爲，止於胠篋；居恆所犯，盡屬蔑理！似此梟獍之徒，豈容輦轂之下？合行駢戮，以靖邦畿！」神宗皇帝見奏，曉得開封府盡獲盜犯，笑道：「果然不出小孩子所算！」龍顏大喜，批准奏章，著曹官即時處決；又命開封府再錄獄詞一通來看。開封府欽此欽遵，處斬衆盜已畢，一面回奏；復將前後犯繇獄詞，詳細錄上。神宗得奏，即將獄詞籠於袍袖之中，含笑回宮。且說正宮欽聖皇后那日親奉聖諭，賜與外廂小兒鞠養，以爲得子之兆；當下謝恩，領回宮中來，試問他來歷備細，那小孩子應答如流，語言清朗；他在皇帝御前也曾經過，可知道不怕面生，就像自家屋裡一般，嘻笑自若。喜得個皇后心花也開了，將他抱在膝上。命宮娥取過梳妝匣來，替他掠髮整容，調脂畫額，一發打扮得齊整，合宮妃嬪，聞得欽聖宮中御賜一個小兒，盡皆來到宮中，一來稱賀娘娘；二來觀看小兒。因小兒是宮中所不曾有的，實覺稀罕。及至見了，又是一個眉清目秀，脣紅齒白摩訶羅般一個，能言能語，百問百答的；你道有不快活的麼？妃嬪們要奉承娘娘，且喜歡孩子，爭先將出寶玩金珠釧鐲等類來做見面錢；多塞在他小袖子裡。袖子盛滿擠不下了，皇后命一個老內人，逐一替他收藏好；又叫引他到各宮朝見頑耍。各宮以爲盛事，你強我賽，又多各有賞賜。宮中好不喜歡熱鬧。如是十來日，正在喧嚷之際，忽然駕幸欽聖宮，宣召前日孩子。皇后當下率領南陔朝見已畢，神宗問皇后道：「小孩子莫驚怕否？」皇后道：「蒙聖恩敕令暫鞠此兒；此兒聰慧非凡，雖居禁地，毫不改度，老成人不過如此。實乃陛下洪福齊天，國家有此等神童出世！臣妾不勝欣喜！」神宗道：「好叫卿等得知：那夜做歹事的人，盡被開封府聽獲；只爲衣領上有了鍼線暗記之故。此兒可謂有智極矣！今賊人盡行斬訖。怕他家裡不知道，在家忙亂，今日好好送還他去。」皇后與南陔各叩首謝恩。當下傳旨，敕令前日抱進宮的那個中大人護送歸第，御賜金犀一簏，與他壓驚。中大人領旨，就御前抱了南陔，辭了皇后，一路出宮。皇后尚兀自好些不割捨他回去，體己自有賞賜，與前日各宮所贈之物同貯一篋，令人一同交付與中大人收好，送到他家。中大人出了宮門，傳命駕起宮車，齎了聖旨，就抱南陔坐在懷裡，逕往王家而來。正是：

去時驀地偷將去，來自天邊降下來；孩稚何緣親見帝？恍疑鬼使與神差。

話說王襄敏家中，自那晚失去了小衙內，合家內外大小，沒一個不憂愁思慮，哭哭啼啼；只有襄敏毫不在意，竟不令人追尋。雖然夫人與同管家的分付衆家人各處探訪，卻也並無一些影響；人人懊惱，沒個是處。忽然此日朝門上飛報將來，有中大人親齎聖旨，到第開讀。襄敏不知事端，分付忙排香案迎接；自己冠紳袍笏，俯伏聽旨。中大人抱了個小孩子下得車來，家人上前來爭看，認得是小衙內，倒喫了一驚。不覺大家手舞足蹈，禁不得喜歡。只見，中大人喝道：「且聽宣聖旨！」高聲宣道：「卿元宵失子，乃朕獲之；今卻還卿。特賜壓驚物一篋，獎其幼志！欽哉！」中大人宣畢，襄敏拜舞謝恩已了，請過聖旨，與中大人敘禮，分賓主坐定。中大人笑道：「老先生！好個乖令郎！」襄敏正要問起根繇，中大人笑嘻嘻的袖中取出一卷文書出來說道：「老先生要知令郎來去事端，只看此一卷便明白了。」襄敏接過手一看，乃開封府獲盜獄詞也。襄敏從頭看去，見是密詔開封府捕獲，便道：「乳臭小兒，如此驚動天聽，又煩聖慮獲賊，眞教老臣粉身碎骨，難報聖恩萬一。」中大人笑道：「這賊多是令郎自家拏到的，不煩一毫聖慮，所以爲妙。」南陔當時就口裡說那夜怎的長，怎的短，怎的見皇帝，怎的拜皇后……明明朗朗訴個不住口。先前合家人聽見聖旨到時，已攢在中門口觀看；及見南陔出車來，大家驚喜，只是不知頭腦。直待聽見南陔備細述此一遍，心下方才明白，盡多贊歎他乖巧之極。方信襄敏不在心上，不肯追求，說是他自家會歸來的，眞有先見之明也。襄敏分付治酒，款待中大人。中大人就將聖上欽賞壓驚金犀，及皇后和各官所賜之物，陳設起來：眞是珠寶盈庭，光采奪目，所值不啻鉅萬。中大人摸著南陔的頭道：「哥兒，彀你買果兒喫了！」襄敏又叩首對闕謝恩。立命館客寫下謝表，先奉中大人陳奏：「等來日早朝面聖，再行率領小子謝恩。」中大人道：「令郎哥兒，是咱家遇著攜見聖人的；咱家也有個薄禮兒做個記念。」就將出元寶二個，彩緞八端來。襄敏再三推辭不得，只得收了。另備厚禮答謝過中大人。中大人上車回覆聖旨去了。襄敏送了回來，合家歡慶。襄敏公道：「我說你們不要忙，我十三兒必能自歸。今非但歸來，且得了許多恩賜，又已拏了賊人，多是十三兒自己的主張來，可見我不著急的是麼？」合家個個稱服。後來南陔取名王寀，政和年間，大有文聲，功名顯達。只看他小時舉動如此，已占大就矣。正是：

小時了了大時佳，五歲孩童已足誇；計縛劇盜如反掌，直教天子送還家。

# 趙縣君喬送黃柑子

睹色相悅人之情，個中原有真緣分；只因無假不成真，就裡藏機不可問。少年鹵莽浪貪淫，等閒躍入風流陣；饅頭不喫惹身羶，世俗傳名紮火囤。

大凡世上男貪女愛，謂之「風情」。只這兩個字，害的人也不淺，送的人也不少。其間有等奸詐之徒，就這貪愛上又生出奇巧題目來：拌著自家妻子裝成圈套，引誘良家子弟，欺詐他些錢財：這叫做「紮火囤」。若不是知機識竅，硬朗的郎君，十個倒有九個著了道兒。記得有個京師人靠著老婆喫飯的，其妻塗脂抹粉，慣賣風情，挑逗富家郎君。到得上了手的，其夫只做撞著，要殺要剮；直至哀求苦告，出財買命，饜足方休。落他圈套的也不止一人。有一個潑皮子弟深知他行徑，佯爲不曉，故意來纏其妻，與他些甜頭，勾引上手。正在床上作樂，其夫果然打將進來了。別個著了忙的，定是跳下床來尋躲避去處。怎知這個人不慌不忙，且把他妻子摟抱得緊緊的，不放一些寬鬆？其妻殺豬也似喊起來，亂顛亂推，只是下不來。其夫趕進房門，掀起帳子，喊道：「幹得好事！要殺！要殺！」將著刀背放在頸子上，捩了一捩，卻不放手。潑皮道：「不必做腔，要殺就殺！小子果然不當，卻是令正約來的。死便死做一處，做鬼也風流。終不然，獨殺我一個不成？」其夫果然不敢動手，放下刀子，拏起一個大桿杖來喝道：「權寄這顆驢頭在頸上，我且痛打一回。」一下子打來。那潑皮溜撮，急把其妻翻過來，那臀兒上早受了一杖。其妻又喊道：「是我！是我！不要錯打了！」潑皮道：「打也不錯，也該受一杖兒。」其夫假勢頭已過，早已發作不出了。潑皮道：「老兄！放下性子！小子是個中人，我與你熟商量。你要兩人齊殺，你嫂子是搖錢樹，料不捨得；若拚得到官，也只是和姦。但這番打破了機關，你那營生便弄不成了！不如你捨著嫂子，與我往來，我公道使些錢鈔。若要絮火囤，請自別尋主顧，休想到我！」其夫見說出海底眼，無計可施；沒些收場，只得住了手！倒縮了出去。潑皮起來，從容穿了衣服，對著婦人叫聲「聒噪」，搖搖擺擺，竟自去了。正是：

強中更有強中手，得便宜處失便宜。

那些富家子弟郎君，多是嫩貨兒，誰有那潑皮膽氣、潑皮手段？所以著了道兒。宋時向大理的衙內向士肅出外拜客，喚兩個院長相隨。到軍將橋遇個婦人，鬢髮蓬鬆，涕泣而來。一個武夫著青紵絲袍，狀如將官，帶劍牽驢，執著皮鞭，一頭走，一頭罵那婦人，或時將鞭打去，怒容不可犯。隨後就有健卒十來人抬著幾扛箱籠，且是沈重，跟著同走。街上人多駐足看他：也有說的，也有笑的。士肅不知其故，方在疑訝。兩個院長笑道：「這番經紀做著了！」士肅問其緣故。院長道：「男女們也試猜，未知端的。衙內要知備細，容打聽的實來回話。」院長去了一會，回說詳細。

原來是浙西有一個後生官人到臨安赴銓試，在三橋黃家客店樓上作寓。每下樓出入，見小房青簾下，有個婦人行走，姿態甚美。撞著了多次，心裡未免欣慕。問那送茶的小僮：「簾下的是店中何人？」小僮攢著眉頭道：「官人莫要問。這婦人是個晦氣星；我店中受他三年累了。」官人驚問：「卻是為何？」小僮道：「前歲一個將官，帶著這個婦人，說是他妻子，要住個潔淨房子。住了十來日，就往近處去探望親友，留這妻子守著臥房行李。原說半個月就回；誰知自這一去，杳無信息。起初婦人自己有盤纏；後來用得沒有了，主人家沒奈何，少不得也一日供他兩餐。今已多時，也供不起了。只得替他募化同寓這些客人，輪次供他。這也不是常法，不知幾時才了得這孽債？」官人聽得，滿心歡喜；問道：「我要見他一見使得麼？」小僮道：「是好人家妻子，丈夫又不在，怎肯見人？」官人道：「既缺衣食，我尋些可口東西送他，使得麼？」小僮道：「這個使得。」官人急忙買了一包蒸酥餅，一包果餡餅，問店家討了兩個盒兒盛著，叫小僮送去。說道：「樓上官人聞知娘子不方便，特意送些點心。」婦人受了，千恩萬謝。明日婦人買了一壺酒，整著四個菜碟，叫小僮來答謝。官人也受了。自此一發留意不捨，隔兩日又買些物事相送。婦人也如前買酒來答。官人即煖其酒來飲，篋內取出一隻金杯，滿斟一杯，叫小僮送下去道：「樓上官人奉勸大娘子。」婦人毫不推辭，帶笑而飲。小僮覆命，官人又斟一杯下去說：「官人多致意娘子，出外之人，不要喫單杯。」婦人又飲了。官人又叫小僮下去致意道：「官人多謝娘子不棄，飲了他兩杯酒。官人不好下來自勸，意欲奉邀娘子上樓，請獻一杯如何？」往返了兩三次，婦人不肯來。官人只得把些錢來買囑小僮道：「是必要你設法他上來見見。」小僮見錢歡喜，又去說風說水道：「娘子受了兩杯，也該去回敬一杯。」就一把拖上樓去道：「娘子來了！」官人歡喜過望，慌忙起身。這婦人道個萬福，也沒眼去看，急把酒斟上一杯，唱個肥喏，親手遞過來道：「承蒙娘子見愛，滿飲此杯。」婦人接過手，一飲而乾，把杯放在桌上。官人看見杯內還有餘瀝，拏過來呴嘬個不歇。婦人看見，嘻的一笑，急急走下去。官人看見情態可動，厚贈小僮，叫他做著牽頭，時常弄他上樓來飲酒。以後便留他同坐，漸不推辭，不像前日走避光景了。眉來眼去，彼此動情，勾搭上手。但只是日裡偷做一二，晚間隔開，不能同宿。如此兩月有餘。婦人道：「我日日自下而升，人人看見，畢竟免不得起疑。官人何不把房遷下來？與奴相近，晚間便好相機同宿了。」官人大喜過望。立時把樓上囊橐搬下來，放在婦人間壁一間房裡，推說樓上有風，睡不得，所以搬了。晚間虛閉著房門，竟在婦人房裡歇宿。這番歡樂，愈加恩愛。才得兩夜，第三日早起，尚未梳洗，兩人正促膝而坐。只見外邊店裡一個長大漢子大踏步走進來，大聲道：「娘子那裡？」驚得婦人手腳忙亂、面如土色，慌道：「壞了！壞了！吾夫來也！」那官人著了忙，急閃出來，已與大漢打個照面，大漢見個男子在房裡走出，不問好歹，一手揪住婦人頭髮喊道：「幹得好事！幹得好事！」提起醋缽大的拳頭，只是打。那官人慌了，脫得身子，顧不得什麼七長八短，急從後門逃了出去。大漢打開官人的臥房，將他行李囊橐，席捲而去。適才十來個健卒，扛著的箱篋，多是那官人房裡的了。他恐怕有人識破，所以還裝著丈夫打罵妻子模樣走路。其實婦人男子店主小僮，總是一夥人也。

士肅聽罷道：「那裡這樣不懂事的少年，遭如此圈套？可恨！可恨！」後來常對親友們說此目見之事，以爲笑話。然雖如此，這還是到了手的；便紮了東西去，也還得了些甜頭兒。更有那不識風的子弟們，不曾沾得半點滋味，也被別人弄了一番手腳，折了偌大本錢，還晦氣些哩！正是：

美色他人自有緣，從旁何必苦垂涎？請君自守家常飯，不害相思不損錢。

話說宣教郎吳約，字叔惠，道州人。兩任廣右官，自韶州祿曹，赴吏部磨勘。宣教家本饒裕，又兼久在南方，珠翠香串，蓄積奇貨頗多。欲謀調個美缺，隨身帶著若干，到了臨安，作寓在清河坊客店。因吏部引見留滯，時時出游妓館。衣服鮮麗，動人眼目。客店相對，有一小宅院，門首掛著青簾；簾內常有個婦人立著，看街上人做買賣。宣教終日在對門，未免留意體察。時時聽得他嬌聲媚語，在裡頭說話；有時雙足露出於簾下，半折金蓮，尖小可愛。只不曾見他面貌如何，心下惶惑不定；恨不得走過去，揭開簾子一看。那簾內或時巧囀鶯喉，唱一兩句詞兒，仔細聽那兩句，卻是：「柳絲只解風前舞，悄繫惹那人不住。」雖是也間或唱著別的，只是這兩句爲多；想是歡喜此二句，又想是他有什麼心事。宣教但聽得了，便跌足欣賞道：「是在行得緊！世間不道有此妙人！想來龐兒必定美麗，可惜不能彀一見。」懷揣著個提心弔膽，魂靈都不知飛在那裡去了？一日正在門首坐地，獃獃的看著簾內。忽有個經紀挑著一籃永嘉黃柑子過門。宣教叫住問道：「這柑子可要博的？」經紀道：「小人正待要博兩文錢使用，官人作成則個。」宣教接將頭錢過來，往下就撲。那經紀蹲在柑子籃邊，一頭拾錢，一頭數數。怎當得宣教一邊撲，心牽掛著簾內那人在裡頭看見，沒心沒想的拋下去？撲上兩三個時辰，再撲不得一個渾成來。算一算，輸了一萬錢。宣教還是做官人心性，不覺兩臉通紅，恨的一聲道：「壞了我十千錢，一個柑子不得到口，可恨可恨！」欲待再撲，恐怕撲不出來，又要貼錢；欲待住手，輸得多了，又不甘服。正在焦躁間，忽見個青衣童子，捧一個小盒，在街上走進店內來。向宣教道：「官人借一步說話。」宣教引到裡邊僻處，小僮將盒子遞上道：「我縣君奉獻官人的。」宣教不知是那裡說起？疑心他送錯了；且揭開盒子來看一看，原來正是永嘉黃柑子十數個。宣教道：「你縣君是那個？與我素不相識，爲何忽地送此？」小僮用手指著對門道：「我縣君即是街南趙大夫的妻室。適在簾間看見官人博柑子，輸了許多錢，不曾博得他一個，有些不樂；連我縣君也老大不過意。偶然藏得此數個柑子，特將來送與官人見意。縣君道：『可惜只有得這幾個，不能彀多，官人不要見笑。』」宣教道：「多感縣君美意！你家趙大夫何在？」小僮道：「大夫到建康去探親，去了兩個月，還未回來，正不知幾時到家？」宣教聽得此話，心裡想道：「他有此美情，況且大夫不在，必有可圖，煞是好機會。」心中無限歡喜。雙手捧著盒子，走到臥房內，將柑子藏好；取五錢一個賞封，放在盒裡。又在箱篋中檢出兩匹蜀錦來，對小僮道：「多謝縣君送柑，客中無可奉答，粗錦二端，聊表微意。伏祈縣君笑留。」小僮接了，走過對門去。須臾，又將這錦來送還，上覆道：「縣君多多致意：區區幾個柑子，是什麼要緊的事？要官人如此重酬。決不敢受！」宣教道：「若是縣君不收，是羞殺小生了，連小生黃柑也不敢領。你依我這樣說法，縣君必收。」小僮領著言語去了，不見復來，料必已是受了。明日又見小僮捧著幾盤精緻小菜走過來道：「縣君昨日蒙惠過重，無以為報；想官人在客邊，恐店家小菜不中喫，手製蔬菜數盤，送來奉用。」宣教見這般知趣著人，必然有心於他了；好不儌幸。想道：「這童子傳來傳去，想必是他得用的；好壞要在他身上圖成這事，不可怠慢了他！」急叫家人去買些魚肉果品之類，暖起酒來，與小僮對酌。小僮道：「小人是趙家小廝，怎敢同官人坐地？」宣教道：「好兄弟！你是縣君心腹人兒，我怎敢把你做等閒廝覷？放心喫酒。」小僮告過無禮，喫了幾杯，早已臉紅道：「喫不得了。若醉了，縣君須要見怪。打發我去罷。」宣教又取些珠翠花朵之類，答了來意，付與小僮去了。隔了兩日，小僮自家走過來頑耍，宣教又買酒請他。酒間與他說得入港，宣教便道：「好兄弟！我有句話兒問你：你家縣君多少年紀了？」小僮道：「過新年才念三歲，是我家主人的繼室。」宣教道：「模樣生得如何？」小僮搖頭道：「沒正經！幸是沒人聽見，怎把這樣說話來問？生得如何，便待怎麼？」宣教道：「總是沒人在此，就說何妨？我既與他送東送西，往來了兩番，也須等我曉得他是長是短的？」小僮道：「說著我縣君容貌，眞個是世間少有，想是天仙裡頭謫下來的！除了畫圖上仙女，再沒見這樣第二個。」宣教道：「好兄弟！怎生得見他一見？」小僮道：「這不難。等我先把簾子上的繫帶解鬆了；你明日只在對門，等他到簾子下來看的時節，我把簾子揎將出來，揎得重些，繫帶散了，簾子落了下來；他一時迴避不及，可不就看見了？」宣教道：「我不要是這樣見。」小僮道：「要怎的見？」宣教道：「我要好好到宅子裡面拜一拜，謝他平日往來之意，方稱我願。」小僮道：「這個不知肯否？我不好自專得。官人有此意，待我回去稟白一聲，好歹討個回音來覆官人。」宣教又將銀一兩送與小僮，叮囑道：「是必要討個回音。」去了兩日，小僮復來說：「縣君聞得要見之意，說道：『既然官人立意惓切，就相見一面也無妨。只是非親非故，不過因對門在此，禮物往來得兩番，沒個名色，遽然相見，恐怕惹人議論。』是這等說。」宣教道：「也是，也是。怎生得個名色？」想了一想道：「我在廣右來，帶得些珠寶在此，最是女人用得著的，我只做當面送物事來與縣君看，把此做名色，相見一面如何？」小僮道：「好倒好，也要去對縣君說過，許下方可。」小僮又去了一會，來回言道：「縣君說：『使便使得。只是在廳上見一見，就要出去的。』」宣教道：「這個自然。難道我就捱住在宅裡不成？」小僮笑道：「官人休又取笑，快隨我來！」宣教大喜過望，取出好些珠寶，將一幅紅綾包了，籠在袖裡。整一整衣冠，隨著小僮，三腳兩步，走過趙家前廳來。小僮進去稟知。門響處，宣教望見縣君打從裡面從從容容走將出來。但見：

衣裳楚楚，佩帶飄飄。大人家舉止端詳，沒有輕狂半點；小年紀面龐嬌嫩，並無肥重一分。清風引出來，道不得雲是無心物；眼光挨上去，真所謂容是誨淫端。犬兒雖已到籬邊，天鵝未必來溝裡。

宣教看見縣君走出來，眞個如花似玉，不覺的滿身酥麻起來。急急趨上前去，唱個肥喏，口裡謝道：「屢蒙縣君厚意，小子無可答謝，惟有心感而已！」縣君道：「惶愧惶愧。」宣教忙在袖裡取出一包珠寶來，捧在手中道：「聞得縣君要換珠寶。小子隨身帶得有些，特地過來，面奉與縣君揀擇。」一頭說，一頭看，只指望他伸手來接。誰知縣君立著不動，呼喚小僮接了過來？口裡道：「容看過議價。」只說了這句，便抽身往裡面走了進去。宣教雖然見了一見，並不曾說得一句調俏的言語，心裡惑惑突突的，便走了出來。到下處想著他模樣行動，歎口氣道：「不見時猶可，只這一番相見，定害殺了小生也！」以後遇著小僮，只央及他設法，再到裡面去相見。無非把珠寶做因頭，前後也曾會過五六次面；只是一揖之外，再無他詞。顏色莊嚴，毫不可犯；等閒不曾笑了一笑說了一句沒正經的話。那宣教沒入腳處，越發的心魂撩亂，留戀不捨。那宣教有個相處的粉頭，叫做丁惜惜，甚是相愛，只因想著趙縣君，把他丟在腦後，許久不去走了。丁惜惜央兩個幫閒的，再三來約宣教，請他到家走走。宣教一似掉了魄的，那裡肯去？被兩個幫閒的不由分說，強拉了去。丁惜惜相見，十分溫存，吳宣教卻一些兒不在心上。丁惜惜撒嬌撒癡了一會，免不得擺上東道來。宣教只是「心不在焉」的光景。丁惜惜唱個「掛枝兒」嘲他道：

俏冤家，你當初纏我怎的？到今日又丟我怎的？丟我時，頓忘了纏我意！纏我又丟我，丟我又纏誰？似你這般樣的丟人也，少不得也有人來丟了你！

當下吳宣教沒神沒緒喫了幾杯，一心想著趙縣君生得十分妙處，看了丁惜惜，有好些不像意起來。卻是身既到此，沒奈何，只得勉強同惜惜上床睡了。雖然少不得幹著一點半點兒事，也是想著那個，借這個解嘲。雲雨已過，身體疲倦，正要睡去，只見趙家小僮走來道：「縣君特請宣教敘話。」宣教聽了這話，急忙披衣起來，隨著小僮就走。小僮領了竟進內室，只見趙縣君雪白肌膚，顯得嬌滴滴的躺在床上，專等吳宣教來。小僮把吳宣教儘力一推，推上床去。吳宣教喜不自勝，騰的翻向裡去，叫一聲：「好縣君！快活殺我也！」用得力重，一個失腳，跌進裡床。喫了一驚醒來，見惜惜，睡在身邊，朦朧之中，還認做是趙縣君；仍舊和他溫存。丁惜惜也在睡裡驚醒道：「好饞貨！怎不好好的，做出這個急模樣？」吳宣教聽得惜惜聽音，方記起身在丁家床上，適才是夢裡的事，連自己也失笑起來。丁惜惜再四盤問：「你心上有何人？以致七顛八倒如此。」宣教只把閒話支吾，不肯說破。到次日別去。自此以後，再不到丁家來了。無晝無夜，一心只癡想著趙縣君，思量尋機會進去。忽然一日小僮走來道：「一句話對官人說，明日是我家縣君生辰。官人既然與縣君往來，須辦些壽禮去，與縣君作賀一作賀，覺得官人情面上愈加好看。」宣教喜道：「好兄弟！虧你來說。你若不說，我怎知道？這個禮節，最是要緊，失不得的！」亟將綵帛二端封好，又買幾般時鮮果品，雞鴨熟食各一盤，酒一罈，配成一副盛禮；先令家人一同小僮送了去，說明日虔誠拜賀。小僮領家人去了。趙縣君又叫小僮來推辭了兩番，然後受了。明日起來，吳宣教整肅衣冠，來到趙家，定要請縣君出來拜壽。趙縣君也不推辭，盛妝步出前廳，比平日更加齊整。吳宣教足恭下拜。趙縣君慌忙答禮，說道：「奴家小小生朝，何足掛齒？知要官人費心，賜此厚禮；受之不當！」宣教道：「客中乏物爲敬，甚愧菲薄！縣君如此稱謝，反令小子無顏！」縣君回顧小僮道：「留官人喫了壽酒去。」宣教聽得此言，不勝之喜！暗道：「既留下喫酒，必有些光景了。」誰知縣君說罷，竟自進去了？宣教此時如熱鍋上螞蟻，不知是怎的才好？又想那縣君如設帳的走方，不知葫蘆裡賣什麼藥出來？獃獃的坐著，兩眼望著內裡。須臾之間，兩個走使的男人，抬一張桌兒，揩抹乾淨；小僮從裡面捧出盤盒酒果來，擺設停當。掇張椅兒，請宣教坐。宣教輕輕問小僮道：「難道沒個人陪我？」小僮也輕輕道：「縣君就來。」宣教且未就坐，還立著徘徊之際，小僮指道：「縣君來了。」果然趙縣君出來，雙手纖纖，捧著杯盤，來與宣教安席，道了萬福。說道：「拙夫不在，沒個主人做主。誠恐有慢貴客，奴家只得冒恥奉陪！」宣教大喜道：「過蒙厚情，何以克當？」在小僮手中也討個杯盤來，與縣君回敬。安席了，兩下坐定。宣教心下，只說此一會必有眉來眼去之事。便好把幾句言語撩撥他，希圖成事。誰知縣君意思雖然濃重，容貌卻是端嚴。除了請酒請饌之外，再不輕說一句閒話。宣教也生煞煞的，恨開不得閒口，止落得飽看一回而已。酒行數巡，縣君不等宣教告止，自立起身道：「官人少坐。奴家家無夫主，不便久陪，告罪則個。」吳宣教心懷恨不得伸出兩隻臂來，將他一把抱住，卻不好強留得他。眼盼盼的看他洋洋走了進去，宣教一場掃興。裡邊又傳話叫小僮送酒。宣教自覺獨酌無趣，只得分付小僮：「多多上覆縣君，厚擾不當，容日再謝。」慢慢的踱過對門下處來。眞是一點糖，抹在鼻頭上，只聞得香，卻舔不著；心裡好生不快！有「銀紐絲」一隻爲證：

前世裡冤家，美貌也人，挨光已有二三分；好溫存，幾番相見意殷勤。眼兒落得穿，何曾近得身；鼻凹中糖味，那有脣兒分？一個清白的郎君，發了也昏。我的天，那陣魂迷，迷魂陣。

是夜吳宣教整整想了一夜；躊躇道：「若說是無情？如何兩次三番許我會面？又留酒？又肯相陪？……若說是有情？如何眉梢眼角，不見些些光景？……只是恁般板板地往來，有何了結？……思量他每常簾下歌詞，畢竟通知文義，且去討討口氣看，看他如何回我？」算計停當。次日起來，急將西珠十顆，用個沈香盒子盛了；取一幅花箋，寫詩一首在上。詩云：

心事綿綿欲訴君，珍珠顆顆寄殷勤；當時贈我黃柑美，未解相如渴半分。

寫畢，將來全放在盒內，用個小記號圖書印封皮封好了。慌去尋那小僮過來，交付與他道：「多拜上縣君，昨日承蒙厚款；些些小珠，奉去添妝，不足爲謝。」小僮道：「當得拏去。」宣教道：「還有數字在內，須縣君手自拆封，萬勿洩漏則個。」小僮笑道：「我是個有柄兒的紅娘，替你傳書遞簡。」宣教道：「好兄弟！是必替我送送。儻有好音，必當重謝。」小僮道：「我縣君詩詞歌賦，最是精通；若有甚話，寫去必有同答。」宣教道：「千萬在意。」小僮道：「不勞分付，自有道理。」小僮去了半日，笑嘻嘻的走將來道：「有回音了。」袖中拏出一個碧甸匣來，遞與宣教。宣教接過手看時，也是小小花押，封記著的。宣教滿心歡喜，慌忙拆將開來：中又有小小紙封，裹著青絲髮二縷，挽著個同心結兒。一幅羅文箋上有詩一首。詩云：

好將鬢髮付並刀，只恐經時失俊髦；妾恨千絲差可擬，郎心雙挽莫空勞！

末又有細字一行云：「原珠奉璧。唐人云：『何必珍珠慰寂寥』也？」宣教讀罷，跌足大樂。對小僮道：「好了好了。細詳詩意，縣君深有意於我了。」小僮道：「我不懂得，可解與我聽。」宣教道：「他剪髮寄我，詩裡道要挽住我的心，豈非有意？」小僮道：「既然有意，何爲不受你珠子？」宣教道：「這又有一說。只是一個故事在裡頭。」小僮道：「甚故事？」宣教道：「當時唐明皇寵了楊貴妃，把梅妃江采蘋貶入冷宮。後來思想他，懼怕楊妃不敢去，將珠子一封，私下賜與他。梅妃拜辭不受，回詩一首，後二句云：『長門鎮日無梳洗，何必珍珠慰寂寥？』今縣君不受我珠子，卻寫此一句來，分明說你家主不在，他獨居寂寥，不是珠子安慰得了。卻不是要我來伴他寂寥麼？」小僮道：「果然如此，官人如何謝我？」宣教道：「惟卿所欲。」小僮道：「縣君既不受珠子，何不就送與我了？」宣教道：「珠子雖然回來，卻還要送去。我另自謝你便了。」宣教箱中去取通大犀簪一枝，海南香扇墜二個，將出來送與小僮道：「權爲寸敬，事成重謝。這珠子再煩送一送去，我再附一首詩在內，要他必受。」詩云：

往返珍珠不用疑，還珠垂淚古來癡；知音但使能欣賞，何必相逢未嫁時？

宣教便將一幅冰綃帕寫了，連珠子付與小僮。小僮看了笑道：「這詩意我又不曉得了。」宣教道：「也是用著個故事。唐張藉詩云：『還君明珠雙淚垂，恨不相逢未嫁時。』今我反用其意，說道只要有心，便是嫁了何妨？你縣君若有意於我，見了此詩，此珠亦受矣。」小僮笑道：「原來官人是偷香的老手！」宣教也笑道：「將就看得過。」小僮拏了，一逕自去。此番不見來推辭，想多應受了。宣教暗自歡喜，只待好音。丁惜惜那裡時常叫小二來請他走走；宣教好一似朝門外候旨的官，惟恐一時失誤了宣召，那裡敢移動半步？忽然一日傍晚，小僮嘻嘻的走來道：「縣君請官人過來說話。」宣教聽罷忖道：「平日只是我去挨光，才設法得見面，並不是他著人來請我的，這番卻是先叫人來相邀，必有光景。」因問小僮道：「縣君適才在那裡？怎生對你說叫你來請我的？」小僮道：「適來縣君在臥房裡卸了妝飾，重新梳洗過了；叫我進去問道：『對門吳官人可在下處否？』我回說：『他這幾時只在下處，再不到外邊去。』縣君道：『既如此，你可與我悄悄請過來，竟到房裡來相見，切不可驚張！』如此分付的。」宣教不覺踴躍道：「依你說來，此番必成好事矣！」小僮道：「我也覺得有些異樣，決比前幾次不同。——只是一件：我家人口頗多，耳目難掩。日前只是體面上往來，所以外觀不妨。今卻要到內室去，須瞞不得許多人；就是悄著些，是必有幾個知覺。露出事端，彼此不便；須要商量。」宣教道：「你家中事體，我怎生曉得備細？須得你指引我道路，應該怎生才妥？」小僮道：「常言道：『有錢使得鬼推磨。』世上那一個不受錢的？你只多把些賞賜，分送與我家裡人，待我去調開了他們。他們各人心照，自然躲開去了，任你出入。就有撞見時，也不說破了。」宣教道：「說得甚是有理，真可以築壇拜將！你前日說我是老偷香手；今日看起來，你也像個老馬泊了！」小僮道：「好意替你計較，休得取笑！」當下吳宣教拏出二十兩零碎銀兩，付與小僮說道：「我須不認得宅上什麼人，煩你與我分派一分派，是必買他們盡皆安靜方妙。」小僮道：「這個在我，不勞分付。我先行一步，停當了眾人，看個動靜，即來邀你同去。」宣教道：「快著些個！」小僮先去了。吳宣教急揀時樣齊楚衣服，打扮得齊整，真個賽過潘安，強如宋玉！眼巴巴只等小僮到來，即去行事。須臾小僮已至，回覆道：「眾人多有了賄賂，如今一去，徑達寢室，毫無阻礙了。」宣教不勝歡喜，整一整巾幘，灑一灑衣裳，隨著小僮便走。過了對門，不繇中堂，在旁邊一條衖裡，轉了一兩個彎曲，已到臥房之前。只見趙縣君懶梳妝模樣，早立在簾兒下等候。見了宣教，滿面堆下笑來，全不比日前的莊嚴了，開口道：「請官人房裡坐地。」一個丫鬟掀起門簾，縣君先走了進去，宣教隨後入來。只見房裡擺設得精緻，爐中香煙馥郁，案上酒殽齊列。宣教此時，蕩了三魂，少了七魄，不知該怎麼樣好？只得低聲柔語道：「小子有何德能？過蒙縣君青盼如此！」縣君道：「一向承蒙厚情，今良宵無事，特請官人清話片晌，別無他說。」宣教道：「小子客居旅邸，縣君獨守清閨，果然兩處寂寞。今遇良宵，不勝懷想。前蒙青絲之惠，小子緊藏懷袖，勝如貼肉。今蒙寵召，小子所望，豈在酒食之類哉？」縣君微笑道：「休說閒話，且自飲酒。」宣教只得坐了。縣君命丫鬟一面斟下熱酒，自己舉杯奉陪。宣教三杯酒落肚，這點熱團團興兒，直從腳跟下冒出天庭來，那裡按納得住？面孔紅了又白，白了又紅；箸子也倒拏，酒杯也潑翻了，手腳都忙亂起來。覷那丫鬟走了去，連忙走過縣君這邊來，跪下道：「縣君可憐見，急救小子性命則個！」縣君一把扶起道：「且休性急！妾亦非無心者，自前日贈柑之日，便覺鍾情於子；但禮法所拘，不敢自逞。今日久情深，清夜思動，愈難禁制，冒禮忘恥，願得親近。既到此地，決不教你空回去了。略等人靜後，從容同就枕席便了！」宣教道：「我的親親的娘！既有這等好意，早賜一刻之歡，也是好的；叫小子如何忍耐得住？」縣君笑道：「怎恁地饞得緊？」即喚丫鬟們：「快來收拾。」未及一半，只聽得外面喧嚷，似有人喊馬嘶之聲，漸漸近前堂來了。宣教方在神魂飄蕩之際，恰像身子不是自己的，雖然聽得有些詫異，沒工夫去疑慮別的，還只一味癡想。忽然一個丫鬟慌慌忙忙搶進房來，氣喘喘的道：「官人回來了！官人回來了！」縣君大驚失色道：「如何是好？快快收拾過了桌上的！」即忙自己幫著搬得桌上罄淨。宣教此時，任是奢遮膽大的，不繇得不慌張起來道：「我卻躲往那裡去？」縣君也著了忙道：「外邊是去不及了。」引著宣教的手，指著床底下道：「權躲在這裡面去，勿得做聲。」宣教思量走了出去便好，又恐不認得門路，撞著了人；左右看著房中，卻別無躲處，一時慌忙，沒計奈何；顧不得什麼塵灰齷齪，只得依著縣君說，就望著床底一鑽。且喜床底寬闊；顫抖抖的蹲在裡頭，不敢喘氣，把眼偷覷著外邊。那暗處望明處，卻看得備細；看那趙大夫大踏步走進房來，口裡道：「這一去不覺許久，家裡沒事麼？」縣君著了忙的，口裡牙齒捉對兒廝打著回言道：「家…家…家裡沒事，你…你…你如何今日才來？」大夫道：「家裡莫非有甚事故麼？如何見了我，舉動慌張，語言失措，做這等一個模樣？」縣君道：「沒…沒…沒甚事故。」大夫對著丫鬟問道：「縣君卻是怎的？」丫鬟道：「果…果…果然沒有什麼怎…怎…怎的。」宣教在床下著急，恨不得替了縣君丫鬟的說話，只是不敢爬出來。大夫遲疑了一回道：「好詫異！好詫異！」縣君按定了性兒，才說得話兒囫圇，重復問道：「今日在那裡起程？怎夜間到此？」大夫道：「我離家多日，放心不下。今因有事到婺州，在此便道，暫歸來一看。明日五更，就要起身過江的。」宣教聽得此言，驚中有喜，恨不得天也許下了半邊道：「原來還要出去，卻是我的造化也！」縣君又問道：「可曾用過晚飯？」大夫道：「晚飯已在船上喫過；只要取些熱水來洗腳。」縣君即命丫鬟安好了腳盆，廚下去取熱水來，便在裡頭。大夫脫了外衣，坐在盆間，大肆澆洗。澆洗了多時，潑得水流滿地，一直淌進床下來。因是地板房子，鋪床處壓得重了，地板必定低些，做了下流之處。那吳宣教正蹲在裡頭，身上穿著齊整衣服，起初一時急了，顧不得惹了灰塵，鑽了進去。而今又見水流來了，恐怕污了衣服，不覺的把袖子東收西斂來避那些齷齪水，未免有些窸窸窣窣之聲。大夫道：「奇怪！床底下是什麼響？敢是蛇鼠之類？可拏燈燭來照照。」丫鬟未及答應，大夫急急揩抹乾淨，即伸手桌子上去取燭臺過來，捏在手中，向床底下一看。不覺大吼一聲道：「這是個什麼鳥人？躲在這底下！」縣君支吾道：「敢是個賊？」大夫就把那宣教拖出來道：「你看！難道有這樣齊整的賊？怪道方才見吾慌張，原來你在家養著姦夫！我去得幾時，你就是這等羞辱門戶！」先是一掌打去，把縣君打個滿天星。縣君啼哭起來。大夫喝教衆奴僕都來，——此時小僮也只得隨著衆人行止，——大夫叫將宣教四馬攢蹄，捆做一團。聲言道：「今夜且與我把去廂房弔著，明日送臨安府推問去。」大夫又將一條繩來，親自動手，也把縣君縛住道：「你這淫婦，也不與你干休！」縣君只是哭，不敢回答一言。大夫道：「好惱！好惱！——且暖酒來！我喫著消悶。」從人丫鬟們多慌了，急去灶上整備些下飯，熱了酒拏來。大夫取個大甌，一頭喫，一頭罵；又取過紙筆，寫下狀詞。一邊寫，一邊喫酒，喫得不少了；不覺懵懵睡去。縣君悄悄對宣教道：「今日之事，固是我誤了官人，也是官人先有意向我；誰知隨手事敗？若是到官．兩個都不好了，爲之奈何？」宣教道：「多蒙縣君好意相招，未曾沾得半點恩惠；今事若敗露，我這一官，只當斷送在你這冤家手裡了！」縣君道：「沒奈何了，官人只是下些小心求告他；他也是心軟的人，求告得轉的！」正說之間，大夫醒來，口裡又喃喃的罵道：「小的們！打起火把，快將這賊弟手孩兒送到廂房去。」衆人答應一聲，齊來動手。宣教著了急，喊道：「大夫息怒，容小子一言。小子不才，恭爲宣教郎，因赴吏部磨勘，寓居府上對門。蒙縣君青盼，往來雖久，未曾分毫犯著玉體。今若到公府，罪犯有限；只是這官職有累！望乞高抬貴手，饒過小子！容小子拜納微禮，贖此罪過罷。」大夫大笑道：「我是個宦門，把妻子來換錢麼？」宣教道：「今日便壞了小子微官，與君何益？不若等小子納些錢物，實爲兩便。小子亦不敢輕，郎當奉送五百千過來。」大夫道：「如此口輕，你一個官，我一個妻子，只值得五百千麼？」宣教聽見論量多少，便道是好處的事了；滿口許道：「便再加一倍，湊做千緡罷！」大夫還只是搖頭。縣君在旁哭道：「我只爲買這官人的珠翠，約他來議價，實是我的不是；誰知撞著你來捉破了？我原不曾玷污；今若拏這官人到官，必然扳下我來，我也免不得到官對理，出乖露醜；也是你的門面不雅！不如你看日前夫妻之情，寬恕了我，放了這官人罷！」大夫冷笑道：「難道不曾玷污？」衆從人與丫鬟們先前是小僮賄賂過的；多來磕頭討饒道：「其實此人不曾犯著縣君；只是暮夜不該來此！他既情願出錢贖罪，官人罰他重些，放他去罷。一來免累此人官職，二來免致縣君出醜；實爲兩便！」縣君又哭道：「你若不依，我只是尋個死路罷了！」大夫默然了一晌，指著縣君道：「只爲要保全你這淫婦，要我忍這樣髒污。」小僮慌忙到宣教耳邊間低言道：「有了口氣了，快快添多些，收拾這事罷。」宣教道：「錢財好處，放綁要緊，手腳多麻木了！」大夫道：「要我饒你，須得二千緡錢：還只是買那官做。羞辱我門庭之事，只當不曾提起，便宜得多了！」宣教連聲道：「就依著是二千緡，好處好處！」大夫便喝從人，教且鬆了他的手。小僮急忙走去，把索子頭解開，鬆出兩只手來，大夫叫將紙墨筆硯拏過來放在宣教面前，叫他寫個不願經官的招服。宣教只得寫道：

吏部候勘宣教郎吳約，只因不合闖入趙大夫內室，不願經官，情甘出錢二千緡贖罪，並無詞說。招服是實。

趙大夫取來看過，要他押了個字。便叫放了他縛綁，只把脖子栓了；叫幾個方才隨來家的，戴大帽穿衣袍的家人，押了過對門來，取足這二千緡錢。此時已有半夜光景；宣教下處幾個手下人，已是都睡熟了。這些趙家人個個如狼似虎，見了好東西便搶；珠玉犀象之類，狼藉了不知多少；這多是二千緡外加添的。吳宣教足足取彀了二千數目，分外又把些零碎銀兩，送與衆家人做了東道錢。衆家人方才住手，拏了東西，仍同了宣教押至家主面前，交割明白。大夫看過了東西，還指著宣教道：「便宜了這弟子孩兒！」喝叫：「打出去！」宣教抱頭鼠竄，走歸下處；下處店家，燈尚未熄。宣教也不敢把這事對主人說，討了個火，點在房裡。悶生了一回，驚心方定，無聊無賴，叫起個小廝來，暖些熱酒，且自解悶。一邊喫，一邊想道：「用了這幾時工夫，才得這個機會，再差一會兒，也到手了，誰想卻如此不巧，反費了許多錢財？」又自解道：「還算造化哩！若不是縣君哭告，衆人拜求，弄得要當官，我這官做不成了！只是縣君如此厚情厚德，又爲我如此受辱；他家大夫說明日就出去的，這倒還是個好機會，只怕有了這番事體，明日就使不在家，是必分外防守，未必如前日之便了，不知今生到底能彀相傍否？」心口相問，不覺潸然淚下。鬱鬱不快，呵欠上來，也不脫衣服，倒身便睡。只因辛苦了大半夜，這一睡，直睡到第二日晌午，方才醒來。走出店中，舉眼看去，對門趙家，門也不關，簾子也不見了。一望進去，直看到裡頭，內外洞然，不見一人。他還懷著昨夜鬼胎，不敢自進去。悄悄叫個小廝，一步一步挨到裡頭探聽。直到內房左右看過，並無一個人走動蹤影；只見幾間空房，連傢伙什物，一件也不見了。出來回覆了宣教。宣教暗忖道：「原說今日要到他處去，恐怕出去了我又來走動，所以連家眷帶去了。只是如何搬得這般罄淨？……難道再不回來住了？……其間必有緣故。」試問問左右鄰人，才曉得這趙家也是別地搬來的，不十分長久；這房子也只是賃下的，原非己宅。是用著美人之局，紮了火囤去了。宣教渾如做了一場大夢一般，悶悶不樂，且到丁惜惜家裡消遣。惜惜接著宣教，笑容可鞠道：「甚好風吹得貴人到此？」連忙置酒相待。飲酒中間，宣教頻頻的歎氣。惜惜道：「你向來有了心上人，把我冷落了多時。今日既承不棄到此，如何只是嗟歎，像有甚不樂之處？」宣教事在心頭，已是巴不得對人告訴；即便把如何對門作寓，如何與趙縣君往來，如何約去私期，卻彼大夫歸來拏住，將錢買得脫身……備細說了一遍。惜惜大笑道：「你枉用癡心，落了人的圈套了！你前日若早對我說，我也先點破你，不著他道兒也不見得。我那年有一夥光棍，將我包到揚州去，也假作商人的愛妾，紮了一個少年子弟千金；這把戲我也曾弄過的。如今你心愛的縣君，不知是那一家的歪剌貨？是你前日瞞得我好，撇得我好，也叫你受些孽報！」宣教滿臉羞慚，懊悔無已。丁惜惜又只顧把言語盤問，見說道身伴所有賸得不多，行院家本色，就不十分親熱得緊了。宣教也覺怏怏，住了一兩晚，走了出來。滿城中打聽，再無一些消息。看看盤費不敷，等不得吏部改調，急急走回故鄉。親眷朋友曉得這事的，把來做了笑柄。宣教常時忽忽如有所失，感了一場纏綿之疾，竟不及調官而終。可憐吳宣教一個好好的前程，著了這一些魔頭，不自尊重，被人弄得不尷不尬，沒個收場。如今奉勸人家子弟們，血氣未定，貪淫好色，不守本分，不知利害的，宜以此事爲鑒！詩云：

一臠肉味不曾嘗，已盡纏頭罄橐囊；盡道陷人無底洞，誰知洞口賺劉郎？

# 誇妙術丹客提金

破布衫兒破布裙，逢人慣說會燒銀；自家何不燒些用？擔水河頭賣與人。

這四句詩，乃是國朝唐伯虎解元所作。世上有一夥燒丹鍊汞之人，專一設立圈套，神出鬼沒，哄那貪夫癡客。說是能以藥草鍊成丹藥，使鉛化爲金，汞化爲銀，名爲「黃白之術」，又叫做「爐火之事」。只要騙得銀子到手，他便覷個空兒，偷了銀子便走，叫做「提罐」。曾有一個道人將此術來尋唐解元說道：「解元仙風道骨，可以做得這件事。」解元貶駁他道：「我看你身上襤褸，你既有這仙術，何不燒些來自己用度？卻要作成別人？」道人道：「貧道有的是法術，乃造化所忌；卻要尋個大福氣承受得起的，方好與他作爲。貧道自家卻沒個大福氣；所以難做。看見解元正是個大福氣的人，來投合夥，我們術家叫做『訪外護』。」唐解元道：「這等，與你說過：你的術法施爲，我一些都不管；我只管出著一味福氣幫你。等丹成了，我與你平分便是。」道人見解元說得蹊蹺，曉得是奚落他，不是主顧，飄然而去。所以唐解元有這首詩，是點明世人的意思。但是這夥裡的人，更有花言巧語，如此說話說他不倒的。他們說：「神仙必須度世，妙法不可自私。畢竟有一種具得仙骨，結得仙緣的方可共鍊共修。內丹成，外丹亦成，……」有這許多好言語，說得天花亂墜，不由人不信。且這些言語，何曾不是正理？就是鍊丹，又何曾不是仙法？只是當初仙人留此一種丹砂化黃金之法，原只爲廣濟世人的；並不曾說是與人置田買產，畜妻養子，幫做人家的。如今這些貪人，擁著嬌妻美妾，求田問舍，損人利己，掂斤估兩，何等肚腸？尋著一夥酒肉道人，指望鍊成了丹，要大大受用，遺之子孫，豈不癡乎？只叫他把「內丹成，外丹亦成」，這兩句想一想：難道是擱起內養工夫，單單弄那銀子麼？只這點念頭，也就萬萬無有鍊得丹成的事了。看官！聽小子這一說，隨你愚人，也該醒悟這件事沒影響做不得的。卻是這件事，偏是天下一等聰明的，偏要落在圈套裡，豈不可歎？卻說松江有個富翁，姓潘，是個國子監監生。胸中廣博，極有口才，也是一個有意思的人。卻有一件僻性：酷信「丹術」。俗語道：「物聚於所好。」果然有了此好，方士源源而來。零零星星，也弄去了好些銀子，受過了好些丹客的哄騙。他只是一心不悔，只說是他無緣，所以遇不著好的。他想道：「從古有這家法術，豈有做不來的？畢竟有一日成功。前邊些小損失，何足爲念？」把這事越好得緊了。這些丹客，左右是一夥的人；我傳與你，你傳與我，遠近盡聞其名，沒一個不思量騙他的。時值秋間，潘富翁來到杭州西湖上遊賞，賃一個下處住著。只見隔壁園亭上歇著一個遠來客人，帶著家眷，也來遊湖。行李甚多，僕從齊整。那女眷且是生得美貌，打聽說是這客人的愛妾。日日攜了此妾僱了天字一號的大湖船，在湖中遊玩。更於船上張樂設飲，兩個對坐著淺斟低唱，觥籌交錯。滿桌擺設，多是些金銀銀酒器，式樣異巧，層見迭出。晚上歸寓，燈火輝煌，賞賜無數。潘富翁在隔壁寓所，看得獃了！想道：「我家裡也算是富的，怎能彀到得他這等揮霍受用？此必是陶朱、猗頓之流，第一等富家了。」心裡豔慕，漸漸教人通問，與他往來相拜。通了姓名，各道相慕之意。富翁乘間問道：「吾丈如此富厚，非人所及。」那客人謙讓道：「何足掛齒？」富翁道：「吾丈日日如此用度，除非家中有金銀高北斗，才能像意。不然，也有盡時。」客人道：「金銀高北斗，若只是用去，要盡也不難；須有個用不盡的法兒。」富翁見說，就有些著意了；問道：「請教如何是用不盡的法？」客人道：「造次之間，不好就說得！」富翁道：「畢竟要請教。」客人道：「說來吾丈未必解，也未必信。」富翁見說得蹊蹺，一發殷勤求懇，必要見教。客人屏去左右從人，附耳道：「吾有九還丹，可以點鉛汞爲黃金。只要鍊得丹成，黃金與瓦礫同耳！何足貴哉？」富翁見說是「丹術」，一發投其所好。欣然道：「原來吾丈精於丹道；學生於此道最是心契，求之不得。若吾丈果有此術，學生情願傾家受教。」客人道：「豈可輕易傳得？小小試看，以取一笑則可。」便教小童熾起爐炭，將幾兩汞鎔化起來。隨在身邊腰袋裡摸出一個紙包，打開來都是些藥末；就把小指甲挑起一些些來，彈在罐裡。少頃，傾將出來，那鉛汞卻不見了，都是雪花也似的好銀。看官！那客人能將藥末變化得鉛汞做銀，卻不是眞法了！原來這叫做「縮銀之法」。他先將銀子用藥鍊過，專取其精，每一兩直縮做一分少些。今和鉛汞在火中一燒，鉛汞化爲青氣去了，遺下糟粕之質，見了銀精，盡化爲銀。不知原是銀子的原分量，不曾多了一些。丹客專以此術哄人；人便死心塌地信他，道是眞了。富翁見了，喜之不勝道：「怪道他如此富貴受用！原來銀子如此容易。我鍊了許多時，只有折本的；今番有幸，遇著眞本事的了！是必要求他去替我鍊一鍊則個。」遂問客人道：「這藥是如何鍊成的？」客人道：「這叫做『母銀生子』。先將銀子爲母，不拘多少，用藥鍛鍊，養在鼎中。須要九轉，火候足了，先生了黃芽，又結成白雪。啓爐時就掃下這些丹頭來，只消一黍米大，便點成黃金白銀。那母銀仍舊分毫不虧的。」富翁道：「須得多少母銀？」客人道：「母銀越多，丹頭越精。若鍊得有半合許丹頭，富可敵國矣！」富翁道：「學生家事雖寒，數千之物，還儘可辦。若肯不吝大教，拜迎到家下點化一點化，便是生平願足！」客人道：「我術不易傳人，亦不輕與人燒鍊。今觀吾丈虔心，又且骨格有些道氣；難得在此聯寓，也是前緣；不妨爲吾丈做一做。但見教高居何處？異日好來相訪做外護。」富翁道：「學生家居松江，離此處只有兩三日路程。老丈若肯光臨，即此收拾，同到寒家便是。若此次別去，萬一後會不偶，豈不當面錯過了？」客人道：「在下是中州人，家有老母在堂；因慕武林山水佳勝，攜了小妾，到此一遊。空身出來，遊資所需，只在爐火；所以樂而忘返。今遇吾丈知音，不敢自秘。但直須帶了小妾回家安頓，兼就看看老母，再赴吾丈之期，未爲遲也。」富翁道：「寒舍有別館園亭，可居尊眷。何不就同攜到彼住下，一邊做事，豈不兩便？家中雖是看待不週，決不至有慢尊客，使尊眷有不安之理。只求慨然俯臨，深感厚情。」客人方才點頭道：「既承吾丈如此眞切，容與小妾說過，商量收拾起行。」富翁不勝之喜，當日就寫了請帖，請次日湖中飲酒。到明日，殷殷勤勤，接到船上。備將胸中學問，你誇我逞，談得津津不倦，只恨相見之晚。賓主盡歡而散。又送著一桌清潔酒餚到隔壁園亭去，請那小娘子。來日客人答席，分外豐盛。酒器傢伙，都是金銀，自不必說。富翁一心已在爐火，遊興盡闌，約定同到松江。在關前僱了兩隻大船，盡數搬了行李下去，一路相幫同行。那小娘子在對船艙中，隔簾時露半面，富翁偷眼看去，果然生得美豔，又且體態輕盈。只是「盈盈一水間，脈脈不得語。」昔日裴航「贈同舟樊夫人」詩云：

同舟吳越猶懷想，況遇天仙隔錦屏？但得玉京相會去，願隨鸞鶴入青冥。

此時富翁在隔船，望著美人，正同此景；所恨無人可通音問。話休絮煩。不一日兩隻船已到松江，泊於潘家門首；富翁便請丹客上岸。登堂獻茶已畢，便道：「此是學生家中，恐往來人雜不便。離此一望之地，便是學生莊舍；就請尊眷同老丈到彼安頓。學生也到彼外廂書房中宿歇，一則清淨，可以省煩雜；二則謹密，可以動爐火。尊意如何？」丹客道：「爐火之事，最忌俗囂，又怕外人觸犯；況又小妾在身畔，一發宜遠外人。若得在貴莊住止，行事最便了。」富翁便指點移船到莊，自家同丹客攜手步行，來到莊門口。門上一匾，上字「涉趣園」三字，進得園來，但見：

古木干霄，新篁夾境。榱題虛敞；無非是月榭風亭；棟宇幽深，饒有那曲房邃室。疊疊假山數仞，可藏太史之書；層層巖洞幾重，疑有仙人之籙。若還奏曲能招鳳，在此觀棋必爛柯。

丹客觀玩園中景緻，欣然道：「好個幽雅地方！正堪爲修鍊之所，又好安頓小妾。在下更可安心與吾丈做事了。看來吾丈果是有福有緣的！」富翁就著人接那小娘子進來。那小娘子豔妝靚扮，帶著兩個丫鬟。——一個喚名春雲，一個喚名秋月，——搖搖擺擺，走到園亭上來。富翁起身回避。丹客道：「如今是通家了，就等小妾拜見不妨。」就叫那娘子與富翁相見了。富翁對面一看，眞個是沈魚落雁之容，閉月羞花之貌。天下凡是有錢的人，再沒一個不貪財好色的。富翁此時，好像雪獅子向火，不覺軟癱了半邊；鍊丹的事，又是第二著了。便對丹客道：「園中內室儘寬，任憑尊嫂揀擇。人少時，學生再喚幾個婦女來伏侍。」丹客就同那小娘子去看內房。富翁急急到家中取了一對金釵，一雙金環，到園中奉與丹客道：「些小薄物，奉爲尊嫂拜見之儀；望勿嫌輕褻！」丹客一眼估去，見是金的；反推辭道：「過承厚惠！只是黃金之物，在下頗爲易得，老丈實爲重費；於心不安，亦不敢領。」富翁見他推辭，一發不過意道：「也知吾丈不希罕此些微之物；只是尊嫂面上，略表微意。望吾丈鑒其誠心，乞賜笑留！」丹客道：「既然這等美情；在下若再推託，反是自外了；只得權且收下。容在下竭力鍊成丹藥，奉報厚惠！」笑嘻嘻走入內房，叫個丫鬟，交了進去。又叫小娘子出來，再三拜謝。富翁多見得一番，就破費這些東西，也是心安意肯的，口裡不說，心中想道：「這個人有此丹法，又有此美姬，人生至此，可謂極樂。且喜他肯與我修鍊，丹成料已有日；只是現放著這等美色在自家莊上，不知可有些緣法否？若一發勾搭了上手，方才心滿意足；而今拚得獻些殷勤做些工夫磨他去，不要性急，且一面打點燒鍊的事。」便對丹客道：「既承吾丈不棄，我們幾時起手？」丹客道：「只要有銀爲母，不論早晚，可以起手。」富翁道：「先得多少母銀？」丹客道：「多多益善。母多丹多，省得再費手腳。」富翁道：「這等打點，將二千金下爐便了，今日且往舍下料理，明日學生就搬過來，一同做事。」是晚，具酌在園亭上款待，盡歡而散。又送酒殽內房中去，殷殷勤勤，自不必說。

次日富翁準準兌了二千金，將過園子裡來，一應爐器傢伙之類，家裡一向自有，只要搬將來。富翁是久慣這事的，頗稱在行，鉛汞藥物，一應俱備。見了丹客，丹客道：「足見主翁留心。但在下尚有秘妙之訣，與人不同，鍊起來便見。」富翁道：「正是秘妙之訣，要求相傳。」丹客道：「在下此丹，名爲『九轉還丹』。每九日火候一還，到九九八十一日開爐，丹物已成。那時節主翁大福到了。」富翁道：「全仗提攜則個。」丹客就叫跟來一個家僮，依法動手，熾起爐火，將銀子漸漸放將下去。又取出丹方，與富翁看了；將幾件希奇藥料，放將下去，燒得五色煙起，就同富翁封住了爐。又喚這跟來幾個家人分付道：「我在此將有三個月日耽擱，你們且回去回覆老奶奶一聲再來。」這些人只留一二個慣燒爐的在此，其餘都依話散去了。從此，家人日夜燒鍊，丹客頻頻到爐邊看火色，卻不開爐，閒時便與富翁清談，飲酒下棋，賓主相得，自不必說。富翁又時時送長送短到小娘子處討好；小娘子也有時回敬幾件知趣的東西，彼此致意。如是二十餘日，忽然一個人穿了一身麻衣，渾身是汗，闖進園中來。衆人看時，卻是前日打發去內中的人。見了丹客，叩頭大哭道：「家裡老奶奶去世，快請回去治喪！」丹客大驚失色，哭倒在地。富翁也一時驚惶，只得從旁勸解道：「令堂天年有限，過傷無益，且自節哀。」家人催促道：「家中無主，作速起身。」丹客住了哭，對富翁道：「本待與主翁完成美事，少盡報效之心；誰知遭此大變，抱恨終天？今勢既難留，此事又未終；況是間斷不得的，實出兩難。——小妾雖是女流；隨侍在下已久，爐火之候，盡已知些底蘊；留他在此看守丹爐才好。只是年幼無知，須有好些不便處。」富翁道：「學生與老丈通家至交，有何妨礙？儘可放心留下尊嫂在此。此鍊丹之所，原無閒雜人來往，學生更喚幾個老成婦女前來陪伴；晚間或是接到拙荊處，一同寢處。學生自在園中安歇看守，以待吾丈到來。有何不便？」丹客又躊躇了半晌，說道：「今老母已死，方寸亂矣！想古人有託妻寄子的；既承高誼，只得敬從，留他在此看看火候。在下回去料理一番，不日自來啓爐。如此，方得兩全其事。」富翁見說肯留妾看爐，心中恨不得許下半邊天來！滿面笑容，應承道：「若得如此，足見老丈有始有終。」丹客又進去與小娘子說了事因，並要留他在此看爐的話，……一一分付了；便叫小娘子出來再見了主翁。囑託與他，又鄭重叮嚀道：「只好守爐，萬萬不可私啓！儻有所誤，悔之無及！」富翁道：「萬一尊駕來遲，誤了八十一日之期，如何是好？」丹客道：「九還火候已足，放在爐中多養得幾日，丹頭愈生得多；遲些開倒是不妨的。」丹客又與小娘子說了些衷腸密語而去。這裡富翁見丹客留下美妾，料他不久必來，丹事自然有成，不在心上。卻是趁他不在，亦且同住園中，正好勾搭，機會不可錯過。時時亡魂失魄，只思量下手。方在胡思妄想，可可的那小娘子叫個丫鬟春雲來道：「俺家娘請主翁到丹房看爐。」富翁聽得，急整衣巾，忙趕到房前來請道：「適才尊婢傳命，小子在此伺候尊步同往。」那小娘子嚦囀鶯聲吐燕語道：「主翁先行，賤妾隨後。」只見嫋嫋娜娜走出房來，道了萬福。富翁道：「娘子是客，小子豈敢先行？」小娘子道：「賤妾女流，怎好僭越？」兩下推遜，雖不好扯手扯腳的相讓，已自覿面交談，殷勤相接，有好些光景。畢竟富翁讓他先走，兩個丫鬟隨著。富翁在後面看去，眞是步步金蓮，不繇人不動火。來到丹房邊，轉身對兩個丫鬟道：「丹房忌生人，你們只在外站著，單請主翁進來。」主翁聽得，三腳兩步，跑上前去，同進了丹房。把所封之爐，前後看了一回。富翁一眼覷定這小娘子，恨不得尋口水來呑他下肚去，那裡還管爐火的青紅皀白？可惜有這個燒火的家僮在房，只好調調眼色，連風話也不便說得一句。直到門邊，富翁才老著臉皮道：「有勞娘子尊步！尊夫不在，娘子回房，須是寂寞。」那小娘子口不答應，微微含笑，此番卻不推遜，竟自冉冉而去，富翁愈加意蕩，心裡想道：「今日丹房中若是無人，儘可撩撥；只可惜有這個家僮在內。明日須用計遣開，然後約那人同去看爐，此時便可用手腳了。」即分付從人：「明日早上備一桌酒飯，請那燒爐的家僮，可說：『一向累他辛苦了，主翁特地與他澆手。』要灌得爛醉方休。」分付已畢，是夜獨酌無聊，思量美人只在內室，又念著日間之事，心中怏怏，徬徨不已，乃吟詩一首道：

名園富貴花，移種在山家；不道闌干外，春風正自賒。

走到堂中，朗吟數遍，故意要內房聽得。只見內房走出丫鬟秋月，手捧一杯香茶，奉與富翁道：「俺家娘聽得主翁吟詩，恐怕口渴，特奉清茶。」富翁笑逐顏開，再三稱謝。秋月回身進去。只聽裡邊也吟道：

名花誰是主？飄泊任春風；但得東君惜，芳心亦自同。

富翁聽罷，知是有意；卻不敢造次闖進房。又聽得裡邊關門響，只得自到書房睡了，以待天明。次日早上，從人依了昨日之言，把個燒火的家僮請了去。他日逐守著爐灶邊，原不耐煩；見了酒杯，那裡肯放？喫得爛醉，就在外邊睡著了。富翁已知他不在丹房，即走到內房前，自去請看丹爐。那小娘子聽得，即便移步出來，一如昨日在前先走。走到丹房門邊，丫鬟仍留在外，只是富翁緊隨入門。到得爐邊看時，不見了燒火的家僮。小娘子假意失驚道：「如何沒人在此，卻歇了火？」富翁道：「只爲小子自家要動火，故叫他暫歇了火。」小娘子假意不解道：「這火須是斷不得的！」富翁道：「等小子與娘子坎離交媾，以眞火續將起來。」小娘子正色道：「鍊丹學道之人，如何興此邪念？說此邪話？」富翁道：「尊夫在這裡與小娘子同眠同起，少不得也要鍊丹；難道一事不做，只是乾夫妻不成？」小娘子無言可答道：「一場正事，怎得如此歪纏？」富翁道：「小子與娘子夙世姻緣，也是正事。」一把抱住，雙膝跪將下去。小娘子扶起道：「拙夫家訓頗嚴，本不敢輕蹈非禮；既承主翁如此殷勤，賤妾不敢自愛。容晚間奉約相會一談罷。」富翁道：「就此懇賜一歡，方見娘子厚情；如何等得到晚？」小娘子道：「這裡有人來，使不得！」富翁道：「小子專爲留心要求小娘子，已著人款住燒火的，此外誰敢進來？況且丹房邃密，無人知覺。」小娘子道：「此間雖是無人，卻是丹爐所在，怕有觸犯，悔之無及！決使不得！」富翁此時興已勃發，那裡還顧什麼丹爐不丹爐？只是緊緊抱住道：「就是要了小子的性命，也說不得了！只求小娘子救一救！」那小娘子沒奈何，只得依允了。事畢，富翁道：「感謝娘子不棄。只是片時歡娛，晚間願賜通宵之樂。」撲的又跪下去。小娘子急扶起來道：「我原許晚間的；你自性急，等不得！那裡有丹爐旁邊就這般沒正經起來？」富翁道：「錯過一時，只恐後悔無及！還只是早得到手一刻，也遂了我多時心願。」小娘子道：「晚間還是我到你書房來？你到我臥房來？」富翁道：「但憑娘子主見。」小娘子道：「我處須有兩個丫鬟同睡，你來不便。我今夜且瞞著他們自出來罷。待我明日叮囑丫鬟過了，然後接你進來。」是夜果然人靜後，小娘子走出堂中，富翁早已在門邊伺候，接至書房，極盡衾枕之樂。以後或在內，或在外，總是無拘無管。富翁以爲天下奇遇，只願得其夫一世不來，丹鍊不成也罷了。綢繆了十數宵，忽然一日門上報說：「丹客到了。」富翁接了，喫了一驚。寒溫畢，即進內房來見小娘子，說了好些言語。復出來對富翁道：「小妾說丹爐不動。而今九還之期已過，丹已成了，正好開看。今日匆匆，明日獻過了神啓爐罷。」富翁是夜雖不得再望歡娛，卻見丹客來了，明日啓爐，丹成可望。還賴有此，心下自解自樂。到得明日，請了些紙馬福物，祭獻了畢，丹客同富翁走向丹房來，剛走進丹房，丹客就變色沈吟道：「如何丹房中氣色恁等的？有些詫異！」便就親手啓開鼎爐一看，跌足大驚道：「敗了！敗了！眞丹走失，連銀母多是糟粕了！此必有做交感污穢之事觸犯了的！」富翁驚得面如土色，不好開言；又見道著眞相，一發慌了。丹客惱怒，咬得牙齒趷趷的響；問燒火的家僮道：「此房中別有何人進來？」家僮道：「只有主翁與小娘子日日來看一次，別無人敢進來。」丹客道：「這等如何得丹敗了？快去叫小娘子來問！」家僮急忙走去請來。丹客厲聲道：「你在此看爐做了甚事？丹俱敗了！」小娘子道：「日日與主翁來看爐，是原封不動的，不知何故！」丹客道：「誰說爐動了封？你卻動了封了！」又問家僮道：「主翁與娘子來時，你也有時節不在此麼？」家僮道：「止有一日是主翁憐我辛苦，請去喫酒，多飲了幾杯，睡著在外邊了。只這一日是主翁與小娘子自家來的。」丹客冷笑道：「是了，是了。」忙走去行李裡抽出一根皮鞭來對小娘子道：「分明是你這賤婢做出事來了！」說著，一鞭打去。幸喜小娘子腳溜，側身閃過，哭道：「我原說做不得的，主人翁害了奴也！」富翁睜著雙眼，無言可答，恨沒個地縫鑽了進去。丹客怒目直視主翁道：「你前日相託之時，如何說的？我去不久，就幹出這樣昧心事來！原來是狗彘不值的！如此無行之人，如何妄思燒丹鍊藥？是我眼裡不識人！」又指著那小娘子罵道：「我只是打死你這賤婢罷！羞辱門庭，要你怎的？」拏著鞭趕上前便打。慌得小娘子三腳兩步奔進內房。又虧兩個丫鬟攔住勸道：「官人耐性。」向前接住了皮鞭，卻把皮鞭捽斷了。富翁見他性發沒收場，只得跪下去道：「是小子不才，一時幹差了事。而今情願棄了前日之物，只求寬恕罷！」丹客道：「你幹壞了事，走失了丹，是應得的，沒處怨恨。我的愛妾，可是與你解饞的？受了你玷污卻如何處？我只是殺卻了，不怕你不償命！」富翁道：「小子情願贖罪罷。」即忙叫家人到家中拏了兩個元寶跪著討饒。丹客只是佯著眼不瞧道：「我銀甚易，豈在乎此？」富翁只是磕頭，又加了二百兩道：「如今以此數再娶了一位如夫人也彀了。實是小子不才，望乞看平日之面，寬恕尊嫂罷！」丹客道：「我本不希罕你銀子；只是你這樣人，不等你損些錢財，後來不改前非。我偏要拏了你的，將去濟人也好！」就把三百金拏去裝在箱裡，叫齊小娘子與家僮丫頭等，急把衣裝行李盡數搬出，下在昨日原來的船裡，一徑出門，口裡喃喃罵道：「受這樣的恥辱，可恨！可恨！」罵詈不止，開船去了。富翁被他嚇得魂不附體，恐怕弄出事來；雖是折了些銀子，得他肯去，還自道徼倖。至於爐中之銀，眞個認做污穢觸犯了丹鼎走敗。但自悔道：「也忒性急了些！便等丹成了多留他住幾時，再圖成此事，豈不兩便？再不然，不要在丹房裡弄這事，或者不妨，也不見得？多是自己莽撞了！枉自破了財物也罷；只是遇著眞法，不得成丹，可惜可惜！」又自解自樂道：「只這一個絕色佳人，受用了幾時，也是賞心樂事，不必追悔了。」卻不知多是丹客做成圈套。當在西湖時，原是打聽得潘富翁來杭，先裝成這般行徑來炫惑他的。及至同他到家，故意要延緩，卻像沒甚要緊。後邊那個人來報喪之時，忙忙歸去，已自先把這二千金提去了；故意留著家眷，使之不疑。後來勾搭上場，也都是他做成的計較；把這堆狗屎堆在鼻子上，等你開不得口，只好自認不是，沒工夫與他算帳了。那富翁是破財星照，墮其計中，只認他是巨富之人，必有眞丹點化。不知那金銀器皿，都是些銅鉛爲質，金銀汁黏裹成的。可是酒後燈下，誰把試金石來試？一時不辨，自然要誤認了。——此皆神奸鬼計也。潘富翁遭此一騙，還不醒悟，只說是自家不是，當面錯過，越好那丹術不已。一日，又有個丹士到來，與他談著爐火，甚是投機；就又延接在家。說話間，告訴他道：「前日有一位客人，眞能點鐵爲金，當面試過。他已是替我燒鍊了；後來自家有些得罪了他，不成而去，眞是可惜！」丹士道：「吾術豈獨不能？」便叫把爐火來試，果然與前丹客無二。些少藥末，投在鉛汞裡頭盡化爲銀。富翁道：「好了！好了！前番不著，這番著了！」又湊千金與他燒鍊。丹士呼朋引類，又去約了兩三個幫手來做。富翁見他銀子來得容易，放著膽，一些也不防備。豈知一個晚間，又提了罐走了？次日又撈了空。富翁此時連被拐去，手中已罄；且怒且羞道：「我爲這事，費了多少心機，弄了多少年月。前日自家錯過，指望今番著了；誰知又遭此一騙？我不問那裡尋將去；料來不過又往別家燒鍊，或者撞得著也不可知？縱不然，或者另遇著眞正法術，再得鍊成眞丹，也不見得？」自此，收拾了些行李，東遊西走。忽一日，來到蘇州，在閶門人叢裡劈面撞著這一夥人。潘富翁正待發作，這夥人卻反像他鄉遇故知一般，滿面生春，上前相見，全無半點懼怯之色。即刻把富翁邀到一個大酒肆中，叫酒保取上酒餚，一同殷勤相勸，弄得富翁倒不好發作了。只見他們又一齊致謝道：「前日有負厚德，實屬不安。但我輩道路如此，足下勿以爲怪。今有一法與足下計較，可以償足下前物，不必別生異說。」富翁道：「何法？」丹士道：「足下前日之銀，吾輩燒來，隨手費盡，無可奉償。今山東有一大姓，也請吾輩燒鍊，已有成約；說定只待吾師到來，便交銀舉事。奈吾師遠遊，急切未來。足下若權認作吾師，等他交銀出來，便取來先還了足下前物，直如反掌之易！不然，空尋我輩也無益！足下以爲何如？」富翁道：「尊師是何人物？」丹士道：「是個頭陀。今請足下略剪去了些頭髮，我輩以師禮事奉，逕到彼處便了。」富翁急於得銀，便依他剪了髮，做一夥了。彼輩殷殷勤勤，直侍奉到山東，引進見了大姓。說道：「我師父來了。」大姓迎到堂中，分賓主而坐。略談爐火之事，富翁原是做慣了的，亦且胸中淵博，高談闊論，盡中機宜。大姓深相敬服。是夜，即兌銀二千兩，約在明日起火。只管把酒相勸，喫得酩酊，扶去另在一間內書房睡著。到得天明，商量安爐。富翁見這夥人科派，自家曉得些，也在裡頭指點。當日把銀子下爐燒鍊，這夥人認做徒弟守爐。大姓只管來尋師父去請教，攀話飲酒；富翁不好卻得，只得與他周旋。這些人看個空兒，又提了銀各各走了，單單撇下師父。

大姓只道師父在家不妨，豈知早晨一夥都不見了？就拏住師父，要送在當官，捉拏餘黨。富翁哭訴道：「我是松江潘某，原非此輩同黨。只因性好燒丹，前日被這夥人拐了。路上遇見，他說道在此間燒鍊得來，可以賠償；又替我剪髮，叫我裝做他師父來的。指望取還前銀，豈知連宅上多騙了，又丟我在此？」說罷，大哭。大姓問其來歷詳細，說得對科，果是松江富家，與大姓家有好些年誼的，知被騙是實，不好難爲得他，只得放手。富翁一路無了盤纏，倚著頭陀模樣，沿途乞化回家。到得臨清碼頭上，只見一隻大船內，簾下一個美人，揭著簾兒露面，看著街上。富翁看見，好些面善；仔細一認，卻像前日丹客帶來與他偷情的可意人兒，一般無二。疑惑道：「那冤家緣何在這船上？」走到船邊，細細訪問，方知是河南舉人某公子，包了名娼，到京會試的。富翁心想道：「難道當日這人的妾，畢竟賣了？」又疑道：「敢是面龐相像的，也未可知。」不離船邊走來走去，只管看。忽見船艙裡叫個人出來問他道：「官艙裡大娘問你，可是松江人？」富翁道：「正是松江。」又問道：「可姓潘？」富翁喫了一驚道：「怎曉得我的姓？」只見艙裡人說：「叫他到艙邊來。」富翁走上前來。簾內人道：「妾非別人，即前日丹客所認爲妾的便是；實是河南妓家。前日受人之託，不得不依他囑付的話，替他搗鬼，有負於君！君何以流落至此？」富翁大慟，把連次被騙今在山東回來之由，訴說一遍。簾內人道：「妾與君不能無情，當贈君盤費，作急回家。此後遇見丹客，萬萬不可聽信。妾亦是騙局中人，深知其詐。君能聽妾之言，是即妾報君數宵之愛也。」言畢，著人拏出三兩一封銀子來遞與他。富翁感謝不盡，只得收了。自此，方曉得前日丹客美人之局，包了娼妓做的。今日卻虧他盤纏到得家來，感念其言，終身不信爐火之事。卻是頭髮紛披，羞顏難掩。親友知其事者，無不以爲笑談。奉勸世人好丹術者，請以此爲鑒。

散盡黃金賣畫癡，吹簫贏得髮鬖髿；蓬萊縱有神仙侶，那得丹鉛隨地施？

# 逞錢多白丁橫帶

榮枯本是無常數，何必當風使盡帆？東海揚塵猶有日，白衣蒼狗剎那間。

話說人生榮華富貴，眼前的多是空花，不可認爲實相。而今人一有了時勢，便自道是萬年不拔之基，旁邊看的人，也是一樣見識。豈知轉眼之間，灰飛煙滅，金山化作冰山，極是不難的事？俗語兩句說得好：「寧可無了有，不可有了無。」專爲貧賤之人，一朝轉泰，得了富貴，苦盡甘來，滋味深長；若是富貴之人，一朝失勢，落魄起來，這叫做「樹倒猢猻散」，光景著實難堪了！卻是富貴的人，只據目前時勢，橫著膽，昧著心，任情做去，那裡管後來有下梢沒下梢？曾有一個笑話：說是一個老翁有三子，臨死時分付道：「你們儻有所願，實對我說。我死後求之上帝。」一子道：「我要官高一品。」一子道：「我願田連萬頃。」那幼子道：「我無所願，願換大眼睛一對。」老翁大駭道：「要此何幹？」其子道：「等我撐開了大眼，看他們富的富，貴的貴。」此雖是一個笑話，正合著古人說的「常將冷眼觀螃蟹，看你橫行到幾時」的兩句話。雖然如此；那等薰天赫地的富貴人，除非是遇了朝廷誅戮，或是生下子孫不肖，方是敗落散場。再沒有一個自身上先前做了貴人，以後流爲下賤，現世現報，做人笑柄的。看官！而今且聽小子先說一個好笑的，做個入話。唐朝僖宗皇帝即位，改元乾符。是時閹宦驕橫，有個少馬訪使，內官田令孜，是僖宗爲晉王時得寵的；及即帝位，使知樞密院，遂擢爲中尉。僖宗是時年十四，專事遊戲，政事一委令孜，呼爲阿父；遷除官職，不復關白。其時京師有一流棍，名叫李光，專一阿諛逢迎，諂事令孜。令孜甚是喜歡信用，薦為左軍使。忽一日奏授朔方節度使，豈知其人命薄，沒福消受？敕下之日，暴病而死。遺有一子，名喚德權年方二十餘歲。令孜老大不忍，心裡要抬舉他，不論好歹，署了他一個官職。時黃巢破長安。中和元年，陳敬瑄在成都遣兵來迎僖宗幸蜀，令孜扈駕，就便叫了李德權同去。僖宗行在駐蹕成都。令孜與敬瑄相與結交，盜專國柄，人皆畏威。德權在兩人左右，遠近仰奉。凡奸商求名求利者，皆賄賂德權，替他兩處打關節。數年之間，聚賄千萬。累官至金紫光祿大夫，檢校右僕射；一時薰灼無比。後來僖宗薨逝，昭宗即位。天順二年四月，西川節度使王建屢表請殺令孜、敬瑄。朝廷懼怕二人，不敢輕許。王建使人告敬瑄作亂，令孜通鳳翔書，不等朝廷旨意，竟執二人殺之。草奏云：

「……開柙出虎，孔宣父不責他人。當路斬蛇，孫叔敖蓋非利己。專殺不行於閫外，先機恐失於轂中。……」

其時追捉二人餘黨甚急。德權脫身遁至復州，平日枉有金銀財貨萬萬千千，一毫都帶不得，只走得空身。盤纏了幾日，衣服多當來喫了，鶉衣百結，乞食通衢。可憐昔日榮華，一旦付之春夢！德權看看陷入絕地，可是天不絕人之路。復州有個後槽健兒，叫做李安，當日李光未遇時，與他相熟。那日偶在道上行走，忽見一人襤褸乞食，仔細一看，認得是李光之子德權。心裡惻然，就邀他到家裡。問他道：「我聞得你父子在長安富貴，後來破敗。今日何得在此？」德權將官司追捕，搜檢餘黨，脫身亡命，到此困窮的話，說了一遍。李安道：「我與你父至交，你且權在舍下住幾時。怕有人認得你，可改個名，只認做我的姪兒，便可無事。」德權依言，改名彥思。就認他這看馬的做叔叔，不出街上乞化了。住未半年，李安得病將死。彥思見後槽有官給的工食，遂叫李安投狀道：「身已病廢，乞將姪兒彥思繼充後槽。」不數日，李安果死。彥思遂得補充健兒，爲牧守圉人。不須憂愁衣食，自道是十分僥倖。豈知漸漸有人曉得他曾做過僕射的？此時朝政紊亂，紀綱廢弛，也無人追究他的蹤跡；但只是稱他個混名，叫他做「看馬李僕射」。每逢他走將出來時，衆人便指手點腳，當一場笑話。看官！你道僕射是何等樣大官？後槽是何等樣賤役？而今一人身上，先做了僕射，收場結果做得個看馬的；豈不可笑？卻又一件，那些人依附內相，原是冰山，一朝失勢，破敗死亡：此是常理。留得殘生看馬，還是便宜的事，不足爲怪。而今再說當日同時有一個官員，雖是得官不正，僥倖來的，卻是自己所掙。誰知天不幫襯，有官無祿？並不曾犯著一個對頭，並不曾做著一件事體，都是命裡所招，下梢頭弄得沒出豁，比此更爲可難。詩曰：

富貴榮華何足論？從來世事等浮雲；登場傀儡休相赫，請看當年郭使君。

這本話文，就是唐僖宗朝，江陵有一個人，叫做郭七郎。父親在日，做江湖大商；七郎長隨著船上去走的。父親死過，是他當家了。眞個是家資鉅萬，產業廣延，有鴉飛不過的田宅，賊扛不動的金銀；眞乃楚城富足之首。江、淮、河、漢的賈客，多是領他重本貿易。往來都是這些富人。惟有一項，不平心是他本等；大戥稱進，小戥稱出，自家的歹爭做好，別人的好爭做歹。這些領他本錢的賈客，沒有一個不受盡他累的。各各呑聲忍氣，只得受他。你道爲何？只爲本錢是他的。那江湖上走的人，拚得陪些辛苦在裡頭，隨你儘著欺心算帳，還只是仗他本錢營運，畢竟有些便宜處。若一下沖撞了他，收回了本錢去，就沒得蛇弄了。故此隨你尅剝，只是行得去的。本錢越弄越大，所以富的人只管富了。那時有一個極大的客商，先前領了他幾萬銀子，到京都做生意去了。數年之中，全無音信。直到乾符初年，郭七郎在家想著。道：「這注本錢沒個著落。他是大商，料無所失。可惜沒個人往京去一討！」又想一想道：「聞得京都繁華地方，花柳之鄉；不若借此事繇，往彼一遊。一來可以索債；二來買笑追歡；三來覷個方便，覓個前程：也是終身受用。」算計已定。七郎有一個老母、一弟、一妹在家；奴婢下人無數，只是未曾娶得妻子。當時分付弟妹，承奉母親。著一個都管看家，餘人各守業做生理，自己卻帶幾個慣走長路會事的家人在身邊，一逕到京都來。——七郎從小在江湖邊生長，賈客船上往來；自己也會撐得篙，搖得櫓，手腳快便。把些飢餐渴飲之苦，不在心上。不則一日到了京都。原來那個大商姓張名全，混名張多寶。在京都開幾處典庫，又有幾所綢緞鋪，專一放官吏債，打大頭腦的。至於居間說事，買官鬻爵，只要他一口擔當，事無不成。只為凡事都是他保得過，所以也有叫他做張多保的。滿京人無不認得他。郭七郎到京，一問便著。他見七郎到了，是個江湖債主。起初進京時節，多虧他的幾萬本錢做椿；才做得開這個大氣概。一見了便歡然相接，敘了寒溫，便擺起酒來。把轎去教坊裡請了幾個有名的粉頭前來陪侍，賓主盡歡。酒散後，就留一個絕頂的粉頭，叫做王賽兒，相伴了七郎，在一個書房裡宿了。那房舍精緻，帷帳華侈，自不必說。次日起來，張多保不等七郎開口，把從前連本連利一算，約該有十來萬了；就如數搬將出來，一手交兌。口裡道：「只因京都多事，脫身不得。亦且挈了重資，江湖上難走。又不可輕易託人。所以遲了幾年。今得七郎自身到此，交還了此一宗，實為兩便。」七郎見他如此爽利，心下歡喜。便道：

「在下初入京師，未有下處。雖承清還本利，卻未有安頓之所。有煩兄長替在下尋個寓所如何？」張多保道：「舍下空房儘多，閒時還要招客。何況兄長通家，怎到別處作寓？只須在舍下安歇。待要榮行時，在舍下置備動身，管取安心無慮。」七郎大喜，就在張家隔壁一所大客房住了。當日取出十兩銀子送與王賽兒，做昨日纏頭之費。夜間是七郎還席，就央他陪酒。張多保不肯要他破鈔，自己也取十兩銀子相送，叫還了七郎銀子。七郎那裡肯？推來推去，大家都不肯收進去。只便宜了那王賽兒，兩分都收了。兩人方才快活。是夜賓主兩個，同王賽兒行令作樂飲酒，愈加親熱有趣，喫得酩酊而散。王賽兒本是個有名的上等行首，又見七郎有的是銀子，放出十分擒拏的手段來。七郎一連兩宵，已是入了迷魂陣。自此同行同坐，時刻不離左右，竟不放賽兒到家裡去了。賽兒又時刻接了家裡的姊妹輪番來陪酒湊趣。七郎賞賜無算。那鴇兒又有做生日，打差，買物事，替還債：許多科分出來。七郎揮金如土，並無一毫吝惜。行徑如此，便有一班幫閒鑽懶的人兒出來，誘他去跳槽。大凡富家浪子，心性最是不常，搭著便生根的。見了一處，便熱一處。王賽兒之外，又有陳嬌、黎玉、張小小、鄭翩翩幾處往來，都一般的散漫使錢。那夥閒漢又領了好些王孫貴戚，好賭博的，牽來局賭。做圈做套，贏少輸多，不知騙去了多少銀子，七郎雖是風流快活，終久是當家立計好利的人；起初見還的利錢都在手頭，所以放鬆了些手。過了一二年，覺得用得多了。捉捉後手看，已用過了一半過頭了。心裡猛然想著家裡，要回家去，便與張多保商量。張多保道：「此時正是濮人王仙芝作亂，劫掠郡縣，道路梗塞。你帶了許多銀兩，待往那裡去？恐到不得家裡。不如且在此盤桓幾時，等路上平靜好走，再去未遲。」七郎只得又住了幾時。偶然一個閒漢叫做包走空包大，說起：「朝廷用兵緊急，缺少錢糧，納了些銀子，就有官做。官職大小，只看銀子多少。」說得郭七郎動了火，問道：「假如納他數百萬錢，可得何官？」包大道：「如今朝廷昏濁，正正經經納錢，就是得官也只有數，不能彀十分大的。若把這數百萬錢拏去，私下買囑了主爵的官人，好歹也有個刺史！」七郎喫一驚道：「刺史也是錢買得的？」包大道：「如今的世界有什麼正經？有了錢，百事可做。豈不聞崔烈五百萬，買了個司徒麼？而今空名大將軍告身，只換得一醉。刺史也不難的。只要通得關節，我包你做得來便是。」正說時，恰好張多保走來。七郎一團高興，告訴了適才的言語。張多保道：「事體是做得來的，在下手中也弄過幾個了，只是這件事，在下不攛掇兄長做。」七郎道：「爲何？」多保道：「如今的官有好些難做。他們做得興頭的，都是有根基，有腳力，親戚滿朝，黨羽四布；方能彀根深蒂固，有得錢賺，越做越高。隨你去剝削小民，貪污無恥，只要有使用，有人情，便是萬年無事的。兄弟不過是白身人，便弄上一個顯官，須無四壁倚仗；到了地方，未必行得去。就是行得去時，朝內而今專一討人便宜。曉得你是錢換來的；略略等你到任一兩個月，有了些光景，便要鉤你了。一下子就塗抹著，豈不枉費了這些錢？若是官好做時，在下也做多時了！」七郎道：「不提這等說。小弟家裡有的是錢，沒的是官。況且身邊現有錢財，總是不便帶得到家。何不於此處用了些？博得個腰金衣紫，也是人生一世，草木一秋！就是不賺得錢時，小弟家裡原不希罕這錢的。就是做不得久時，也就是做過了一番官了。登時住了手，那榮耀也是落得的。小弟主見已定，兄長不要掃興！」多保道：「既然兄長主意要如此，在下當得效力。」當時就與包大兩個商議，去打關節。那個包大走跳路數極熟；張多保又是個有身家慣幹大事的人，有什麼弄不來的事？原來唐時使用的是錢，千錢爲緡。就用銀子準時，也只是以錢算帳。當時一緡錢，就是今日的一兩銀子。宋時卻叫做一貫了。張多保同包大將了五千緡，悄悄送到主爵的官人家裡。那個主爵的官人，是內官田令孜的收納戶，沒個不百靈百驗的。常言道：「無巧不成話。」其時有個粵西橫州刺史郭翰，方得除授，患病身故，告身還在銓曹。主爵的受了郭七郎五千緡，就把籍貫改注郭翰告身，轉付郭七郎。從此改名做了郭翰。張多保與包大接得橫州刺史告身，千歡萬喜來見七郎稱賀。七郎此時頭輕腳重，連身子都麻木起來。包大又去喚了一班黎園子弟，張多保置酒張筵。是日就換了冠帶。那一班閒漢，聽得七郎得了橫州刺史，沒一個不來賀喜奉承。大吹大擂，喫了一日的酒。又道是蒼蠅集穢，螻蟻集羶，鵓鴿子旺邊飛；七郎在京都一向散漫有名，一日得了刺史之職，就有許多人來投靠他做使令的。少不得官不威，爪牙威，做都管，做大叔，走頭站，打驛吏，欺賈客，詐鄉民，總是這一干人了。郭七郎便如在雲霧裡一般，急思衣錦榮歸。擇日起身。張多保又設酒餞行。起初這些往來的閒漢姊妹，都來送行。七郎此時眼孔已大，各各給發些賞賜；氣色驕傲，旁若無人，那些人讓他是個現任刺史，脅肩諂笑，隨他怠慢。只消略略眼梢帶去，口角惹著，就算是十分殷勤好意了。如此擺闊了幾日，行李打疊已備，齊齊整整，向家鄉迤邐行來，好不風光！一路上想道：「我家裡資產既饒，又在大郡做了刺史，這個富貴，不知到那裡才住？」心下歡喜，不覺日逐賣弄出來。那些原跟去京都的家人，又在新投靠的家人面前誇說著，家裡許多富厚之處。那新投靠的一發喜歡，道是投得著好主了。一路上耀武揚威，無船上馬，有水登舟，自不必說。看看到得江陵境界來。七郎看時，喫了一驚。但見：

人煙稀少，閭井荒涼，滿前敗宇頹垣，一望斷橋枯樹。烏焦木柱，無非放火燒殘；赭白粉牆，盡是殺人染就。尸骸沒主，烏雀與螻蟻相爭；雞犬無依，鷹隼與豺狼共飽。任是石人須下淚，總教鐵漢也傷心！

原來江陵一帶地方，多被王仙芝賊寇殘滅，里閭人物，百無一存。若不是水道明白，險些認不出路徑來。七郎看見了這個光景，心頭兀自怦怦地跳個不住。到了自家岸邊，抬頭一看，只叫得苦！原來都成了瓦礫之場。偌大的房屋，一間也不見了。母親弟妹家人等，俱不知去向。慌慌張張，走頭無路。著人四處找尋了三四日，撞著舊時鄰人，問了詳細。方知地方被王仙芝擾亂，弟被盜殺，妹被搶去。不知存亡。止賸得老母與一兩個丫鬟，寄居在古廟旁邊，兩間茅屋之內。家人俱各逃散，產業盡已蕩空。老母無以爲生，與兩個丫鬟替人縫鍼補線，得錢度日。七郎聞言，不勝痛傷。急急領了從人，奔至老母處來。母子一見，抱頭大哭。老母道：「豈知你去後，家裡遭此大難？弟妹失亡，生計都無了！」七郎哭罷，拭淚道：「如今事已到此，痛傷無益。虧得兒子已得了官，還有富貴榮華日子在後面。母親且請寬心！」老母道：「兒得了何官？」七郎道：「官也不小，是橫州刺史。」老母道：「如何能彀得此顯爵？」七郎道：「當今內相當權，廣有私路，可以得官。兒子向張客取債，他本利俱還，錢財儘多在身邊。所以將錢數百萬，謀幹得此官。而今衣錦榮歸，省看家裡，隨即星夜上任去。」叫從人：「取冠帶過來！」穿著了，請母親坐好，拜了四拜。又叫身邊隨從舊人，及京中新投靠的人，俱各磕頭，稱太夫人。老母見此光景，雖然有些喜歡，卻歎口氣道：「你在外邊榮華，怎知家下盡散，分文也無了？若不營謀這官，多帶些錢歸來，用度也好。」七郎道：「母親眞是女人家見識，做了官怕沒錢財？而今那個做官的家裡不是千萬百萬，地皮多捲了歸家的？而今家業既無，只索撇下此間，前往赴任。做得一兩年，重撐門戶，改換規模，有何難處？兒子行囊中還賸有二三千緡，儘彀使用。母親不必憂慮。」老母方才轉憂爲喜，笑逐顏開，道：「虧得兒子崢嶸有日，奮發有時，眞是謝天謝地！若不是你歸來，我性命只在目下了！而今何時可以動身？」七郎道：「兒子原想此一歸來，娶個好媳婦，同享榮華。而今看這個光景，等不得做這事了。且待上了任，再做商量。今日先請母親上船安息。此處既無根絆，明日換過大船，就揀好日開了罷。早得到任一日，也是好的。」當夜就請老母搬到在船中住，茅屋中破鍋、破灶、破碗、破罐，盡多撇下。又分令當值的僱了一隻往西粵長行的官船。次日搬過了行李，下了艙口停當，燒了利市神福，吹打開船。此時老母與七郎俱各精神榮暢，志氣軒昂。七郎不曾受苦，是一路興頭而來的；雖是對著母親覺得滿盈得意，還不十分怪異。那老母是歷過苦難的；眞是地下超昇在天上，不知身子幾許大了！一路行去，過了長沙，入湘江，到了永州。川北江濱，有個佛寺，名喚兜率禪院。舟人打點泊船在此過夜。看見岸邊有大榕樹一株，圍合數抱；遂將船纜結在樹上，結得牢牢的，又釘好了樁橛。七郎同老母進寺隨喜。從人撐起傘蓋，眼隨伏侍。寺僧見是官員，出來迎接送茶。私問來歷。從人答道：「是現任西粵橫州刺史。」寺僧見說是現任官，愈加恭敬；陪侍指引，各處遊玩。那老母但看見佛菩薩像，只是磕頭禮拜，謝他覆庇。天色晚了，俱各回船安息。黃昏左側，只聽得樹梢呼呼的風響。須臾之間，天昏地黑，風雨大作。但見：

封姨逞勢，巽二施威。空中如萬馬奔騰，樹抄似千軍擁沓。浪濤澎湃，分明戰鼓齊鳴；圩岸傾頹，恍惚轟雷驟震。山中猛虎嘯，水底老龍驚。只知巨樹可維舟，誰道大風能拔木？

衆人聽見風勢甚大，心下驚惶。那艄公心想是江風雖猛，虧得船繫在極大的樹上，生得根牢，萬無一失。睡夢之中，忽聽得天崩地裂價一聲響亮。原來那株榕樹年深日久，根生之處，把這些幫岸都拱得鬆了。又且大江巨浪，日夜沖洗，岸如何得牢？那樹又大了，木葉招風，怎當這一隻狼犺的船，盡力生根在這棵樹上？風打得船猛，船牽得樹重，樹趁著風威，底下根浮在石中絆不住了；豁喇一聲，竟倒在船上來，把舩打得粉碎。只見水亂滾進來，船已沈了。艙中碎板片片而浮。睡的僕婢，盡沒於水。說時遲，那時快，艄公慌了手腳，喊將起來。郭七郎夢中驚醒。他從小原曉些船上的事；與同艄公竭力死拖住船纜，才把個船頭湊在岸上擱住。急忙在艙中水裡扶得個母親，才到得岸上來，逃了性命。其後艄人等，艙中什物行李，被幾個大浪潑來，船底俱散，盡漂沒了。其時深夜昏黑，山門緊閉，沒處叫喚。只得披著溼衣，三人搥胸跌腳的叫苦。守到天明，山門開了，急急走進寺中，問著昨日的主僧，主僧出來看見他慌張之勢，問道：「莫非遇了盜麼？」七郎把樹倒舟沈之話，說了一遍。寺僧忙走出來看時，岸邊一隻破船，沈在水裡。岸上大榕樹倒來，恰好壓在其上。喫了一驚，急叫寺中火工道人等，同著艄公，到破船艙中遍查東西。俱被大浪打去了，沒得一些處，連那張刺史的告身，都沒有了。寺僧權請進一間靜室，安住老母。商量到零陵州州牧處陳告情繇。等所在官司，替他出了江中遭風失水的文書，還可赴任。計議已定，就央寺僧一往。寺僧與州裡人情廝熟，果然叫人去報了。誰知：

濃霜偏打無根草，禍來只奔福輕人。

那老母原是兵戈擾攘中，看見殺兒掠女，驚壞了再甦的。怎當夜來這一驚可又不小？亦且婢僕俱亡，生資都盡！心中轉輾苦楚。面如蠟相，飲食不進；只是哀哀啼哭，臥倒在床，起身不得了。七郎愈加慌張，只得勸母親道：「『留得青山在，不怕沒柴燒。』雖是遭此大禍，兒子官職還在，只要到得任所便好了。」老母帶著哭道：「兒！我心膽俱碎，眼見得無再活的命了！還說恁般太平話則甚。就是你做得官，娘跟不著了！」七郎一點癡心，還指望等娘好起來，就地方起個文書，前往橫州到任，有個好日子在後頭。誰想老母受驚太深，一病不起？過不多兩日，嗚呼哀哉死了！七郎痛哭一場，無計可施。又與僧家商量，只得自往零陵州哀告州牧。州牧幾日前曾見這張失事的報單，已曉得是眞情。畢竟官官相護，道他是隔省上司，不好推得乾淨身子。一面差人替他殯葬了母親。又重重賫助他盤纏，以禮送了他出門。七郎虧得州牧周全，幸喜葬事已畢。卻是丁了母憂，不能到任了。寺僧看見他無了根蒂，漸漸怠慢，不肯相留。要回故鄉，已是無家可歸。沒奈何，就借住在永州一個船埠經紀人的家裡。——原是他父親在時走客認得的。——卻是囊槖俱空，止有州牧所助的盤纏，日用日減。用不得幾時，看看沒有了。那些做經紀的人，有甚情誼？日逐有些怠慢起來，未免茶遲飯晏，箸長碗短。七郎覺得了，發話道：「我也是一郡之主，當是一路諸侯。今雖丁憂，後來還有起用的日子，如何恁般輕薄？」經紀人道：「說不得一郡兩郡。皇帝失了勢，也要忍些飢餓，喫些粗糲，何況於你是未到任的官？我輩又不是什麼橫州百姓，怎麼該供養你？我們這般人家，不做不活，須是喫自在食不起的！」七郎被他說了幾句，無言可答，眼淚汪汪，只得含著羞耐了。再過兩日，那經紀人又尋吵鬧，一發看不得了。七郎道：「主人家！我這裡須是異鄉，並無一人相識，又無盤纏回得家裡。一向叨擾府上，情知不當，卻也是沒奈何了！你有什麼覓衣食的道路，相煩指引我一個兒？」經紀人道：「你這樣人，種火又長，拴門又短，郎不郎，秀不秀的；若要覓衣食，須把個官字兒擱起。照著常人傭工做活，方可度日。像你這般如何去得？」七郎見說到傭工做活，氣忿忿的道：「我也是方面官員，怎便到此地位？況且零陵州州牧前日相待甚厚；而今只得再將此苦情告訴他一番，定然有個處法。難道白白餓死一個刺史在他地面上不成？」說罷，便討個帖來寫了，卻又無人跟隨，只得自家袖了，葳葳蕤蕤走到州裡衙門上來投。那衙門中人見他如此行徑，必然是打抽豐沒廉恥的，連帖也不肯收他的。直到再三央告，把上項事一一分訴。又說到替他殯葬厚禮賻餽之事。這卻是衙門中都曉得的，方才肯投了進去，呈與州牧。州牧看了，便有好些不快活起來，道：「這人這樣不達時務的。前日吾見他在本州失事，又看上司體面，極意周全他去了。他如何又在此糾纏？或者連前日之事，也未必是真，多是流棍假妝出來騙錢的。縱使是真，亦必是個無恥的人，還有許多無饜足處。吾本是好意，卻不道引鬼上門。我而今不便追究，只不理他罷了。」分付門上不受他帖，只說：「概不見客。」把原帖還了他去。門上出衙，將帖子丟還七郎道：「老爺不見客。」七郎受了這一場冷淡，卻又想回下處不得。坐在衙門上，守候著州牧出衙，當街叫喊。州牧坐在轎內問道：「是何人叫喊？」七郎高聲答道：「是橫州刺史郭翰。」州牧道：「有何憑據？」七郎道：「原有告身，被大風飄舟，失在江裡了。」州牧道：「既無憑據，知你是真是假？就是真的，齎發已過。如何只管在此糾纏？必是流棍！姑饒打，快走！」左右虞候見本官發怒，便亂棒打來。七郎只得閃著身走開來，一句話也沒得說。有氣無力的，仍舊走回下處悶坐。那經紀人早已曉得他在州裡的光景，卻故意的問道：「適才見州裡相公，相待如何？」七郎羞慚滿面，只歎口氣，不敢則聲。經紀人道：「我叫你把官字兒擱起，你卻不聽，直要受人怠慢。而今時勢，就是個空名宰相，也當不出錢來了。除是靠著自家氣力，方掙得飯喫。你不要癡了！」七郎道：「你叫我做甚勾當好？」經紀人道：「你自想身上有甚本事？」七郎道：「我別無本事，只是少小隨著父親涉歷江湖，那些船上風水，當艄掌舵之事，儘曉得些。」店主大喜道：「這個卻好了。我這裡埠頭上來往船隻多，儘有缺少當艄的。我薦你去幾時，好歹覓幾貫錢，便餓你不死了！」七郎沒奈何，只得依從。從此只在往來船隻上當艄度日去了。不幾時也就覓了幾貫工錢回到經紀人家來。本州市上人認得了他，曉得他前項事的，就傳他一個綽號，叫做「當艄郭使君」。但是要尋他當艄的船，便指名來問郭使君。永州市上編成一隻歌兒嘲他。這歌名「掛枝兒」，道是：

問使君！你緣何不到橫州郡？原來是天作對，不作你假斯文，把家緣結果在風一陣。舵牙當執板，纜繩是拖紳。這是榮耀下梢頭，也還是拿的舵兒穩。

七郎在船上混了兩年，雖然捱得服滿，身邊無了告身，去補不得官。若要京裡再打關節時，還須照前得幾千緡使用。卻從何處討？眼見得休提這話了。只得安心塌地，靠著船上營生。常言道：「居移氣，養移體。」當初是刺史，便像個官員；而今在船上多年，狀貌氣質也就與那篙工水手一般無二。可笑一個郡刺史，如此收場！可見人生富貴榮華，眼前算不得帳的！上覆世間人，不要十分勢利。聽我四句口號道：

富不必驕，貧不必怨；要看到頭，眼前不算！

國家圖書館出版品預行編目資料

教你看懂今古奇觀下冊／許麗雯總編輯．--臺北市
：高談文化，2004〔民93〕
冊；　公分

ISBN 986-7542-54-1（全套：平裝）.--
ISBN 986-7542-55-X（上冊：平裝）.--
ISBN 986-7542-56-8（下冊：平裝）

857.41　　93017677

# 教你看懂今古奇觀　下冊

發行人：賴任辰
總編輯：許麗雯
主　編：劉綺文
編　輯：呂婉君　李依蓉
企　劃：張燕宜
美　編：陳玉芳
行　政：楊伯江
出　版：高談文化事業有限公司
地　址：台北市信義路六段76巷2弄24號1樓
電　話：（02）2726-0677
傳　真：（02）2759-4681
http://www.cultuspeak.com.tw
E-Mail：cultuspeak@cultuspeak.com.tw
郵撥帳號：19282592高談文化事業有限公司
印　刷：卡樂彩色製版印刷有限公司
（02）2883-4213
圖書總經銷：凌域國際股份有限公司
電話：(02)2298-3838
傳眞：(02)2298-1498
行政院新聞局出版事業登記證局版臺省業字第890號

2004年10月出版
定價：新台幣320元整